Kosoko Jackson

I'm So (Not) Over You

Manchmal braucht die große Liebe eine zweite Chance

KOSOKO JACKSON

I'M SO NOT OVER YOU

Manchmal braucht
die große Liebe
eine zweite Chance

Roman

Aus dem amerikanischen Englisch
von Anita Nirschl

everlove
by PIPER

Mehr über unsere Autorinnen, Autoren und Bücher:
www.everlove-verlag.de

Wenn dir dieser Roman gefallen hat, schreib uns unter Nennung des Titels »I'm So (Not) Over You – Manchmal braucht die große Liebe eine zweite Chance« an *empfehlungen@piper.de*, und wir empfehlen dir gerne vergleichbare Bücher.

Unser Versprechen für mehr Nachhaltigkeit
• Klimaneutrales Produkt
• FSC®-zertifiziertes Papier
• Hergestellt in Deutschland

FSC www.fsc.org MIX Papier | Fördert gute Waldnutzung FSC® C083411

ISBN 978-3-492-06393-7

Titel der amerikanischen Originalausgabe:
»I'm So Not Over You«, This edition published by arrangement with Berkley, an imprint of Penguin Publishing Group, a division of Penguin Random House LLC, New York 2022.

Redaktion: Hannah Brosch
Satz: Ralf Schnarrenberger, Hamburg
Gesetzt aus der Dolly Pro
Druck und Bindung: CPI Books GmbH, Leck
Printed in the EU

Für Jazmín

Die mich daran erinnert hat,
mich von meiner Stärke leiten zu lassen
und nicht von meiner Angst.

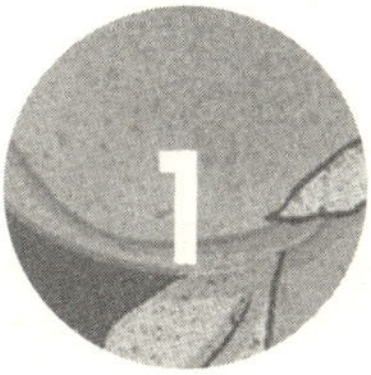

Die erste und einzige Regel, um über deinen Ex hinwegzukommen, lautet, nicht auf dessen Nachrichten zu antworten. Das lässt sich auf vielerlei Weise erreichen, je nach Person.

Erstens, seinen Kontakt umbenennen in: NICHT ANTWORTEN.

Zweitens, seine Nummer blockieren.

Drittens, dir ein scheußliches Haarteil auf den Schädel kleben, damit du aussiehst und dich verhältst wie ein völlig anderer Mensch.

Viertens, ein komplett neues Leben als Eigentümer eines Tante-Emma-Ladens im ländlichen Indiana anfangen und es gut sein lassen. Das ist eine Methode, der ich besonders zugetan bin.

Das alles sind gute und wirksame Möglichkeiten. Tu, was du tun musst – niemand wird hier verurteilt.

Und trotzdem, irgendwie habe ich einen Weg gefunden, diese einfache Regel zu brechen. Nicht bloß zu brechen, sondern weit aufzusprengen. Sie zu zerschmettern, wenn man so will.

Denn eine Nachricht zu öffnen und zu beantworten ist eine Sache, aber sich zu entscheiden, der Bitte deines Ex auch noch zu folgen, etwas völlig anderes.

Googelt *Schlechte Idee*, und unsere hilfreiche Suchmaschine wird ausspucken: *Meintest du Kian Andrews' Entscheidungen, wann immer sie Hudson Rivers betreffen?*

Mein Handy in meiner Tasche vibriert einmal, und mein Herz setzt einen Schlag aus.

Vielleicht sagt Hudson ab. Oder vielleicht erkennt er, dass die letzten drei Monate ein Fehler waren, und gesteht mir, dass er immer noch wahnsinnig verliebt in mich ist? Vielleicht ...

Nö, nur Divya.

DIVYA EVANS: Nur fürs Protokoll: Das ist eine beschissene Idee.

»Klar, dass du das sagst«, murmle ich, völlig vergessend, dass sie mich, na ja, gar nicht hören kann. Und sie mag ja recht haben, aber darum geht es nicht.

Als ich vor einer Woche die Nachricht von Hudson bekam, in der er mich fragte, ob ich mich mit ihm im *Watering Hole* treffe, war Divya nicht gerade begeistert. Sie rümpfte die Nase, als rieche sie etwas Ranziges, was nicht völlig daneben war.

Denn für sie war meine Beziehung mit Hudson genau das: ranzig. Was natürlich jeder über seinen Ex sagt, weil man sich dann besser fühlt.

KIAN ANDREWS: Das hast du schon gesagt – mehrmals.

DIVYA EVANS: Trotzdem willst du einfach nicht hören. Erinnere mich noch mal, wer macht seinen Juraabschluss in Harvard?

KIAN ANDREWS: Wow … das waren ja … Zwölf Stunden, ohne dass du deinen Harvard-Abschluss erwähnt hast. Das ist ein neuer Rekord!

DIVYA EVANS: Aber im Ernst, K. Das ist eine miese Idee. Letzte Aussprachen sind nicht so gut, wie du denkst.

Als angehende Anwältin sollte sie eigentlich verstehen, warum ich mich mit Hudson treffen muss: um zu verarbeiten, was passiert ist, um dieses Kapitel meines Lebens abzuschließen und es mit einem Klebstoff aus Wahrheit zu versiegeln. Die Erinnerung daran, wie wir Schluss gemacht haben, ist eine offene Wunde, die nie verheilt ist. Es war eine explosive Trennung, die damit endete, dass ich ihn auf sämtlichen Social-Media-Plattformen blockierte und mich so volllaufen ließ, dass die zwei Wochen danach nur ein verschwommener Nebel waren.

Vielleicht wird Divya deshalb Staatsanwältin und keine Verteidigerin.

Ein weiteres Vibrieren, eine weitere Nachricht.

DIVYA EVANS: Ich bin nur ein paar Blocks entfernt, falls du mich brauchst.

KIAN ANDREWS: Wie groß ist die Chance, dass das passiert?

Ziemlich groß, wenn ich ehrlich bin. Divya war schon immer mein Fels in der Brandung, egal, was war. Ob sie nun verhinderte, dass ich mich blamierte, als ich zwei Wochen nach meiner Trennung im Club zu weinen anfing, oder dafür sorgte, dass ich meinen wertlosen Hintern aus dem Bett bekam, damit ich mein Teilstipendium nicht verlor, oder sogar ein paar Männer mit absoluten Hammerärschen auftrieb, um mir über meine hoffnungslose Besessenheit von Hudson hinwegzuhelfen, Divya war stets meine Ride-or-die-Freundin.

Also ist es nur vernünftig, anzunehmen, dass Divya mein schweres Geschütz ist, das ich auf der Kurzwahltaste habe, wenn ich gerade im Begriff bin, eine weitere traumatisierende Hudson-Erfahrung durchzumachen. Wie heißt es so schön? Hinter jedem tollen schwulen Kerl steht eine hammercoole Frau?

Wieder vibriert mein Handy. Ich ziehe es aus der Tasche, ohne hinzusehen, da ich mit einer weiteren (wohlverdienten) witzigen Spitze von Divya rechne. Aber stattdessen starrt mir eine E-Mail entgegen.

VON: JOBS@SPOTLIGHT.COM

AN: KIAN.ANDREWS@NORTHEASTERN.EDU

BETREFF: RE: Bewerbung Investigativjournalismus-Fellowship | Andrews, Kian

Ich starre ewig aufs Display, das bunte Hintergrundbild von einem der vielen Leuchttürme an der Küste North Carolinas. Ich will diesen Moment auskosten. Ihn festhalten, in seiner Schachtel lassen und irgendwo abseits ganz oben ins Regal stellen. Wenn ich erst mal ein berühmter Journalist bin, mit Quellen, die mich in meinen DMs anbetteln, pulitzerpreisgekrönte Storys zu schreiben, und ich eine Gastvorlesung an der Northeastern halte, wird man mich fragen: *Wie haben Sie in diesem kompetitiven, mörderischen Business angefangen?*

Und ich werde sagen: *Meinen ersten Job bekam ich bei Spotlight.* Wird es Spotlight in zwölf Jahren noch geben? Wahrscheinlich nicht. News-Websites fressen sich gegenseitig auf wie Bakterien. Aber es ist das Heißeste, bei dem man im Journalismus gerade arbeiten kann. Eine Investigativjournalismus-Fellowship dort zu bekommen würde mein Leben verändern. Das wäre wie ... Gehe nicht über Los; stattdessen kriegst du bei deiner zweiten Runde die Parkstraße.

Ich tippe auf das Display, um es wieder aufzuwecken. Die E-Mail-Benachrichtigung verhöhnt mich noch immer. Vielleicht ist es eine Einladung zu einem Vorstellungsgespräch? Vielleicht hat mein Pitch über den Mangel an Bildungsprogrammen in der Appalachen-Region und wie das Studierende mehrere Stufen zurückwirft, den ich die ganze letzte Woche erarbeitet habe, sie wirklich beeindruckt, und sie bieten mir unbesehen eine Stelle an. Das wäre nicht unplausibel. Weißen passiert so was ständig. Und ich habe gute – nein, *verdammt* gute Referenzen.

Wie Divya sagt, sie könnten sich *glücklich* schätzen, mich zu kriegen.

Aber wie mein Journalistik-Professor sagte: Journalisten gibt es wie Sand am Meer. Warum sollte man Sie irgendjemand anderem vorziehen?

Was uns wieder zu Divya Evans und ihren genauen Worten zurückbringt: Du bist ein gottverdammter Star, Kian Andrews.

Ich wünschte, ich hätte dasselbe Level an Selbstbewusstsein wie sie. Ich bin gut darin, es vorzutäuschen, wenn ich mit ihr zusammen bin, zumindest glaube ich das. Aber jetzt? Allein in diesem Café? Während ich etwas so Dummes tue, wie auf den Jungen zu warten, der mir das Herz gebrochen hat – der sich inzwischen um sieben Minuten verspätet –, *und* auf die E-Mail starre, die meine Karriere verändern könnte? Da verstecke ich diese selbstbewusste Fassade weit hinten im Schrank, so wie mich selbst früher in der Middle School.

Und ich habe mir geschworen, mich nie wieder zu verstecken.

Ohne zu viel darüber nachzudenken, tippe ich ein weiteres Mal auf das Display und gebe dann meinen Code ein, bevor ich meine Meinung ändern kann. Ein weiteres Tippen, und die E-Mail füllt das Display aus.

> Sehr geehrter Mr Andrews,
>
> Danke für Ihre Bewerbung für die Investigativjournalismus-Fellowship bei unserer Spotlight-Niederlassung in Boston. Wir haben uns entschieden, zu diesem Zeitpunkt …

»Scheiße.«

Nicht nötig, weiterzulesen. Ich könnte eine STRG-F-Suche nach »Wir haben uns entschieden« in meinem Posteingang machen und mehr als ein Dutzend Ergebnisse bekommen. Diesmal ist es nicht anders, auch wenn ich es mir verzweifelt wünsche.

Ich bin gerade mitten in einer Nachricht an Divya, in der ich sie über die Absage von Spotlight informiere, was zweifellos zu einer Antwort von ihr führen wird, dass die Drinks heute Abend auf mich gehen, als mich ein Bariton-Räuspern hinter mir innehalten lässt. Die tiefe Stimme durchschneidet die leisen, sinnlichen Töne der Esperanza-Spalding-Coversängerin, die uns im *Watering Hole* ihr Ständchen bringt, selbst wenn diese Stimme so deplatziert ist wie ein Schwarzer Kerl in Boston – alias ich.

Aber sie ist unverkennbar. Sogar nach drei Monaten, in denen ich allem aus dem Weg gegangen bin, was mit

Hudson zu tun hat, lässt die Art, wie er so mühelos aus den Tiefen seines Zwerchfells spricht, mir immer noch Schauer über den Rücken rieseln. Und so, wie sein jungenhaftes Grinsen sein markantes Kinn betont, will ich am liebsten dahinschmelzen.

»Kian?«

Ich gebe mein Bestes, mich langsam umzudrehen. Eifrigkeit sieht an niemandem gut aus, besonders nicht in Gegenwart deines Ex, wenn du versuchst, so zu tun, als wärst du über ihn weg und würdest dein Leben als glücklicher Single-Mittzwanziger genießen.

Aber mein *Gott*, sieht er gut aus.

Nein, nicht gut.

Heiß.

»Hey«, sagt er schmunzelnd. »Danke, dass du gekommen bist.«

Da ist es. Dieses Lächeln. Dasselbe schiefe Grinsen, das er mir geschenkt hat, als wir einander im ersten Collegejahr zugeteilt wurden, um eine Präsentation über *Die Glasglocke* zu halten. Dieses Lächeln, das er mir vor unserem ersten Kuss geschenkt hat, nach fast zwei Jahren Kriegen-sie-sich-oder-nicht.

Dieser Südstaatenakzent. Genau der, den er immer besonders betonte, wenn wir sonntagmorgens im Bett lagen, weil er wusste, was das mit mir anstellte.

Das alles zusammen, dazu noch eine Prise traditionell akzeptierter männlicher Züge, reichlich altes Geld, und du hast Hudson Rivers.

Ich kann bereits spüren, wie mich diese Schwerelosigkeit überkommt. Dieses übelkeiterregende Gefühl, das einer Kohlenmonoxidvergiftung ähnelt. Das ist es, was Hudson ist: ein Gift, das mein Urteilsvermögen und meine praktischen Sinne durcheinanderwirbelt. Er ist gefährlich. Er ist ein Fehler. Er wird mir wehtun.

Aber er ist so verdammt schön. Und er fehlt mir. Verdammt, er fehlt mir so sehr.

»Klar, kein Problem.« Gib dich entspannt. Tu so, als wär es dir egal. »Ich hatte sowieso nichts vor. Ich meine, ich war in der Stadt. Ich meine, ich war in der Gegend. Ich meine, ich war in der Gegend, weil ich hier wohne und nichts vorhatte.« Außer neurotisch meine E-Mails nach einer Antwort von Spotlight zu checken und offensichtlich wie ein Idiot auszusehen, der beim besten Willen keinen anständigen Satz rausbringt.

Divya und ich haben das mehrmals durchgespielt, wie bei einem Zeugen, der auf ein gefährliches Kreuzverhör vorbereitet wird. Ich muss standhaft bleiben. Ich muss gleichgültig bleiben. Ich muss die Kontrolle behalten. Keine dreißig Sekunden rum, und ich mache schon genau das Gegenteil davon.

Hudson behält einfach dieses sanfte, charmante Grinsen auf seinem Gesicht. Es ist, als wüsste er, dass mein Gehirn einen Kurzschluss hat. Er hat mich schon öfter so durchdrehen sehen; auf dem College, wenn ich zu viele Arbeiten abzugeben hatte und nicht wusste, wo ich anfangen sollte. Und jedes Mal hat er einfach gewartet, bis ich mich aus meiner selbst gegrabenen Grube wieder herausgeredet hatte, mich angelächelt und vielleicht mit seinen Daumen mit sanften, beruhigenden Bewegungen über meine Fingerknöchel gerieben.

Diesmal gibt es jedoch keine dieser Berührungen, und dieses Lächeln, das einst süß und neckend war, wirkt jetzt höhnisch. Obwohl ich weiß, dass das nicht stimmt, ist es das, was mein Kopf und mein Herz denken. Komisch, wie nach einer Trennung von jemandem alles, was man einmal an ihm geliebt hat, zu allem wird, was man hasst.

»Ich habe aber nicht viel Zeit«, füge ich hinzu, um ein wenig Würde und Macht zurückzugewinnen. »Also, was immer du auch willst, bringen wir es hinter uns, ja?«

»Sicher, Darlin'.«

Ich zucke zusammen, als wäre sein Wort der Auslöser eines Schockhalsbands. Er setzt sich, erstarrt, als habe er irgendeinen Befehl geflüstert, der einen Scheinwerfer auf ihn gerichtet hat, und schüttelt den Kopf.

»Tut mir leid. Macht der Gewohnheit.«

»Nennst du jetzt viele Typen so?« Das war unnötig.

»So habe ich das nicht gemeint, und das weißt du, K.«

»Kian«, erinnere ich ihn. »K ist für Freunde reserviert, und du, Hudson, bist nicht mehr mein Freund.«

Da. Ich habe es getan. Vorteil: Kian. Der Ball ist wieder in meinem Spielfeld. Ich habe das Narrativ unter meine Kontrolle gebracht. Hudson, der wortgewandte Charmeur aus Georgia, ist nicht mehr derjenige, der die Macht hat. Ich …

»Das ist eigentlich genau, warum ich dich angerufen habe.« Hudson weicht meinem Blick aus und spielt mit dem Zuckerpäckchen, das ich aufgerissen und auf den Tresen geworfen habe. Er faltet es zu einer unbestimmten Form, faltet es wieder auseinander und faltet es noch mal, wie ein Origami-Experiment für Arme.

Ich kenne diesen Tick. Er spielt mit Dingen herum, wenn er nervös ist – besorgt, eigentlich. Es kommt nur so selten vor, dass ich das sehe. Es ist … ungefähr genauso häufig, wie ein schlechtes Foto von Beyoncé zu finden.

Kann es sein, dass der große Hudson Rivers nervöser ist als ich?

»Scheiß drauf.« Er wirft das zerknüllte Papier auf den Tresen. »Es ist noch nie was Gutes dabei herausgekommen, um den heißen Brei herumzureden.«

»Ich bin mir ziemlich sicher, dass ich derjenige bin, der …«

»Ich habe dich hergebeten, weil ich möchte, dass du mein fester Freund bist.«

Und ich war noch nie so froh wie in diesem Moment, Schwarz zu sein. Nicht nur, weil Schwarze weniger Falten bekommen – *Black don't crack*, wie man so schön sagt –, sondern weil ich so, wie mir das Blut in die Wangen schießt, sonst aussehen würde wie eine überreife Tomate.

Und an Tomaten ist nichts sexy.

2

Es gibt zwei perfekte Schlagwörter, die den meisten Leuten in den Sinn kommen, wenn sie Hudson Rivers erwähnen: Whiskey und eine Stahlsaitengitarre.

Whiskey, weil seine Stimme genauso weich und vollmundig ist wie der Alkohol, für dessen Herstellung und Vermarktung seine Familie berühmt ist.

Und eine Gitarre, weil er die nicht nur großartig spielen kann, sondern weil seine Stimme auch eine sanfte, verführerische Note hat, gegen die Odysseus' Sirenen wie grottenschlechte Teilnehmer bei *The Voice* klingen.

Weiß Hudson, dass er diese Wirkung auf Leute hat? Absolut.

Nutzt er es zu seinem Vorteil? Hundertprozentig. Ich habe ihn in Aktion gesehen.

Kümmert das irgendeinen von uns? Scheiße, nein.

Denn wer regiert die Welt? Nicht Mädels, sondern Jungs mit hammermäßigem Kinn. Und Hudson Rivers hat genau das.

Und Geld – das hilft auch.

Ich meine, kommt schon, welcher normale Mensch kann

im September in Boston ein schwarzes Henley-Shirt mit dunkler Jeans, ein verkehrt herum aufgesetztes Baseballcap und klobige Stiefel tragen und den Look *wirklich gut* aussehen lassen? Aber er schafft es mühelos, und dafür hasse ich ihn. Aber ich liebe ihn auch dafür. Oder vielleicht ist es meine Geilheit, die da aus mir spricht. Ich schätze, es könnte alles drei sein.

Wenn ich ehrlich bin, passen alle diese Beschreibungen auf Hudson. Bei anderen Männern wäre es ekelhaft, aber Hudson trägt die Krone gut. Er meistert die Balance zwischen selbstbewusst und arrogant, als wäre es sein Hauptfach. Er weiß, dass er attraktiv ist, aber er spricht nicht darüber. Ich habe ihm immer gesagt, dass er aussieht wie Jesse Williams, wenn der zehn Jahre jünger wäre. Zu dieser unglaublich zutreffenden Aussage stehe ich noch immer. Sicher, er hasst es, Selfies zu machen, was einen direkten Fotovergleich schwierig macht, und auf seinem Instagram ist höchstens gelegentlich ein Foto von irgendeinem Ort, an den er gereist ist, oder ein Sonnenuntergang oder irgendetwas anderes Alltägliches (vor sechzehn Stunden hat er laut seinem Account nach einem Jahr erfolgloser Anläufe endlich *Der Wassertänzer* fertig gelesen – schön für ihn). Aber das bedeutet nicht, dass ich falschliege! Wenn man all das in Betracht zieht und dazu noch die Tatsache, dass er nicht über den Reichtum oder Einfluss seiner Familie spricht, außer es ist tatsächlich relevant für die Unterhaltung, dann ist Hudson Rivers auf dem Papier ein guter Mensch. Verdammt, er ist auch im wahren Leben ein großartiger Mensch.

Na ja, abgesehen davon, dass er mich in genau diesem Café abserviert hat – an genau diesem Tisch, an dem wir seit zehn Minuten verlegen sitzen.

»Du siehst gut aus«, sagt er schließlich, während er einen Schluck von seinem Americano nimmt.

Ich stoße ein leises, spöttisches Schnauben aus, von dem ich denke, dass es unbemerkt bleibt.

Ich dagegen habe mich deutlich verändert. Nicht freiwillig, wohlgemerkt. Falls mir romantische Komödien irgendetwas beigebracht haben, dann, dass man nach einer großen Trennung eine große Veränderung braucht. Und führt diese große Veränderung nicht herbei, indem ihr euch die Haare selbst vor dem Spiegel schneidet, denn das geht nie gut aus.

Für mich bestand die Veränderung darin, dass kurzärmelige Hemden Band-Shirts wichen. Kurze, gegelte Locken wurden zu einem kleinen Afro unter einem Beanie. Schlecht sitzende Jeans wurden gegen gut geschnittene ausgetauscht. Schmutzige Vans von einem No-Name-Outlet wurden durch billige, aber trotzdem modische Stiefel ersetzt.

»Ist es so schlimm, das zu sagen?«, fragt er.

»Nein. Überhaupt nicht. Danke.« Ein Herzschlag. »Du kannst dich dafür bei Divya bedanken; das war alles ihre Idee.«

»Wie geht's ihr übrigens?«

»Sie will dir immer noch eine reinhauen.«

»Also geht's ihr großartig. Schön zu hören.«

Ein Lächeln droht sich zu zeigen, aber ich beiße mir in die Wange, bis ich Blut schmecke. Das hat er nicht verdient. Nein. Absolut nicht. Er verdient keinerlei Lob oder Genugtuung. Er hat *mich* abserviert! Nicht andersrum. Kein *Lass uns drüber reden.* Kein *Ich bin nicht glücklich.* Nichts. Völlig aus heiterem Himmel. Er verdient keinerlei Erleichterung, die ein Lächeln ihm vielleicht schenken könnte. Er darf nicht das

Gefühl haben, vom Haken zu sein, weil *es Kian anscheinend großartig geht.*

Bleib bei der Sache. Bleib konzentriert. Rein. Raus.

»Bitte sag nicht, du hast dich bei mir gemeldet, um mich zu fragen, wie es Divya geht. Dafür hättest du auf Insta nachsehen können. Was kommt als Nächstes, fragst du mich, wie das Wetter wird?«

»Das Wetter ist in Boston im Sommer immer gleich. Um die dreißig Grad, mit einer dreißigprozentigen Gewitterwahrscheinlichkeit.«

»Werd nicht frech, Hudson.«

»Aber du magst es doch, wenn ich frech bin. Und wenn ich mich recht erinnere ...« Er lehnt sich vor und stützt die starken Unterarme mit genug Gewicht auf den Tisch, dass er wackelt. »Du hast es früher auch gemocht, wenn ich ... diese Sache mit meiner Zunge an deinem ...«

»Kann ich euch irgendwas bringen?«

Aus dem Nichts taucht eine Kellnerin auf – Samantha: dunkle Haare, ein zu strahlendes Lächeln, im zweiten oder dritten Collegejahr, glaube ich, und dem hungrigen Blick nach zu urteilen, denkt sie entweder, sie kann eine schnelle Nummer auf der Toilette kriegen – eine Art Initiationsritus im *Watering Hole* –, oder sie hält Hudson für modernen Hochadel.

Technisch gesehen läge sie mit Letzterem nicht falsch.

Aber Hudson ignoriert die hungrigen Blicke, zumindest bis ihr Warten so offensichtlich wird, dass er sie nicht mehr ignorieren kann.

»Nein, danke, Darling.« Samantha öffnet den Mund, wahrscheinlich, um das heutige Tagesangebot anzupreisen, aber Hudson schneidet ihr das Wort ab.

»Aber mein Schatz kann haben, was immer er will.«

Ihre Züge entgleisen, und das ist beinahe – beinahe – genug, um ihn nicht zu korrigieren.

»Nicht dein Schatz.«

Ihr Gesicht hellt sich wieder auf. Samantha, die Kellnerin, durchläuft hier heute wirklich ihre persönliche Gesichtsreise.

»Trotzdem, bringen Sie ihm, was immer er will.« Hudson reicht ihr dreißig Dollar, mehr, als jeder Drink hier kostet. Aber es ist auch Blutgeld – an diese Geldscheine sind Bedingungen geknüpft. Samantha wendet sich mir zu, reglos, entschlossen und stur.

»Iced Mochaccino.« Ein Augenblick verstreicht. »Danke.« Ich habe die letzten sieben Jahre in Boston verbracht, aber das bedeutet nicht, dass ich meine Südstaatenmanieren verloren habe.

»Kommt sofort«, antwortet sie fröhlich, bevor sie verschwindet.

»Jetzt geht das schon wieder los«, murmle ich.

»Hm?«

»Dass du denkst, du kannst Leute kaufen. Wir Südstaatler sollen doch respektvoll und gastfreundlich sein, schon vergessen? Das schließt dich nicht aus, nur weil du reich bist.«

»Meine Familie ist reicher als Gott persönlich, danke der Nachfrage«, sagt er mit einem flirtenden Zwinkern. »Und ich habe ihr dreißig Dollar gegeben für einen Drink, der sechs Dollar kostet, und dir freie Wahl gelassen, zu bestellen, was du willst. Das hört sich für mich nach einem guten Menschen an.«

»Hört sich nach jemandem an, der gerade bewiesen hat, dass ich recht habe.«

Er öffnet den Mund, schließt ihn und öffnet ihn dann wieder. »Das werde ich nicht mal einer Antwort würdigen.«

»Dann beantworte mir das.« Ich stütze die Unterarme auf den Tisch und lehne mich vor. In einem Psychologiekurs habe ich gelernt, wenn man wissen will, ob jemand wirklich lügt, soll man ihm in die Augen sehen. Sogar die besten Lügner verraten sich dort: leicht geweitete Pupillen, ein Blinzeln, ein Zucken. Reflexartige Reaktionen, biologisch verknüpft mit der menschlichen Entscheidung, die Wahrheit zurückzuhalten.

Also konzentriere ich mich darauf und verliere mich dabei in seinen warmen, freundlichen und einladenden braunen Augen. Neun von zehn Mal, wenn ein Ex sich wieder bei dir meldet, völlig aus heiterem Himmel, gibt es nur einen einzigen Grund, warum er dich sprechen will.

»Hast du mich deinen festen Freund genannt, damit du es rechtfertigen kannst, mich um Versöhnungssex zu bitten?«

Um ehrlich zu sein, und ich schäme mich nicht besonders, das zu sagen, falls Hudson das will, würde er es kriegen. Mit seinem perfekten, warmen Südstaatenakzent, der teuren (aber bequemen) Kleidung und der richtigen Menge Parfüm, das nach Mahagoni riecht, ist er ein gefährlicher, berauschender Mikrokosmos. Dazu der jungenhafte Charme, den man bei jemandem, dessen Familie schon mehrmals Beyoncé und Jay-Z getroffen hat, nicht erwarten würde, und niemand, absolut niemand an der Northeastern war gegen seine Anziehungskraft immun.

Also warum hat ein kluger Kerl wie ich etwas so Dummes getan, wie mich wieder in diese Situation zu bringen?

Einfach.

Weil ich immer noch in ihn verliebt bin.

Ich liebe sein Lächeln. Ich liebe es, wie seine Augen aussehen, wenn er gerade aufgewacht ist, wie ein bewölkter Küstenort am frühen Morgen. Ich liebe es, wie sein Akzent stärker wird, wenn er gestresst oder müde ist. Und ich liebe sein Lachen.

Außer, wenn es mir gilt.

Wie jetzt gerade.

Hudson hat diese Art von Lachen, die wirkt wie eine teure Flasche Wein. Es ist überraschend tief, und sein ganzer Körper bebt, wenn er etwas tatsächlich urkomisch findet.

Und offensichtlich bin ich mit meiner Frage über Versöhnungssex das Lustigste, was er die ganze Woche gehört hat.

Er fährt für die längsten zehn Sekunden meines Lebens damit fort, sich vor Lachen zu schütteln. Mit jeder Sekunde, die vergeht, kocht weiß glühende Wut in mir hoch und droht auszubrechen wie Lava am Rand eines erwachenden Vulkans. Als er aufhört, was gut für ihn und sein Wohlergehen ist, wischt er sich Tränen aus den Augen.

»T-tut mir leid. Ich habe dich nicht *aus*gelacht, versprochen.«

»Wenn du jetzt sagst, ›Ich habe dich *an*gelacht ...‹«

»Ich meine, komm schon, das war lustig. Du hast doch einen Witz gemacht, oder?«

Da ist sie, die perfekte Ausrede. Lächle und sag, dass du einen Witz gemacht hast, Kian. Stürz dich in dein Schwert; besser, wie ein Idiot aussehen, der den Einsatz verpasst hat, als tatsächlich zuzugeben, dass du dich immer noch nach dem Mann sehnst, der dir das Herz gebrochen hat – in genau diesem verdammten Café.

Denn das Einzige, was noch erbärmlicher ist als das, ist ... Na ja, es gibt nichts Erbärmlicheres.

Ich bekomme nicht die Chance zu lügen, bevor Hudson weiterspricht.

»Aber das ist egal, Kian, denn ich will wirklich wieder mit dir zusammen sein.«

»... Okay ...«

»Aber nur für einen Tag.«

Schallplattenkratzer.

»Bitte, was?«

»Vielleicht drei Tage, höchstens. Ich glaube nicht, dass wir länger brauchen werden.«

Für den – unwahrscheinlichen – Fall, dass Hudson Rivers sagen würde, er habe einen Fehler gemacht und wolle mich zurück, hatte ich eine ganze Rede geplant. Ein metaphorisches Hin und Her, an dem ich während der letzten neunzig Tage meisterhaft gefeilt habe, um es sowohl romantisch als auch hitzig wirken zu lassen. Ich habe jede Erwiderung geplant, mir jedes Wort überlegt, das ich benutzen würde. Genug, um ihn zu treffen und zum Nachdenken zu bringen, aber nicht so, dass es einstudiert wirkt. Das ist es, was jeder unter der Dusche macht: Diskussionen planen.

Und sich einen runterholen natürlich. Das hab ich auch reichlich gemacht.

Aber das hier habe ich nicht geplant. Und ich bin mir auch ziemlich sicher, dass ich mir darauf keinen runterholen werde.

»Warum drei Tage?«

Hudson rutscht nervös auf seinem Stuhl herum. Seine Schultern sind steif, seine Haltung angespannt. Seine Augen wirken ein bisschen dunkler, und wie er vorgebeugt ist ... Als versuche er, sich kleiner zu machen. Als wisse er, dass das, woran er denkt und was er vorschlagen will, falsch ist.

Und ich weiß, dass es mir nicht gefallen wird.

»Hör zu«, sagt er schließlich. »Ich würde dich nicht darum bitten, wenn es kein Notfall wäre, das weißt du doch, oder?«

»Mmhm …«

»Und es ist nicht so, als ob ich das geplant hätte. Ich würde dir das nicht antun. Auch wenn wir Schluss gemacht haben, bist du immer noch … ein wichtiger Mensch für mich, Kian. Es ist mir wichtig, dass du das verstehst.«

»Spuck's einfach aus.«

Er holt tief Luft.

3

»... Und das war der Moment, in dem ich ihm den Drink ins Gesicht geschüttet habe.«

Eineinhalb Tage später bin ich weit weg von Hudson auf der anderen Seite der Stadt und sitze mit fünf Personen an einem Tisch für vier im *Patriot*. Es kommt nicht oft vor, dass mein Bruder Jamal und ich uns treffen, er ist gerade zu beschäftigt damit, in Harvard drei Hauptfächer in weiß Gott was zu studieren. Irgendwas Eindrucksvolles, das ihn zu einem Komplizen des Kapitalismus machen wird, da bin ich mir sicher.

Aber ein monatliches Abendessen steht schon auf unserer Liste, seit er vor fast zwei Jahren an der Eliteuni angefangen hat, und wir haben es bisher erst ein halbes Dutzend Mal geschafft. Vielleicht ist es Schicksal oder diese brüderliche Verbindung, von der die Leute immer schwärmen; aber nach dem Desaster mit Hudson finden wir einen Termin.

»Es tut mir leid, aber du musst noch mal anfangen«, sagt Divya und kippt den Rest ihres Dark 'n' Stormy runter. »Noch mal von vorn.«

Ich trinke drei Schluck Wasser, damit ich morgen keinen

Kater habe und um etwas Zeit rauszuschinden. Als würde irgendein Gott Mitleid mit mir haben und ein betrunkener Clown in die Bar platzen und alle ablenken, damit ich mich nicht wiederholen muss.

Aber so viel Glück habe ich nicht, denn ich, Kian Andrews, bin kein solcher Glückspilz.

»Er hat mich gebeten, seinen Freund zu spielen. Er sagte, seine Eltern kommen zu Besuch, und er hat ihnen nicht gesagt, dass wir Schluss gemacht haben, und …« Ich hole tief Luft und sage beim Ausatmen: »… er braucht mich, um ihn zu decken.«

Ich wiederhole es jetzt für den Tisch schon zum vierten Mal. Dieser Tisch besteht aus meinem Bruder Jamal, der seine beste Freundin Emily mitgebracht hat, plus Divya, die, und ich zitiere: »einfach besessen von Jamal« ist, also kam sie natürlich mit. Und weil Jamal heimlich ein Gutmensch ist, ist Emilys Freund Todd – ein Existenzgründer, der versucht, eine Brauerei zu eröffnen, die sich auf Blumen als Geschmacksbasis spezialisiert (mit anderen Worten pleite) – wegen des Gratisessens auch mit von der Partie.

»Das ist Wahnsinn«, murmelt Divya.

»Der ist wirklich dreist«, schaltet sich Jamal ein.

»Oder verrückt – Moment, das Wort benutzen wir nicht mehr, oder?«, fragt Todd.

»Das ist ableistisch, Babe. Also? Was hast du gesagt?«, fragt Emily und lehnt sich vor. Sie studiert Englisch als Hauptfach; romantische Fehlzünder interessieren sie weit mehr, als sie sollten.

»Natürlich hat er Nein gesagt«, sagt Divya spöttisch, als wäre es das Lächerlichste, was Emily hätte sagen können. »Richtig?«

»Mhm.«

Was nicht ganz zutreffend ist. Sicher, ich habe die Worte nicht wirklich gesagt, aber einem Typen seinen Kaffee ins Gesicht zu schütten ist genauso, wie Nein zu sagen, oder nicht? Hudson ist ein kluger Kerl, er hat die Botschaft kapiert. Sogar wenn er sie nicht kapiert hat, macht das keinen Unterschied. Ich habe ihn offiziell auf allen Plattformen geblockt – schon wieder.

Und ich habe Hausverbot im *Watering Hole* – das war's wert.

»Das war auch richtig so«, fügt Jamal hinzu. Er winkt dem Barkeeper und bestellt uns durch irgendeinen geheimen Code mehr Getränke. Anders als ich hat Jamal natürliches Charisma. Leute mögen ihn – nein –, vergöttern ihn schon bei der ersten Begegnung. Freunde finden? Easy. Eine Clique finden? Easy. Ich habe das Gefühl, als der ältere, unbeholfenere Bruder sollte ich ihm eigentlich etwas beibringen, während es tatsächlich oft andersrum ist.

»Ich hätte mich gar nicht erst mit ihm getroffen«, ergänzt Todd, Emilys blonder, muskulöser Instagram-Influencermäßiger Freund, während er sein schaumiges IPA schlürft. »Man kann mit seinem Ex nicht befreundet sein.«

»Whoa«, klinkt Divya sich ein und blickt von ihrem Handy hoch. »Ich bin die Vorsitzende des ›Ich hasse Hudson‹-Clubs, aber das? Falsch.«

»Schau, ich hasse es, mich auf die Seite eines weißen Mannes zu schlagen, aber Todd hat recht«, fügt Jamal hinzu.

»Danke«, wirft Todd ein.

»Freu dich nicht zu früh, Kolonialherr«, erwidert Jamal. »Ich denke einfach nur nicht, dass es möglich ist. Da ist zu viel Ballast. Ihr zwei wart wie lange zusammen? Zwei Jahre?«

»Eineinhalb«, korrigiere ich.

»Drei, wenn man die allzu dramatische und übertrieben lange Schmachtperiode hinzuzählt«, fügt Divya hinzu.

»Die zählt niemand dazu«, erinnere ich sie.

»Ich schon, und ich bin jemand, also zählt es.« Divya zwinkert frech.

»Seht ihr? Das ist eine lange Zeit«, sagt Emily, das Kinn immer noch in die Hand gestützt, als schaue sie ihre Lieblingsneuverfilmung von *Stolz und Vorurteil*.

»Richtig. Und in Schwulenjahren? Da sind das was? Zwei Jahre?«, fragt Divya.

»Vier«, sagen Jamal und ich gleichzeitig.

»Ich mein ja nur, es gibt Wurzeln zwischen euch beiden. Und dich zu bitten, seinen Freund zu spielen? Das ist grausam«, schließt Jamal.

Divya wendet sich mir zu. »Warum hat er dich das überhaupt gefragt?«

Mit dieser Information bin ich nicht so freigiebig. Und die Wahrheit? Ich weiß es nicht. Sobald ich mich entschieden hatte, zu gehen ... wurde alles verschwommen. Ich erinnere mich nur, dass meine Wangen brannten, mir das Blut in den Ohren rauschte und ich rausgestürmt bin. Die Welt war wie ein Aquarell aus rustikalem Braun, Sonnengelb und Musik.

»Irgendein dummer Gefallen.« Das war nicht gelogen. Nicht ganz. Basierend auf dem Grundprinzip des Ex-Freunde-Gesetzes ist eigentlich jeder Gefallen, um den Hudson mich bittet, dumm. Selbst wenn ich mir nicht sicher bin, welche Logik dahintersteckt, macht das keinen Unterschied. Die Prämisse ist dumm, also ist die Bitte automatisch falsch.

»Ich mein ja nur.« Todd zuckt mit den Schultern und greift an Emily vorbei, um sich Pommes aus der gemeinschaftlichen Schüssel zu stibitzen. »Ex-Partner sind nicht ohne Grund Ex-Partner.«

»Mit Verlaub, ich bin da anderer Meinung.« Natürlich ist Emily anderer Meinung. »Manche Leute sind dazu bestimmt, zusammen zu sein. Manchmal kriegen sie es gleich beim ersten Versuch hin. Manchmal dauert es fünfzig Jahre.«

»Sprichst du aus Erfahrung?«, fragt Divya.

Emily nickt. »Meine Großeltern. Na ja, meine Großmutter. Mütterlicherseits. Hat in der Highschool einen Typen kennengelernt, war mit ihm zusammen, hat am College mit ihm Schluss gemacht, meinen jetzigen Großvater, den Vater meiner Mom, geheiratet, sich von ihm scheiden lassen und ist nach sechzig Jahren wieder mit dem ersten Mann zusammengekommen.« Sie klaut eine Fritte von Todds Teller. »Sind seit sechs Jahren miteinander glücklich.«

»Das ist eine Ausnahme, nicht die Regel«, erinnere ich sie. »Bei den meisten Leuten war's das, wenn sie sich getrennt haben. Sie sind fertig miteinander.«

»Heißt nicht, dass das für *alle* Leute gilt. Heißt nicht, dass das für dich und ... wie heißt er noch mal?«

»Hudson« sagen Jamal, Divya und ich gleichzeitig. Beide haben die Hudson-Ära mitgekriegt. Divya war mein Rammbock und Saufkumpanin. Jamal pendelte zwischen *Ich hab's dir doch gleich gesagt* und *Ich fahr dich übers Wochenende nach Hause, wenn du willst* hin und her. Sogar wenn zu Hause gute zehn Stunden weit weg war.

Und so wie jeder Freund es tun würde, weiß ich tief in meinem Innern, wenn ich ihnen sagen würde, dass ein Teil von mir, ein kleiner Teil von mir, neugierig darauf ist, was Hudson braucht – und in Betracht zieht, ihm zu helfen –, würden sie mich nach draußen schleppen und unter die kalte Dusche stellen, als wäre ich betrunken. Was ich wohl irgendwie bin, schätze ich. Trunken vor Liebe.

Aber noch nicht annähernd, was den tatsächlichen Blutalkoholspiegel betrifft.

»Hudson Rivers, um genau zu sein«, fügt Divya mit angewiderter Miene hinzu. »Trau nie jemandem, dessen Name ein regelrechtes ...«

»Warte, noch mal zum Mitschreiben«, unterbricht Todd sie. »*Der* Hudson Rivers?«

Und schon geht's los.

Genau so reagiert jeder junge weiße Typ – besonders einer, der in der Bierindustrie arbeitet –, wann immer ich Hudsons Namen erwähne, was schon eine ganze Weile nicht mehr vorgekommen ist. Jeder, der IPAs trinkt, kennt die Rivers-Familie. Ich meine, das ist eine angemessene Reaktion. Wenn man Bier irgendeiner Sorte trinkt, oder wenn man in Amerika aufs College gegangen ist, oder wenn man auch nur einen einzigen für die allgemeine Schulbildung erforderlichen Wirtschaftskurs belegt hat, dann kennt man wahrscheinlich die Marke Rivers & Valleys. Günstiges, aber trotzdem köstliches Bier, wohlbekannt für ihre Pale Ales und nun, seit zwei Monaten, der profitabelste Brauereikonzern der Vereinigten Staaten. Und *immer noch* familiengeführt.

Ich muss mir Todds Fanboymoment nicht geben.

»Ich hol uns unsere Drinks.«

Rasch schlängle ich mich an Divya vorbei und durch die volle Bar. Das *Patriot* ist ein angesagter Laden, hauptsächlich für Bostons Berufsanfänger und die, die kurz vor ihrem Eintritt in die Arbeitswelt stehen. Es ist schick und billig, zwei Gegensätze, die schwer zu finden sind. Livemusik, eine großartige Happy Hour und genügend Sitzplätze. Was könnten überarbeitete und unterbezahlte Mittzwanziger mehr wollen?

Na ja, außer Schuldenerlass.

Ich dränge mich durch den überfüllten Barbereich und lehne mich an den Tresen. Die meisten Leute im *Patriot* sind mit Freunden, Kolleginnen und Studierenden benachbarter Colleges da. Das ist der größte Teil der Gäste hier. Tufts, Harvard (was, technisch gesehen, in Cambridge ist), Boston College, Northeastern, MIT. Von überall dort strömen die Studenten hierher oder in die zweite, kleinere Location in Roxbury.

Anders als die meisten Leute mag ich es, mich in der Menge zu verlieren. Ich bin klein – na ja, nicht richtig klein, aber mit eins vierundsiebzig knapp unter der männlichen Durchschnittsgröße –, also fällt es mir leichter, in solchen Menschenmengen verloren zu gehen. Das gefällt mir. Ich *genieße* es. Es nervt nur, wenn man versucht, die Aufmerksamkeit eines Barkeepers zu bekommen.

Endlich wendet sich der Blonde, der Drinks serviert, als hätte er acht Hände, und dessen an beiden Seiten kurz rasierte Frisur für meinen Geschmack ein bisschen zu konservativ ist, mir zu.

»Das Übliche für Tisch zehn«, sage ich und zücke meine Karte.

»Kommt sofort.« Er drückt ein paar Buttons auf der Registrierkasse. Eine Kellnerin wird die Bestellung an den Tisch bringen. Aber anstatt meine Karte zu nehmen, reicht er mir eine Quittung, als er zurückkommt.

»Passt schon.«

»Du gibst uns die Getränke aus?«

Der Mann lacht, mit einer tiefen Stimme, die das Geschwätz und den Lärm der Bar durchschneidet. »Hättet ihr wohl gern.« Stattdessen zeigt er die Reihe entlang. »Er hat sie bezahlt.«

Einen Moment lang durchzuckt mich Freude, als er das sagt.

Es gibt niemanden, absolut niemanden auf der Welt, der das »Irgendein Fremder gibt dir einen Drink aus, um deine Aufmerksamkeit zu bekommen«-Trope *nicht* sexy findet. Sicher, da ist diese zweite Tsunamiwelle von Gefühlen, die einen trifft, um diese Freude zu trüben: Was, wenn er was in den Drink getan hat? Aber in diesem kurzen, strahlenden Augenblick ist es eine Generation-X-Lovestory.

Und wenn das nicht genug Logik ist, um mich wieder auf den Boden der Tatsachen zurückzuholen, dann tut es die dritte Welle.

»Das ist doch ein Witz.«

Ich schiebe mich durch die Menge wie ein Eisbrecher. Als ich ihn erreiche, hat Hudson seinen Hocker zu mir herumgedreht und die Hände erhoben.

»Bevor du mich einen Stalker nennst oder Divya herholst, um mir eine zu verpassen, wollte ich nur sagen, dass ich dir nicht die ganze Geschichte erzählt habe. Wenn du dich setzt und mir fünf Minuten gibst, dann erkläre ich dir alles. Versprochen.«

Eines weiß ich über Hudson Rivers immer noch mit Sicherheit: Er ist kein Lügner. Also tue ich, was jeder neugierige, leicht angetrunkene, wütende Ex eines attraktiven Kerls mit einer tiefen Stimme, der ein bisschen nach Kiefernnadeln riecht, tun würde.

»Fünf Minuten«, erinnere ich ihn und setze mich. »Und noch einen Drink. Das bist du mir schuldig.«

4

»Ich muss mich bei dir entschuldigen.«

Seine ersten Worte, seit ich mich hingesetzt habe, kommen heraus wie Honig. Süß, aber zäh, raffiniert, aber gezwungen. Er weicht meinem Blick aus, als er das sagt, als schäme er sich. Das ist es, was mich neugierig macht.

Hudson war noch nie einer dieser dreisten, abgehobenen reichen Jungs, obwohl er ganz sicher genug Macht und Einfluss hat, um so zu sein. Gleichzeitig fallen ihm Entschuldigungen nicht leicht, und selbst wenn er weiß, dass er sich entschuldigen sollte, sind sie wie Rauchschwaden. Schwach, kaum wahrnehmbar und ebenso schnell wieder verschwunden, wie sie aufgetaucht sind.

Ihn also mit so viel Absicht und Überlegung sagen zu hören, dass es ihm leidtut, das ist eine Überraschung.

»Nur fürs Protokoll, mir tut es nicht leid, dass ich dir meinen Kaffee übergeschüttet habe«, erinnere ich ihn.

»War nur fair.«

»Du hattest es verdient.«

»Noch mal, das war nur fair.«

Ich halte mich gerade noch davon ab, zu sagen: Und du

siehst gut aus, wenn du nass bist. Obwohl ich viel Erfahrung habe, um diese Behauptung zu stützen, und noch mehr Bilder in den tiefsten Winkeln meiner überaktiven Fantasie, entscheide ich mich stattdessen für sture Entrüstung.

»Ich bin kein Fan davon, wenn man mit mir spielt, Hudson.« Ja, das klingt selbstbewusst. Als wäre ich der coole Star in einem modernen, queeren Remix von Kelly Clarksons *Miss Independent*. Punkt für mich und meine Schlagfertigkeit.

Zumindest hoffe ich, dass es so rüberkam. In Wahrheit waren diese Worte wie schroffe, scharfkantige Steine, die meine Zunge verletzten. Wie viel Therapie, wie viele Achtzigdollarsitzungen waren nötig, bevor ich diesen einen Ausbruch glühenden Selbstbewusstseins haben konnte? Das ist mir noch nie leichtgefallen. Diese Fähigkeiten hat Jamal abbekommen.

»Das wollte ich nicht. Es war nicht ...« Er seufzt und nimmt einen langen Schluck von seinem klaren Getränk. Man könnte meinen, dass er wegen unserer Location und seinem Familienunternehmen irgendein schickes Mixgetränk trinkt. Aber seit ich Hudson kenne, habe ich ihn noch nie auch nur einen Schluck von irgendeiner Art von Alkohol trinken sehen. In diesem Glas ist wahrscheinlich Mineralwasser. Oder Wodka? Nein, das sieht Hudson nicht ähnlich. Vielleicht aus demselben Grund, aus dem Leute, die in Restaurants arbeiten, nicht gern dort essen. Ich habe ihn nie gefragt, und, offen gesagt, war es nie wichtig.

Irgendwie macht ihn so etwas Schlichtes wie die Tatsache, dass er nichts trinkt, obwohl seine Familie die Brauereiindustrie beherrscht ... attraktiv? Es ist diese Differenz. Die hartnäckige Rebellion gegen seine Familie, die ihn besonders genug macht, um mein Interesse zu wecken.

Denn trotz der unterschwelligen Unterstellungen von Leuten, die fragten, wie es war, mit Hudson Rivers zusammen zu sein, ging es nie ums Geld oder um seine Connections oder die Tatsache, dass seine Familie die drittreichste in den Südstaaten ist. Es waren seine Sanftheit, sein tiefer Bariton, sein Lächeln und das darauffolgende Funkeln in seinen Augen.

Es war, wie seine Hände sich auf mir anfühlten, wenn sie grob waren. Wie sie sich anfühlten, wenn sie sanft waren.

Es war so viel mehr als sein Bankkonto. Es waren die geflüsterten Träume, die er nur mitten in der Nacht aussprach, wenn sogar Boston still war. Es war die Art und Weise, wie er sich auf die volle Unterlippe biss, wenn er – zum dritten Mal – gegen einen *Skyrim*-Gegner verloren hatte. Es war, wie er sagte, dass er Musicals langweilig fände, aber mich, nachdem wir zusammen *Wicked* gesehen hatten, am nächsten Morgen aufweckte, indem er nur in der Unterhose und in eine Decke gewickelt auf dem Sofa stand und schief *Frei und Schwerelos* schmetterte.

Dinge wie diese machten Hudson zu Hudson, nicht bloß zu einem Rivers, in den ich mich hoffnungslos verliebt hatte. Und diese Erinnerungen, die heißen und die zuckersüßen, sind der Grund, warum ich noch hier bin.

»Wie wär's, wenn wir noch mal neu anfangen?«, schlägt er vor. »Bitte?«

Ein Herzschlag. »Bist du mir hierher gefolgt?«

»Nun ... das ist *eine* Definition von neu anfangen.« Erneut nimmt er einen Schluck von seiner halb ausgetrunkenen klaren Flüssigkeit, wahrscheinlich, um sich ein wenig Zeit zu verschaffen. »Woher hätte ich denn wissen sollen, dass du hierherkommen würdest, K?«

»Kian. Eine gute Vermutung?«

»Genau, einfach nur das. Eine Vermutung.«

Er starrt sein Glas an, während ich einen flüchtigen Blick rüber zu Divya und den anderen werfe. Niemand hat hochgeblickt, um zu sehen, warum ich so lange mit den Getränken brauche. Zu beschäftigt damit, zu trinken und gesellig zu sein, so wie immer. Ich weiß, dass Divya mich liebt. Ich weiß, dass Jamal mich erträgt, und wenn wir alle zusammen sind, dann haben wir Spaß. Aber ich bin nicht wie sie. Ich bin eher wie Emily, aber sie ist besser als ich darin, so zu tun, als würde sie sich unter Extrovertierten wohlfühlen.

Der einzige Extrovertierte, in dessen Gegenwart ich mich je gut gemacht habe, war ...

»Du schuldest mir mehr als eine Entschuldigung.«

»Hm?«

»Eine Erklärung«, füge ich hinzu. »Ich denke, das ist nur fair.«

»Das finde ich auch. Um fair zu sein, du bist rausgerannt, bevor ich dir eine Erklärung geben konnte.«

»Dann gibst du also mir die Schuld? Ich war nicht derjenige, der ...«

Abwehrend hebt er die Arme zu dieser »Ich ergebe mich«-Geste.

»Rudern wir mal zurück. Es war falsch von mir, das zu sagen. Lässt du es mich noch mal versuchen?«

Als ob es eine Welt gäbe, in der ich Hudson Rivers nicht so viele Chancen geben würde, wie er will.

»Erklär.«

Er nimmt einen letzten Schluck – einen größeren diesmal. »Meine Eltern sind ziemlich große Nummern – du weißt, wie sie sind«, sagt er langsam, eine schlaue Weise, uns beide daran zu erinnern, dass unsere Beziehung weit genug fortgeschritten war, um die Eltern-Kennenlernen-Phase erreicht zu haben, bevor uns alles um die Ohren flog. »Und sie erwarten von ihren Kindern, dass sie das auch sind. Das weißt du.«

»Ich hatte im letzten Jahr Wichtigeres als deinen Familienstammbaum, auf das ich mich konzentrieren musste.«

Natürlich erinnere ich mich. Alle über einundzwanzig, und wahrscheinlich auch einige darunter, haben schon Alkohol getrunken, der Kontakt mit der Familie Rivers hatte. Ihnen gehört nicht nur Rivers & Valleys, sie haben auch beachtliche Anteile an zwei anderen großen Alkoholkonzernen, was an ein Monopol in der Branche grenzt. Die Rivers-Destillerie, die sie seit der Prohibition in Georgia haben, ist ein kulturelles Wahrzeichen des Pfirsichstaats. Mr Rivers lässt sich Gerüchten zufolge nächstes Jahr zur Wahl aufstellen, unterstützt von dem Geld, das er in den Staat pumpt, seinem Südstaatencharme und seinem guten Charakter.

Und man rechnet damit, dass er gewinnt.

Mrs Rivers ist der Geschäftsverstand hinter der Operation. Sie wurde nicht in das Familienunternehmen hineingeboren, aber mit ihrem Master in Betriebswirtschaft hat sie die Südstaatenkette schnell zu internationaler Anerkennung geführt. Und Hudsons Schwester Olivia? Von der will ich gar nicht erst anfangen. Eine der jüngsten Geschäftsfrauen, die über zwanzig Prozent eines Milliarden-Dollar-Unternehmens besitzt.

Sie sind der Inbegriff einer Südstaaten-Powerfamilie.

Aber er braucht nicht zu wissen, dass ich mich an alles von ihm erinnere. Er braucht nicht zu wissen, wie oft ich an das letzte Mal gedacht habe, als ich seinen Eltern begegnet bin, kurz, während der Abschlussfeier. Wie sie mich von oben bis unten gemustert haben und ich nicht sagen konnte, was sie von mir hielten oder von meiner Familie. Schauten sie auf uns herab? Hatten sie ein Problem damit, dass er mit einem Mann zusammen war? Wollten sie wissen, ob ich kreditwürdig war?

Konnten sie mein mageres Bankkonto riechen?

Ein Anflug von Panik steigt mir in die Brust. Diese zehn Minuten mit Hudsons Eltern in der Aula gehören zu den stressigsten meines Lebens, und es besteht die Möglichkeit, dass, was immer Hudson von mir will, mit ihnen zu tun hat. Ich kann es nicht gebrauchen, daran zu denken. Ich brauche es nicht, mich darauf zu konzentrieren, wie schrecklich ich mich gefühlt habe. Wie … ungenügend ich war.

Stattdessen konzentriere ich mich auf Dinge, die ich mag. Das Intro von *Star Trek: The Next Generation* und wie *Star Trek: Discovery* ihm Hommage zollt. Katie Courics journalistische Stimme und wie nah dran ich bin, sie zu perfektionieren. Wie Hudsons Südstaatenakzent deutlicher wird, wenn er sauer ist. Seine heimliche Liebe zu Marvel-Filmen. Wie sich seine Zehen krümmen, wenn ich …

Konzentrier dich, Kian.

Hudson öffnet den Mund – ich vermute, um einen Vortrag über seine Familie zu halten –, bevor er den Kopf schüttelt. »Nicht so wichtig. Sie kommen in die Stadt. Ich wurde ins Masterprogramm der Tufts für das Frühjahrssemester aufgenommen. Sie gehen mit mir essen, um das zu feiern.«

»Gratuliere. Soziologie, richtig?«

»Psychologie.«

Das weiß ich. Klinische Psychologie, um genau zu sein. Ich weiß das, obwohl ich ihn in den Sozialen Medien geblockt habe – für meine geistige Gesundheit. Es ist nicht schwer, einen Fake-Account bei Insta einzurichten und ihn zu stalken. Bin ich stolz darauf? Überhaupt nicht. Tue ich es trotzdem? Natürlich.

Ich sollte wahrscheinlich nicht stolz auf ihn sein, aber ich kann nicht anders. Hudson passt nicht in die Schublade »Südstaaten-Brauereiadel«, in die ihn die Gesellschaft gesteckt hat. Er ist kein Geschäftsmann. Er trinkt nicht. Er hasst die halsabschneiderische Natur der kommerziellen Welt. Er will anderen Menschen dabei helfen, ihren Verstand zu heilen. Das ist es, was ihn glücklich macht. Er ist bereit, dem Milliardenkonzern den Rücken zu kehren und Psychologe zu werden.

Das ist ... mutig.

»Meine Eltern denken, dass ich nur Mist baue. Besonders verglichen mit Livy.«

Hudson hatte immer eine einzigartige Beziehung zu Olivia. Wann immer er ihren Namen sagt, geschieht das mit der Art von Verachtung, die nur eine Geschwisterbeziehung hervorbringen kann. Nicht jemand, den man tatsächlich nicht ausstehen kann, sondern jemand, der einem gegen den Strich geht. Wie Meredith Grey zu Amelia sagte: *An dir ist so einiges, das ich einfach nicht leiden kann. Aber ich muss nicht alles mögen. Du gehörst zur Familie. Ich liebe dich.*

»Sie ist ins Familiengeschäft eingestiegen. Ich nicht. Sie ist nach Yale gegangen; ich in den Norden. Sie hat Wirtschaft studiert, ich Psychologie. Nichts, was ich tue, ist für meine Eltern richtig. Außer du.«

Seine Aussage erwischt mich mitten in einem Schluck von meiner Rum-Cola. Ich huste, und die Bläschen schießen mir in die Nase, was meine Augen tränen und meine Nase brennen lässt.

»Scheiße«, zische ich und fächle mir vor dem Gesicht herum, als würde das die Kohlensäure daran hindern, sich durch mein Knorpelgewebe zu fressen. Okay, sicher, das ist nicht der Fall, aber wenn ich eines bin, dann übertrieben dramatisch.

Aus dem Augenwinkel sehe ich, dass Hudson mir eine Serviette reicht, aber ich schlage sie fort.

»Was meinst du mit ›außer du‹?«

»Genau, was ich gesagt habe.« Hudson nimmt sich einen Moment Zeit, bevor er fortfährt. »Du warst die eine richtige Entscheidung, die ich getroffen habe, Kian. Die eine gute Entscheidung. Das weiß ich. Aber vor allem wissen meine Eltern das. Sie reden immer noch von dem ersten Mal, als sie dich getroffen haben, als sie mich überraschen wollten und uns beide zusammen im Bett erwischt haben, als wir gerade angefangen hatten zu daten.«

»O *Gott*«, stöhne ich. »Warum musst du mich *daran* erinnern? Das ist noch mehr Grund für mich, *nicht* mit dir hinzugehen. Sie können unmöglich irgendwie positiv über mich denken.«

»Da irrst du dich«, sagt er. »Vertrau mir, meine Eltern sind komisch. Meine Mutter hat seit der Abschlussfeier nicht mehr aufgehört, von dir zu reden. Sie fragt ständig, wie es dir geht.«

»Gut.«

»Fragt sich, wie es mit der Jobsuche läuft.«

»Furchtbar.«

»Du hast etwas richtig gemacht.« Er trinkt sein Glas mit drei Schlucken aus. »Und obwohl das erste Treffen nicht ideal war, war es nicht völlig schlecht. Du sahst ziemlich gut aus mit diesem Schweißfilm und …«

Ein Lachen von einem Tisch auf der anderen Seite des Raumes unterbricht den Moment – Gott sei Dank. Ein Student in einem Boston-College-Shirt, das eine Nummer zu klein ist, steht zu dicht bei einem Mann in einem teuren Anzug. Das ist eine typische Interaktion im *Patriot*, aber meine Augen bleiben ein, zwei Momente länger daran hängen als nötig, weil es eine Ablenkung ist. Eine, die mich davon abhält, Hudson anzusehen, mich auf diesen Kloß zu konzentrieren, der sich in meiner Magengrube gebildet hat, als Hudson sagte, dass ich seine einzige richtige Entscheidung war.

Aber es hält mich nicht davon ab, zu analysieren, wie ich mich gefühlt habe.

Gefühlt. Vergangenheit. Was mehr schmerzt, als ich gedacht hätte. Egal, wie gut ich mich darauf vorbereitet habe.

Denn man macht nicht mit jemandem Schluss, der die richtige Entscheidung ist; das macht man nicht. Das ist nicht, was uns die Romcoms und Zeitschriften und Liebesgeschichten erzählt haben.

»Ich habe eine Frage«, sage ich.

»Und ich habe eine Antwort.«

»Ich schätze, du hast ihnen nicht gesagt, dass wir Schluss gemacht haben, weil du dich geschämt hast?«, frage ich, immer noch, ohne ihn direkt anzusehen. Ich kann aus den Augenwinkeln sehen, dass er nickt, dem Barkeeper dafür dankt, dass er ihm nachschenkt.

»Das ergibt Sinn«, füge ich schnell hinzu, um abzuschwächen, wie direkt und übergriffig meine Frage ist. »Du hast das schon mal gesagt, deine Schwester ist das Goldmädchen. Du bist der Versager. Nichts für ungut.«

»Schon okay. Versager haben sowieso mehr Spaß.« Er schmunzelt.

»Und falls du denkst, falls du wirklich denkst, ich war ›die einzige gute Entscheidung, die du getroffen hast‹, dann würde mit mir Schluss gemacht und mich weggeworfen zu haben wie einen Sack schimmliger Kartoffeln ...«

»Übertrieben dramatisch, aber okay ...«

»... dann würde das bei deinen Eltern nur noch mehr Öl ins Feuer gießen.«

Er nickt, entscheidet sich für stille Zustimmung.

»Du warst schon immer klüger als ich.«

»Das bin ich«, korrigiere ich ihn, aber als er mich ansieht, achte ich darauf, zu lächeln, um ihm zu zeigen, dass ich ihn nur aufziehe. Das ist nicht der richtige Zeitpunkt, um ihn fertigzumachen. Sicher, es wäre leicht. Eine wohlplatzierte Spitze genau zwischen die Platten seiner Führungsetagen-Rüstung ist alles, was nötig wäre. Es wäre Spiel, Satz und Sieg gleich hier und jetzt.

Aber wem mache ich hier was vor? Sosehr ich Hudson auch verflucht und Divya detailreich erzählt habe, was ich mit ihm machen würde, falls ich ihn je wiedersehe, die Wahrheit ist, dass ich jetzt hier bin, ihm zuhöre und in Betracht ziehe, ihm zu helfen.

Ich kippe den Drink hinunter und ignoriere dabei das brennende Gefühl in meiner Kehle. Ich schiebe das Glas weg, sehe zu, wie es fast umkippt, dann aber doch stehen bleibt. Ich weiß, ich werde es bereuen, das zu fragen, aber ...

»Was brauchst du von mir?«

Hudson dreht sich so schnell zu mir um, dass sein Barhocker gefährlich wackelt, behält jedoch sein Gleichgewicht. »Im Ernst?«

»Zwing mich nicht, dich noch mal zu fragen; sonst könnte ich meine Meinung wieder ...«

»Ein Abendessen!«, wirft er ein. »Das ist alles. Zwei Stunden. Du brauchst einfach nur dazusitzen, gut auszusehen, was du immer tust, und, du weißt schon, ... dich freundmäßig benehmen.«

»Freundmäßig ...« Das Wort behagt mir nicht auf der Zunge, wie ein saures Zitronenbonbon, das ich ausspucken möchte, das aber zugleich vertraut und süß schmeckt. »Du weißt, dass das kein richtiges Wort ist, oder?«

»Jetzt schon.«

»Du kannst nicht einfach Wörter erfinden.«

»Sagt wer? Alle Wörter sind erfunden.«

»Okay, ja, aber ...«

»Shakespeare hat Wörter erfunden.«

»Bist du Shakespeare?«

»Nein, ich sehe besser aus.«

»Und du bist Schwarz.«

»Wer sagt, dass Shakespeare nicht Schwarz war?«

»Geschichtsbücher?«

»In Büchern steht auch, dass Jesus weiß war, aber er war aus Bethlehem, nicht aus Schweden. Ich bin mir nicht sicher, ob wir Büchern von Weißen zutrauen können, Schwarzen irgendetwas zuzugestehen.«

»Stichhaltig, aber du bist nicht annähernd so talentiert oder einflussreich wie der Barde.«

»Das ist unverschämt.«

»Aber wahr.«

Wann immer ich mir vorstelle, dass Hudson und ich wieder zusammen sind, wann immer ich meinen Verstand an diesen hypothetischen Ort wandern lasse, dann ist es nie so. Es ist ein tränenreiches Wiedersehen, leidenschaftlicher Sex, Küsse im Regen, solche Szenen. Aber das hier? Dieses unbehagliche, gestelzte Hin und Her? Dieses Gefühl, als wären wir zwei gleiche magnetische Pole, die versuchen, sich gegenseitig zu ertragen, aber wissen, dass sie auseinandergehören? Das ist nicht das Wiedersehen, das ich erwartet hatte.

Ich bin mir nicht sicher, ob das diesen Gefallen einfacher macht oder ob ich mir dadurch dumm vorkomme, überhaupt zugestimmt zu haben.

»Als Gegenleistung habe ich etwas für dich«, durchbricht Hudson leise meine Gedanken. Er holt seine schwarze American-Express-Karte raus, denn natürlich hat er eine schwarze, und reicht sie dem Barkeeper. »Dafür, dass du mir hilfst.«

»Wenn du mir sagst, dass du mir einen Monatsvorrat an Rivers & Valleys schenkst, dann muss ich leider verzichten, aber danke.«

»Du solltest mich eigentlich besser kennen«, meint er spöttisch, während er sein Handy rausholt. Ein paar Klicks später schiebt er es zu mir rüber und zeigt darauf. »Du weißt, wer das ist?«

Ich brauche nur einen Sekundenbruchteil hinzusehen. »Randall Clements, CEO von Spotlight.«

»Und ein enger Freund der Familie. Hat an der University of Michigan ein paar Monate lang Olivia gedatet. War ein paar Klassen über mir auf der Privatschule, aber wir standen uns trotzdem einigermaßen nahe.«

»Weil reiche Leute unter sich bleiben und nie jemanden reinlassen, der nicht ihren Idealvorstellungen von Erfolg entspricht?«

»So ziemlich. Außerdem möchte er, glaube ich, in Zukunft irgendeine Partnerschaft mit meinen Eltern eingehen.«

»Wieder zurück zu dem Teil, dass er ein enger Freund der Familie ist?«

»Richtig. Nun, du hilfst mir bei dieser Sache, Kian Andrews, und ich werde ein gutes Wort für dich einlegen. Ein richtig gutes Wort. Die Art von gutem Wort, die Leuten eine Fellowship einbringt und …«

»Das Leben eines Menschen für immer radikal verändert.«

Da ist er. Der Moment, auf den ich gewartet habe. Der große Durchbruch. Das sind die Dinge, von denen erfolgreiche Leute in Dankesreden oder Interviews sprechen. Und alles, was ich tun muss, ist, ein einziges Dinner mit Hudsons Familie zu haben?

»Das würdest du für mich tun?«

Er nickt. »Ein Tauschhandel, wenn man so will. Du hilfst mir, ich helfe dir. Haben wir einen Deal?«

Bevor ich antworten kann, höre ich jemanden meinen Namen rufen.

»Kian!«, schreit Divya laut genug, um die zahlreichen Partys im *Patriot* und das Fußballspiel im Fernsehen zu übertönen. »Kian, schieb deinen süßen Arsch hier rüber und bleib weg von Südstaatenmännern mit kantigen Kiefern!«

»Ich denke …«, setzt Hudson an.

»Mhm.« Ich stehe auf, gerade rechtzeitig, um Hudson die Rechnung unterschreiben zu sehen – eine Zeche von fünfunddreißig Dollar bekommt zwanzig Dollar Trinkgeld. Ich werfe einen Blick auf die Quittung: Mineralwasser. Ich wusste es. »Deal.«

»Ich hatte gehofft, dass du das sagst«, gesteht Hudson mit einem Grinsen, das nicht so breit ist wie zuvor, aber seine Grübchen zum Vorschein bringt, und mir stockt der Atem. Sie sind ein seltener Anblick, diese Grübchen, wie ein Komet oder dieses grüne Aufleuchten, unmittelbar bevor die Sonne untergeht. Ich kann an einer Hand abzählen, wie oft ich sie gesehen habe. Es ist ein richtiges, waschechtes Rivers-Lächeln.

Aber wichtiger noch, ich weiß, es ist gefährlich.

Schnell, beinahe so schnell, dass der Barhocker umfällt, stehe ich auf und trete drei Schritte zurück. Abstand von Hudson war und wird immer das beste Heilmittel dagegen sein, im Wirbelsturm seiner Attraktivität gefangen zu sein.

»Ich gehe jetzt besser zurück zu meinem Tisch, bevor ich noch Divya auf dich ansetze, und du weißt, dass sie dir immer noch den Arsch aufreißen will«, sage ich hastig. »Schreib mir eine Nachricht, wo du mich brauchst, und dann werde ich da sein. Morgen, richtig?«

Er nickt und öffnet den Mund, um etwas zu sagen. Stattdessen nimmt er eine der kleinen Servietten, auf die sie die Getränke stellen, kommt dicht zu mir und wischt mir langsam den Mundwinkel ab. Dann zeigt er mir die Serviette, die einen dunklen Colafleck hat.

»Besser«, flüstert er mit dieser leisen, heiseren Stimme. Ich war mir nie sicher, was ihn dazu bringt, so zu sprechen. Was ist der geheime Code, der das auslöst? Diesen tiefen, beinahe rauen Laut, der mir Schauer über den Rücken rieseln lässt.

Aber ich weiß, was er mit mir macht. Ich weiß es aus Erfahrung, durch zahlreiche Versuche, Experimente und Fallstudien, die diese Hypothese immer wieder bewiesen haben.

Und ich brauche es nicht noch mal bewiesen zu bekommen.

»Du weißt, dass das eine schlechte Idee ist, oder?«, frage ich.

Er zwinkert mir zu. »Das sind die besten Ideen der Welt immer, Darling. Bis morgen.«

Bevor ich noch etwas Dummes tun und den Moment ruinieren kann, drehe ich mich um, gehe zu meinem Tisch und setze mich, ohne ihn noch mal anzusehen. Bevor Divya mich ausfragen kann, nehme ich ihren Drink und kippe ihn hinunter … und bereue es sofort, dieses Gebräu, was auch immer es war, in den Mund genommen zu haben. Ich spüre geradezu, wie meine Gehirnzellen absterben.

Wobei ich mir nicht sicher bin, ob das was Schlechtes ist.

5

Summ. Summ. Summ.

Gestern Abend zu trinken war die absolut schlechteste Entscheidung, die ich hätte treffen können. Das scharfe Hämmern in meinem Frontallappen, wie ein Schienennagel, der mit jedem Pulsschlag hineingetrieben wird, reißt mich aus meinem unruhigen Schlaf. Die Sonne scheint hell draußen und strömt durch die erbärmliche Jalousie meiner Einzimmerwohnung herein, die ich mir kaum leisten kann.

»Himmel«, murmle ich, während ich mich aufsetze. Mein ganzer Körper fühlt sich an wie Blei. Wie viel habe ich letzte Nacht verdammt noch mal getrunken?

Oh. Ja. Genau – eine Menge. Nach dem siebten Shot habe ich den Überblick verloren.

Summ. Summ. Summ.

Also war das kein Traum. Blinzelnd kratze ich mich an der Brust und sehe mich um. Ich brauche ein paar Sekunden, um mein Gleichgewicht wiederzuerlangen. Die wenigen Sinne benutzend, die wach sind, taste ich wild auf meinem Bett herum, um mein Handy zu finden.

Ich rolle mich auf den Rücken, kneife die Augen zusammen und lese.

HUDSON RIVERS: Bist du wach?

Ich hasse das. Es klingt wie der Beginn einer Sexnachricht, nur dass es zehn Uhr morgens ist. Ich schätze, man kann auch um zehn Uhr morgens einen Booty Call bekommen, klar, aber es klingt so viel schmutziger, wenn man das sagt.

HUDSON RIVERS: Zieh dich an. Du hast 5 Minuten.

»Fünf Minuten wofür?«

Ich brauche einen Augenblick, um mir bewusst zu werden, nein, Hudson kann mich *nicht* mit mir selbst reden hören.

Ich tippe meine Antwort und habe kaum Zeit, die Augen zu schließen, bevor mein Handy erneut vibriert.

HUDSON RIVERS: 4 Minuten.

Angeheftet ist ein Foto von einem Uber, einer schwarzen Linie ungefähr sechs Blocks entfernt, deren Ziel meine Wohnung ist. Ich brauche eine Sekunde, um eins und eins zusammenzuzählen. Hudson schickt ein Uber zu meiner Wohnung, ein Uber, von dem er erwartet, dass ich einsteige.

»Scheiße.«

Was soll ich anziehen?

*

Zwanzig Minuten später trage ich ein hellblaues Hemd, von dem meine Mutter *schwört*, dass es meiner dunklen Haut perfekt schmeichelt, passende himmelblaue Shorts und Sneaker, bedanke mich bei Emma für die Fahrt (mit jeder Menge Mucke aus den frühen 2000ern) und sehe auf mein Handy.

»Das kann nicht stimmen.«

McLawrens ist wahrscheinlich eines der nobelsten Kleidergeschäfte von ganz Boston – vielleicht sogar der ganzen USA. Es ist wie ... Gucci gemixt mit Hugo Boss und einer Prise Joseph Abboud. Als meine Eltern vor einem Jahr zu Besuch kamen, vor der Abschlussfeier, überlegten sie, mir ein Hemd für Vorstellungsgespräche maßschneidern zu lassen (denn welcher Young Professional, der die Beyoncé des Journalismus werden will, braucht kein maßgeschneidertes Hemd?).

Wie sich herausstellte, kostet ein einziges Maßhemd locker über sechshundert Dollar.

Und das war die Geschichte, wie ich am Ende stattdessen einen Zweihundert-Dollar-Amazon-Geschenkgutschein bekam.

Schon allein in derselben Gegend wie McLawrens zu sein lässt meine Haut jucken, wie bei einem Dämon, der einer Kirche zu nahe kommt. Es hat etwas so ... Unangenehmes, an Orten zu sein, die einem das Gefühl geben, dort nicht hinzugehören. Und es ist nicht so, dass ich hier nicht hingehöre. Ich weiß, was ich wert bin. Es ist so, dass man an solchen Orten auf Leute wie mich, aus der Mittelschicht, herabschaut. Dazu noch die Tatsache, dass ich Schwarz bin, und … Sagen wir einfach, das ist kein Laden, den ich allein betreten wollen würde. Und Hudson weiß das. Wir haben darüber schon mal *gesprochen.*

HUDSON RIVERS: Komm rein – sie erwarten dich.

»Das ist hundertprozentig der Ort, an dem er mich umbringen wird«, murmle ich, während ich die Straße überquere. Das ist genau wie in *Ready or Not – Auf die Plätze, fertig, tot.* Ich werde reingehen, sie werden um einen Tisch sitzen, und dann wird es nach einem Drittel des Films irgendeine schreckliche Wendung geben, dass ich der Hauptgang bin oder dass sie einen Pakt mit dem Teufel persönlich haben und mich durchs Restaurant jagen müssen oder irgend so einen Mist.

Aber als ich die Boutique betrete, ist es überhaupt nicht so, wie ich es mir vorgestellt hatte. Stattdessen, und vielleicht macht das das Ganze nur noch seltsamer, ist niemand sonst drin. Nur eine Frau, die mit Hudson plaudert.

Ich bin mir nicht sicher, ob ich mich dadurch besser oder schlechter fühle.

Die Frau, mit einem perfekt frisierten Dutt und scharf geschnittenen, nordischen Zügen, winkt mir zu, und Hudsons

Blick folgt ihr. Er lächelt, winkt mich zu sich rüber, kommt dann aber zu mir, statt darauf zu warten, dass ich zu ihm gehe.

»Hey, du.« Er strahlt. »Freut mich, dass du es geschafft hast. Komm mit, ich möchte dir jemanden vorstellen.« Hudson, der ein schön eng anliegendes hellblaues Poloshirt und eine stylishe Jeans mit, natürlich, Stiefeln trägt, deutet auf die Frau. »Isabella, Kian. Kian, Isabella.«

»Hi, schön Sie kennenzu...«

»Ist er das?«

Noch bevor Hudson antworten kann, geht sie im Kreis um mich herum, wie eine Tigerin auf der Jagd. Ihre Bewegungen sind langsam, der Raum ist erfüllt vom Klappern ihrer Absätze auf dem Marmorfußboden.

Es fühlt sich an, als wäre sogar Atmen das Falsche, während Isabella mich von Kopf bis Fuß mustert. Ich bewege mich nicht, während ich zusehe, wie sie mich dreimal umkreist, bevor sie vor uns stehen bleibt.

»Damit kann ich arbeiten«, sagt sie, dabei zeigt sie den Gang entlang zu einem Vorhang. »Gerade so.«

»Gerade so?«

»Warten Sie dort drüben.«

Isabella geht davon und verschwindet hinter Vorhängen rechts von uns. Als ich mich nach Hudson umdrehe, ist er bereits auf halbem Weg dorthin, wo sie uns zu warten befohlen hat.

»Du hörst lieber auf sie. Sie ist nicht der Typ, mit dem man sich anlegen sollte.«

Der Raum, in dem wir warten sollen, ist größer als meine Wohnung. Ein riesiger, gut ausgeleuchteter, kreisrunder Raum mit über fünf großen Spiegeln, drei Plüschhockern in der Mitte, einem kleinen Tisch mit gekühltem, mit unterschiedlichen Früchten aromatisiertem Wasser, und einem Fernseher. Ohne zu zögern, setzt sich Hudson auf einen der Hocker. Ich kann nicht anders, als ehrfürchtig stehen zu bleiben.

»Ich gehöre nicht hierher«, murmle ich. Mit hochgezogenen Brauen schaut Hudson von seinem Handy hoch.

»Ach, sei still«, sagt er neckend und klopft auf den Platz neben ihm. »Du gehörst genauso hierher wie jeder andere. So ist das bei teuren Läden, sie versuchen, dir das Gefühl zu geben, als würdest du nicht hingehören, was soziale Unterschiede erzeugt. Erinnerst du dich an die Szenen in *Pretty Woman* und *Selena*? Verkörpere diese coolen Frauen, und nimm dein Schicksal selbst in die Hand.«

»Ich glaube nicht, dass teure Kleider zu tragen mein Schicksal ist.«

Er winkt ab. »Kleider machen Leute, bla, bla, bla, komm schon. Isabella wird dir ein paar tolle Klamotten bringen; du wirst verdammt heiß aussehen – nein, noch viel heißer, weil du immer verdammt heiß aussiehst.«

»Aber ich brauche keine neuen Klamotten«, protestiere ich. »Ich fühle mich wohl mit dem, was ich habe.«

»Und ich mag, was du trägst, glaub mir, das tue ich. Aber meine Eltern?« Er schaut hoch. »Hier geht es allein darum, sie genug zu beeindrucken, dass ihnen wieder einfällt, warum sie uns zusammen gut finden, Darling.«

»Nenn mich nicht so.«

»Daran wirst du dich wieder gewöhnen müssen, damit es natürlich klingt. Du solltest es auch mal versuchen.«

Ich ziehe eine Augenbraue hoch, aber er ignoriert mein Zögern.

»Jedenfalls, McLawrens ist eine gute, sichere Wahl. Immer. Also entspann dich, genieß die Kleider. Und das geht auf mich – also tob dich aus.«

Mich mit Hudson zu entspannen, während ich versuche, einen mörderischen Kater zu zähmen, scheint mir nicht gerade meine Vorstellung von Spaß zu sein, aber wisst ihr was, ich werde einfach mitspielen.

Ich gehe rüber zum Tisch, schenke mir ein Glas von etwas ein, das aussieht wie Mineralwasser mit Himbeeren, trinke einen Schluck und mustere den Raum. Hudson hat sich wieder seinem Handy gewidmet und tippt drauflos, völlig entspannt, als gehöre er hierher.

Unterdessen fühle ich mich wie Cady Heron, als sie tatsächlich als etwas Gruseliges verkleidet auf die Halloweenparty ging anstatt als verführerisches Häschen.

Wenige Augenblicke später kommt Isabella wieder herein, drei verschiedene Outfits über jedem Arm. Sie hängt eines davon auf einen Ständer neben Hudson, und das zweite näher zu mir. »Mal sehen, ob die Ihnen passen.«

»Ich bin sicher, sie sind großartig«, sagt Hudson, ohne von seinem Handy aufzublicken.

Isabellas Augen werden schmal, und sie marschiert hinüber. Ehe Hudson es sich versieht, hat sie ihm das Handy weggenommen und hält es außerhalb seiner Reichweite. Und außer Reichweite heißt bei Isabella wirklich außer Reichweite. Ich glaube nicht, dass ich je eine so große Frau gesehen habe.

»Wenn Sie mit mir reden, oder mit irgendeiner Dienstleistungskraft, dann sehen Sie sie an«, schimpft sie mit ihm.

Hudson bleibt der Mund offen stehen, und ich senke den Blick und beiße mir auf die Lippen, damit er mein Schmunzeln nicht sieht. Ich weiß nicht viel über Isabella, aber ich weiß, dass sie eine Frau ist, die sich von niemandem etwas gefallen lässt – zum Teufel mit seinem sozialen Status. Ich blicke gerade rechtzeitig wieder hoch, um zu sehen, wie Hudson den Mund auf- und wieder zuklappt.

»Danke, Isabella.«

»Besser.« Sie gibt ihm das Handy zurück und wendet sich die Augen verdrehend zu mir. »Wie halten Sie es bloß mit ihm aus? Ist er zu Hause auch so frech?«

»Es ist ein echter Kampf, um ehrlich zu sein.«

»Sie müssen ihn besser erziehen.«

»Haben Sie vielleicht ein paar Tipps für mich? Ich bin auf der Suche nach welchen.«

»Eigentlich …«

»Okay, okay.« Hudson hebt kapitulierend die Hände. »Genug jetzt mit diesem *Alle-gegen-Hudson*-Spielchen.«

»Aber das ist mein Lieblingsspiel.« Ich schmunzle.

Isabella lächelt ebenfalls und sieht Hudson an. »Ich mag ihn.«

»Ich mag ihn auch«, fügt Hudson hinzu. »Und jetzt bitte. Könnten wir ein wenig Privatsphäre haben?«

Isabella nickt und richtet den Blick auf mich. »Falls er Ihnen irgendwelche Probleme macht …«

»Dann hole ich Sie.«

Mit einem Nicken geht sie hinaus und lässt Hudson zurück, der mich finster anstarrt, nein, nicht anstarrt – an*schmollt*.

»Mach nicht so ein Gesicht. Sonst bleibt es noch so.«

Die Teile, die Isabella mir gebracht hat, sind … die hochwertigsten Kleidungsstücke, die ich je gesehen habe. Sie sind schlicht und Teil eines Sets: ein schwarzes Jackett mit einem weißen Hemd und einer Hose. Das ganze Outfit wird von einem sprichwörtlichen roten Faden am Revers des Jacketts, dem Saum der Hose und dem Kragen des Hemds zu einer Einheit verbunden. Unten am rechten Hosenbein und auf der Brusttasche des Jacketts ist ein M+L aufgedruckt – das McLawrens-Logo. Die Kleider fühlen sich auch anders an. Weicher, das ist das richtige Wort dafür, und ich kann nicht anders, als mich zu fragen, ob sich die Klamotten der Reichen alle so anfühlen.

Während ich das Jackett vom Kleiderbügel nehme, um die Nähte zu untersuchen, die kaum sichtbar sind, rutscht das Preisschild aus seinem Versteck in der Tasche.

Ich sollte nicht hinsehen, denke ich. Es wird nichts Gutes dabei rauskommen, aufs Preisschild zu sehen, Kian. Du wirst es bereuen. Das weißt du. Du …

Und natürlich bereue ich es. Ich bereue es sehr, sehr, sehr.

$ 2.500.

Verdammt, zweitausendfünfhundert Dollar?! Und das *nur* für das Jackett?

Schnell sehe ich beim Hemd und der Hose nach: jeweils $ 1.800 und $ 2.100. Fast $ 6.500 für ein einziges Outfit?

»Ähm, Hudson«, flüstere ich, und meine Stimme kommt heiser und kratzig heraus.

»Hudson!«, sage ich lauter und drehe mich um.

Ich rechne damit, dass ich sehe, wie Hudson seine Kleider hochhält und sie vergleicht. Das machen reiche Leute doch, oder? Die Stoffqualität vergleichen und den ganzen Mist. Was ist überhaupt der Unterschied zwischen 140 s und 150 s? Bemerkt man den Unterschied wirklich?

In der Geldbörse schon, da bin ich mir sicher.

Aber stattdessen stehe ich Hudson direkt gegenüber, dessen Kleider auf dem Boden verstreut liegen und der in nichts als engen schwarzen Boxershorts vor mir steht – und immer noch auf seinem Handy schreibt.

»Hm?«, fragt er, ohne aufzublicken.

Wörter. Das sollte aus meinem Mund kommen. Wörter, Buchstaben, Laute. Aber nichts formt sich. Meine Augen sind zu sehr damit beschäftigt, jeden Zentimeter, jeden Muskel, jede *Vertiefung* von Hudson in sich aufzunehmen. Die Wölbung seines Bizeps, die Kraft seiner Oberschenkel, die Länge seiner Beine, wie sich seine Bauchmuskeln auf natürliche Weise anspannen. Die perfekte Modellierung seiner Brust.

Meine Augen wollen tiefer wandern, sich auf seinen knackigen Hintern konzentrieren, darauf, wie sein Schwanz seine Unterhose ausfüllt. War er immer schon so groß? Habe ich es vergessen?

»Was ist los, K?«

Diesmal korrigiere ich ihn nicht mal. Ich bin mir nicht sicher, ob ich es könnte, wenn ich wollte. Mein Körper springt jäh auf Hochtouren und konzentriert alles an Blut und Energie auf lebenswichtige Funktionen. Atmung. Herzschlag. Erektion.

Moment mal. Was. Scheiße. *Scheiße. SCHEISSE!*

Das ist nicht der richtige Zeitpunkt, so was zu bekommen. Und natürlich, natürlich verdammt, bemerkt Hudson es. Sein Blick richtet sich nach unten, und es macht alles nur noch schlimmer, wie beiläufig er die Schwellung in meiner Hose ansieht.

Und um *noch eins* draufzusetzen, grinst er – er besitzt die gottverdammte Frechheit, zu grinsen. Nein, nicht zu grinsen – zu SCHMUNZELN!

»Na, aber hallo.«

»Fick dich!«, schreie ich, schnappe mir meine Klamotten und marschiere – zügig – an ihm vorbei in die Umkleidekabine. Ich ziehe den Vorhang fest zu und gebe mein Bestes, Hudsons Lachen zu ignorieren.

*

Zwei Stunden, vier Outfits und mehrere Gläser mit aromatisiertem Wasser später sind wir fertig.

Ich habe zwei Tüten in der Hand, Schuhe, Socken und eine Krawatte miteingeschlossen. Isabella und Hudson zufolge sind diese Klamotten sehr vielseitig. Drei Outfits, wenn man sie miteinander kombiniert.

»Du weißt, dass wir mehrere Tausend Dollar ausgegeben haben, oder?«

»*Ich* habe mehrere Tausend Dollar ausgegeben«, erinnert er mich, während er seine Tüten überprüft. »Vierzigtausend, um genau zu sein. Aber das war es wert.«

»Wirklich?«

»Meine Eltern werden das denken. Ich habe ohnehin ihre Karte benutzt.«

»Lass mich raten, deine Karte für Notfälle?«

Er zuckt mit den Schultern und zwinkert mir zu. »Das ist eindeutig ein Notfall. Aber nein. Treuhandfonds-Karte. Dad ruft vielleicht wegen der Summe an, aber na ja, hast du deine Klamotten gesehen, bevor wir reingegangen sind?«

»Du hast gesagt, dir gefallen meine Klamotten!«

»Und das tun sie immer noch! Aber *noch mal*, wir spielen in der Oberliga. Wir müssen das glaubhaft verkaufen. Und das heißt,die Zustimmung meiner Eltern zu bekommen.«

Zur Betonung schüttelt er die Tüten. »Das hier wird ihre Zustimmung finden.«

»Denkst du wirklich, dass das deine Eltern so sehr interessiert?«

»Ich weiß es«, erwidert er sofort, und es liegt kein Zögern in seiner Stimme. »Meine Eltern haben mich angeschrien, als ich ihnen gesagt habe, dass ich Psychologie studieren will. Sie haben einen Monat lang nicht mit mir geredet. Sie dachten wahrscheinlich, wenn sie mir den Geldhahn zudrehen, würde ich meine Meinung ändern. Glaub mir. Wir brauchen es, dass meine Eltern dich mögen.«

»Hm.«

Ich fange an, zur Tür zu gehen, als Hudson sanft mein Handgelenk nimmt und mich zwingt, mich zu ihm umzudrehen. »Was bedeutet *hm?*«

Ich zögere und schaue auf der Suche nach den richtigen Worten zur Decke hoch, als könnten sie dort im Putz geschrieben stehen. »Viele Leute haben es schwer, obwohl ihre Eltern sie unterstützen ...«

»Meine Eltern unterstützen mich«, korrigiert er mich schnell und defensiv. »Sie haben fraglos akzeptiert, dass ich schwul bin. Sie haben meine Ausbildung finanziert. Sie haben nie Nein gesagt.«

»Sie geben dir nur nie ihren Segen, wenn sie nicht einverstanden sind, und schreiben dir dein Liebesleben und alle anderen Aspekte vor.«

Das ist nicht, was er hören will, ich weiß. Es ist auch nicht, was er hören muss. Aber ich bin nicht mehr sein Freund. Es ist nicht meine Aufgabe, ihn blind zu unterstützen. Egal, wie sehr er es sich wünscht.

»Was soll das heißen?«

»Das war nicht schwer zu verstehen. Jemanden zu unterstützen bedeutet nicht einfach nur, nicht offen gegen etwas zu sein. Es bedeutet, jemanden zu unterstützen – rundheraus.«

»Hast du je daran gedacht, dass …« Hudson seufzt und kneift sich in den Nasenrücken. Er zählt stumm rückwärts, bevor er wieder spricht. »Schau, du tust mir einen Gefallen, und ich bin dir dankbar dafür, also werde ich ignorieren, dass du meine Eltern angegriffen hast.«

»Ich habe nicht …«

Er hebt die Hand, um mich zum Schweigen zu bringen. »Darum lassen wir das hinter uns. Wir haben unterschiedliche Meinungen darüber, wie Beziehungen zwischen Eltern und Kindern laufen sollen.«

»Gott weiß, dass wir dieses Gespräch schon oft genug geführt haben.«

»Dann solltest du wissen, dass sich nichts ändern wird.«

Ein Augenblick verstreicht.

»Aber das ist nicht, warum ich hier bin«, fügt er hinzu.

»Nein, du bist hier, weil ich dir helfen soll, eine Lüge auszubügeln, mit der du angefangen hast, solange ich nur still bin und dich dabei unterstütze.«

Die Worte kommen gifttriefend heraus, bevor ich sie zurücknehmen und abmildern kann. Wut, Schmerz und Frustration schießen heraus und brennen sich durch Hudsons hellbraune Haut. Ich weiß, es ist falsch, ich weiß, es ist nicht so einfach, aber das ist mir egal. Ich bin sicher, Hudson könnte meine Angewohnheit, Gefühle in mich hineinzufressen, mit irgendeiner klinischen Definition diagnostizieren, wenn man ihn fragen würde.

Er öffnet den Mund und schließt ihn wieder, das wiederholt er noch drei Mal, bevor irgendwelche Worte herauskommen. »Weißt du was? Das muss ich mir nicht geben.«

»Ich dachte gerade genau dasselbe.«

Er zieht seine Hand zurück, reißt sein Handy aus der Tasche und drückt schnell aufs Display, wahrscheinlich um ein Uber zu rufen. »Allmählich glaube ich, das war eine schlechte Idee.«

»Freut mich, dass du endlich verstehst, was ich vor zwei Tagen gesagt habe.«

»Du kannst das Dinner vergessen«, faucht er. »Ich lasse mir irgendeine Ausrede einfallen, warum du es nicht schaffst.«

»Vielleicht wäre das ein guter Zeitpunkt, um, du weißt schon, deinen Eltern reinen Wein einzuschenken? Keine Ahnung, ihnen zu sagen, dass wir Schluss gemacht haben.«

»Ja, klingt gut.«

Ich schiebe ihm die Tüten entgegen. Das ist das einzig Richtige. Doch Hudson schiebt die Tüten zu mir zurück.

»Behalt sie. Betrachte es als Bezahlung.«

»Bezahlung?«, wiederhole ich. »Als wäre ich eine Art ...«

»Wem der Schuh passt«, erwidert er kalt und rauscht an mir vorbei. »Tut mir leid, dass ich deine Zeit verschwendet habe. War schön, dich mal wieder getroffen zu haben, K.«

»Zum dritten Mal, ich heiße ...«

Bevor ich irgendetwas sagen kann, geht er hinaus, und sein Uber fährt vor. Er blickt nicht mal zurück, als er einsteigt, und zehn Sekunden später ist er fort.

Ich stehe dort bei McLawrens, mit meiner Hälfte des Einkaufs, Klamotten im Wert von zwanzigtausend Dollar, und frage mich, wie das Gespräch in den letzten sechzig Sekunden so den Bach runtergehen konnte. Trotz des großen Eingangsbereichs fühlt sich der Sauerstoff zu knapp, zu dünn an, und gepaart mit dem rauschenden Blut in meinen Ohren dreht sich alles um mich herum. Jamal würde es eine Panikattacke nennen, aber es gibt keinen Grund, warum ich jetzt eine Panikattacke haben sollte, oder?

Jamal. Der ist es, den ich jetzt brauche. Ich hole abrupt mein Handy aus der Tasche und schreibe, ohne hinzusehen.

KIAN ANDREWS: SOS

Als ich ein Taxi herbeigewinkt und dem Fahrer gesagt habe, dass er mich nach Hause fahren soll, schreibt Jamal zurück.

JAMAL ANDREWS: Starbucks, 20 Minuten. Kaffee geht auf mich, weil ich weiß, dass du Leichtgewicht verkatert bist.

6

Zwanzig Minuten später wartet Jamal schon in dem Starbucks, der meiner Wohnung am nächsten liegt, auf mich. Er bemerkt mich nicht gleich, als ich reinkomme, aber andere Leute schon. Wenn man Tüten des teuersten Bekleidungsgeschäfts der Stadt mit sich herumträgt, erregt man Aufmerksamkeit. Ich stelle die Tüten auf den Stuhl ihm schräg gegenüber, gehe zum Tresen und hole mir einen Kaffee. Er schaut immer noch nicht hoch.

»Hey.« Ich setze mich ihm mit meinem schlichten schwarzen Kaffee gegenüber. Er schmeckt absolut grauenhaft und bitter, aber er hält den heftigen Kater im Zaum.

Auf sein Handy konzentriert nickt Jamal mir zu, während er seinen Eis-Irgendwas trinkt.

»Hast du schon bestellt? Ich hätte das für dich gemacht.«

Das ist mein Job, richtig? Ich bin der ältere Bruder. Ich sollte derjenige sein, der für ihn bezahlt. Schlimm genug, dass ich ihn um Rat frage, also wäre das Mindeste, was ich tun kann, ihm sein Getränk auszugeben. Diese Beziehung sollte umgekehrt sein.

Aber Jamal ist derjenige, der sein Leben besser im Griff hat. Er ist derjenige, bei dem Verehrer und Headhunter schon mit den Hufen scharren, um seine Hand zu nehmen und mit ihm in den Sonnenuntergang zu tanzen. Er ist derjenige in Harvard – mit einem Vollstipendium, wohlgemerkt. Im Grunde ist Jamal hier der ältere Bruder. In seinem perfekt sitzenden Hemd und einer Hose, die dessen Farbnuancen auf subtile Weise akzentuiert, beides in einem perfekten Ton für seine dunkelbraune Haut, scheint die Reife in unserer Familie einen Sohn übersprungen zu haben.

»Alles cool, ich war in der Nähe.« Er legt das Handy weg. Bevor das Display dunkel wird, sehe ich ein PDF mit dem Harvard-Logo drauf.

»Welcher Kurs?«

»Terror und Terrorismus in der globalen Geschichte.«

Ich trinke einen Schluck. Der Kaffee ist heißer, als mir lieb ist, und ich ziehe scharf den Atem ein und fluche über das Getränk, als wäre es ein fühlendes Wesen und verantwortlich für meine verbrannte Zunge. Jamal zieht die Augenbrauen hoch, aber ich ignoriere ihn. Ich kann es gerade nicht brauchen, dass er mich verurteilt. Genau genommen bin ich nicht mal sicher, warum ich ihn überhaupt angerufen habe.

Ach, richtig, weil Divya laut unserem gemeinsamen Kalender gerade in irgendeinem wichtigen Meeting mit einem Klienten ist.

Und auch, weil es tief drin nichts Besseres gibt, als nach Hause zu gehen, wenn man sich verletzt fühlt – und da North Carolina mehr als zehn Stunden entfernt ist, wird Jamal genügen müssen.

»Das ist außerhalb deines Hauptfachs, stimmt's? Du studierst Wirtschaft, dachte ich?«

»Wirtschaft mit Schwerpunkt internationale Finanzen und Ökonomie, aber ich studiere Geschichte im Nebenfach«, erklärt er. »Das erfüllt zwei Anforderungen.«

»Ah, ›Gen Eds‹, die allgemeinbildenden Fächer. Die habe ich gehasst.« Ich klammere mich daran fest wie ein Kind am Bein seiner Mutter. Obwohl wir beide Schwarz und schwul in Boston sind, gibt es wenig, was Jamal und mich verbindet, wann immer also unsere gemeinsamen Vorlieben oder Abneigungen aufeinandertreffen, reite ich darauf herum. Vielleicht zu meinem Nachteil.

»In Harvard nennt man sie nicht ›gen eds‹ ...«

Natürlich nicht.

Er holt tief Luft. Diese Angewohnheit haben wir gemeinsam. Die Augen zu schließen und langsam auszuatmen, bevor wir wieder tief einatmen, um uns zu resetten.

»Warum hast du mir ein SOS geschickt? Ist mit Mom alles okay?«

»Ja, soweit ich weiß, geht es ihr gut.«

Er mustert mich über den Rand seines Bechers hinweg und wartet darauf, dass ich die erste Frage beantworte. Es ist eine Pattsituation zwischen uns beiden, und eine ziemlich kleinliche noch dazu, aber ich habe nicht die Freiheit, kleinlich zu sein. Ich bin derjenige, der ihn um Hilfe gebeten hat. Er ist derjenige, der darauf reagiert hat. Im Grunde ist Jamal der gute Bruder. Dass er nicht immer zu mir aufschaut oder nicht immer hinter mir herrennt wie manche jüngere ihren älteren Geschwistern, macht unsere Beziehung nicht weniger echt. Sie ist nur ... nicht cinematisch.

Und vor allem, wenn es darauf ankommt, bin ich sicher, dass ich mich darauf verlassen kann, ihn auf meiner Seite zu haben – wie jetzt –, aber ich erwarte es nicht. Denn offen gesagt würde ich ihn lieber eine Treppe runterschubsen, als mich bei irgendwas auf ihn verlassen zu müssen.

Aber in der Not frisst der Teufel fliegen, und jetzt gerade brauche ich jemanden, um mein Bauchgefühl zu überprüfen.

Er wirft einen Blick auf die Tüten, und seine braunen Augen bleiben ein, zwei Momente länger daran hängen als nötig. »Und seit wann hast du das Geld für *das da?*«

»Tatsächlich ist das der Grund, warum ich dich angeschrieben habe.«

Er zögert nicht, eins und eins zusammenzuzählen. »Hudson.«

»Mhm.« Ein Moment verstreicht, aber nicht lang genug, dass er mich verurteilen könnte. »Ich brauche deinen Rat.«

Im Wesentlichen: Meinen jüngeren, erfolgreicheren Bruder um Rat zu fragen ist ein viel schlimmeres Schicksal als der Tod und wahrscheinlich eine Verletzung von mindestens siebzehn verschiedenen Regeln der Genfer Konvention. Archaische Denkweise? Sicher. Dumm? Wahrscheinlich. Aber ich bin Sternzeichen Stier. Wir sind bekannt dafür, stur zu sein.

»Also das hat Seltenheitswert.« Jamals Stimme ist voller Überraschung. Es grenzt an Herablassung, ohne dieses verbotene Territorium zu betreten.

Gut, denke ich. Um unser beider willen.

Jamal trinkt einen langen Schluck von seinem Getränk, einen dieser nervigen, bei denen der Strohhalm dieses gurgelnde Geräusch macht. Ich zucke innerlich zusammen. Wenn Mom ihn dabei sehen würde … dann würde sie die Rute von der Ulme hinterm Haus holen. Die Erinnerung lässt mich erschauern, als wären die Hiebe, die für einen Siebenjährigen die schlimmste Strafe zu sein schienen, immer noch frisch.

»Doppelt so hart«, hat sie immer gesagt. »Du und dein Bruder müsst doppelt so hart arbeiten, um es genauso weit zu bringen wie eure weißen Freunde. Ihr könnt es euch nicht leisten, dieselben Fehler zu machen. Ihr könnt nicht dieselben Dummheiten machen. Die Welt erlaubt Schwarzen Jungs nicht so viel Spielraum wie allen anderen.«

Vielleicht ist das der Grund, warum wir jetzt beide hier sind. Jamal ist erfolgreich – aber weil er es sein muss. Er hat keine Wahl. Er ist wie ein Hai: Wenn er aufhören würde, Erfolg zu haben, was würde er sonst tun?

Dann gibt es noch mich. Ich kenne nicht mal die Maßeinheit von Erfolg. Wie messe ich ihn? Daran, wie viel Geld ich verdiene? Denn im Moment verdiene ich praktisch nichts. Daran, welchen Titel ich habe? Ist *Ex-Praktikant eines der Top-Onlinenachrichtenportale* ein respektabler Titel? Darauf weiß ich die Antwort.

Wann werde ich das Gefühl haben, gut zu sein?

Wann werde ich frei atmen können?

Nicht heute. Vielleicht morgen.

Ich frage mich, ob Hudson dieselbe Ansprache bekam. Er ist Schwarz, also sollte es so sein, aber er ist auch reich. Sicher, Reichtum ist kein Schutzschild, wenn man die Straße entlanggeht, doch Reichtum hilft schon. Er hilft immer.

Anstatt mir den Kopf über etwas zu zerbrechen, über das ich locker zehn Kommentare schreiben könnte, zwinge ich mich, tief einzuatmen und Jamal alles zu erklären. Ich hole erst wieder Atem, als ich fertig bin, aus Angst, dass ich sonst nicht den Mut finde, weiterzumachen. Ich erzähle ihm von Hudson und mir – wobei ich Fakten über unsere Beziehung und unsere Trennung wiederhole, die er bereits kennt. Ich langweile ihn mit unserem Treffen von Anfang der Woche und erzähle ihm von dem Treffen heute.

Und vor allem von dem, was ich zu Hudson gesagt habe. Der Schärfe in meiner Stimme. Wie ich ihn angegriffen und gegen seine Familie geschossen habe. Ich lasse nichts aus, denn wenn ich Jamals ehrliche Meinung haben will, dann kann ich mir das nicht leisten. Dann darf ich nicht lügen.

»Und deswegen bin ich hier«, sage ich fünfzehn Minuten später. »Um dich zu fragen ... Keine Ahnung, ob ich zu weit gegangen bin?«

Jamal hat sein Getränk schon vor zehn Minuten ausgetrunken und sitzt zurückgelehnt auf seinem Stuhl, die Arme vor der Brust verschränkt. Sein Handy hat ein halbes Dutzend Mal aufgeleuchtet, seit wir zu reden angefangen haben – zwei Nachrichten, ein paar News-Meldungen und einige Mails von seinem Harvard-Account –, aber er hat nie hingesehen. Zum ersten Mal seit sehr langer Zeit fühlt es sich tatsächlich so an, als wären wir Brüder, die einander unterstützen.

»Willst du meinen ehrlichen Rat?«

»Wär sinnlos, wenn du nicht ...«

»Du hast es verkackt, und du bist ein Idiot.«

»Na, nimm bloß kein Blatt vor den Mund.«

Seine ungeschönte Antwort fühlt sich an wie ein Schlag in die Magengrube. Mit genug Wucht, dass ich mich an meinem Kaffee verschlucke. Ich sehe hoch, um sein Gesicht zu mustern: Vielleicht ist da noch irgendeine unterschwellige Botschaft, die mir entgeht. Aber da ist nichts – nur stoische Gleichmut gepaart mit kalter Ehrlichkeit.

»Du hast seine Familie angegriffen, K.«

»Technisch gesehen habe ich seine Familie nicht angegriffen«, widerspreche ich. »Alles, was ich gesagt habe, stimmte.«

»Also hattest du technisch gesehen recht. Schön für dich. Aber ob recht oder nicht, die Menschen verhalten sich nicht logisch, wenn es um ihre Familie geht. Das weißt du. Und noch schlimmer ist es, weil du weißt, dass das ein wunder Punkt ist. Du hast deine Nägel in ungeschütztes Fleisch gegraben, einen Teil von ihm, den er dir nur enthüllt hat, *weil* ihr eine Verbindung miteinander habt. Du hast seine Verletzlichkeit ausgenutzt.«

»Du interpretierst da ein bisschen zu viel hinein«, verteidige ich mich. »Hast du nicht Wirtschaft als Hauptfach? Geht es in der Wirtschaft nicht rein darum, die Schwächen seines Gegners auszunutzen?«

»Ist er der Gegner in dieser Diskussion?«

Ich öffne den Mund, doch es kommen keine Worte heraus. Jamal nutzt die Gelegenheit. »Um das alles ins richtige Licht zu rücken: Was würdest du tun, wenn jemand sagen würde, Mom unterstützt dich nicht?«

»Ihm an Ort und Stelle den Kopf abreißen.«

In meiner Stimme ist kein Zögern, und das bereue ich. Nicht, weil das, was ich sage, ein Verbrechen wäre, sondern weil es alles bestätigt, was Jamal behauptet. Und das ist nur eine weitere Kerbe in seinem Pfosten, um zu beweisen, dass er klüger ist als ich.

Ich muss wirklich wieder zur Therapie gehen.

»Scheiße.« Stöhnend schlage ich meinen Kopf gegen das rustikale Holz des Tisches. Der Aufprall tut weh und schickt eine scharfe Welle von Schmerz mein Rückgrat entlang, aber ich ignoriere es. Ich verdiene diesen Schmerz.

»Nicht dein größter Moment.«

»Eindeutig.«

Ich denke, ein Teil von mir wusste, was Jamal sagen würde, hoffte jedoch, er würde mein Bruder sein, ein ebenso unerschütterlicher Freund wie Divya. Aber wenn ich das gewollt hätte, wäre ich stattdessen zu ihr gegangen. Ich hätte ihr sagen können, dass ich Hudson ins Gesicht geschlagen habe und er blutend am Boden liegt, und sie würde sich ein plausibles Alibi einfallen lassen – ohne Fragen zu stellen.

Aber ich bin nicht zu ihr gegangen. Ich bin zu meinem unglaublich logischen, starrköpfigen Sternzeichen Jungfrau von einem Bruder gegangen – der in seinem ganzen Leben noch nie irgendetwas Falsches oder von Emotionen Getriebenes getan hat. Ich bin zu jemandem gegangen, der mir eine logische und empirische Antwort geben würde. Was hatte ich erwartet?

Ich setze mich wieder auf und reibe mir die warme Stelle auf der Stirn.

»Ich werde mich bei ihm entschuldigen müssen, nicht wahr?«

Jamal zuckt mit den Schultern und schaut endlich auf sein Handy. »Nicht unbedingt.«

»Was würdest du tun?«

Seine Finger halten im Wischen inne. Er schaut hoch und sieht mich aus schmalen braunen Augen an, als frage er stumm: Ist das eine Falle?

»Ich will es wissen«, füge ich hinzu. »Mit meinen Emotionen zu denken ...«

»Ist es, was dir diesen Mist eingebrockt und dich dazu gebracht hat, dich vor dem Jungen zum Idioten zu machen, der dir das Herz gebrochen hat?«

»Das war nicht, was ich sagen wollte.«

»Aber das ist, was du hören musst.« Ein Augenblick vergeht, während er mit einem Finger eine Nachricht tippt. Dann legt er sein Handy mit dem Display nach unten auf den Tisch. »Schau. Du hast es verkackt. Du hast getan, was du immer tust – du bist mit deinen Worten zu weit gegangen.«

»Das tue ich nicht *immer.*«

Jamal zieht die Augenbrauen hoch. »Soll ich dich an den Vorfall in der zehnten Klasse mit Matthew Blake erinnern?«

»Okay, von dem habe ich schwule Vibes aufgefangen. *Alle* in der Schule dachten, er wäre schwul!«

»Und du hast ihm zehn Seiten selbst gedichteter Sonette in den Spind gesteckt, weil normale Leute das so machen.«

Ich öffne den Mund, um mit logischen, durchdachten und vernünftigen Fakten zu antworten, aber Jamal fällt mir ins Wort.

»Was ich sagen will, ist: Du bist manchmal zu viel. Einfach … zu viel mit deinen Worten. Manchmal bringen sie dich in Schwierigkeiten. Manchmal helfen sie dir. Aber wir beide wissen, was ich sagen werde.«

Das weiß ich. »Taten zählen mehr als Worte.«

»Taten zählen mehr als Worte«, sagt Jamal gleichzeitig. »Gibt es irgendetwas, das du tun kannst, um ihm zu zeigen, dass es dir wirklich leidtut?«

Natürlich gibt es das. Ich weiß ganz genau, was es ist.

Ich will es nur nicht tun.

7

»Weißt du, früher habe ich dich für einen ziemlich klugen Kerl gehalten, aber jetzt? Bin ich zu dem Schluss gekommen, dass du dumm wie Brot bist.«

»Autsch?«

Eines muss man Divya lassen: Sie redet nicht um den heißen Brei herum, wenn sie es auf den wunden Punkt von jemandem abgesehen hat. Aber da sie diejenige ist, die angeboten hat, mich zum Restaurant zu fahren, ohne dass ich sie darum bitten musste, werde ich ihr das durchgehen lassen.

»Nein.« Sie schüttelt den Kopf. »Nicht ›Autsch‹. Mach mir kein schlechtes Gewissen. Ich bin deine beste Freundin; das bedeutet, ich darf verdammt offensiv zu dir sein, ohne dass du ein Problem damit hast.«

»Das bedeutet es also?«

Sie boxt mich so hart in den Arm, dass er sich taub anfühlt, ohne zu mir rüberzusehen, egal, wie sehr ich vor Schmerz zische.

»Das ist dafür, dass du ein Klugscheißer bist. Und dass ich gemein zu dir bin, zeigt, dass ich dich liebe. Außerdem ist es die einzige Möglichkeit, dir ein bisschen Vernunft einzubläuen. Das gehört zum Beste-Freunde-Kodex.«

»Welcher Paragraf ist das?«, antworte ich neckend. »Kannst du …«

Ihre schmalen Augen und die Art, wie ihre vollen Lippen zu einem dünnen Strich werden, verraten mir, dass das nicht der richtige Zeitpunkt für Scherze ist. Unterwürfig wende ich mich ab und ziehe den Kopf ein.

»Besser«, schimpft sie, und ein Moment verstreicht. »Bist du dir *sicher* damit?«

»Ziemlich sicher.«

»Das … ist nicht genug für mich, um dich guten Gewissens aus diesem Auto aussteigen zu lassen.«

»Was willst du denn tun? Die Türen verriegeln und …«

Sofort ertönt das schwere, metallische Klicken der Zentralverriegelung. Die Fenster ihres Prius fahren hoch, und im Auto wird es still.

»Lass es nicht drauf ankommen, Bitch.«

»Oh, um Himmels willen, Divya.«

»Oh, um Himmels willen, Divya«, äfft sie mich nach. »Nein. Nicht dieses Mal. Du bist derjenige, der die dumme Entscheidung trifft, Kian. Du wirst dir das Herz brechen lassen, *schon wieder*. Und nicht von irgendeinem Kerl; von HUDSON MOTHERFUCKING RIVERS.«

Sie sagt seinen Namen mit Nachdruck, als würde, ihn zu betonen, irgendeine Membran in meinem dicken Schädel durchbohren, die den logischen Teil meines Gehirns von meinem emotionalen trennt. Vielleicht gibt es in einer alternativen Realität eine Version von mir, die in genau diesem Moment auf Divya hört, nach Hause fährt und für eine nette, heiße Nummer auf Grindr geht.

Aber das bin nicht ich. Das war ich noch nie. Ich habe Hudson bei einer privaten Party kennengelernt und dachte, mein Leben würde das Musikvideo von *A Thousand Miles* von Vanessa Carlton nachspielen. Ich bin im Herzen ein Romantiker, das weiß sie. Und jeder Romantiker muss seine Geschichte bis zum Ende durchziehen. Sonst landet man in einer Endlosschleife aus Selbstherabsetzung, Selbstsabotage. Und ich bin mir sicher, noch irgendeinem anderen Wort mit »Selbst-«, das mir gerade nicht einfällt.

Und was ist romantischer, als deinem Ex zu helfen, der offensichtlich keine Gefühle mehr für dich hat? Heathcliff und Mr Darcy würden sich *wünschen*, sie wären ich.

Wir sitzen schweigend da; die leisen, gedämpften Geräusche eines frühen Sommerabends in Boston sind die einzige Musik, die das Auto erfüllt. Ich warte, da ich damit rechne, dass sie ihre Tirade über meine schlechten Entscheidungen fortsetzt, aber es folgt nichts. Und genau das ist so Furcht einflößend.

Schließlich frage ich: »Bist du sauer auf mich?«

Sie öffnet den Mund, schließt ihn und öffnet ihn dann wieder. »Sauer ist nicht das richtige Wort.«

»Bitte sag nicht enttäuscht.«

»Was bin ich, deine Mutter?« Sie gibt mir keine Chance, auf ihre rhetorische Frage zu antworten. »Ich möchte einfach nicht, dass du verletzt wirst.«

»Ich werde nicht …«

»Und bevor du mich anlügst und sagst, dass du das nicht wirst, ich kenne dich. Und ich kenne Hudson. Ich weiß, wie viel er dir bedeutet. Wenn du mir ehrlich sagen könntest, dass du zu einhundert Prozent über ihn hinweg bist, dann würde ich dir sagen, nur zu! Aber das bist du nicht.«

»Doch, bin ich«, erwidere ich stur.

»Lüg mich nicht an. Du weißt, dass ich es merke, wenn du lügst, oder?«

»Ich lüge nicht! Ich bin über ihn hinweg! Er ist einfach nur ein Typ mit einer guten Jawline! Wie jeder andere Schwule, der sich eine Keto-Diät und eine Equinox-Fitnessstudiomitgliedschaft leisten kann.«

Divyas schwarzer Hosenanzug gleitet über die Polster des Autositzes, als sie sich zu mir dreht und dabei wie auf Autopilot geschmeidig ihr langes schwarzes Haar zu einem Pferdeschwanz zusammenfasst. Ihre schmalen Katzenaugen suchen nach einer winzigen Schwäche, die sie ausnutzen kann. Ich war schon bei ihren Übungsverhandlungen dabei, und dasselbe macht sie auch mit Zeugen. Es hat etwas Bezwingendes an sich, wie sie einem in die Seele starrt. Etwas ... wahrhaft Furchteinflößendes.

»Beweise es«, sagt sie schließlich und holt ihr Handy raus.

»Bitte, was?«

Ein paar Klicks später reicht sie mir das Handy. Ein großer Mann in einem Poloshirt, mit blonden Haaren und eher einer, wie Schwule es nennen würden, »Schwimmerstatur« als Hudsons muskulösem Körper, lächelt mich an. Er sieht älter aus als ich, gut Anfang dreißig, vielleicht noch ein bisschen älter, aber es steht ihm gut – GOTT, ich muss aufhören, dreißig als alt zu betrachten.

Jedenfalls.

Er hat eine gewisse gesetzte Ausstrahlung. Aber er sieht nicht wie ein Familienvater aus, nur wie jemand, der sich in seinem Leben wohlfühlt und hart dafür gearbeitet hat, dort hinzukommen. Jemand, der seine Finanzen im Griff, seine Zukunft auf den richtigen Weg gebracht hat und weiß, wie man ein Spannbettlaken gleich beim ersten Mal richtig aufzieht.

Also das genaue Gegenteil von mir.

»Er sieht gut aus.« Eine diplomatische und ehrliche Wortwahl. »Wer ist das?«

»Ein Typ, den ich von einem Fall kenne. Sein Name ist Wallace. Er ist Anwalt.«

»Das habe ich mir schon gedacht.«

»Das mit dem Anwalt oder dass er schwul ist?«

»Was denkst du?«

»Unwichtig, was ich denke. Vor allem: Er ist Single.«

»Schön für ihn. Ich hoffe …« Moment mal. »Du machst Witze.«

»Du hast gesagt, dass du über Hudson hinweg bist«, lässt sie nicht locker. »Und du hast gerade gesagt, dass er gut aussieht!«

»Ja, weil er das tut! Das heißt nicht, dass ich ihn vögeln will. Nicht jeder Schwule will jeden anderen gut aussehenden Schwulen vögeln. Außerdem, wie alt ist er?«

»Einunddreißig, und bevor du es sagst, so alt ist das nicht. Er wird eines Tages erfolgreich sein.«

»Er ist acht Jahre älter als ich.«

»Noch mal, eine Investition. Immer noch nicht so alt, und ich habe *nichts* davon gesagt, irgendjemanden zu vögeln … aber …«, antwortet Divya in singendem Tonfall, »du könntest es gebrauchen, dich mal ordentlich durchnehmen zu lassen. Und er auch. Siehst du! Chancengleichheitsliebe. Die beste Art von Liebe!«

»DIVYA!«

»Außerdem ist er erfahren, was bedeutet, dass er eindeutig ein guter Liebhaber ist.«

»Das bedeutet das überhaupt nicht.«

»Ich habe eine gute Quelle, die sagt, dass er das ist. Frag mich nicht, wer. Das Anwaltsgeheimnis gilt auch für Booty-Call-Infos aus zweiter Hand.«

Ich schiebe jegliche Gedanken über Wallace und darüber, wie unangebracht das von Divya ist, weit in meinen Hinterkopf und konzentriere mich darauf, was ich hier mache. Wie kann es die logische Entscheidung sein, Hudson dabei zu helfen, sich mit seiner Familie zu versöhnen? Divya hat recht, ich bin noch nicht über ihn hinweg, egal, wie oft ich es mir einzureden versuche. Bestenfalls werde ich mich wie ein Fußabtreter fühlen. Schlimmstenfalls? Werde ich bei meinem Genesungsplan wieder bei null anfangen.

»Hey«, sagt Divya sanfter und drückt mit ihrer rechten Hand meine linke. »Wenn es wirklich das ist, was du willst, dann unterstütze ich dich und bin für dich da, wenn du mich brauchst. Das weißt du doch, oder?«

Ich nicke. Sie passt nur auf mich auf, das weiß ich. Divya will immer mein Bestes. Beruhigend drücke ich ebenfalls ihre Hand. »Hast du nicht eine Schicht im *Jaunt?*«

»Ich kann sie ausfallen lassen; du weißt, dass Teddy mich liebt.«

»Teddy will mit dir schlafen«, korrigiere ich sie. »Das heißt nicht, dass er dich liebt.«

Sie zuckt mit den Schultern. »Wenn es darum geht, Schichten zu tauschen, kommt es aufs selbe raus. Das Angebot steht.«

Ja, will ich sagen. Komm mit, sei meine rechte Hand. Schütz mich vor Selbstsabotage. Ich kann spüren, wie die Worte in meiner Kehle nur auf den richtigen Moment warten, um herauszuplatzen.

Stattdessen schüttle ich den Kopf und stoße die Beifahrertür auf. »Nicht nötig. Danke, D. Wirklich.«

»Jederzeit.« Wir lehnen uns vor und küssen uns auf die Wangen, bevor ich aus dem Auto schlüpfe.

»Hältst du mich auf dem Laufenden?«, fragt sie und hält dabei ihr Handy hoch. Sie wartet nicht auf eine Antwort, sondern rast stattdessen die Straße runter und schafft gerade noch die Ampel, bevor sie rot wird.

*

Das *Poseidon* – nicht der Kultklassiker aus dem Jahre 2006 mit unserer Queen Miss Fergalicious – ist die Art von Restaurant, für das Leute ihr Erstgeborenes verkaufen würden, um dort einen Tisch zu bekommen.

Erst vor vier Jahren eröffnet und bereits Teil der 133 – der Anzahl von Restaurants auf der Welt mit drei Michelin-Sternen – ist die Warteliste fast sieben Monate lang, und selbst dann werden die Tische per Los vergeben. Schon als ich draußen vor den großen, taubenblauen Kolonnaden stehe, fühle ich mich wie Stefan in *The Vampire Diaries*, der versucht, zum ersten Mal Elenas Haus zu betreten.

Halt, Plebejer, würde der Chefkoch sagen. Du mittelloser Pöbel darfst hier nicht eintreten! Hinfort!

Wanda Maximoff hat Chaosmagie, um sich vor buchstäblich allem zu schützen, aber ich habe etwas Mächtigeres: reiche Freunde und einen teuren Anzug.

Das muss ich Hudson lassen: Er weiß, wie man ein Outfit auswählt. Nachdem ich mit Jamal gesprochen hatte, bin ich nach Hause gerannt, habe mich geduscht, meine Haare getrimmt, so gut ich konnte, und bin in den Anzug geschlüpft, den Hudson mir gekauft hat. Der pflaumenfarbene Stoff und das stark kontrastierende fliederfarbene Hemd mit schwarzen Streifen sind ein bisschen zu gewagt für meinen Geschmack, aber ich beklage mich nicht. Es fühlt sich merkwürdig auf meiner Haut an, wie eine zweite Schicht, die nicht richtig passt, obwohl eigentlich das Gegenteil der Fall ist. Die Passform ist perfekt, läuft an all den richtigen Stellen schmal zu und lässt meine Schokoladen(hinter)seite sogar noch besser aussehen.

Hat er das absichtlich gemacht? Eine persönliche Augenweide, um ihm durch dieses höllische Erlebnis hindurchzuhelfen? Ich war abendessen mit meinem Ex, und alles, was für mich dabei raussprang, war ein perfekter Blick auf seinen Arsch?

»Du hast das im Griff«, lüge ich mich selbst an.

Ich habe das überhaupt nicht im Griff.

Auf meinem Handy steht 19:16 Uhr. Eine Viertelstunde nach der Zeit, um die ich mich mit ihnen treffen sollte. Hudson hat sich wahrscheinlich schon irgendeine tolle Ausrede einfallen lassen, dass ich bei der Arbeit aufgehalten wurde oder was auch immer. Unwillkürlich kommt mir der Gedanke: In diesem Universum von ihm, in dem wir immer noch zusammen sind, was mache ich da beruflich? Wie bin ich so? Was halten seine Eltern von mir? Die erste Begegnung war … nicht so, wie ich die Eltern von jemandem kennenlernen möchte. Nein, nicht damals, als sie uns beim Vögeln erwischt haben. Das zählt nicht. Bei der Abschlussfeier. Das ist für mich der Beginn meiner Geschichte mit Diana und Isaac Rivers.

Um meine Mom als Beispiel zu benutzen, ich weiß, wenn mein Freund zu spät zum Dinner kommen würde, würde sie ihn hassen. Also ist es vernünftig, zu denken, dass sie mich auch hassen. Vielleicht wird das diese ganze Interaktion einfacher machen.

Oder zehnmal schlimmer. Reiche Leute bewegen sich nicht im selben Kosmos wie wir Normalos.

Aber die einzige Möglichkeit, das herauszufinden, besteht darin, meinen Stolz hinunterzuschlucken und es hinter mich zu bringen. In maximal drei Stunden wird es vorbei sein. Ich werde mein Gewissen reingewaschen haben, indem ich mich mit Hudson versöhnt habe. Ich werde Randall Clements vorgestellt werden. Ich werde den Job meiner Träume bekommen, und das alles hier wird nur noch eine ferne Erinnerung sein. Leute haben schon Schlimmeres für ihre Karriere getan.

Ich meine, Nicholas Cage hat *Im Körper des Feindes* gedreht, um Himmels willen. Ich schaffe das.

Ich schiebe mich durch die Drehtür des *Poseidon* und finde mein Gleichgewicht wieder, nachdem mir sofort beim Eintreten schwindelerregender Lärm entgegenschlägt. Er überwältigt mich, und die Gerüche im Restaurant lassen meine Augen tränen, als hätte ich ein Krankenhaus betreten. Vielleicht sind das meine Nerven, irgendeine psychologische Kampf-oder-Flucht-Reaktion, um mich daran zu erinnern, dass das hier eine absolut total, komplett schlechte Idee ist. Trotzdem kämpfe ich mich durch und setze ein gezwungenes Lächeln auf, als ich die Platzanweiserin erreiche.

»Name«, sagt, nicht fragt sie, bevor ich sprechen kann. Sie hat einen leichten britischen Akzent, und ich frage mich, was ihre Geschichte ist. Ziemliche … Emily-Charlton-Realness.

»Kian, Kian Andrews.«

Ihre scharfen Augen überfliegen einen Moment lang den Bildschirm. »Ich habe keine Reservierung für einen Kian Andrews.«

»Tut mir leid, die Reservierung wäre unter Rivers.«

Ihre Lippen pressen sich zu einem dünnen Strich zusammen, wodurch sich ihre Wangen straffen. Ich weiß, *Ambrosia*, ich bin auch von mir genervt. Tu uns beiden einen Gefallen und erlöse mich von dieser irdischen Mühsal.

»Sie gehören zur Rivers-Gesellschaft?«

»Das sagte ich, ja.«

»Diana und Isaac Rivers? Fünf Personen?«

»Das bin ich, Nummer fünf.«

Ich weiß, worauf das hinausläuft, weil es immer dasselbe ist. Ich halte den Mund fest geschlossen und nicke knapp.

Ambrosia wirft mir einen Blick zu, indem sie nur ihre Augen hebt, und sieht dann wieder auf ihr iPad. Sekunden verstreichen, bevor sie nachgibt. »Folgen Sie mir.«

Mit jedem Schritt durch den riesigen dreistöckigen Raum schlägt mir das Herz mehr bis zum Hals. Die räumliche Weite des Restaurants mit seinen hohen Decken und die Mühelosigkeit, mit der dreihundert Gäste mit dicken Brieftaschen in den Saal gestopft wurden, sind schwindelerregend. Wie viel Geld und Opulenz sind hier versammelt? Ich könnte einen Shrimp werfen und wahrscheinlich mindestens zehn Leute treffen, die eine persönliche Beziehung zu Zuckerberg haben.

Stets drei Schritte vor mir, dank ihrer langen Beine, führt mich Ambrosia zwei Etagen die Marmortreppe hoch und zwischen einer Reihe von Tischen hindurch. Am Ende, mit einem Ausblick auf das New England Aquarium, bei dem den Property Brothers einer abgehen würde, ist ein runder Tisch, an dem vier Personen sitzen, außerdem ein freier Stuhl. Niemand sieht mich näher kommen, und die Geräuschkulisse des *Poseidon* übertönt ihre Stimmen.

Aber ich kann sehen, dass Hudson lacht. Wichtiger noch, es ist ein gezwungenes Lachen. Der Unterschied ist subtil, so subtil, dass seine Eltern es vielleicht nicht mal bemerken – jedenfalls scheint es so (oder vielleicht ist es ihnen egal). Aber dass sich in seinen Augenwinkeln keine Fältchen bilden oder dass er weiter sein Mineralwasser trinken kann, während er lacht, obwohl ich weiß, dass das eine SCHLECHTE Kombination ist, verrät mir alles, was ich wissen muss.

Ambrosia, mit ihrem straffen schwarzen Haarknoten und passendem dunklen Jumpsuit, bleibt einen Moment lang unbemerkt am Tisch stehen. Sie wirkt unbeeindruckt, daran gewöhnt, eine teure Figur in einem teuren Restaurant zu sein, bewundert, aber nicht beachtet zu werden. Das ist es, wofür die Leute bezahlen, richtig? Nicht nur für die 220-Dollar-Vorspeisen oder die erlesensten Flaschen Wein, sondern für das Ambiente, das solche Etablissements ausdünsten, wie das Axe-Bodyspray eines Verbindungsstudenten, und für die Leute.

Sie wartet einen Moment, bevor sie sich räuspert, nicht ein Mal, sondern zwei Mal. Ein Mann mit gut geschnittenen, grau melierten Haaren, aber ohne das dazu passende Alter, blickt hoch.

»Entschuldigen Sie, Mr und Mrs Rivers, aber Ihr Gast ...«

»Kian?«

Seine tiefe Stimme durchschneidet alles. Die Geräusche im Raum verschwinden, und es ist, als wäre ich wieder in der Mittelstufe und hätte meinen Text als Puck in unserer Schulaufführung von *Ein Sommernachtstraum* vergessen. Ich stehe einfach nur da, sprachlos.

Hudsons Familie, seine Eltern und eine Frau, die ich von Fotos, als ich ihn auf Instagram gestalkt habe, als Olivia kenne, sehen mich an. Die Mienen der Rivers' rangieren von purer Überraschung (Hudson) bis Belustigung (Olivia), mit Boxenstopps bei Unmut (sein Vater) und Neugier (seine Mutter).

Ich kann mir nur vorstellen, welchen Ausdruck mein Gesicht hat: dumm.

»Mr Andrews behauptet, zu Ihnen zu gehören?«, fragt Ambrosia.

Was zum Teufel?, denke ich. Behauptet? Als würde ich lügen, um so weit zu kommen? Ist es *so* unmöglich, dass ich im teuersten Restaurant Bostons sein könnte?

Ich meine, das ist es. Auf meinem Bankkonto sind kaum zweihundert Dollar. Aber darum geht es nicht. Kleide und verhalte dich dem Leben entsprechend, das du willst, nicht dem, das du hast.

Den Teil mit der Kleidung hab ich. Die Haltung eher nicht.

Also, um das zu kompensieren, sage ich das Einzige, was mir in den Sinn kommt. »Was ist, noch nie einen blanken College-Absolventen in einem Anzug gesehen, für den er auf dem Schwarzmarkt definitiv so viel kriegen würde, dass es für vier seiner Monatsmieten reicht?«

8

Was als Nächstes passiert, ist wie ein Trailer für irgendeine übertriebene Performance im *Charles Playhouse.*

Olivia lässt ihre Gabel fallen.

Ambrosia schnappt nach Luft.

Hudsons Vater räuspert sich und brummt vor sich hin.

Seine Mutter schüttelt den Kopf.

Und ich würde gern die Boston Tea Party nachspielen und mich in den Fluss stürzen. Unverzüglich.

Aber Hudson? Hudson tut nichts von all dem. Er steht ruhig auf, zeigt ein steifes Lächeln in die Runde, geht hastig zu mir herüber und packt meinen Oberarm.

»Komm mit«, sagt er leise.

»Jepp.«

»Sofort.«

»Komme schon.« Es ist nicht so, als hätte ich eine Wahl. Sein Griff wird definitiv einen blauen Fleck hinterlassen. Wie damals, als wir uns zusammen einen Film angesehen haben, in dem eine Frau ihren Mann mit seinem Gürtel ans Bett gefesselt hatte und Hudson auf die glorreiche Idee kam, das mit mir zu versuchen, aber …

Nein, nicht der richtige Zeitpunkt, um daran zu denken. Überhaupt nicht.

Wir schlängeln uns durch die Gäste und in einen Seitengang. Am Ende des Gangs arbeiten Kellner emsig daran, den oberen fünf Prozent der Gesellschaft ihre überteuerten Speisen zu bringen, hoffentlich für ein Trinkgeld, das ihre Monatsmiete bezahlen wird.

Hudson ignoriert sie, wie es sicher auch viele andere Leute tun, und lässt mich endlich los. Die Beine schulterbreit auseinander verschränkt er seine starken Arme vor der Brust.

»Was machst du hier«, sagt er, eher wie eine Aussage als eine Frage.

Ich habe mir meine volle Antwort bereits zurechtgelegt, denn wenn Hudson etwas ist, dann vorhersehbar. Das war er immer und wird er immer sein. Womit ich nicht gerechnet hatte, ist, wie gut er in seinen Klamotten aussehen würde und wie ablenkend das sein würde.

Sein Anzug ist klassisch schwarz und weiß, aber das schwarze Jackett ist nirgends zu sehen. Stattdessen schmiegt sich das strahlend weiße McLawrens-Hemd an seine starken Brustmuskeln, gerade weit genug aufgeknöpft, um die Augen auf seine hart erarbeitete Figur zu lenken, muskulös, aber nicht so sehr, dass er wie ein Chippendale aussieht. Seine dunkle Hose sitzt eng anliegend, und seine Anzugschuhe bestätigen voll und ganz die uralte Redewendung: Die Schuhgröße sagt viel über einen Mann aus. Und dieser Duft? Mein Gott, was hat er da aufgetragen?

»Also?«, fragt er, die Augenbrauen hochgezogen. Seine Stimme trieft vor Gereiztheit, und das Pulsieren der Ader an seinem Hals verrät mir, dass er mit aller Macht um seine schnell dahinschmelzende Beherrschung kämpft.

Ich frage mich, wie es wohl wäre, wenn er diese Wut im Schlafzimmer nutzen würde.

Ich nehme mir einen Moment, um zu entscheiden, welche Kombination von Wörtern mir in dieser Situation helfen wird; wahrscheinlich nicht die Wörter, die ich sagen will, wie *Die Toilette ist gleich da drüben* oder *Deine Wohnung ist nicht weit von hier.* Seine Härte zu spüren zu bekommen bringt mich dazu, in mich zusammenzufallen und mich gleichzeitig vornüberbeugen zu wollen. Oder *ihn* vornüberzubeugen. Oder ...

»Ich hab nicht den ganzen Tag Zeit, Kian. Wenn du hier bist, um ...«

»Ich bin hier, weil ich es versprochen habe«, entscheide ich mich. Ehrlichkeit soll doch am längsten währen, richtig?

Er verlagert sein Gewicht, behält aber die Arme verschränkt. Defensiv, allerdings ist da ein Riss. Damit kann ich arbeiten.

»Ein Versprechen, von dem ich dich befreit habe, erinnerst du dich?«

»Ich erinnere mich. Aber ich bin niemand, der sein Wort bricht.«

»Ist das, weil ich angeboten habe, dich mit Randall in Kontakt zu bringen?«

»Damit hat es nichts zu tun.«

Ein weiteres Hochziehen seiner Augenbraue.

»Okay, vielleicht hat es etwas damit zu tun.«

»Ich wusste es!«

»Jetzt warte mal. Das ist nicht der *einzige* Grund!« Aber kommt schon, ich wäre dumm, wenn ich eine solche Gelegenheit ausschlagen würde. Das ist, als würde Taylor Swift sagen, sie featuret dich auf ihrem nächsten Album, und alles, was du dafür tun musst, ist, ein Katy-Perry-Konzert zu besuchen, bei dem du weißt, dass sie jeden Ton vergeigt. Jetzt leiden, um in der Zukunft Erfolg zu haben.

Doch Hudson kauft es mir nicht ab. Sein Kiefer ist angespannter als zuvor, und da ist eine Dunkelheit in seinen Augen, die mir zeigt, dass ich ihn verliere.

Was mich wieder zurück zu meiner ursprünglichen These bringt: Ehrlichkeit.

»Hör mal.« Ich seufze. »Ja, ich habe bei dieser Vereinbarung etwas zu gewinnen. Nein, ich will mir keine einmalige Gelegenheit entgehen lassen, weil mir mein Stolz in die Quere kommt. Und ich gebe zu, dass das heute Vormittag falsch von mir war. Ich hätte diese Dinge über deine Eltern nicht sagen sollen. Das war unangebracht. Es tut mir leid.«

Da. Wie ein Auto, das in einen niedrigeren Gang schaltet, entspannt sich sein Körper. Hudsons Schultern sinken leicht herab, und seine Nägel, die sich in seine Unterarme gebohrt hatten, liegen nun locker auf ihnen.

Fast geschafft.

»Du bist zu mir gekommen, weil du meine Hilfe brauchtest. Du warst bereit, dir eine Blöße zu geben und die nackte Kehle zu zeigen, und das erfordert Mut.« Beinahe füge ich hinzu: Wenn du das ein bisschen öfter gemacht hättest, als wir noch zusammen waren, dann wären wir vielleicht immer noch ein Paar. Das wäre keine Lüge, aber im Moment scheint das für mein Ziel, ihn dazu zu bringen, mich nicht zu hassen, eher kontraproduktiv zu sein. »Und sicher, ich brauche dich vielleicht mehr als du mich, aber du hast es selbst gesagt. Deine Eltern freuen sich, mich wiederzusehen, und du willst einen guten Eindruck machen, also brauchen wir einander wirklich. Also, wie wäre es, wenn wir das, was heute Vormittag passiert ist, hinter uns lassen, da rausgehen und deine Eltern stolz auf dich machen, ja?«

Sicherheitshalber strecke ich meine Hand aus, um den Deal mit Handschlag zu besiegeln. Hudson blickt hinunter, dann wieder hoch, bevor er schließlich mit seiner großen rauen Hand meine ergreift. Aber anstatt sie zu schütteln, bringt er sie an seinen Mund und lässt seine vollen Lippen einen Kuss auf meine Fingerknöchel brennen, wobei er meinen Blick die ganze Zeit über festhält.

»Abgemacht«, sagt er, zieht sich zurück und hakt meinen Arm bei sich unter. Wenigstens glaube ich, dass er das gesagt hat, denn plötzlich muss Sauerstoffmangel bei schwulen Schwarzen viel öfter vorkommen, als es wissenschaftliche Belege dafür gibt.

»Nur fürs Protokoll?«, flüstert er, als wir zurück zu seinen Eltern gehen, einen Hauch von Zimt in seinem Atem. »Du hast immer so gut gewusst, was zu tun ist, wenn ich dir meine nackte Kehle gezeigt habe.«

Ich habe eine geistreiche Erwiderung parat – irgendwo –, aber bevor meine Schaltkreise in der richtigen Sequenz zünden können, sind wir schon wieder am Tisch.

Hudson drückt meinen Arm.

Showtime.

9

Als wir zum Tisch zurückkehren, sagt zunächst niemand ein Wort. Erst als die Aperitifs serviert werden, die alle schon längst bestellt hatten, bevor ich ankam, sagt Hudsons Mutter etwas zu mir.

»Kian, mein Lieber, es ist so lange her.« Mrs Rivers lächelt, als sie über den Tisch hinweg meine Hand drückt. Nun, um genau zu sein, streckt sie ihre Hand aus und erwartet einfach, dass ich sie nehme (was ich natürlich tue). »Wie *geht* es Ihnen?«

Sie sagt es nicht so, wie ein normaler Mensch das tun würde. Durch die Art, wie sie es betont, wirkt es, als wüsste sie etwas, das ich nicht weiß.

»Gut?«, antworte ich, obwohl es eher wie eine Frage herauskommt. »Ich meine, es geht mir gut.«

Nicht ganz die Wahrheit, aber das brauchen sie nicht zu wissen.

Hudsons Mutter lächelt herzlich. Sie will nichts weiter hören, was okay ist. Ihr Interesse an meinem Wohlergehen beschränkt sich auf Höflichkeiten. Das macht mir nichts aus; sie ist ehrlich. Ich würde es hassen, wenn wir zwanzig Minuten lang so tun würden, als wären wir Freunde. Nett und liebenswürdig sind zwei sehr verschiedene Dinge, und die Rivers wissen, wie man die Balance zwischen beidem hält.

Die Unterhaltung mit Hudsons Eltern verfällt in einen gleichmäßigen Rhythmus, sogar Olivia meldet sich gelegentlich zu Wort. Es ist offensichtlich, dass Dinners mit den Rivers' hauptsächlich dazu genutzt werden, über Geschäftliches zu reden, und obwohl das hier Hudsons Dinner sein soll, bildet es keine Ausnahme.

»Ich verstehe einfach nicht, warum Tim ausgerechnet *Homes & Gardens* vorgeschlagen hat«, schimpft Hudsons Vater, während er durch Nachrichten auf seinem Handy scrollt. »Versteht er wirklich nicht, was unsere Zielgruppe ist? Ich habe dir gesagt, wir hätten ihn nicht einstellen sollen, Diana. Der Yale-Absolvent war eine bessere Wahl. Yale ist *immer* die bessere Wahl.«

»Er probiert etwas Neues«, erwidert Hudsons Mutter in gelangweiltem Tonfall. Sie scheint nicht sehr interessiert am Gespräch zu sein – und ich kann es ihr nicht verübeln. Ich schätze, das ist eine Diskussion, die sie und ihr Mann schon oft geführt haben. »Wir müssen unsere Marke expandieren und sie nicht in Schubladen stecken. Und du musst deinen Hass auf staatliche Unis überwinden. *Ich* bin auf eine staatliche Uni gegangen, und du liebst mich.«

»Diskutabel«, murmelt Hudson vor sich hin. Niemand schenkt ihm die Aufmerksamkeit, um die er bittet. »Und außerdem, das Georgia Tech ist wohl kaum eine staatliche Uni«, wirft Hudson ein. »Das ist, als würde man sagen, die Hopkins ist eine zweitklassige Uni.«

»Oder die Northeastern eine beschissene Uni?«, fragt Olivia. »Ups, Moment mal, das ist sie ja.«

»Ich schwör bei Gott, wenn du …«

»Es reicht«, sagt Mr Rivers, und beide Geschwister verstummen. Er wendet sich an seine Frau. »Zurück zu deiner vorherigen Aussage. Warum sollten wir unsere Marke expandieren? Es hat die letzten einhundertvierzig Jahre gut funktioniert. Unsere Finanzen sind großartig. Unser Konzern floriert – ohne dieses *Homes-&-Gardens*-Debakel. Ich sehe keinen Grund, das zu ändern.«

Das haben die Leute über die Sklaverei auch gesagt, entgegne ich still und trinke einen Schluck Wasser. Aber danach zu urteilen, wie Hudson mit seiner Cola gerade den ersten belegten Fall von selbst zugefügtem Waterboarding begeht, könnte es auch sein, dass ich es laut gesagt habe.

»Wie bitte, mein Lieber?«, fragt Mrs Rivers. Ihre Frage ist keine Wie-bitte-ich-habe-das-nicht-verstanden-Frage. Es ist eher eine Er-kann-unmöglich-so-etwas-Dummes-gesagt-haben-Frage.

Ich brauche einen Sekundenbruchteil, um zu merken, dass alle mich anstarren. »Das war nicht bloß in meinem Kopf, oder?«, flüstere ich.

»Nein, verdammt, war es nicht!«, zischt Hudson, bevor er sich seiner Mutter zuwendet. »Nichts. Er hat nichts gesagt.«

»Nein, ich bin mir ziemlich sicher, er hat etwas gesagt«, schaltet sich Mr Rivers ein und sieht mich dabei neugierig an. »Richtig?«

»Mhm.«

»Mhm?«

»Ja?«

»Da, wo ich herkomme, sagt man ›Ja, Sir‹ zu Menschen, die älter sind und die man zu beeindrucken versucht. Wir nennen das Manieren.«

»Eigenartig, meine Mom hat mir beigebracht, dass Respekt etwas ist, das man sich verdient, nicht einfach nur geschenkt bekommt, weil man früher geboren wurde als andere.«

»Oh, das wird toll«, schnurrt Olivia.

Es gibt Momente, in denen ich gern im Mittelpunkt der Aufmerksamkeit stehe. Das hier ist keiner davon. Es fühlt sich an, als wäre ich ein Huhn, das in eine Grube mit vier tollwütigen, ausgehungerten Wölfen gefallen ist. Olivia, mit ihrem glänzenden braunen Haar hebt ihr Glas, um mir nicht aus Bewunderung, sondern aus Mitgefühl zuzuprosten. Als wüsste sie genau, vor welches Erschießungskommando ich mich gerade gestellt habe.

»Was Kian sagen wollte, war, dass sich Dinge mit der Zeit manchmal ändern und wir vielleicht neue Wege erforschen …«

»Das war es nicht, was Sie gesagt haben, nicht wahr, Junge?«, fragt Hudsons Vater.

Junge. Dieses Wort lässt mir beinahe so sehr das Blut in den Adern gefrieren, wie wenn Hudson mich »K« nennt. Ich glaube nicht, dass Mr Rivers es herablassend meint. Oder vielleicht doch, aber die Absicht zählt hier nicht, nur die Wirkung. Es hat etwas … Herabsetzendes, wenn ein Mann, der nichts über mich weiß, mich »Junge« nennt. Als hätte er mich durchschaut, als könne er, nur weil er ein Multimillionen-Dollar-Imperium besitzt, alles zu mir sagen, was er will, und ich würde es einfach hinnehmen.

»Nein, Mr Rivers, das war ganz und gar nicht, was ich gemeint habe. Und mein Name ist Kian. Sie haben ihn vorhin gesagt, also nehme ich an, Sie wissen das.«

»Oh, verdammt noch …«

»Still, Hudson. Hier unterhalten sich Erwachsene. Und am Tisch wird nicht geflucht. Du magst hier zwar studieren, aber du repräsentierst immer noch den Namen Rivers überall, wo du hingehst.« Mr Rivers sieht seinen Sohn nicht mal an, als er ihn erbarmungslos zum Schweigen bringt. Sein Blick ist auf mich geheftet, als würde Hudson nicht existieren.

Die Luft ist zum Schneiden dick, als hielte Tyra Banks nur ein Foto in der Hand, während zwei schöne Mädchen vor ihr stehen. Die Spannung zwischen uns entspricht zwei gleichgepolten Magneten, die angestrengt versuchen, sich zu berühren. Irgendwo habe ich gelesen, dass es mit genug äußerer Krafteinwirkung möglich ist – vielleicht mit dem Druck von zwei schwarzen Löchern, der auf jeden Magneten ausgeübt wird.

Nun, ich bin kein Physiker, aber diese Hypothese ist nichts im Vergleich zu der Situation zwischen Mr Rivers und mir im Moment.

»Fahren Sie fort«, bietet er mir den ersten Schuss an.

Seine Stimme ist ruhig. Er denkt nicht, dass er irgendetwas zu befürchten hat. Ich kenne viele Leute wie ihn. So ist das, wenn man einen Steinwurf von Harvard entfernt wohnt. Männer, die glauben, sie wären Gottes Geschenk an den Planeten. Dass wir einfachen Sterblichen uns geehrt fühlen sollten, in ihrer Nähe zu sein, so dicht an ihre Sonne fliegen zu dürfen. Dass wir den Schmerz genießen sollten, der sich einstellt, wenn wir uns letztendlich verbrennen. Danke für die Verbrennung, Sir, erwarten sie von uns zu hören. Ich werde sie für immer in Ehren halten.

Nur bin ich nicht Ikarus. Ich bin der Nachfahre afrikanischer Könige und Königinnen, deren Blut durch meine Adern fließt.

Und außerdem: Schwarze verbrennen sich nicht.

Hudson lehnt sich vor, sodass unsere Schultern sich streifen. »Du musst das nicht tun, Babe«, flüstert er und drückt mit einem stummen Flehen meinen Oberschenkel.

Mein Kopf schnellt herum, um ihn anzusehen, während Anspannung hochkocht und sich rasch wieder legt. *Babe.* Richtig. Das ist alles immer noch eine List, und er spielt seine Rolle meisterhaft. Ich muss es auch tun.

Ein Teil von mir überlegt, meinen Stolz hinunterzuschlucken und in den sauren Apfel zu beißen. Ich bin wegen Hudson hier, nicht für mich. Einen Streit vom Zaun zu brechen hilft niemandem und bringt meine Belohnung in diesem Tauschhandel in Gefahr.

Aber welchen Sinn hat irgendetwas von all dem, wenn ich ... mir einfach nur auf die Zunge beiße und ein Onkel Tom werde? Ich werde nicht einer dieser Journalisten werden, die sich für eine Story selbst verlieren.

Ich drücke Hudsons Hand ebenfalls und schenke ihm ein kurzes Lächeln.

Wie sein Gesicht fast all seine hellbraune Farbe verliert, verrät mir, dass er genau weiß, was das bedeutet.

»Ich glaube nicht, dass das, was ich gesagt habe, schwer zu verstehen war«, formuliere ich vorsichtig. »Es ist nichts falsch daran, etwas zu verändern. Das nennt sich Fortschritt.«

»Ah.« Mit einem Nicken nippt Mr Rivers an seinem dunklen Alkohol. »Das dachte ich mir.«

»Was dachten Sie sich?«

»Sie sind kein Geschäftsmann, oder, Junge?«

»Kian«, korrigiere ich ihn. »Mein Name ist Kian. Nicht ›Junge‹, und nein, das bin ich nicht. Ich bin Journalist.«

»Journalist? Haben Sie schon etwas veröffentlicht?«

»Nein, noch …«

»Dann sind Sie also kein Journalist, sondern ein angehender Journalist.«

»Dad«, wirft Hudson ein. »Das ist nicht fair.«

»Lassen Sie mich Ihnen ein wenig Feedback geben, Kian, darüber, wie Business funktioniert, damit Sie sich nicht blamieren, falls Sie je einen Businessprofi interviewen. Fortschritt ist in der Geschäftswelt etwas langsam Voranschreitendes. Er ist nichts, das man sich einfach … herbeiwünschen kann. Unser Unternehmen beschäftigt Tausende von Menschen. Unsere Entscheidungen wirken sich auf mehr als nur uns selbst aus. Wir können nicht beschließen, Dinge zu ändern, nur wegen unserem moralischen Gewissen oder aus einer Laune heraus. Fortschritt kann, wenn er nicht angemessen und sorgfältig angegangen wird, der Tod einer Branche sein.«

»Also bleibt mein Argument bestehen. Das klingt genauso wie eine Rechtfertigung, die jemand bei einer Diskussion über die Sklaverei vorbringen würde. Sie sind eine Schwarze Familie aus dem Süden; ich bin sicher, Sie wissen etwas darüber.«

»Oh, um Himmels willen«, murmelt Mrs Rivers. »Können wir bitte einfach unser Essen bestellen?«

Der letzte Satz ist aus meinem Mund gekommen, bevor ich ihn zurückhalten konnte, aber ich bereue ihn nicht, selbst wenn ich es sollte. Olivia macht große Augen, aber das Lächeln auf ihrem Gesicht beruhigt meinen Herzschlag, wenn auch nur leicht. Der angespannte Zug um Mr Rivers' Kiefer macht mir ebenfalls Freude.

Das werde ich definitiv eine Weile in Erinnerung behalten.

Ein scharfer Schmerz schießt mein linkes Bein empor. Ich schlucke einen Fluch hinunter und funkle Hudson finster an, der ebenso finster zurückfunkelt.

Hör auf, formt er mit den Lippen, einen strengen Ausdruck auf seinem attraktiven Gesicht. In diesem Moment kann ich sehen, dass er der Sohn seines Vaters ist, wenn auch nur in seinen Zügen. Genau genommen ist Hudson eher wie seine Mutter, wenn ich raten müsste.

Die Kellnerin kehrt zurück und unterbricht das Hin und Her zwischen Mr Rivers und mir. Langsam umrundet sie den Tisch, im Uhrzeigersinn, um unsere Bestellungen aufzunehmen.

»Den Hummer Thermidor«, sagt Mr Rivers.

»Den Cioppino«, wählt Mrs Rivers.

»Meeresfrüchte-Pappardelle«, entscheidet Olivia.

»Samundari-Khazana-Curry«, sagt Hudson.

Dann bin ich an der Reihe, die einzige Person am Tisch, die keine Ahnung hat, was sie will. Bei einem schnellen Überfliegen der Karte wird mir schwindlig. Die Preise sind irrsinnig! Wie können sie so lässig damit umgehen? Schon allein die vier Gerichte, die sie bestellt haben, kosten locker ... eintausendzweihundert Dollar?!

Olivia räuspert sich und deutet mit den Augen auf die Kellnerin, die nun neben mir steht.

Such was aus, dränge ich mich selbst. Nimm einfach irgendwas. Eins, zwei ...

»Hummerbrötchen, bitte. Mit den grünen Bohnen?«

Nicht die eleganteste Wahl, aber eines der billigeren Dinge auf der Karte, und ich weiß, dass es gut schmecken wird.

Das ist wahrscheinlich nicht der richtige Zeitpunkt, um

zu sagen, dass ich Meeresfrüchte nicht mag, oder? Ja, definitiv kein guter Zeitpunkt. Ich bewege mich bei Hudsons Eltern ohnehin schon auf dünnem Eis.

Die Kellnerin lächelt schmallippig, während sie meine Bestellung aufschreibt. Wenn ich weiß wäre, würden meine Wangen ein, zwei Schattierungen dunkler werden. Das unangenehme Spielverderbergefühl reicht aus, um mich unter dem Tisch verkriechen und in Luft auflösen zu wollen.

»Also, Kian«, sagt Mrs Rivers nach einem Moment. »Es ist so lange her, seit wir einander das letzte Mal gesehen haben. Ich bin so froh, dass Sie sich uns anschließen konnten.«

Sechs Monate – nicht so lange –, aber lang genug, schätze ich. Wie beschäftigt ist Mrs Rivers? Einen Multimillionen-Dollar-Konzern zu leiten kann nicht leicht sein. Ich erinnere mich, irgendwo gelesen zu haben, dass sie eine der wenigen Frauen ist, die eine Firma dieser Größe leiten, und die einzige in der normalerweise von Männern dominierten Alkoholindustrie.

»Hudson hat uns gesagt, Sie sind auf der Suche nach einem Job? Wie sieht der Arbeitsmarkt für Journalisten aus?«

»Schlecht.« Das verdient etwas mehr Erklärung. »Es ist nicht die beste Zeit, schätze ich? Einer meiner Dozenten hat mich vor dem Abschluss sogar gewarnt. ›Wie Sand am Meer‹, hat er uns genannt.«

»Oje«, sagt Mrs Rivers und widmet mir ihre volle Aufmerksamkeit. Es ist, als wäre die Welt um uns herum nicht von Bedeutung, nur die Sorge in ihrer Stimme und die Züge ihres Gesichts, die diese Emotion subtil widerspiegeln. Es gibt mir beinahe das Gefühl, als kümmere es sie *tatsächlich*, worüber wir reden. Beinahe. »Was werden Sie tun? Wenn Sie keinen Job bekommen?«

Olivia reicht mir einen Korb mit Brot und das dazugehörige Olivenöl. Ich lächle ihr dankend zu, nehme ein halbes Roggenbrötchen und reiche den Korb dann an Hudson weiter, ohne hinzusehen. Ich kann es nicht gebrauchen, dass die nervöse Energie, die er ausstrahlt, sich auf mich überträgt. Ich kann mich auch so kaum noch über Wasser halten! Ein einziger Fehler, ein einziger Fehltritt, und diese sorgfältig konstruierte Lüge wird über uns *beiden* zusammenbrechen.

Nein, danke.

»Wahrscheinlich ziehe ich zurück nach Raleigh. Meine Mom führt dort ein kleines Antiquitätengeschäft. Ich bin sicher, dort kann sie jemanden brauchen. Familienbetrieb und so.«

»Ach?«, fragt Diane, und ihre Augenbrauen schnellen hoch. »Ihre Mom besitzt ein Geschäft?«

»Es ist bezaubernd«, schaltet Hudson sich ein, den Mund voll Brot. »Es heißt Uwharrie. Süßer kleiner Laden.«

Mrs Rivers zieht erneut die Augenbrauen hoch.

»Nach dem Fluss Uwharrie«, erkläre ich. »Meine Mom wurde in Trinity geboren und hat viel Zeit dort verbracht.«

»Ah.« Sie lächelt, tatsächlich ein aufrichtiges Lächeln, das würdevolle Zeichen des Alters zeigt, ihr aber auch eine warme, mütterliche Aura verleiht. »Eine Geschäftsfrau, die ihr eigenes Unternehmen leitet *und* nicht vergessen hat, wo sie herkommt. Das weiß ich wirklich zu schätzen. Diese zwei Dinge sind nicht leicht zu finden.«

»Das ist nichts im Vergleich zu dem, was Sie machen«, füge ich hinzu. »Ich meine, wie viel Geld hat Rivers & Valleys im letzten Jahr erwirtschaftet? Sechsundfünfzig Millionen?«

»Achtundfünfzigeinhalb«, schaltet sich Olivia ein.

»Du musst es ja wissen«, murmelt Hudson und verdreht die Augen.

»Ist es ein Problem, bei unserem Familiengeschäft auf dem Laufenden zu bleiben, *Sudson?* Vergiss nicht, diese Firma ist es, die dich durchs College *und* dich zu deinem Abschluss gebracht hat.«

»Nenn mich nicht so«, warnt Hudson.

»Sonst was? Wirst du mich zu Tode psychoanalysieren? Mir schlottern die Knie. Jemand muss mich beschützen!«

»Nicht hier«, wirft Mrs Rivers mit einem singenden Tonfall ein, der völlig anders als der von Divya ist. Dieser hier beinhaltet eine unterschwellige Drohung, von der ich weiß, dass sie sie wahr machen wird. Mit drei geschmeidigen Messerstrichen schmiert sie Butter auf ihr Brot und richtet ihre Aufmerksamkeit wieder auf mich. »Wollten Sie schon immer Journalist werden?«

»Schon seit ich früher auf *Nick at Nite Linda Ellerbee* geschaut habe.«

»Sie bleiben Ihrer Leidenschaft treu. Ich wette, Ihre Mutter ist sehr stolz auf Sie.«

»Falls sie es nicht ist, kann sie es jedenfalls gut vor mir verbergen.« Ich lache.

Mrs Rivers lacht mit mir. Ich bin mir nicht sicher, ob sie es tatsächlich witzig findet oder ob sie einfach nur herzlich ist. »Ich hoffe, ich darf sie eines Tages kennenlernen.«

Das wird nie passieren, denke ich. Aber ich lasse es mir nicht anmerken.

»Ich bin sicher, sie würde Sie auch gern kennenlernen. Vielleicht eines Tages.«

Mrs Rivers schenkt mir ein Lächeln, eines, das Geheimnisse gleich hinter ihren Lippen verbirgt, und senkt den Kopf, um sich auf ihr Essen zu konzentrieren, als es serviert wird.

»Vielleicht eines Tages.«

*

Zweieinhalb Stunden, fünfeinhalbtausend Dollar, drei Flaschen Domaine Ramonet Montrachet Grand Cru und mindestens fünfundzwanzig neue graue Haare später ist das Dinner vorbei. Mr Rivers unterschreibt die Rechnung, während er sie kaum ansieht, und gibt ein Trinkgeld von achthundert Dollar, als wäre es nichts.

Mir bleibt schon die Spucke weg, wenn ich nur an so viel Geld denke. Sicher, achthundert Dollar sind kaum fünfzehn Prozent, und in den meisten Situationen würde ich auf Leute herabsehen, die weniger als zwanzig geben. Aber achthundert Dollar sind für unsere Kellnerin locker eine ganze Monatsmiete. Ich frage mich, ob sie daran gewöhnt ist, so viel Geld dafür zu bekommen, hier zu arbeiten.

»Vielleicht sollte ich Kellner werden«, murmle ich, als ich aufstehe und wieder in mein Jackett schlüpfe. Hudson überhört, oder ignoriert, meinen Gedanken, aber Olivia lächelt mich schief an.

»Du bist attraktiv genug dafür; ich wette, du würdest ziemlich viel Kohle machen.«

Obwohl ich während des ganzen Dinners neben ihr saß, konnte ich bis jetzt keinen guten Blick auf Olivia werfen. Wenn Olivia Pope ungefähr fünfzehn Jahre jünger und aus dem Süden wäre, dann wäre sie Olivia Rivers. Weichere Züge, aber derselbe Knochenbau und eine Aura von Überlegenheit, aber auch Freundlichkeit, bei der man sich angespannt fühlt, aber zugleich mit ihr befreundet sein will. Laut der eingeschränkten Recherche, die ich angestellt habe, bevor Divya mich abgeholt hat, und der allgemeinen Abneigung von Hudson, ist Olivia die Außergewöhnliche. Die, die den Familiennamen und das Vermächtnis weitertragen wird. Ganz zu schweigen davon, dass sie ausgesorgt hat.

Klar, Vetternwirtschaft hat viel damit zu tun, aber das lässt unberücksichtigt, wie verdammt klug und gerissen Olivia ist. Man wird nicht Headline-Speakerin beim World Business Forum oder einem TED-Talk, nur weil die Eltern reich sind.

Okay, vielleicht schon, aber etwas sagt mir, dass Olivia nicht deswegen dort hingekommen ist.

Sie nimmt ihre Hermès-Krokoleder-Birkin und zwinkert mir zu. »War toll, dich kennenzulernen, Kian. Mein Bruder hat recht, du bist wirklich ein Rätsel.«

»Das hat Hudson gesagt?« Ich möchte »zu dir« hinzufügen, halte mich jedoch zurück. »Ich bin mir nicht sicher, ob ich das als Kompliment oder als Beleidigung auffassen soll.«

»Definitiv ein Kompliment«, verspricht sie. Während Hudson und ihre Eltern außer Sichtweite sind, lehnt sie sich ein bisschen näher zu mir, sodass mich der sanfte, schwache Duft ihres Blaubeer-Parfüms in der Nase kitzelt. »Du bist nicht die Art von Person, die ein Rivers typischerweise nach Hause bringt. Und da unsere Eltern sich etwas auf die Tatsache einbilden, uns nach ihrem Vorbild geformt zu haben, ist sie zu überraschen eine Freude, die mein Bruder und ich teilen, wann immer wir können.« Sie zieht sich zurück, um die Schultern meines Jacketts glatt zu streichen und mein Revers zurechtzuzupfen.

»Und du, mein lieber brotloser Journalist, bist genau der Typ, der meinen Eltern die Sprache verschlägt.«

»Falls du über mich und deinen Vater sprichst, sollte ich mich dafür entschuldigen.«

Olivia schüttelt schnell den Kopf. »Absolut nicht. Niemals. Hier ist eine kostenlose Lektion, Kian. Entschuldige dich nie. Nicht für etwas, für das du solche Leidenschaft und Stolz empfindest. Nicht für etwas, das Teil deiner DNA ist. Du bist kein Fehler, und deine Überzeugungen sind es, die dich einzigartig machen. Mach nie Zugeständnisse, wenn es um diese Dinge geht.«

Das Handy in Olivias rechter Hand leuchtet auf. Ohne es anzusehen, machte sie einen Schritt rückwärts. »Da muss ich rangehen, aber es war toll, dich kennenzulernen, Kian.«

Bevor ich das Kompliment erwidern kann, ist sie fort.

Die letzten zwei Stunden fühlen sich wie ein verschwommener Nebel an, und jetzt, wo ich hier am Tisch stehe, relativ allein, wird mir bewusst, dass es das erste Mal ist, dass ich wieder atmen kann. Nicht buchstäblich, denn wenn das der Fall wäre, dann bräuchte ich nicht Hudsons Hilfe bei der Jobsuche; ich könnte mich einfach für das olympische Schwimmteam der USA bewerben oder etwas anderes, bei dem man großartige Atemkontrolle braucht. Aber es fühlt sich an, als wäre die Welt um mich herum nicht mehr so klaustrophobisch.

»Hey«, sagt Hudson und tippt mir sanft auf die Schulter, ein erleichtertes Lächeln auf dem Gesicht. »Bereit zu gehen?«

»Absolut.«

Ich gehe voraus zur Treppe, die in die Freiheit führt, doch Hudson räuspert sich. Als ich mich umdrehe, ist seine linke

Hand ausgestreckt, mit der Handfläche nach oben, damit ich sie nehme.

»Meine Eltern sind unten«, erklärt er, als wäre das alles, was er sagen muss. »Und in Anbetracht des … Auftritts, den du hingelegt hast …«

»Willst du damit sagen, dass ich dir das schulde?«, beende ich den Satz für ihn. »Um das Ganze überzeugend abzuschließen?«

»Das hast du gesagt, nicht ich.«

»Aber du hast es gedacht.«

Ein verlegenes Grinsen, das seine Grübchen zeigt, ziert seine starken Züge. »Du konntest schon immer meine Gedanken lesen.«

»Das kommt daher, dass sie nicht schwer zu lesen sind.«

Er greift sich mit der freien Hand an die Brust und krallt sie in das weiße Hemd, bis es zerknittert. »Mein Herz, es brennt.«

Genau da, in diesem Sekundenbruchteil, vergesse ich, dass Hudson und ich nur so tun, als wären wir zusammen. Es fühlt sich wieder wie vor vier Monaten an, als wir zu einer Galerieeröffnung von einem von Divyas Freunden gingen und einfach so … im Einklang miteinander waren. Er wusste, was ich von der Bar wollte, noch bevor ich Durst bekam, und ich wusste, wie ich seine Witze ergänzen musste, um die Menge zum Toben zu bringen. Wir waren nicht zwei verschiedene Leute, sondern eine Einheit, deren Metallteile miteinander verschweißt waren.

Es könnte sein, dass das der glücklichste Moment zwischen uns war.

Ohne zu zögern, nehme ich seine Hand. Ich präge mir die Wärme und jede raue Stelle seiner Handfläche ein. Denn sobald das hier vorbei ist, sobald wir durch diese Tür und außer Sichtweite seiner Eltern gehen, ist die Vereinbarung vorbei, und mein Teil der Abmachung erfüllt.

Morgen bekomme ich wahrscheinlich eine Mail mit Randalls E-Mail-Adresse in CC und einer kurzen, aber herzlichen Vorstellung von Hudson, die mein Kapitel mit Hudson beendet.

Das ist es, was ich wollte, richtig? Das ist der Grund, warum ich das alles getan habe. Das war immer das Ziel.

»K?«, fragt Hudson. »Bist du so weit?«

Diesmal korrigiere ich ihn nicht mal, sondern nicke nur und gehe mit ihm die Treppe hinunter, um mich von seinen Eltern zu verabschieden.

Als Hudson und ich unten ankommen, haben seine Eltern bereits ihren Wagen bekommen und geben dem Mann vom Parkservice einen Hundertdollarschein als Trinkgeld.

»Chipotle-Aktien werden in den nächsten Monaten einen großen Sprung machen, schätze ich«, murmelt Mr Rivers. »Vielleicht sollten Sie überlegen, darin zu investieren.«

»Ist dein Vater immer so?«, flüstere ich Hudson zu.

»Immer«, antwortet er schmallippig, während seine Mutter näher kommt.

Mrs Rivers umarmt Hudson fest. »Du musst nach Hause kommen, Sohn. Bald.«

»Ich weiß, ich weiß. Ich versuche runterzukommen.«

»Großartig, wir sehen uns nächste Woche.«

Hudson runzelt die Stirn. »Wie bitte?«

»Deine Mom hat recht, Babe. Du solltest deine Eltern öfter besuchen.«

Hudson funkelt mich an, ohne den Kopf zu bewegen, nur mit den Augen. Als wäre das Gespräch mit ihrem Sohn beendet, wendet sich Mrs Rivers mir zu. Ich erwarte, dass sie den Ball an mich als Hudsons Freund übergibt, um ihn mit Schuldgefühlen dazu zu bewegen, nächstes Wochenende nach Hause zu kommen. Und warum auch nicht? Wenn ich jedes Wochenende zurück nach North Carolina fahren könnte, dann würde ich das tun – na ja, wenn da nicht ein halbes Dutzend anderer Gründe wären, in Boston zu bleiben. Außerdem merke ich, dass Hudson lieber hetero wäre, als seine Eltern zu besuchen; diese letzte kleine Dosis Rache ist es wert.

Bis alles um mich herum zusammenbricht.

»Ich bin so froh, dass mein Sohn jemanden wie Sie in seinem Leben hat«, sagt Mrs Rivers und küsst mich auf beide Wangen, was ich erwidere. »Es war so schön, Sie zu sehen, Kian.«

»Ich bin froh, ihn in meinem Leben zu haben, Mrs Rivers.«

»Bitte nennen Sie mich Diana. Sie gehören jetzt ja praktisch zur Familie.«

»Ich denke, Ihr Mann würde etwas anderes sagen«, erinnere ich sie sanft. Nach unserem kleinen Wortwechsel hat Mr Rivers für den Rest des Dinners nicht mehr mit mir gesprochen.

Mrs Rivers wischt das beiseite, als wären meine Worte nichts weiter als eine sommerliche Stechmücke, die sie ständig belästigt. »Isaac *genießt* solche Unterhaltungen. Und er hat niemanden in seinem Leben, mit dem er so aneinandergeraten kann, seit Hudson in den Norden gegangen ist. Niemand in der Firma würde es wagen, so mit ihm zu reden, wie Sie es getan haben. Ganz im Vertrauen, ich glaube, er fand es toll. Was das hier so viel leichter macht.«

Mrs Rivers greift in ihre Handtasche und holt zwei dicke Papierstreifen heraus, in einem violetten Farbton, der regelrechte Königswürde ausstrahlt. Ohne die Schrift darauf sehen zu müssen, weiß ich genau, was das ist, und das Herz rutscht mir in die Hose.

»Mom …«, sagt Hudson langsam. »Was hast du getan?«

Immer noch nur mich ansehend nimmt sie meine Hände und umfasst sie mit ihren. »Kian. Hudsons Cousin heiratet nächste Woche, und da Sie und mein Sohn seit Jahren zusammen sind, denke ich, es ist nur angebracht, dass Sie uns dabei Gesellschaft leisten!«, sagt sie fröhlich, als wäre ihr gerade eine Idee gekommen, die Rivers & Valleys Millionen Dollar am Quartalsende sparen könnte. »Oh, das wird perfekt! Sie können unser Zuhause besuchen, sehen, wo Hudson aufgewachsen ist! Den Rest der Familie kennenlernen! Sie werden Georgia lieben. Waren Sie schon mal dort?«

»Ich …« So viele Dinge werden mir gerade gleichzeitig entgegengeschleudert. Georgia? Hudsons Familie kennenlernen? Eine Hochzeit? Das war *nicht* Teil der Abmachung! Hudson scheint ebenso vor den Kopf gestoßen zu sein wie ich. Sein Mund steht offen, und er hat die Augen leicht aufgerissen.

»Es tut mir leid, wer heiratet?«, fragt Hudson.

»Dein Cousin Nathan. Habe ich dir doch erzählt.«

»Das hast du *nicht*. Seit wann?«

»Er hat den Antrag vor ungefähr sechs Monaten gemacht, glaube ich. Danni, ein süßes Mädchen. Sie ist seit dem College in unseren Kreisen unterwegs.«

Etwas daran, wie seine Mutter »in unseren Kreisen« sagt, lässt mich innerlich zusammenzucken. Ich betrachte Kreise als etwas Ironisches. Etwas Falsches, das niemand wirklich für ein tatsächliches, greifbares Konzept hält. Aber hier sind die Rivers und reden so normal von Kreisen, wie andere Leute das Wort »Sommer« benutzen.

»Du wirst sie mögen. Sie ist sehr ... normal«, fügt Mrs Rivers hinzu.

Was soll das bedeuten?, denke ich. Aber tief in meinem Innern weiß ich, was es bedeutet. Arm. Oder Mittelschicht. Hat wahrscheinlich einen Kreditscore von 610 und ist stolz darauf.

»Sie werden Georgia lieben, das verspreche ich. Und die Familie wird Sie auch lieben! Sie kommen doch, oder? Ich weiß, es ist sehr kurzfristig, aber Sie werden doch eine Möglichkeit finden, es zu schaffen?«

Auf gar keinen Fall, schreie ich in meinem Kopf. Nein, das wird nicht passieren. Ein einziges Date, ein paar Stunden, das war alles. Ich habe diesen teuflischen Vertrag mit Hudson unterschrieben, weil ich mich sentimental gefühlt habe und ein guter Mensch sein wollte. Noch mehr Lügen, und jegliches Wohlwollen, das meine Hilfe für meinen Ex mir eingebracht hat, fliegt zum Fenster raus, in eine Grube klebriger schwarzer Täuschung. Das kann ich mir nicht leisten, und Hudson weiß das. Er wird es ihr ausreden. Er wird das regeln. Er wird ...

»Wir werden da sein«, verspricht er. »Können es kaum erwarten.«

10

»Du bist sauer auf mich, oder?«

Vor ein paar Wochen habe ich mir mit Divya während unseres (versuchten) monatlichen Filmeabends zum ersten Mal *Lady Bird* angesehen.

Die Szene, die mich am meisten ansprang, war in den ersten fünf Minuten, als Christine »Lady Bird« McPherson sich aus dem Auto stürzt und sich den Arm bricht. Ich begriff während des Films nicht, wie irgendjemand das tun konnte. Schätzen Weiße ihre eigene Sicherheit und ihr Leben so gering, dass sie sich einfach aus fahrenden Fahrzeugen auf den Seitenstreifen werfen? Was für ein Verhältnis hat sie zu ihrer Mutter, dass *das* die beste Lösung zu sein schien?

Divya und ich verbrachten den Rest des Abends damit, darüber zu streiten, wie gut der Film war. Als leidenschaftlicher Saoirse-Ronan-Fan hielt Divya ihn für den großartigsten Film aller Zeiten. Ich natürlich, als der *Nonkonformist*, fand ihn nur ganz okay. Stellenweise unglaubwürdig und übertrieben – die Autoszene benutzte ich als Beispiel.

Aber jetzt, jetzt verstehe ich es. Denn alles, was ich tun will, ist, aus dem Auto zu springen und vielleicht mit dem Gesicht voran auf dem Asphalt landen, ins Koma fallen, zwanzig Jahre später wieder aufwachen, und Hudson Rivers und sein verlogener Arsch sind nur noch ein ferner Traum.

Oder vielleicht *ihn* aus dem Auto stoßen. Aber das wäre Totschlag – oder versuchter Mord? Das werde ich Divya fragen müssen –, und orange steht mir nicht.

»K«, bettelt Hudson. »Komm schon. Sag was. Du weißt, wie sehr ich es hasse, wenn du mich mit Schweigen bestrafst.«

»Kian.« Da ist genug Bass in meiner Stimme, dass ich mich beinahe selbst antörne. »Ich heiße Kian. K. I. A. N. Das bedeutet ›alt‹ oder ›weise‹ oder ›Gnade Gottes‹. Es ist gälisch und kommt von dem Namen Cian oder Kyan.«

»Wie die Farbe?«

»Nein, mit K.«

»Dann musst du also irisches Blut haben?«

»Was?«

»Du hast gerade gesagt, dein Name ist gälisch. Hat deine Mom einfach aus heiterem Himmel entschieden, dass sie ihrem Kind einen irischen Namen geben will?«

»Ich weiß es nicht, Hudson, haben *deine* Eltern einfach entschieden, dass sie dich nach einem verdammten Fluss in New York, auf dem ein Flugzeug gelandet ist, nennen wollen, weil sie das *witzig* fanden?«

»Schon kapiert.«

Das Uber füllt sich mit schwerem Schweigen. Der Rücksitz des – ich weiß nicht mal, was für eine Automarke das ist, irgendetwas Kastiges – ist eng. Als ich meine Haltung verändere, reibt mein linkes Bein an Hudsons rechtem. Er rückt weg und murmelt eine Entschuldigung.

»Das ist es nicht, wofür du dich entschuldigen solltest, und das weißt du.«

Im Rückspiegel sehe ich Hudson den Mund öffnen und wieder schließen.

»Und wenn du mir mit irgendeiner armseligen Ausrede kommst, um mich davon zu überzeugen, dass du keine andere Wahl hattest, dann wäre es mir lieber, wenn wir uns weiter anschweigen.«

»Das wollte ich nicht sagen. Ich wollte sagen, dass du recht hast.«

»Ich habe doch *gerade* gesagt, dass – Moment mal. Was?«

Habe ich richtig gehört? Hudson gibt eine Schuld zu? Nein, vielleicht gibt es irgendeine neurologische Krankheit, die man von schlechtem Hummer bekommt und die mir langsam Löcher ins Gehirn frisst. Hudson Rivers entschuldigt sich? Ohne dass ich es aus ihm herauspressen muss? In welcher verdrehten Realität bin ich …

»Aber, wenn ich nur eines sagen darf.«

Jetzt kommt's.

»Ich hatte keine andere Wahl.«

Mit einem Klicken schnalle ich meinen Sicherheitsgurt ab und fahre zu ihm herum. »Inwiefern hattest du keine andere Wahl?«

»Hey«, protestiert der Fahrer, ein größerer Schwarzer mit tiefer Baritonstimme. »Anschnallen.«

»Es gab eine Million Dinge, die du hättest sagen können. Dass wir schon was vorhaben. Dass ich zu einem Vorstellungsgespräch muss. Dass du irgendeine Überraschung geplant hast. Dass wir es nicht schaffen. So viele Dinge. ›Wir werden da sein, können es kaum erwarten‹ ist nicht mal die leichteste Antwort!«

»Du verstehst meine Eltern nicht«, argumentiert er. »Sie haben so eine Art, von den Leuten zu kriegen, was sie wollen.«

»Anschnallen!«, sagt der Fahrer erneut.

»Das ist die jämmerlichste Ausrede, die ich je gehört habe. Du sagst im Grunde, ›Ich kann mich nicht gegen Mommy durchsetzen‹. Du bist ein gottverdammter Erwachsener, der seinen Master macht, Hudson. Es war völlig in Ordnung für dich, sie den ganzen Abend lang anzulügen. Was kann da eine weitere kleine Lüge schaden?«

Hudsons Lippen werden zu einem schmalen Strich, was sein attraktives kantiges Kinn noch markanter werden lässt. Ich sehe die Adern an seinem linken Arm hervortreten, als er seine großen Hände öffnet und schließt. Um die Wahrheit zu sagen, es hat etwas verdammt Heißes, wenn seine Wut einsetzt.

Ich bin beinahe – beinahe – kleinlich genug, ihn weiter zu reizen. Ihn auf verschiedene Weise anzustacheln, um seine gebräunte Hülle aufplatzen zu lassen wie eine Porzellan-Piñata. Aber ich bin nicht mehr dieser Teenager. Ich bin ein Erwachsener. Laut einem BuzzFeed-Artikel darüber »Wie man weiß, dass man über seinen Ex hinweg ist«, hat man mit der Sache abgeschlossen, wenn man es schafft, ihm den Rücken zu kehren, selbst wenn man die Gelegenheit hat, ihn zu reizen und zu verspotten.

Das ist es. Das ist der letzte Countdown, der letzte Test. Als das Uber langsam vor einer roten Ampel zum Stehen kommt, lehne ich mich wieder in meinem Sitz zurück und schnalle meinen Sicherheitsgurt fest an.

Ich bin über ihn hinweg. Ich bin über ihn hinweg. Ich bin über ihn hinweg, wiederhole ich immer wieder. Lass das Gespräch einfach einschlafen. Lass ihn hinter dir. Betrachte es aus seiner Perspektive. Tu das Richtige.

Scheiß drauf.

»So bist du immer«, schnaube ich kaum hörbar. Aber es war nicht so leise, dass ich erwarten würde, er hätte es nicht gehört. Genau genommen hoffe ich, er hat es gehört.

So viel dazu, der Reifere zu sein.

Jetzt ist es Hudson, der sich abschnallt.

»Verdammt noch mal«, stöhnt der Fahrer. »Ihr zwei versucht wohl, euch umzubringen, oder?«

»Wie bitte?«, fragt Hudson mich.

»Ich war deutlich«, fauche ich zurück. »Du denkst immer, du weißt, was für alle am besten ist.«

»Wie oft muss ich dir noch sagen, dass es mir leidtut, Kian?«

»Bis du es auch so meinst.«

»Das ist einfach so rausgekommen.«

»Was mir verrät, dass du es nicht so meinst.«

Wieder Schweigen, doch diesmal hat es ein Knistern an sich. Als würden wir beide um die Wette radioaktive Energie ausstrahlen. Es ist ein Willenskampf, wie jeder Streit mit einem Partner. Wer hält am längsten durch. Wer explodiert als Erster. Oder, im besten Fall, wer fängt mit dem *Es-tut-mir-leid-nein-mir-tut-es-leid*-Hin-und-Her an.

Das Vibrieren von Hudsons Handy zerreißt die Stille. Das geschmeidige Geräusch von teurem Stoff, der über teuren Stoff gleitet, erfüllt die Luft, als er in seine Tasche greift und schnell auf das Display tippt. »Mom sagt, sie hat sich großartig mit dir unterhalten. Kann es nicht erwarten, dass du das Haus unserer Familie siehst.«

»Natürlich«, brumme ich. Bevor er antworten kann,

schleudere ich ihm einen Curveball entgegen. »Was, wenn ich es ihr sage?«

Ein Herzschlag. »Ihr was sagst?«

»Was, wenn ich ihr sage, dass ich nicht komme? Wenn ich ihr sage, da du es nicht kannst, dass mir etwas dazwischengekommen ist und ich euch in Georgia nicht Gesellschaft leisten kann.«

»Ich …«

»Oder noch besser, was, wenn ich ihr sage, dass wir gelogen haben? Ich würde natürlich die Schuld auf mich nehmen, damit du dein gutes Verhältnis mit deiner Mutter bewahren kannst.«

Ich kann spüren, dass meine Stimme vor Giftigkeit strotzt. Es ist kein ehrliches und faires Angebot. Aber das ist mir egal. Ich will, dass er sich ebenso beschissen fühlt wie ich mich gerade.

Die Hölle selbst kennt keine solche Wut wie ein schwuler Schwarzer, der von seinem attraktiven Ex abserviert wurde.

»Denn die andere Möglichkeit ist, dass ich deinen Eltern erzähle, dass alles eine Lüge war, und wir beenden das gleich hier und jetzt.«

»Das würdest du nicht tun.«

Es liegt Gekränktheit in seiner Stimme, aber auch Zögern. Er ist sich nicht sicher, ob ich dazu fähig bin. Der alte Kian war es definitiv nicht. Der Kian, der unsterblich in Hudson verliebt war, der bis spät in die Nacht aufblieb und beinahe eine wichtige Journalistikprüfung versäumte, nur um fünfzehn Minuten länger mit ihm zu haben, als er einmal für eine Woche nach Hause fahren musste. Dieser Kian lebte und starb für Hudson Rivers. Dieser Kian war sicher, dass sie eine gemeinsame Zukunft hätten.

Dieser Kian war ein Idiot.

»Ich würde an deiner Stelle nicht darauf wetten«, sage ich mit falscher Überzeugung. Ich muss zugeben, es fühlt sich gut an, die Kontrolle über die Situation zu haben. Hudson in die Ecke gedrängt zu haben ist neu. Er mustert mich, mit diesen schönen, warmen honigbraunen Augen, auf der Suche nach einem Funken von irgendetwas, an das er sich klammern kann.

»Déjà vu«, sage ich.

»Was?«

»Nichts.« Nein, nicht nichts. Es ist etwas. Es ist ein verdammt großes Etwas. »Dieser Ausdruck, den du hast. Genauso hast du mich angesehen, als du mir gesagt hast, dass du mit mir Schluss machst. Dieselbe Hoffnung, dass es irgendetwas gibt, das ich tun könnte, um deine Meinung zu ändern. Irgendein Wort, das ein geheimer Code oder was auch immer ist, um unsere Beziehung wieder zu eröffnen. Ich habe dieses Gespräch ein Dutzend – nein, zwei Dutzend Mal durchgespielt, um zu sehen, ob es irgendetwas gab, das mir entgangen war. Du hast es deutlich gemacht, mehrmals: Mir war nichts entgangen.«

Das Uber setzt sich wieder in Bewegung, und der Ruck beim Losfahren ist diesmal sanfter als zuvor. Der Fahrer schreit keinen von uns an, dass wir uns anschnallen sollen. An der Art, wie leise er atmet, merke ich, dass er lauscht. Ich wette, er bekommt ständig solche Streitereien zu hören. Und wisst ihr, was? Schön für ihn.

Einmal habe ich eine Uber-Fahrerin interviewt, die sagte, die Unterhaltungen der Leute zu belauschen wäre der Teil des Jobs, der ihr am liebsten war. »Ich kann dadurch so viel über Menschen lernen«, sagte sie, während sie laut ihren Kaugummi schnalzen ließ und schief bei irgendeinem Shakira-Song mitträllerte. »Ist egal, ob die Leute wissen, dass ich zuhöre oder nicht. Ich weiß bei einer Diskussion innerhalb von zwanzig Sekunden, ob jemand ein guter oder ein schlechter Mensch ist.«

Was denkt dieser Kerl über mich? Bin ich der Böse oder der Held in dieser Geschichte? Gibt es genug Kontext für ihn, um eine Entscheidung zu treffen? Macht mich die Tatsache, dass ich für mich selbst eintrete, zickig oder selbstbewusst? Gibt es da echt einen Unterschied?

»Ich habe dir wirklich wehgetan, nicht wahr?«

Hudsons Worte sind nicht wie ein Messer oder eine Klinge. Eher wie eine Rakete. Sie treffen mich mitten in die Brust und zerschmettern jedes bisschen Panzer, das ich habe. Splitter bohren sich in mein Fleisch, legen Sehnen, Muskeln, Knochen und Arterien frei. Ich bin vor ihm völlig ungeschützt, ohne jede Verteidigung.

»Die Master-Absolventen-Version von ›Wähl mich. Nur mich. Liebe mich‹«, nehme ich an.

»Halten Sie hier an, bitte.«

Der Fahrer sieht mich im Rückspiegel an. Da ist ein stummer Wortwechsel zwischen uns; ein *Sind Sie sicher?* Und als Antwort ein *Definitiv*.

Hudson protestiert nicht, als der Wagen an den Rand einer stark befahrenen Straße rollt und der Fahrer den Schalthebel auf Parken stellt. Ich reiße mir den Sicherheitsgurt herunter, während das Pochen in meiner Brust immer schneller wird. Ein Herz kann nicht so schnell schlagen. Das kann nicht gesund sein. Das kann nicht normal sein.

Logisch. Nichts von all dem hier ist normal. Seinem Ex

zu helfen, dessen Eltern anzulügen, ist nicht normal. So mit ihm in einem Uber zu sitzen, so nah, als wäre nichts zwischen uns, ist nicht normal. Ich bin nicht normal.

Und ich muss hier raus. Sofort.

»Du kennst die Antwort auf diese Frage«, sage ich schließlich, während ich die Tür härter aufstoße als nötig. Ich zucke zusammen, weil ich befürchte, dass sie aus den Angeln brechen wird und ich mit einer Fünfhundertdollarrechnung von Uber verbannt werde.

Aber das tut sie nicht. Sie knirscht, und der Fahrer stöhnt, doch sie hält. Wenigstens eine Sache, die heute Abend richtig läuft.

»Lass mich dir wenigstens ein Uber nach Hause bezahlen, Kian.«

»Nicht nötig.«

»Du musst das nicht tun.«

»Ich gehe zu Fuß. Es ist schön draußen.«

»Komm schon, sei nicht so. Ich hab es nicht so gemeint.«

»Fick dich, Hudson«, sage ich und drehe mich zu ihm um. Ich beuge mich vor, dabei richte ich so viel Wut, wie ich kann, hinter meine Augenlider und in meinen Griff um die Oberkante der Tür. Das ist besser, als den Schmerz durchsickern zu lassen. Stattdessen friere ich ihn in meinem Herzen ein und all diesen Mist aus dem internationalen Disney-Erfolg *Die Schneekönigin* von 2013.

»Fahr nach Hause. Lass mich allein. Und verschwinde verdammt noch mal aus meinem Leben.«

Ich schlage die Tür zu, bevor er versuchen kann, zu antworten, und gehe zügig die geschäftige Straße in der Innenstadt entlang. Wie ein Spion in einem Film biege ich scharf links und in die Haymarket-U-Bahnstation ab. Wenn ich mit der Menge verschmelze, kann ich mich in dem Meer aus Menschen verlieren, mich zu nichts als irgendeinem Gesicht in Hudsons Leben auflösen.

Und im Moment? Ist das am besten so. Für uns beide.

11

»Hey, Hübscher. Was willst du trinken?«

Nicht weit von der Stelle, an der Hudsons Uber mich abgesetzt hat, ist das *General*, eine Bar, wo Divya während dem College, dem Jurastudium und immer noch jede zweite Woche hinter dem Tresen arbeitet. Ich habe Glück, dass sie diese Woche da ist, denn das bedeutet kostenlosen Alkohol. Und jetzt gerade klingt das nach dem besten Teil meines Abends.

Sie lächelt mich an und gießt stumm eine Fontäne klarer Flüssigkeit in ein Schnapsglas, als ich nicht antworte. »Ich schätze, das Dinner ist nicht so gut gelaufen, wie du wolltest?«

»Das ist noch untertrieben. Und bitte sag nicht ›Ich hab's dir doch gesagt‹.« Ich hebe mein Glas, um ihr zuzuprosten und stumm zu danken. Sie tut dasselbe, aber in ihrem Schnapsglas ist nur Wasser: »Würde mir nicht im Traum einfallen!«

Dann rufen wir: »Von der Mitte zur Titte, von der Titte zum Sack, Zack, zack!« Und kippen unsere Drinks hinunter.

»Himmel«, zische ich, als sich mein ganzer Körper und jede Arterie anfühlen wie mit Lava gefüllt. »Was ist das?«

»Schmeckt's?«, fragt sie, während sie wie ein Rauchfaden in der Bar herumwirbelt. Die Gäste brauchen ihr nicht mal zu sagen, dass sie ihnen nachschenken soll. Sie tut es einfach und weiß dabei, wer noch mal dasselbe, einen anderen Drink oder die Rechnung braucht, bevor sie es selbst wissen. Sogar außerhalb des Gerichtssaals ist Leute zu lesen, Divyas Stärke. Was wahrscheinlich der Grund ist, warum sie mir dieses Höllenzeug gegeben hat, was auch immer das war. Sie wusste, dass ich den heutigen Tag so schnell wie möglich vergessen muss.

»Das ist diese neue russische Marke; Ian hat sie von seiner Reise mitgebracht. Er möchte, dass wir probieren, sie zu verkaufen. Haben vierzig Kisten hinten.«

»Das ist, wie radioaktiven Schlamm zu trinken.«

»Aber süffig, ja?«

»Ich weiß nicht, ob das was Gutes ist?«

»Wenn es um Alkohol geht, dann ist Süffigkeit immer was Gutes. Du warst mit einem Braumeister zusammen, du solltest so was wissen. Und bevor du mich korrigierst, ich weiß, dass Hudson technisch gesehen kein Braumeister ist, aber wie oft kommt man schon dazu, dieses Wort zu benutzen? Tu mir den Gefallen.«

Mein ganzer Körper verkrampft sich, als sie das sagt. Seufzend drückt sie einen Knopf auf dem Zapfhahn und füllt ein Glas mit Cranberrysaft.

»Zu früh?«

»Nur ein bisschen, ja.«

Sie lehnt sich über den Tresen und drückt mir mit Wucht einen Kuss auf beide Wangen, dass ich sicher einen Abdruck ihrer lila Lippen auf mir habe, wie diese Röte eines Zeichentrickcharakters, der verlegen aussehen soll.

»Hey«, lallt ein Bankertyp Anfang dreißig laut aus zwei Metern Entfernung. »Was muss ich tun, um auch so einen …«

»Leck mich«, sagen wir beide einstimmig.

Der Gast murmelt etwas vor sich hin, aber keiner von uns beiden schenkt ihm Beachtung. Divya bedient einen weiteren Gast, dann wendet sie sich an ihn. »So, was willst du?«

Ich höre nicht, was er sagt, aber Divya schenkt ihm ein Schnapsglas mit einer dunkelbraunen Flüssigkeit ein, von der ich denke, dass es wahrscheinlich Rum ist, bevor sie wieder zu mir zurückkommt.

»Also, erzählst du mir, was passiert ist, oder lässt du mich raten?«, fragt sie, während sie einen weiteren Drink einschenkt, meinen dritten, seit ich hier bin. Das *General* strahlt einen starken Boston-Vibe aus. Wenn man mit einer Zeitmaschine zurück zur Boston Tea Party versetzt würde und irgendwo Met oder Ale trinken wollte, dann würde man hierherkommen. Natürlich würde Divya, eine indischstämmige Amerikanerin, dann nicht diejenige sein, die einen bedient, aber sie war schon immer von der Sorte, die etwas sieht und bekommt, was sie will. Und während des Colleges wollte sie diesen Job.

»Du weißt schon, was passiert ist. Ich bin schließlich hier, oder nicht? Und trinke Schnaps mit dir, anstatt …«

»Anstatt dich ordentlich aufsatteln zu lassen, während Hudson ›Yee-haw‹ schreit?«

Es kostet mich all meine Beherrschung, sie nicht mit dem Wodka vollzuprusten.

»Er ist aus Georgia, nicht Texas!«

»Stimmt, ja, stimmt. Lass es mich noch mal versuchen.«

»Bitte nicht.«

»Anstatt die Pfirsichszene in *Call Me by Your Name* nachzuspielen?«

»O mein Gott.«

»Kapiert? Georgia-Pfirsich.«

»Ich hab's kapiert.«

»Ich glaube nicht.«

»Ich hasse dich so sehr.«

»Nö«, sagt sie und schüttelt den Kopf. »Du betest mich an.«

Stimmt. Ohne Divya wäre ich nicht hier. Seit ich sie kenne, gibt sie sich Mühe, damit ich mich zu Hause fühle. Als ich meine Mom anrief, weil ich mich zu entscheiden versuchte, ob ich zurück an die UNC wechseln wollte, setzte sie sich mir gegenüber an den Tisch, nahm das Handy und sagte zu meiner Mom: Er ruft Sie zurück.

»Ich kenne dich nicht«, sagte sie zu mir, während sie ihren eigenen Eistee schlürfte. »Aber eines weiß ich. Boston braucht mehr People of Color, und ich lasse nicht zu, dass was auch immer dich dazu bringt, wegzuwollen, dich von hier vertreibt.«

Und der Rest ist Geschichte. Ohne Divya wäre ich nicht mehr hier. Ich hätte ohne sie nicht meinen Abschluss an der Northeastern gemacht. Ich hätte Hudson nicht kennengelernt, wenn sie sich nicht eingemischt hätte. Keine Ahnung, ob das ein Punkt für sie ist, aber darum geht es nicht. Divya ist mein Mensch. Nicht Hudson, nicht Jamal, nicht Charlie Hunnam. Mein Freifahrtschein: Divya.

»Hinter jedem Schwulen steht eine ebenso coole Frau.«

»Wie bitte?«, fragt sie.

Ich schüttle den Kopf. »Das Dinner war okay.«

»Nur okay?«

»Zuerst.«

»Klingt wie der Anfang eines Blumhouse-Horrorfilms, wenn ich ehrlich bin.«

Darüber muss ich einfach lächeln. Jordan Peele hätte wahrscheinlich Spaß daran, mein Liebesleben in eine Horrorstory à la Lovecraft zu verwandeln. Ich würde ihm liebend gern die Rechte verkaufen, falls er auf der Suche ist.

»Ich meine, seine Eltern sind toll. Na ja, seine Mom jedenfalls. Sein Dad ist heftig. Seine Schwester auch.«

»Nun, sie besitzen einen Millionen-Dollar-Konzern. Sorry, einen Multimilliarden-Dollar-Konzern. Du wärst überrascht, wie viele weiße Kerle hier reinkommen und nach einem Rivers & Valleys IPA fragen.«

»In Boston? Wirklich?«, täusche ich Verwirrung vor. Divya grinst. Fast schon, als wäre es eine Vorahnung, kommt ein Typ mit umgedrehtem Baseballcap in Boatshoes und Chinos rüber.

»Krieg ich ein IPA? Rivers & Valleys, wenn ihr habt.«

Gott hat wirklich Sinn für Humor. Divya wirft mir einen wissenden Blick zu, bevor sie eine Flasche aus dem Kühlschrank nimmt. »Acht.«

Der Mann gibt ihr zwölf. Sie zwinkert ihm zu und steckt die vier Dollar Trinkgeld ein.

»Jedenfalls, erzähl weiter. Was ist als Nächstes passiert? Hat er dir gestanden, dass er dich eigentlich wegen deiner Niere dort haben wollte? Oder noch schlimmer! Hat er sich endlich entschieden, blond zu werden? Jeder Schwule macht das doch irgendwann auf seiner Entwicklungsreise, stimmt's? Ich meine, wenn ich dich als Beispiel nehme …«

»Wir haben doch gesagt, dass wir nie mehr darüber reden!«

»Es sah süß aus!«

»Meine Haare waren teilweise *orange*, Divya.«

Sie zuckt mit den Schultern. »Das war nur, weil du das Zeug nicht lange genug auf den Haaren gelassen hast. Nächstes Mal …«

»Es wird kein nächstes Mal geben. Ich mag meine Locken. Außerdem habe ich ausgesehen wie Sisqó für Arme.«

»Ach *bitte*. Ich würde alles dafür geben, dich den *Thong Song* performen zu sehen. Das setze ich auf meine Liste der Dinge, die du nächstes Mal machen musst, wenn du betrunken bist.«

»Lieber würde ich mir noch mal *2 Girls 1 Cup* ansehen.«

»Das nenn ich mal einen Rückblick.«

»Richtig?«

»Also gut, dann.« Sie hebt kapitulierend die Hände. »Machen wir einen Deal.«

Ich nippe an dem Wodka, und die Wärme fängt an, auf vertraute Weise in meinem ganzen Körper zu brennen und die Schärfe des Alkohols zu mildern.

»Diese Deals gehen nie gut für mich aus. Allmählich glaube ich, einer Anwältin etwas zu versprechen ist eine schlechte Idee.«

»Eine schreckliche Idee, aber darum geht es nicht. Du erzählst mir, was mit Hudson passiert ist, und ich spreche den Haarfärbevorfall nie mehr an. Egal, wie süß du ausgesehen hast.«

Ich weiß, dass ich nicht lange darum herumkommen werde. Divya hat eine Art, mit der sie von mir kriegt, was sie will, und das nicht auf toxische oder manipulative Weise. Es ist einfach nur die Kombination aus ihrem Charme, dass sie meine beste Freundin ist und den Fähigkeiten, die zu vervollkommnen sie Tausende Dollars bezahlt hat. Außerdem kann ich es ihr nicht verübeln. Information ist ihre liebste Waffe, und sobald sie sie hat, alles davon, kann sie mich beschützen.

Was der Grund ist, warum Divya, kurz nachdem ein wenig Schorf über die frische Wunde der Trennung gewachsen war, für mich auf ihre unglaublich analytische Weise runtergebrochen hat, wie sie es hatte kommen sehen. Wie durch mein ständiges Streiten mit Hudson über die Tatsache, dass er immer der perfekte Sohn sein musste, anstatt sein eigenes Leben zu leben, die Katastrophe schon vorprogrammiert war. Dass er völlig falschlag, als er mir vorwarf, ich würde von ihm erwarten, »perfekt« zu sein und nie Fehler zu machen. Denn Hudson Rivers wird, egal, wie gern er auch etwas anderes vorgibt, immer auf die *Was-wird-meine-Familie-denken?*-Frage zurückfallen. Jede noch so kleine Entscheidung, ob er atmen soll oder nicht, läuft darauf hinaus. Es ist ärgerlich, es ist erdrückend, und, offen gesagt, konnte ich nicht mit dem Rivers-Vermächtnis konkurrieren.

Daran erinnerte ich ihn. Viele Male; mit kleinen Seitenhieben, Sticheleien ... und schließlich war es einfach zu viel.

»Hör mal«, hat Divya an jenem Abend gesagt. »Bist du anstrengend? Sicher. Aber solltest du mit jemandem zusammen sein, der damit umgehen kann? Absolut. Hudson ist nicht dieser Mensch. Hudson hat sein eigenes Päckchen zu tragen und eigenen Mist, mit dem er fertigwerden muss. Kein reicher Junge ist wirklich so perfekt wie sein Instagram-Account. Und bis Hudson sein Familiendrama und seine *Bin-ich-des-Familiennamens-würdig?*-Saga auf *Game-of-Thrones*-Level in den Griff bekommen hat, wird er nicht bereit für eine andere Person sein. Dieser Shit ist toxisch, K.

Du bist ohne ihn besser dran. Manchmal ist Blut wirklich dicker als Wasser.«

Jetzt wiederholt sich die Geschichte.

»Hudson hat seine Eltern angelogen.«

Das weckt ihre Aufmerksamkeit. Sie hebt den Blick und lehnt sich rückwärts an den Tresen. »Gelogen in Bezug auf …?«

»Seine Mom. Sie hat mich gebeten, sie und den Rest der Rivers-Familie in Georgia zu besuchen. Hudsons Cousin heiratet oder so was.«

»Und sie will, dass du den Rest der Familie kennenlernst.«

»Mhm.«

»Weil du der langjährige Partner ihres Sohnes bist.«

»Mhm.«

»Und weil sie denkt, ihr zwei werdet wahrscheinlich irgendwann mal heiraten.«

»Bingo.«

»Und …«

»Er hat ›Na klar‹ gesagt.«

»Natürlich hat er das.« Ein weiterer Gratisdrink. Ein weiterer Drink, den ich mühelos hinunterkippe.

»Du versuchst, mich betrunken zu machen, nicht wahr?«

Divya zieht spielerisch einen Reißverschluss über ihren Lippen zu. »Aber zu meiner Verteidigung, falls es mir wirklich gelingt, dich abzufüllen, wird es viel leichter für dich sein, Hudson anzurufen, ihm zu sagen, dass er sich verpissen soll, und mit deinem Leben weiterzumachen«, sagt sie, während sie einen Gast abkassiert.

»… Ja.«

Nachdem sie ihm seine Karte zusammen mit einer Quittung zurückgegeben hat, zieht sie die rechte Augenbraue hoch. »Richtig? Das ist doch der Plan, richtig, Kian? Du wirst dich endlich gegen Hudson behaupten, und er ist endgültig aus deinem Leben verschwunden?«

Ich greife über den Tresen, schnappe mir die Schankpistole und schenke mir Cola in mein Schnapsglas ein, um etwas Zeit zu schinden. Doch Divya hört nicht auf, mich anzustarren.

»Hast du nicht noch andere Gäste, um die du dich kümmern musst?«

»Die können warten.«

Seufzend trinke ich das Schnapsglas schnell aus, bevor ich es im Fünfundvierzig-Grad-Winkel kippe, die Kuppe meines Zeigfingers auf den Rand lege und es langsam im Kreis drehe. »Er hat etwas gesagt, bevor ich aus dem Uber gestiegen bin«, murmle ich. »Er sagte ›Ich habe dir wirklich wehgetan, nicht wahr?‹«

»Warst du ehrlich zu ihm?«

»Ehrlich? Natürlich nicht! Das wäre die leichte Antwort.«

»Und warum etwas Leichtes tun, wenn wir es uns schwer machen können.«

»Siehst du, du verstehst mich wirklich. Ich sollte einfach dich daten.«

»Du kannst dir mich gar nicht leisten, Hase, aber ich weiß den Gedanken zu schätzen«, sagt Divya, bevor sie wieder zu der Frage zurückkehrt, von der ich wusste, dass sie kommen würde. »Also, hat er dir wehgetan?«

»Du kennst die Antwort darauf«, murmle ich.

»Ich kenne sie, aber kennst du sie?«, fragt sie. »Du weißt, dass meine Mutter Psychologin ist, oder? Hat mich immer in den Wahnsinn getrieben. Sie hat mich in der Highschool ständig psychoanalysiert, die absolut schlimmste Zeit, seiner Teenagertochter so etwas anzutun. Aber nach einer Trennung sagte sie mir etwas, das ich erst jetzt wirklich verstehe.« Divya räuspert sich und lässt ihre Stimme eine Oktave höher klingen. »Divya, das Leben wird dir wehtun. Oft. Aber sobald du das sagen kannst, es laut aussprechen, zugeben kannst, dass du verletzt wurdest, dann kannst du anfangen zu heilen.«

Natürlich hat Divya recht, auch wenn sich ihr Rat anhört, als würde er von einem Dr. Phil für Arme kommen – der einfach nur Dr. Phil wäre, aber darum geht es nicht. Ich höre auf, das Schnapsglas zu drehen, und lasse ihre Worte auf mich wirken. Sie gehen mir unter die Haut und graben sich dort ein, wie Tinte von einem Tattoo.

»Du weißt, dass deine Mutter überhaupt nicht so klingt, oder?«, frage ich mit einem neckenden Lächeln. »Ich habe deine Mutter kennengelernt. Sie würde sich schämen. Und deine Stimme ist am Ende gebrochen.«

»O ja, meine Mutter würde mich hundertprozentig umbringen, wenn sie mich so über sie reden hören würde. Aber sie ist nicht hier, und sie braucht es nicht zu wissen. Und falls du es ihr erzählst, bringe ich dich um. Ich kann dafür sorgen, dass ich mit einem Verbrechen davonkomme.«

Ich weiß ihre Leichtherzigkeit bei diesem ernsten Thema zu schätzen. Divya kann ein bisschen unberechenbar sein, wenn es um solche Unterhaltungen geht. Entweder ist sie zu streng und bigott, als wäre sie bei *America's Next Topheilige* oder so was, oder sie ist zu flapsig. Ich habe gelernt, beides als Facetten ihrer Liebe zu akzeptieren. Ersteres ist ihr Versuch, mir zu helfen, Letzteres ist ihr Versuch, mich den Schmerz oder die Frustration ignorieren zu lassen in der

Hoffnung, dass sie einfach weggehen werden. Selten ist eine der beiden Möglichkeiten die richtige.

Aber manchmal findet sie die perfekte Mischung, wie jetzt gerade. Und sie deckt eine Wahrheit auf, von der ich nicht wusste, dass sie direkt vor meiner Nase war.

Ich fische zwanzig Mäuse aus meinem Geldbeutel und schiebe sie über den Tresen. Divya bemerkt es, schüttelt den Kopf und schiebt das Geld wieder zurück.

»Nimm es«, bestehe ich darauf. Ich habe ein schlechtes Gewissen, ihren Alkohol zu trinken. Das würde technisch gesehen ausreichen, um sie den Job zu kosten, aber Divya hat dem Eigentümer schon mehr als einmal die Leviten gelesen wegen Verstößen gegen die Arbeitsschutzvorschriften, von denen ich nicht sicher bin, ob es sie überhaupt gibt, und ihm gesagt, wenn er ein Auge zudrückt, dann tut sie das auch. Darum trinken Jamal und ich hier immer umsonst, wenn sie ihre Schicht hat.

»Du weißt, dass du bei mir nichts bezahlen musst. Deine Gesellschaft ist mehr als genug.«

»Dann betrachte es als Bezahlung für die Therapie, die du mir gerade gegeben hast. Das ist schließlich dein zweiter Job.«

Zögernd runzelt sie ihre gepflegte Braue, als würde die Frage ihren Computerprozessor von einem Gehirn in Gang setzen. Schließlich spuckt sie ein Ergebnis aus und nimmt das Geld.

»Nur dieses eine Mal.«

»Mhm.« Ich achte nicht mal auf sie, während ich mein Handy heraushole. Es ist fast 22:30 Uhr, nicht zu spät, aber auch nicht zu früh. Gilt es nicht als schlechte Manieren, jemanden nach zehn Uhr zu Hause zu besuchen? So wie Telefonverkäufer, die vor neun Uhr morgens anrufen, oder ein Top, der nicht das Dinner bezahlt, obwohl er absolut vorhat, einen Bottom richtig hart ranzunehmen?

Egal. Ich mache es trotzdem.

Eine Frau links von uns räuspert sich zum dritten Mal. Divya seufzt und sieht mich mit fürsorglichen Augen an, Augen, die sagen, dass sie auf der Stelle ihre Schicht verlassen würde, wenn ich sie darum bitte.

»Ich komm schon klar«, verspreche ich ihr, während ich vom Barhocker steige und zur Tür gehe. »Hey.«

Sie blickt hoch, mitten im Einschenken, und hört gerade noch auf, bevor das Glas überläuft.

»Dieser Typ, den du mir vorhin gezeigt hast? Danny?«

»Wallace.«

»Egal. Ist der noch Single?«

»Wenn er sich in den letzten vier Stunden nicht Hals über Kopf in jemanden verliebt hat, bin ich mir ziemlich sicher.«

»Er ist schwul. In Boston. Im Sommer. Liebe hat mit Lust nichts zu tun. Außerdem ist er Anwalt. Aber bei einem heißen Mann. In deinem Bett. Na ja, nicht in deinem Schlafzimmer, deine Matratze ist Mist, aber du verstehst, was ich sagen will.«

»Schon kapiert.«

Die Worte fühlen sich wie scharfkantige Steine in meinem Mund an. Ich kann sie nicht richtig jonglieren, um sie in einem zusammenhängenden Satz auszuspucken. Also mache ich das zweitbeste: Wortkotze.

»Gib ihm meine Nummer und schau, ob er diese Woche Zeit hat. Ich denke an dieses Irish Pub in der Cooper Street.«

»Du meinst das Pub, das buchstäblich *That Irish Pub* heißt?«, fragt sie. »Bist du sicher?«

»Bei der Bar? Ja. Was das Date betrifft? Nein.«

Ein Lächeln breitet sich über Divyas herzliche Züge aus. Sie salutiert mir mit drei Fingern. »Betrachte das als erledigt. Ich geb dir Bescheid, wenn er zusagt.«

Ich hebe zwei Finger an meine Lippen und dann mit einer Geste in ihre Richtung.

»Gleichfalls, Süße.«

Ich verlasse die Bar gerade rechtzeitig, um ein leeres Taxi an der Ecke halten zu sehen. Bevor die Ampel grün wird, Sekunden später, sitze ich gemütlich auf dem Rücksitz.

Nun, so gemütlich es sich anfühlen kann, wenn ich zu meinem Ex fahre – schon wieder.

»Beacon Street, bitte.«

12

Ich war genau vier Mal in Hudsons Altbau. Das ist das fünfte Mal.

Das erste Mal war auf dem College, als er ihn sich ansah und überlegte, ihn zu kaufen. Das war eines unserer besten Dates, wenn ich ehrlich bin.

»Lass uns so tun, als wären wir Snobs«, schlug Hudson vor, als wir Arm in Arm die Straße entlanggingen. »Du weißt schon, diese superreichen Typen, die wahrscheinlich bei jedem Kredit ein Prozent Zinsen von der Bank bekommen und Gucci für die schlimmste Art von Klamotten halten, die man kaufen kann. Wir können so tun, als wollten wir dieses Haus kaufen.«

»Unser fünftes Haus«, fügte ich hinzu. »Und das wird unser erstes an der Ostküste.«

»Oh, ich mag Ihre Art zu denken, Mr ...« Seine Stirn legte sich in Falten.

»Was soll unser Nachname sein?«

»Haberdashery«, sagte ich, ohne zu zögern. »Das klingt verdammt hochgestochen.«

»Haber... wie jetzt?«

»Haberdashery, Substantiv. Im amerikanischen Englisch bedeutet das Herrenbekleidung und Accessoires. Im britischen Englisch bedeutet es Kurzwaren wie Knöpfe, Reißverschlüsse und Garn. Ich habe gestern Abend mit Divya Scrabble gespielt«, erklärte ich. »Das hat mir neunundsiebzig Punkte eingebracht. Sie hat es angezweifelt, darum ist es mir noch so frisch im Gedächtnis.«

Er grinste so warmherzig, dass seine Zähne, beinahe perfekt gerade bis auf einen leicht angeschlagenen unten rechts, sein ganzes Gesicht ausfüllten. »Du bist so ein Nerd.«

»*Dein* Nerd.«

»Für immer und ewig.«

Der zweite Besuch war, als Hudson tatsächlich beschlossen hatte, das Haus zu kaufen, und wollte, dass ich ihm dabei half, die Einrichtung zu planen.

»Ich habe sowieso nie gern in den Northeastern-Apartments gewohnt«, rechtfertigte er es, als müsste ich ihm den Kauf eines Sechshunderttausend-Dollar-Hauses im Alter von einundzwanzig Jahren genehmigen.

»Und außerdem, wenn ich keine Lust mehr drauf habe, kann ich es vermieten! Ein zweites Einkommen, oder du kannst hier wohnen! Oder hier sein, wann immer du willst! Das ist ein Win-win für uns beide. Kein Todd mehr, der im anderen Zimmer schnarcht.«

»Oder uns finster anstarrt, wenn wir aus meinem Zimmer kommen, als würde sein böser Blick uns per Express in die Hölle schicken, wo wir bis in alle Ewigkeit brennen.«

Hudson stöhnte, als das Uber vor seinem frischgekauften Zuhause anhielt. »Gott, ich hasse ihn.«

Ich hätte damals wissen müssen, dass er es nicht wirklich selbst kaufte. Seine Eltern kauften es ihm, als Geschenk zum Abschluss. Komisch, Diana und Isaac Rivers mochten zwar nichts für den gewählten Beruf ihres Sohnes übrighaben, aber sie hatten kein Problem damit, einen Mordshaufen Geld für ihn auszugeben.

Muss schön sein, reich zu sein.

Das dritte Mal war auch, während wir zusammen waren, aber nachdem er das Haus gekauft hatte: Ich war nach einem Solange-Konzert zu betrunken, um es nach Hause zu schaffen, und gab dem Fahrer seine Adresse. Und das vierte und letzte Mal war, kurz bevor wir Schluss machten. Es war die erste Nacht, nachdem er eingezog war, und wir trieben es in jedem gottverdammten Zimmer.

»Das macht man so«, sagte er, als er in nichts als einer tief sitzenden Levi's auf mich zuschlenderte, eine dünne Schweißschicht auf seinem Körper, weil die Klimaanlage seines Fast-eine-Million-Dollar-Hauses nicht funktionierte. »Man muss den Geistern zeigen, wem die Bude gehört. Man muss dem Haus zeigen, wer der Boss ist. Jeder weiß das, K. Das ist Kapitel vier in *Zu erledigende Dinge beim Einzug in ein neues Haus: Für Dummies.*«

»Indem man eine Show macht? Was ist das, Geister-Pornhub?«, fragte ich, während ich das tat, was wir tun *sollten*, nämlich seine Kartons auspacken. Je schneller wir fertig wurden, desto schneller konnten wir uns entspannen. Oder, na ja, tun, was wir tun wollten. Was *ich* tun wollte, wenn ich ehrlich bin.

»Oh, das ist eine gute Idee«, murmelte er mit seiner heiseren Stimme direkt an meinem Ohr, während seine rauen Finger unter mein T-Shirt glitten und meine Seiten streichelten. »Vergiss den Journalismus, schreib lieber Geisterpornos. Oder noch besser, mach ein paar Pornos mit mir.«

Wir sind nie dazu gekommen, diese Kartons auszupacken.

Jetzt fühlt sich vor seinem Haus zu sitzen fremd an, als wäre ich zur falschen Zeit am falschen Ort oder so, wie es sich meiner Meinung nach anfühlen muss, der einzige Schwarze in einem Horrorfilm zu sein. Das hier ist falsch. Ich sollte nicht hier sein. Ich bin nicht so unvernünftig. Und dennoch bin ich hier.

Was habe ich damit zu erreichen gehofft? Habe ich erwartet, dass Hudson Rivers, der schlimmste aller Stiere, sich bei mir entschuldigen würde? Habe ich erwartet, dass er zugeben würde, die ganze Zeit im Unrecht gewesen zu sein, und mir seine Gefühle für mich gestehen würde? Vielleicht. Ja. Nein. Ich weiß es nicht, und ich bin nicht sicher, ob es eine richtige oder falsche Antwort gibt. Alles, was ich weiß, ist, dass die Taxifahrerin mich im Rückspiegel ansieht, dann auf den Fahrpreis, der in den letzten fünf Minuten von $ 12,50 auf $ 14,10 gestiegen ist.

»Ein guter Rat«, sagt die Frau, während sie nach einem Bleistift und einem kleinen, zerfledderten Buch mit vergilbten, fleckigen Seiten auf dem Beifahrersitz greift.

»Kein Mann ist einen Booty-Call wert, wenn ihm Ihre Taxikosten egal sind.«

Ich bemühe mich nach Kräften, nicht zu lächeln, und senke sogar den Kopf, damit sie mein wachsendes Schmunzeln nicht sehen kann. Ich schätze, das ist es irgendwie, oder? Ein emotionaler Booty-Call für Sadisten, denen bei seelischem Schmerz einer abgeht? Ich meine, ich bin ein ziemlich offener Mensch, wenn es um Sexpraktiken geht – alle wie sie mögen –, aber ich habe mich nie als jemanden betrachtet, der auf Schmerzen steht.

Aber man lernt nie aus, oder?

»Ein Booty-Call wäre leichter«, gebe ich zu. Die Lichter in seinem Haus sind an, also ist er definitiv daheim. Ein großer Teil von mir wünscht sich, Hudson würde den Rest des Abends mit Freunden verbringen, dann wäre das hier ein missglückter Versuch von ... was auch immer das hier ist.

Aber nein, das will ich nicht. Wenn ich ihn mir unterwegs im *Ruby Slippers* oder dem *Luscious* oder dem *Candy Horn* vorstelle, den beliebten Gay-Bars und Clubs in Boston, wird mir flau im Magen. Wenn ich mir vorstelle, wie sich irgendein Twink an ihm reibt und ihn bittet, etwas mit seinem Südstaatenakzent zu sagen, während er mit ihm flirtet, will ich mir am liebsten den Bleistift der Fahrerin ins Auge rammen. Natürlich habe ich keine Kontrolle darüber oder ein Recht, zu wissen, was Hudson Rivers abends anstellt. Es ist ja nicht so, als wäre ich sein Partner oder so was.

Aber ... Moment mal, das *bin* ich.

Ich hole mein Handy raus, tippe schnell auf zwei Buttons und rufe meine Mails auf. Keine Empfehlung an Randall Clements, kein Thread zwischen uns beiden, keine Nachricht mit einem vorab vereinbarten Treffen und einem Mach's-gut-Gruß. Hudson hat seinen Teil der Abmachung noch nicht erfüllt, und bis das passiert, sind wir immer noch zusammen. Das bedeutet, ich bin *vollkommen* im Recht, mich zu fragen, was er nachts macht.

Ich habe irgendwo online mal einen Witz gelesen, der lautete: »Wer ist in eurer Beziehung der Neurotische, und wer ist der Entspannte?« Ich glaube nicht, dass irgendjemand sich fragen würde, wo Hudson und ich auf diesem Spektrum landen.

»Nun, ich hoffe, sein Schwanz ist der Hammer«, sagt die Taxifahrerin, während sie die Spitze ihres Bleistifts ableckt.

»Sie sehen aus, als könnten Sie's gebrauchen.« Ihre Augen zucken katzenartig erneut zum Taxameter: $ 17,00.

»Was soll das überhaupt bedeuten?«, frage ich. »Wissen Sie, Sie sind schon der zweite Mensch in meinem Leben, der das zu mir sagt. Allmählich fange ich an, das als Beleidigung aufzufassen.«

Die Fahrerin schnaubt spöttisch, greift in ihre Tasche, um einen Streifen Papier rauszuholen, und reicht ihn mir dann. Noch bevor ich ihn auseinanderfalte, weiß ich, dass es einer dieser Sprüche ist, die man in Glückskeksen findet.

Nutze guten Rat ebenso wie den Tag, mit Eifer und Tatkraft. Du weißt nie, welchen Wert er besitzt.

»Ich glaube, der war für Sie gedacht und nicht für mich«, sagt sie mit frech funkelnden Augen.

»Ach, scheiß drauf. Lassen Sie die Uhr laufen.« Bevor sie mir noch mehr Ratschläge geben kann, springe ich aus dem Auto und marschiere zügig auf das schmiedeeiserne Tor zu, das Hudsons Grundstück vom Kopfsteinpflaster des Bürgersteigs trennt. Ich bleibe erst stehen, als ich an der Haustür bin, und klopfe härter gegen das Holz als nötig. Die Tür vibriert unter den Schlägen, und ich schwöre, sogar die Steine beben von der Wucht.

Wahrscheinlich nicht die beste Weise, sich nachts einem Fast-eine-Million-Dollar-Haus zu nähern. Ich liebe Boston, mir fehlt North Carolina nicht, aber ein Schwarzer, der in einer reichen Gegend an eine Tür hämmert? Nicht die schlauste Idee. Ich halte mich für ein ziemlich kluges Kerlchen, aber mir fällt dieses YouTube-Video von vor einigen Jahren wieder ein, in dem jemand sagte: *»Dick will make you slap somebody.«* Mit anderen Worten, ein geiler Typ bringt dich dazu, dumme Sachen zu machen.

Besonders, wenn dieser geile Typ Hudson Rivers ist.

Beim zehnten Hämmern wird die Tür aufgerissen, so heftig, dass das alte Holz beinahe aus den Angeln zu springen scheint.

»Ich weiß nicht, was zum Teufel Sie sich davon versprechen, um elf Uhr nachts an meine gottverdammte Tür zu hämmern, aber was Sie dafür kriegen werden, ist meinen Stiefel in Ihren Hintern, wenn Sie nicht ... Kian?«

Mit leicht offenem Mund, als würde ich immer noch versuchen, dieses Lächeln nur mit den Augen zu perfektionieren, stehe ich einen Moment lang wie erstarrt vor seiner Türschwelle mit dieser deplatzierten, kitschigen Fußmatte, auf der steht: *Home Is Here.*

»Da hast du ja einiges losgelassen«, murmle ich. »Zuerst mal, was war das überhaupt?«

»Manchmal kommen meine Südstaatenwurzeln durch. Man kriegt den Süden einfach nicht aus einem raus.« Hudson zuckt mit der rechten Schulter. Die andere ist beschäftigt, dank der wichtigen Aufgabe, die seine linke Hand hat – was uns zu noch etwas bringt, das losgelassen werden sollte.

Die dünne Schicht Wasser auf Hudsons modelliertem Körper wäre schon genug, um mir den Atem stocken zu lassen. Aber wie sein braunes Haar an seiner Stirn klebt, nicht geschickt frisiert oder absichtlich unordentlich-süß gestylt, lässt ihn sogar noch realer aussehen. Sicher, Betthaare sind heiß, aber Nach-der-Dusche-Haare? Mit dem kleinen, passenden Handtuch, das kaum bis zu seinen Knien reicht? Wie unter seiner hellbraunen Haut ein Hauch von Rot durchschimmert? Das ist sogar noch heißer.

Das ist die Art von Look, die uns in der Vergangenheit

höchstwahrscheinlich auf die erste Seite von Geister-Pornhub gebracht hätte. Aber das war in einem anderen Leben. Wie unser problematischer weißer Emo-König sagte: »Lass die Vergangenheit sterben. Töte sie, wenn du musst. Das ist der einzige Weg, deine Bestimmung zu erfüllen.«

»Kian?«, fragt er auf eine Weise, die mir verrät, dass er meinen Namen schon zum zweiten Mal sagt. »Was machst du hier?«

Gute Frage. Vor ihm zu stehen ist wie in der vierten Klasse, als ich den ganzen Abend zuvor die Rede von Gettysburg auswendig gelernt hatte, und trotzdem war sie auf dieser wackligen Bühne der Eagle-Borne-Grundschule plötzlich verschwunden. Hudson hat diese Wirkung auf andere – vor allem auf mich. Es sind die kleinen Dinge, wie die Art, wie er sich auf die vollen Lippen beißt, oder dass ein kleines Stück seiner rechten Augenbraue fehlt, weil er in der Highschool gegen eine Wand gelaufen ist, oder wie breit seine Schultern sind, so breit, dass sie beinahe einen normalen Türrahmen ausfüllen. Mit jedem dieser Dinge verursacht er einen Kurzschluss in meinem Verstand. Und ich lasse ihn. Ich habe es *geliebt*, ihn zu lassen.

Nicht dieses Mal.

»Erinnerst du dich noch, was du gesagt hast, unmittelbar bevor ich aus dem Auto gestiegen bin?«

»Was?« Hudson tritt beiseite. »Komm rein. Ich will nicht versehentlich auf offener Straße blankziehen.«

»Nicht nötig. Ich bleibe nicht lang.«

Enttäuschung huscht über Hudsons Gesicht. Er sieht beinahe wie ein Hündchen aus.

»Beantworte die Frage«, wiederhole ich. »Erinnerst du dich noch, was du mich gefragt hast?«

»Ich habe dir wirklich wehgetan, nicht wahr?«, wiederholt er.

Das erspart es mir, es noch mal zu sagen. »Ich habe dir vorhin nicht geantwortet. Das will ich jetzt tun. Keine Unterhaltung offen lassen, weißt du?«

»Wir sollten wirklich reingehen, K. Es regnet gleich. Komm schon«, drängt er.

»Kian. Mein Name ist Kian. K-I-A-N. Zwei Silben, vier Buchstaben – so schwer ist das nicht.«

Die Worte haben eine Schärfe an sich, die meinen Mund nach Kupfer schmecken lässt. Hudsons perfektes Gesicht verzieht sich wie ein erster Entwurf eines Gemäldes von Picasso, bevor es wieder zu stoischer Neutralität zurückkehrt.

»Du hast recht. Du wolltest etwas sagen.«

Das fühlt sich nicht so erfüllend an, wie ich dachte. So zu gewinnen ist wie eine Waffel zu essen, die nach Styropor schmeckt – es ist schon etwas, aber nicht, was du willst oder brauchst. Was ich brauche, ist, mir das von der Seele zu reden. Wenn man sein Herz ausschüttet, vor allem jemandem, den man liebt, sind die ersten Worte immer die schwersten; aber sobald man die hinter sich gebracht hat, läuft der Rest wie geschmiert.

»Du hast mir nicht wehgetan. Du hast mich gebrochen. Ich habe dich geliebt, Hudson. Ich wollte es nicht, ich brauchte es nicht, aber ich tat es. Du hast dich so verdammt leicht in mein Leben geschlichen, und ich war glücklich damit, weil wir einfach funktioniert haben. Und wenn wir nicht funktioniert haben, wenn etwas zerbrochen war, dann haben wir es wieder zusammengefügt. Du warst das Gold, das meine Wunden und Narben und Risse schön aussehen ließ. Du warst mein *kintsugi*.

Und dann hast du es einfach ruiniert. Du hast die Energie und Sorgfalt, die ich – die wir – in diese Beziehung investiert haben, genommen, und du … du hast sie einfach weggeworfen, als wäre das, was ich gegeben habe, nichts. Denn warum sollte es wichtig sein, wenn du derjenige bist, der absolut alles haben kann? Was andere Leute geben und wertschätzen bedeutet dir nichts. Und das wäre mir egal gewesen, wenn du einfach nur irgendein reicher Junge gewesen wärst. Aber das warst du nicht. Du warst Hudson Rivers. Der Junge mit der fantastischen Jawline, aber auch dem liebsten Herzen. Der weltfremde Kerl, der nicht wusste, was ein Liter Milch kostet. Der Typ, der sich, wenn wir im Park spazieren gingen, die Zeit nahm, mit Kindern Fußball zu spielen, wenn er sah, dass sie ihren Ball verloren hatten. Du warst mehr als nur ein Stereotyp, in das dich die Leute – ich – gesteckt haben. Wenigstens dachte ich das.«

Jetzt gibt es kein Halten mehr. Es kostet mich all meine Kraft, die Tränen zurückzuhalten und mich nicht von der Welle der Gefühle verschlingen zu lassen. Hudson sieht aus, als wolle er etwas sagen, aber wenn ich ihm diese Gelegenheit gebe, wer weiß, was dann als Nächstes kommt. Das kann ich nicht riskieren. Ich kann meine Emotionen nicht wieder schrumpfen lassen oder mich auf irgendeine ungesunde Weise mit ihnen auseinandersetzen, von der Divya *schwört*, dass es das langfristig wert sein wird. Das hier ist mein neues Gold. Das hier ist mein neues *kintsugi*, da er es nicht mehr sein kann.

»Ich habe dich geliebt. Ich habe ein gemeinsames Leben mit dir gesehen. Du kannst sagen, dass ich damals dramatisch war, dass ich jetzt dramatisch bin; das ist mir egal, denn das war nicht mehr nur ich. Das waren ich und du. Welches Leben das auch immer sein würde. Ich war bereit, das mit dir zu entdecken. Und jetzt …«

»Jetzt ist dieser Teil vorbei«, unterbricht er mich. »Das ist es, was du sagen wolltest, oder? Dass es vorbei ist? Dass es keine Chance für uns gibt, wieder zueinander zurückzufinden? Wiederaufzunehmen, was wir hatten?«

»Das ist genau das, was ich sage.«

Ist es das? Ich weiß es nicht, aber das zu sagen scheint das Richtige zu sein. Irgendetwas anderes zu sagen würde die Worte negieren, die ich ihm vor die frisch gewaschenen Füße gekotzt habe.

Geh, sage ich mir. Du hast gesagt, was du sagen wolltest. Es gibt nichts weiter. Du musst dich nicht noch mehr Schmerz aussetzen, Kian. Du kannst loslassen.

»Leb wohl, Hudson«, sage ich. Das hat etwas Erlösendes. Als könne ich in diesem Moment, einem Moment, von dem ich weiß, dass ich ihn morgen überwunden haben werde, mit allem leben, was als Nächstes passiert. Falls Hudson sich entscheidet, seinen Teil der Abmachung nicht einzuhalten? Gut. Falls er es doch tut und dafür sorgt, dass ich einen Job bei Spotlight bekomme? Toll. Oder falls er es sich zur Lebensaufgabe macht, mir das Leben zur Hölle zu machen? Dann soll es eben so sein. Ich habe die Kontrolle, und das ist alles, was zählt.

Na ja, für ungefähr sieben Sekunden, während ich zurück zum wartenden Taxi gehe.

»Warte«, sagt er. Ich höre ihn mit leisen, aber schweren Schritten die Stufen herunter und über das nasse silbrige Kopfsteinpflaster gehen. Ich wende mich zu ihm um, bevor er mich berühren kann, um mich zu sich umzudrehen. Das könnte gerade einfach zu viel für mich sein.

Zuerst sagt Hudson nichts. Er sieht mich nur an, nervös auf seiner Unterlippe kauend. Seine warmen Augen blicken tief in meine auf eine Weise, wie ich es noch nie gesehen habe. Da sind Flüsse aus Schmerz und Teiche aus Reue. Da sind Abgründe aus Sehnsucht und Spuren von Verlangen. Da ist so viel in dieser Galaxie von ihm.

»Ich habe das Gefühl, dass ich das oft sage«, murmelt er, während er sich mit den Fingern durchs Haar fährt. »Es tut mir leid. Du hast recht. Mit allem, was du gerade gesagt hast. Du warst schon immer besser mit Worten als ich. Aber bitte, Kian ... Ich will nur, dass du weißt, dass mir das alles wirklich leidtut. Selbst wenn ...«

»Selbst wenn?«

Er öffnet den Mund und schüttelt den Kopf. »Ein ›Aber‹ an eine Entschuldigung anzuhängen macht sie schwächer. Belassen wir es dabei.«

»Belassen wir es dabei.«

Aber natürlich kann Hudson Rivers nichts einfach dabei belassen. Gute Dinge müssen immer zerpflückt werden, wie das Fleisch einer Frucht, und verschlungen werden. Das ist es, was Hudson tut.

»Und ... Ich habe kein Recht, darum zu bitten«, sagt er schließlich langsam. »Aber ich kann dafür sorgen, dass es sich für dich lohnt, wenn du mit mir zu der Hochzeit gehst.«

Auf einmal ist alles, was ich will, ein schwarzes Loch zu sein und seine Galaxie in Stücke zu reißen.

»Hör mich an«, fügt er rasch hinzu. Er weiß, was kommt; es steht mir ins Gesicht geschrieben, da bin ich sicher. Ich kann spüren, wie sich meine Züge verzerren, wie die verräterischen Anzeichen von Wut aufsteigen wie Berge am Tag der Abrechnung. Das ist es, was Hudson ist, und nichts weiter. Eine Abrechnung meines Lebens.

»Randall wird in Georgia sein. Ich habe die Gästeliste überprüft, als ich nach Hause kam.«

Hat er gerade das gesagt, was ich glaube? Ich zögere und dränge meine Wut wieder zurück. Fürs Erste.

»Bist du sicher?«

»Ziemlich sicher.« Ein Augenblick verstreicht. »Hundertprozentig sicher.«

»Und er wird an unserem Tisch sitzen?«

»Er wird direkt neben dir sitzen. Dafür sorge ich.«

Das wirft der Operation »Hudson Rivers muss sterben« einen Knüppel zwischen die Beine. Na ja, keinen großen. Eher so einen kleinen, der sich in sieben bis zehn Tagen wieder auflösen wird, und dann kann ich wieder dazu zurückkehren, meiner Therapeutin ihre zweite Eigentumswohnung zu finanzieren. Ein Empfehlungsschreiben zu bekommen wäre gut gewesen. Aber Randall persönlich zu treffen?

Hudson denkt dasselbe. »Du konntest schon immer mit Menschen umgehen. Sobald du erst mal deine eigene ...«

»Nicht.«

Er hebt erneut die Hand und nickt zustimmend. Seine Stimme wird weich. »Lass mich das für dich tun.«

»Und im Gegenzug halte ich diese Lüge für dich aufrecht? Das ist nicht nur für mich. Für dich springt auch etwas dabei heraus.«

»Das schmälert nicht die Tatsache, dass du etwas gewinnst«, erinnert er mich. »Das war immer eine geschäftliche Vereinbarung, richtig?«

»Richtig.«

Wie konnte es innerhalb von fünf Minuten, nachdem ich

herkam und knallhart war, dazu umschlagen, dass ich wieder einmal tue, was Hudson will, weil er seine Stimme ein wenig heiser klingen lässt und gut in – und ohne – Klamotten aussieht? Wie schaffe ich es immer wieder, mich in solche Situationen zu bringen? Warum erlaube ich mir immer wieder, auf seinen Charme hereinzufallen?

»Ich denke drüber nach.«

Bevor er antworten oder versuchen kann, mich zu überreden, drehe ich mich auf dem Absatz um und gehe zum Taxi. Und das gerade noch rechtzeitig. Der Himmel reißt auf, und Regen prasselt auf mich herab, als ich die Hand an den Türgriff lege.

Ich weiß nicht genau, was mich dazu bringt, das zu tun, was mich dazu bringt, mich umzudrehen, als wäre das *Wie ein einziger Tag* oder irgendein anderes Nicholas-Sparks-Buch, und mir die Seele aus dem Leib zu schreien.

»Ich bin so was von über dich hinweg, Hudson Rivers! Vergiss das nicht!«

Völlig durchnässt schlüpfe ich ins Taxi und ignoriere die Kälte meiner Kleider, die an mir kleben.

»Fahren Sie«, sage ich. Ich sehe Hudson nicht einmal an. Aus dem Augenwinkel bemerke ich, dass er immer noch da ist. Die Freude, zu wissen, dass er tropfnass wird, wiegt das schwere Gefühl in meiner Brust nicht auf.

Wenigstens ist meine Fahrerin rücksichtsvoll genug, nichts zu sagen und das Taxameter auszuschalten, dessen rote $ 24,50 mich daran erinnern, wie teuer meine Würde auf dem Queer-Markt gehandelt wird.

13

Eine halbe Woche später macht Divya ihr Versprechen wahr, wie sie es immer tut.

»Das Setting? *Dulce's* in der Twelfth Street. Die Zeit? Nachmittags. Die Stimmung? Ergreifend schön. Die Darsteller? Zwei heiße Männer auf der Suche nach Liebe«, beschreibt sie theatralisch über FaceTime, während ich die Straße entlanggehe. Dann quietscht sie: »Das wird episch! Meine zwei Lieblingsmenschen als Paar!«

»Ich dachte, Jamal wäre dein Lieblingsmensch?«, necke ich sie und zupfe mir den Kragen meines Poloshirts zurecht. Die Baumwollmischung ist angenehm in der extremen Hitze Bostons, und das helle Rosa wirkt gut auf meiner dunklen Haut, aber es fühlt sich ein wenig kratzig an. Das habe ich davon, dass ich Divya Outfits für mich aussuchen lasse.

»Sei nicht eifersüchtig. Grün steht dir nicht«, tadelt sie mich, während sie einen Bellini schlürft. Ihrem Hintergrund nach zu urteilen ist sie zu Hause in ihrem Loft in der Innenstadt, voller Glas und altem Holz auf geschmackvolle, aber trotzdem rustikale Weise. Fixer Upper trifft Lady Gagas futuristischen Vibe, wenn man so will.

»Bist du sicher, dass wir es nicht mehr absagen können?«, frage ich und sehe dabei nach links und rechts, bevor ich über die Straße laufe, nur noch einen halben Block entfernt. »Wir könnten sagen, dass ich ein Vorstellungsgespräch habe! Oder dass ich krank geworden bin! Ja! Ich meine, das ist nicht unplausibel. Sommer, Boston? Fischvergiftung. Boom. Lösung gefunden.«

Divya verdreht die Augen und trinkt, einen Finger abgespreizt, ihren Drink aus. »Kian Andrews, du wirst jetzt nicht kneifen. Schlimmstenfalls gibt dir ein charmanter Mann ein Essen aus. Bestenfalls …«

»Lass mich raten, werde ich richtig hart rangenommen?«

Neben mir räuspert sich eine Frau mit wütendem Blick und hält ihrer Tochter die Ohren zu.

Sorry, forme ich lautlos mit den Lippen und schenke ihr mein bestes entschuldigendes Lächeln. Sie verdreht die Augen und zieht ihre Tochter schnell davon. Ich richte meine Aufmerksamkeit wieder auf Divya.

»Ich wollte sagen, bestenfalls findest du einen Mann, der dich so liebt, wie du bist, und dich regelmäßig hart rannimmt, aber die Hälfte davon hattest du richtig.

Sorry, du bist ja ein Versatile, wie du mich ständig erinnerst, also könnt ihr euch beide gegenseitig hart rannehmen! Von hier bis in alle Ewigkeit! Win-win.«

Ich verdrehe die Augen und biege um die Ecke. Das meergrüne Schild des *Dulce's* mit den kursiven Buchstaben ist keine fünf Meter vor mir. Jetzt ist die Gelegenheit, umzukehren. Wenn ich abhauen will, dann ist jetzt der richtige Zeitpunkt.

Nein, sage ich zu mir. Du brauchst das. Wie Divya sagte, du hast nichts zu verlieren. Hab ausnahmsweise Spaß.

»Ich rufe dich an, sobald ich fertig bin«, verspreche ich und werfe ihr einen Luftkuss zu. Sie tut dasselbe, bevor sie auflegt.

Nun allein gehe ich die letzten fünfzehn Schritte schweigend. Ich habe eine Tradition seit der Highschool: Wann immer ich mich davor fürchte, etwas zu tun, liste ich schnell all die Dinge auf, vor denen ich Angst habe, aber durch eine rosarote Brille. So kann ich sie draußen lassen, sobald ich eintrete.

Du schaffst das.

Du verdienst es, ein unterhaltsames Date mit einem Typen zu haben, ohne Verpflichtungen, ohne Anforderungen.

Du bist es wert, geliebt zu werden.

Meine aufdringlichen Gedanken draußen lassend, um dort zu warten wie ein an einen Fahrradständer angebundener wütender Zwergspitz, lächle ich und stoße die Tür des Restaurants auf.

*

Ich bin tatsächlich früh dran und als Erster da, was in meinem Leben nicht ungewöhnlich ist. Wenn du pünktlich bist, bist du zu spät, und wenn du zu spät bist, bist du aufgeschmissen. Das hat meine Mom zu mir gesagt, als sie mich an der Northeastern abgesetzt hat. Befolge diese einfache Regel, und du wirst immer im Vorteil sein, wohin du auch gehst.

Ich schätze, das ist mir inzwischen zur zweiten Natur geworden. Als Wallace also endlich ankommt, die Stirn vor Enttäuschung gerunzelt, lächle ich beruhigend.

»Ich war zu früh dran«, versichere ich ihm. »Du bist genau pünktlich.«

»Oh, Gott sei Dank«, seufzt er. »Ich dachte, ich hätte dich warten lassen.«

Wallace sieht im echten Leben besser aus als auf dem Foto – nicht, dass er auf seinem Foto schlecht ausgesehen hätte, ganz und gar nicht, aber es wurde ihm einfach nicht gerecht. Sein blondes Haar ist kurz, aber trotzdem auf schlichte, cleane Weise gestylt. Seine Augen sind blau, ein helles, beinahe elektrisierendes Blau. Er zeigt ein paar Anzeichen von Alter, leichte Krähenfüße, aber er trägt sie zufrieden, nicht mit Scham, sondern Stolz. Zum Date hat er ein Alltagshemd angezogen, weiß mit dunkelblauen Streifen im Muster – ein Farbton, der seine Augen betont –, dazu eine cremefarbene Hose und Loafer. Mein Mundwinkel zuckt. Ich erinnere mich an das eine Mal, als ich versucht habe, Hudson dazu zu bringen, Loafer zu kaufen, und er sie damit verglichen hat – was war es noch gleich – »Hot-Dog-Brötchen« an den Füßen zu tragen.

Wie Wallace grinst, als er sich setzt, verrät mir, dass er den Altersunterschied zwischen uns – fast neun Jahre – nicht als Problem sieht und dass er einfach hier ist, um Spaß zu haben. Ein unverbindliches Date.

»Warst du schon mal hier?«, fragt er, während er die Speisekarte überfliegt. Seine Stimme ist nett, bemerke ich. Sanft, aber nicht zu sanft, immer noch mit einem männlichen Tonfall. Anders als Hudsons tiefe, grollende Stimme. Ich bin mir nicht sicher, welche mir besser gefällt. Die Sanftheit von seiner, bei der sich meine Schultern entspannen, oder der Bariton von Hudsons, die meinen Körper erbeben lässt.

Strafend beiße ich mir in die Wange – das ist nicht der richtige Zeitpunkt, um die beiden zu vergleichen. Deshalb bin ich nicht hier. Ich bin hier, um über Hudson *hinwegzu-*

kommen. Nicht um eine geile Version von *Love It or List It: Boyfriend Edition* zu spielen.

»Noch nie«, sage ich. Zu lange mit einer Antwort zu warten würde die Situation unbehaglich machen. »Aber Divya sagt, hier gibt es großartige Tapas. Du arbeitest mit ihr zusammen, richtig?«

Natürlich tut er das. Ich habe ihn sogar ein paarmal bei ihr im Büro gesehen. Aber wie sonst soll ich das Eis brechen? Divya ist die Schweiz, neutraler Boden, eine Kirche in Kriegszeiten. Wir können uns dort aufhalten, bis wir uns wohl genug fühlen, eine sinnvolle Unterhaltung zu führen.

Wallace nickt, dabei wandern seine Augen wie bei einer Schreibmaschine über die Speisekarte. »Sie ist toll. Ein echt guter Kumpel und verflixt klug.«

Verflixt. Hat er gerade verflixt gesagt? Flucht dieser Typ nicht? Wie kann er da mit Divya befreundet sein?

»Sie wird eines Tages noch meinen Job übernehmen, wenn ich nicht aufpasse«, sagt er mit einem Lachen.

»Sie macht kein Familienrecht.« Es sei denn, sie hat etwas geändert, ohne dass ich davon weiß? Divya war noch nie gut darin, Konflikte zu schlichten. Ihre Lösung, wann immer einer unserer Freunde Beziehungsprobleme hat? Abservieren.

»Ich kann mir vorstellen, wenn Divya es wollte, könnte sie es lernen«, erwidert Wallace. »Du kennst sie. Sie ist …«

»Brillant?«

»Ich wollte sagen erschreckend brillant, aber das geht auch.«

Beide Bezeichnungen sind korrekt, die von Wallace wahrscheinlich noch mehr. Divya ist einer dieser Menschen, die auf natürliche Weise begabt sind. Selbstverständlich arbeitet sie hart – niemand könnte das Gegenteil behaupten –, aber sobald sie sich etwas in den Kopf gesetzt hat, fliegen ihr die Dinge leichter zu. Ich wünschte, ich hätte das auch. Noch mal, ich weiß, sie arbeitet hart, härter als die meisten, aber nur ein einziges Mal würde ich gern hart arbeiten und *auch* erfolgreich sein. Wenn die Welt doch nur tatsächlich eine Leistungsgesellschaft wäre.

»Kian?«, reißt Wallace mich aus meiner Gedankenspirale. Die Kellnerin lächelt mich respektvoll an. Ich brauche einen Moment, um die Szene zu analysieren und die Rolle zu identifizieren, die ich darin spiele.

»Den Sangria, weißen, wenn Sie den haben?«, frage ich. »Und ich nehme das … *pan con tomate*, und die *pintxos morunos*.«

In den Augen der Kellnerin und von Wallace zeigen sich Überraschung und Stolz, als sie mein Spanisch hören. Als sie davongeht, erkläre ich: »Ich hatte Spanisch als Nebenfach auf dem College. Dachte, das würde mir auf dem Arbeitsmarkt einen Vorteil verschaffen.«

»Ah.« Wallace schmunzelt. »Dann hat Divya also *nicht* nur deshalb ein spanisches Restaurant ausgesucht, damit du mich mit deinem Wissen über Tapas und spanische Weine beeindrucken kannst? Willst du mir das damit sagen?«

»Ich gebe nicht vor, sie oder ihre Entscheidungen zu verstehen. Sie hat ihren eigenen Kopf.«

»Ganz recht.«

Stille senkt sich zwischen uns, als das leise Gemurmel des Restaurants den Raum erfüllt. Es ist kein schlechtes Gefühl, einfach dazusitzen, den warmen, aber nicht zu warmen Bostoner Nachmittag zu genießen. Es ist anders. Ich versuche, mich an mein erstes Date mit Hudson zu erinnern. Wie wir nicht aufhören konnten zu reden, zu lachen oder zu scherzen. Wie wir darüber stritten, welcher der beste Ellie-Goulding-Song ist (ihr Cover von *Your Song*, eindeutig), oder wie wir herausfinden wollten, wer die schärfsten Soßen verträgt (ich). Wie wir uns stundenlang immer näherkamen, bis der Besitzer um zwei Uhr morgens indirekt *verpisst euch* sagte.

Das hier ist völlig anders. Es herrscht ein Gefühl ruhiger, nicht fieberhafter Energie zwischen uns. Wallace versucht nicht, jede Sekunde mit Worten zu füllen, und er scheint Tiefe in dem Raum zu finden, den die Stille zurücklässt. Das ist erfrischend. Beängstigend, aber erfrischend, weil ich sie füllen möchte. Ich will reden und reden und reden, weil es das ist, was ich gewohnt bin. Verdammt, das ist der einzige Referenzpunkt, den ich im echten Leben habe, da Flirten auf Grindr oder Bumble oder OkCupid nicht zählt.

Vielleicht kann ich etwas von ihm lernen, denke ich. Vielleicht ist, das Schweigen zu genießen und was es einem anbietet, nichts Schlechtes, sondern nur eine andere Weise, jemanden kennenzulernen. Denn wenn man einen Menschen danach beurteilen kann, wie er das Servicepersonal behandelt, dann kann man einen Menschen definitiv auch danach beurteilen, wie er mit einer Pause in der Unterhaltung umgeht.

»Also, Divya hat mir erzählt, du stehst auf Journalismus?«, fragt Wallace.

Du stehst auf Journalismus klingt, als wäre es ein Hobby von mir. Die Leute stehen auf Videospiele, Stricken, Joggen. Ich würde nicht zu ihm sagen, »Stehst du auf Jura?«. Aber ich halte diesen Gedanken begraben. Ich bin sicher, er hat sich nichts dabei gedacht. Ich hoffe, er hat sich nichts dabei gedacht. Ich bin nicht in der Stimmung, mich heute mit beruflichem Elitedenken auseinanderzusetzen.

Stattdessen nicke ich nur. »Investigativjournalismus, ja.«

»Wie dieser Artikel in *The Atlantic* über gewinnorientierte Gefängnisse, der letzten Monat rauskam?«, fragt er, während er der Kellnerin dankt, als sie uns Brot und Olivenöl bringt. »Ziemlich tiefgründiges Zeug. Dieser Richter, der Kinder ins Strafvollzugssystem schleuste, um sich die Taschen zu füllen?«

»Genau«, bestätige ich, überhaupt nicht überrascht, dass er diese Referenz benutzt hat. »Tatsächlich hat den ein Kommilitone von mir geschrieben.«

Hat er den Neid in meiner Stimme gehört? Adam hat sich diesen Job bei *The Atlantic* gesichert, noch bevor er überhaupt seinen Abschluss hatte, außerdem kann er bereits eine Topstory für sich verbuchen. Sicher, Adam ist talentiert – wirklich talentiert. Und ich wünsche ihm das Beste. Wenn einer von uns Erfolg hat, dann ist das ein Erfolg für uns alle, bla, bla, bla.

Drauf geschissen. Ich wünschte, ich hätte diesen gottverdammten Artikel geschrieben. Ein Weißer, der über die Misere von jungen People of Color schreibt? Hat er die Ironie darin nicht gesehen? Natürlich nicht. Er profitierte trotzdem vom Leid dieser Jugendlichen.

Wallace streckt die Hand aus und drückt mein Handgelenk. »Ich bin sicher, welchen Artikel du auch schreibst, er wird zehnmal besser sein als seiner.«

Meine Augen bleiben daran hängen, wie seine Hand meine berührt. Da ist ein Funke, aber keine lodernde Flamme. Mehr wie der Funke, der einen Motor startet. Definitiv anders als das erste Mal, als Hudson mich berührt hat.

»Ist das so offensichtlich?«, frage ich.

»Ziemlich. Aber hey, wir alle beneiden jemanden. Unsere Konkurrenz übertrumpfen zu wollen ist das, was uns zu Menschen macht.«

»Was uns zu Amerikanern macht.«

Er hebt sein Glas in einer stummen Geste der Unterstützung.

Als das Essen kommt, ungefähr zwanzig Minuten später, sind Wallace und ich in unsere Unterhaltung vertieft. Das Schöne und Unerwartete ist, wie mühelos das Gespräch dahinfließt. Die Pausen wirken natürlich. Wie er tatsächlich auf meine Fragen antwortet und einfühlsam seine eigenen stellt, lässt mich stutzen und nachdenken, bevor ich antworte. Ich will damit nicht sagen, dass ich das mit Hudson nicht hatte, aber es fühlt sich anders an. Reibungsloser. Wie ein erstes Date laufen soll, wenn es gut läuft.

»Oh, da bin ich anderer Meinung«, sage ich, während ich den Rest meiner Sangria austrinke. Er zögert nicht, der Kellnerin zu winken und mir noch eine zu bestellen. »Ich finde absolut, dass das James-Bond-Franchise umgestaltet werden könnte, um eine Frau in der Hauptrolle zu haben.«

»Wirklich?«, fragt er. »Erzähl mir mehr.«

Das Handy in meiner Tasche vibriert. Ich hole es raus, und ein GIF von Divya erhellt das Display, auf dem in großen bunten Buchstaben *wie läuft's* steht, über dem Bild eines Kindes, das sich immer wieder aus einem Fenster lehnt und hinausfällt. Ich stecke das Handy wieder ein und stelle es stumm.

»007 ist ein Titel. Es ist keine Person. Der Titel wird von Person zu Person weitergegeben, was ihnen die Lizenz zum Töten verleiht. James Bond dagegen, *das* ist der Name einer Person. Also, irgendwie haben wir an irgendeinem Punkt der Geschichte die beiden miteinander verschmolzen; sodass 007 gleichbedeutend ist mit James Bond und andersrum.«

Wallace nickt langsam. »Also ist die Frage, geht es in unserer Serie um James Bond, die Person, oder um den Titel?«

»Genau. Falls es Ersteres ist, dann sicher, sollte Daniel Craig oder wer auch immer ihn weiterspielen. Aber wenn es um den Titel 007 geht, was ich vermute, dann kann jeder ihn spielen. Wie Lashana Lynch es in *Keine Zeit zu sterben* getan hat, was uns die Bühne bereitet, einen lateinamerikanischen oder asiatischen Bond zu haben. Was auch höchste Zeit ist, wenn du mich fragst.«

»Und was denkst du?«

»Über James Bond, die Serie?«, frage ich und danke der Kellnerin, als sie mit einem frischen kühlen Glas kommt.

»Über Daniel Craig«, erläutert Wallace. »Was sind deine Gedanken über ihn?«

Was für eine merkwürdige Frage, denke ich und nutze den Moment, um als Ablenkung an meinem Getränk zu nippen und herauszufinden, ob in Wallace' Worten irgendein Hintergedanke steckt. Habe ich in den Nachrichten etwas nicht mitbekommen, was er getan hat? Wurde er in den letzten zwölf Stunden plötzlich für irgendetwas gecancelt?

Ich beschließe, meine Antwort neutral zu halten. »Ich finde, er ist ein großartiger Schauspieler und hat in tollen Filmen mitgespielt, und auch in ein paar Flops.«

»Finde ich auch«, sagt Wallace und macht eine kurze Pause. Ich merke, dass er überlegt, ob er sagen will, was ihm durch den Kopf geht, oder ob er sich auf die Zunge beißen wird. »Aber was ist mit seinem Aussehen? Das ist das, was mich am meisten interessiert.«

Eine weitere Pause. Ein weiterer Herzschlag. Und dann macht es klick.

Ich grinse, nur den Anflug eines Lächelns, bevor ich die Wangen anspanne. »Ich finde, er ist sehr attraktiv. Ich finde auch, dass du ein paar ähnliche Züge wie er hast, was dich auch ziemlich attraktiv macht. Sagt man dir das oft?«

»Dass ich wie Daniel Craig aussehe?«, erwidert er mit einem Lachen und kippt den Rest seiner roten Sangria hinunter, bevor er zu Wasser wechselt und die Hälfte davon trinkt. »Nein? Ja? Was ist hier die richtige Antwort? Eine ist eine Lüge, und die andere lässt mich eingebildet klingen.«

»Es gibt keine richtige Antwort, wenn es darum geht, sich während eines Dates gut darzustellen, nur die am wenigsten falsche Antwort. Und im Moment denke ich, die am wenigsten falsche Antwort ist es, ehrlich zu sein.«

»Meine Mom hat mir immer gesagt, ehrlich währt am längsten.«

»Mütter haben irgendein geheimes Handbuch, das ihnen mitgegeben wird, wenn sie ein Kind bekommen, und das niemand sonst kriegt, da bin ich sicher.«

»Das denke ich auch. Hundertprozentig.«

Er lächelt mich sanft an. »Also dann, ja, das habe ich schon mal gehört. Gefällt dir das an mir?«

Ich denke einen Moment lang darüber nach und nicke dann. »Ja, das gefällt mir. Das gefällt mir sehr.«

»Gut. Würde mir das Herz brechen, wenn nicht.«

»Und warum ist das so?«

»Weil es dann keine Chance auf ein Date zwei gäbe, und was würde ich dann machen?«

»Weinen?«, schlage ich vor.

Er lacht, ein tiefes, schallendes Lachen. Es lässt mir einen Schauer über den Rücken rieseln, wie ein vertrautes Beben. Mir war bis zu diesem Moment nicht bewusst, wie sehr mir dieses Gefühl gefehlt hat.

»Schuhe, Socken, Gürtel ...«

Packen ist für mich die Hölle. Wenn ich sterbe und die Christen recht damit haben, dass Homosexuelle abartig sind, und ich in eine flammende Grube mit Wänden aus Astkiefer geworfen werde, dann wird meine Aufgabe auf ewig darin bestehen, Koffer zu packen.

Zum einen ergibt es keinen Sinn. Wir packen kaum genug Hemden und Hosen ein, aber Berge von Unterwäsche, als würden wir uns jeden einzelnen Tag einscheißen? Und das wird einfach so ... akzeptiert? Zum Beispiel, warum packe ich für einen fünftägigen Trip acht Unterhosen ein? Gibt es etwas an meinem Körper, von dem ich nichts weiß? Wichtiger noch, wer war die Person, die mit diesem Ritual angefangen hat? Ist auf einer Reise irgendetwas Tragisches passiert, das denjenigen fürs Leben gezeichnet hat?

Ich starre auf mein Bett, auf dem Klamotten verstreut sind wie in einer schlechten Folge von *Law and Order*. Ich sollte eigentlich schon gepackt haben. Ich muss in den nächsten zweieinhalb Stunden am Flughafen sein, und das wird schon knapp.

Zum Glück braucht einer dieser Flughafen-Shuttleservices nur fünfundvierzig Minuten, also sollte das klappen. Trotzdem habe ich keine Ahnung, was ich anziehen soll.

»Eindeutig den Anzug, oder?«, frage ich mich selbst. Das würde Sinn machen. Das wird das sein, was Hudson von mir erwartet. Alles andere ist einfach nur kindisch. Es gibt eine Zeit, rebellisch zu sein, und es gibt eine Zeit für ...

Was ist das für ein Geräusch?

Ich brauche einen Moment, um das gedämpfte Klingeln zu lokalisieren, und dann noch zwei Klingeltöne, um hektisch auf meinem Bett herumzutasten und das Handy nach dem fünften Klingeln zu finden. Ohne hinzusehen, gehe ich ran.

»Ich brauche Hilfe bei der Entscheidung, was ich einpacken soll«, sage ich. Es ist wahrscheinlich Divya, die mich anruft. Sie weiß, dass ich bald losmuss, und da ihr Mitte letzter Woche unerwartet ein wichtiger Fall aufgehalst wurde, kann sie nicht persönlich hier sein, um mich zu unterstützen. »Wenn du hier wärst, würdest du wissen, was ich mitnehmen soll. Hör auf, Anwältin zu sein, und komm rüber und sei meine persönliche Stylistin.«

Es kommt kein Laut vom anderen Ende der Leitung, länger, als eine Pause dauern sollte. Divya hat immer die perfekte Antwort parat. Das ist der Grund, warum wir Freunde sind. Ihr Schweigen ist ... ungewöhnlich. Ich halte das Handy weg, um auf die Nummer zu sehen. Mein alter Boss? Ein Personalreferent, der mich unangemeldet anruft? Sallie Mae?

Nein. Schlimmer.

»Scheiße.«

»Scheiße? Redet man wirklich so mit seiner Mutter?«

Das ist keine Frage, es ist eine Feststellung. Meine Mutter mag zwar eine gütige Frau mit einem warmherzigen Lächeln sein, die einen Antiquitätenladen in North Carolina führt, aber sie ist auch eine Frau, die in den Neunzigern gegen den Golfkrieg protestiert hat. Sie hat gegen einen sehr republikanischen Abgeordneten kandidiert und nie klein beigegeben, selbst als sie um dreiundzwanzig Stimmen verlor. Sie startete eine breit unterstützte Petition, ein Café schließen zu lassen, als man sich dort weigerte, ein trans Paar zu bedienen. Meine Mutter ist niemand, der um irgendetwas bittet – sie fordert es ein, weil sie weiß, dass sie es wert ist.

Ich wünschte, ich hätte ebenso viel Mut.

»Tut mir leid. Ich dachte, du wärst jemand anderes.« Ich stecke mir meine AirPods in die Ohren, um mit dem Packen weiterzumachen, und lege mein Handy auf die Küchenzeile meiner kleinen Einzimmerwohnung, damit ich es nicht vergesse. »Was gibt's?«

»O nein. Vor diesem Gespräch kannst du dich nicht so einfach drücken.«

Das habe ich auch nicht geglaubt, aber ich habe es gehofft.

»Wofür packst du?«

»Einen Trip, Mom.«

»Ich weiß, dass es ein Trip ist«, schimpft sie. »Ich bin nicht dumm. Wo fährst du hin?«

Ich zögere mit meiner Antwort. Meine Mom glaubt an die sokratische Methode. Da sie ungefähr drei Viertel ihres Masterstudiums in Pädagogik abgeschlossen hatte, bevor sie mich bekam, streut sie gern einige dieser Inhalte in unsere Unterhaltungen ein. Normalerweise, wenn auch nicht sofort, sind ihre Lektionen nützlich für mich. Ich schätze, darum geht es beim Elternsein: clevere Wege zu finden, um den leeren Köpfen deiner Kinder all dein Wissen einzutrichtern, aber es bedeutet auch, dass ich mich erst durchs Dickicht kämpfen muss, bevor ich das Tal sehe. Und ich habe weder die Zeit noch die Geduld für die Predigt, die gleich kommen wird, wenn ihr klar wird, warum ich in den Süden fahre.

»Ich besuche einen Freund.« Ich dachte schon immer, dass meine Mom Lügen riechen kann, also habe ich gelernt, in der bequemen Grauzone von Halbwahrheiten zu leben. Hudson ist nicht direkt ein Freund, aber ich betrachte ihn auch nicht als einen Feind. Und hat man uns schließlich nicht beigebracht, dass jeder unser Freund ist? Also *ist* Hudson gewissermaßen ein Freund.

»Mmhmm«, sagt meine Mom gedehnt. Ich kann praktisch sehen, wie sie die Lippen zu einem Strich zusammenpresst und ihre Augen auf diese argwöhnische Weise schmal werden, wie sie es macht, wenn sie Blut im Wasser wittert. »Kenne ich diesen Freund?«

»Ja. Du hast ihn ein paarmal getroffen.«

»Wo wohnt dieser Freund denn?«

»Georgia.«

Das ist genug Wahrheit für sie. Einmal scharf rechts abbiegen in die Jedes-andere-verdammte-Thema-Avenue, und ich kann Zeit schinden, bis ich losmuss. »Wie läuft's im Laden? Du hast gerade jemand Neues eingestellt, stimmt's?«

»Oh, von der will ich gar nicht anfangen.«

Während der nächsten zehn Minuten redet Mom lang und breit über die Dramen in ihrer Kleinstadt. Dass die neue Mitarbeiterin, die sie eingestellt hat, nicht den Unterschied zwischen Holzarbeiten aus dem achtzehnten und dem neunzehnten Jahrhundert kennt. Dass sie vielleicht die Ladenfläche nebenan kauft, um zu expandieren. Über allgemeinen Klatsch in der Stadt, in der Jamal und ich aufgewachsen sind. Während sie redet, streue ich gelegentlich ein »mhm«

oder »ist ja abgefahren« ein. Nicht so oft, dass sie merkt, dass ich nebenbei etwas anderes mache, aber oft genug, dass sie glaubt, ich wäre an der Unterhaltung beteiligt, anstatt Divya Outfitvorschläge zu texten und die Antworten zu lesen.

Definitiv das rote Hemd, schreibt Divya keine zehn Sekunden später. *Vielleicht das schwarze. Es ist heiß im Süden, aber du siehst fickbar darin aus. Wie Seal.*

»Also, das Geschäft läuft gut?«, frage ich.

»Was hat dein Vater dir erzählt?«

»Nicht alles ist eine Verschwörung, Mom. Ich frage einfach nur.«

Sie schnaubt verächtlich, und ich kann das scharfe Klirren von Metall gegen Porzellan hören. Sie muss zu Hause sein oder hinten in ihrem Laden. Das ist der Klang der Tassen, die sie liebt. Ich werfe einen Blick rüber, um nach der Uhrzeit zu sehen: 9:45 Uhr. Ungefähr die Zeit für ihren Vormittagstee, genau nach Plan.

»Dad arbeitet doch nicht mehr. Er kann dir im Laden helfen.«

»Wenn ich seine Hilfe brauche, bitte ich ihn darum. Er weiß es besser.«

Mom war schon immer stur. Angeblich habe ich das von ihr. Das Urteil steht diesbezüglich noch aus.

»Also, da du Zeit zu haben scheinst, Trips mit deinen Freunden zu unternehmen, wann kommst du dann heim und besuchst mich? Du weißt, dass Jamal erst letzten Monat hier war.«

Natürlich. Jamal macht alles richtig. Bessere Uni. Besseres Hauptfach. Besserer Sohn. Ich verdrehe nicht mal die Augen bei diesem Seitenhieb. Zum Teil stimmt es ja. Nach dem

Abschluss hatte ich eigentlich vor, nach Hause zu kommen, aber ich rechtfertigte mich damit, dass ich wegen der Bewerbungsgespräche in der Stadt bleiben müsste. Ich konnte nicht erwarten, dass die Leute das remote machen würden. Aber jetzt gibt es keinen Grund, warum ich nicht nach Hause fahren sollte. Zumindest für eine Weile. Ein bisschen leckeres Essen von meiner Mutter. Ein wenig Zeit mit Mom und Dad. Das wäre schön. Vielleicht genau das, was ich brauche.

Das würde ein normales Kind sagen. Aber ich war nie ein normales Kind.

Es ist nicht so, dass ich es nicht genieße, Zeit mit meiner Mom zu verbringen, denn das tue ich. Sehr. Ich halte es nicht für zu dramatisch, zu sagen, dass die Verbindung mit meiner Mutter stärker ist als mit meinem Dad. Kinder suchen sich schließlich immer einen Elternteil aus. Falls jemand einen Mittzwanziger findet, der ein großartiges Verhältnis zu beiden Elternteilen hat, soll er beim Guinnessbuch der Rekorde anrufen.

Aber nach Hause zu fahren bedeutet, Fragen beantworten zu müssen, von Mom, der Stadt, Dad, allen, die ich kannte, bevor ich in den Norden ging. Ich kann mich nicht damit auseinandersetzen, wie enttäuscht sie sein werden, wenn sie merken, dass der Junge, von dem sie dachten, dass er so große und bedeutende Dinge erreichen würde, nichts weiter als Durchschnitt ist. Sie werden nett sein, sicher, weil die Leute dort immer nett sind, was solche unangenehmen Themen betrifft. Sie werden sagen: *Irgendwann schaffst du es schon!* Oder *Die Mühe macht das alles wert!* Oder noch schlimmer, sie werden einen Bibelvers zitieren, worauf ich mir wünschen werde, meine Haut würde in Höllenfeuer ausbrechen. Das wäre wenigstens interessant.

Nein, diese Südstaaten-Plattitüden kann ich mir nicht geben. Es ist der Ausdruck von Enttäuschung, der sich auf ihre Gesichter legen und während unserer gesamten Unterhaltung dort bleiben wird, mit dem ich nicht umgehen kann. Es ist die Art, wie sie hinter meinem Rücken über mich reden werden und Dinge flüstern, wenn meine Mom den Raum betritt oder wenn sie ihn verlässt. Manche von ihnen werden sich durch mein Versagen bestätigt fühlen und sich an meiner Unzulänglichkeit weiden. Das tue ich mir nicht an. Ich tue das meiner Mom nicht an.

»Bald«, verspreche ich, während ich meine Toilettenartikel in eine Ziploc-Tüte stecke und in den prall gefüllten Koffer werfe. »Ich komme bald heim.«

»Wann? Nenn mir ein Datum.«

»Diesen Herbst.«

»Du meinst zu Thanksgiving? Das will ich doch hoffen! Ich schwör bei Gott, Kian Andrews, wenn du an Thanksgiving *und* Weihnachten nicht nach Hause kommst …«

»Ich komme, ich komme! Versprochen. Wer soll mir denn diese Süßkartoffeln machen, die ich so gern mag?«

»Genau. Und ich will, dass du nächsten Monat nach Hause kommst. Selbst wenn es nur übers Wochenende ist. In Ordnung?«

»Da muss ich in meinem Terminkalender nachsehen … aber …«

»In Ordnung, Kian?«, wiederholt sie mit tieferer Stimme.

»In Ordnung, *Jesus!*«

»Pass auf, was du sagst. Du sollst nicht …«

»Den Namen des Herrn missbrauchen, ich weiß.«

»Und trotzdem tust du es. Siehst du, das ist es, wovon ich rede. Du hättest in der Nähe bleiben sollen. UNC. Duke.

Wake Forest. Du weißt, dass dich jede dieser Unis angenommen hätte. Mit einem Vollstipendium, wette ich.«

»Du weißt, dass sie das haben«, erinnere ich sie. Das war ein paar Monate lang ihr ganzer Stolz gewesen. Voll bezahlte Stipendien für alle drei, an der UNC sogar noch mit Unterkunft und Verpflegung. Mom konnte nicht aufhören, jubelnd die Straße entlangzulaufen und alle Familienmitglieder und Freunde anzurufen, um es ihnen zu erzählen. Ich glaube – nein, ich weiß –, dass sie begeisterter war als ich, aber das machte mich ebenfalls begeisterter. Es hat etwas an sich, deine Eltern stolz zu machen, das dir bis ins Mark dringt wie Quecksilber. Etwas, das dich verändert.

Erneut sehe ich auf mein Handy. Ich muss bald den Flughafenshuttle rufen.

»Also, du kommst heim ... wann?«

»November«, wiederhole ich.

»Versprochen?«

»Versprochen.«

Ich bringe es nicht übers Herz, meiner Mom alles zu gestehen. Ich bin sicher, Jamal, der es liebt, wöchentlich mit ihr zu telefonieren, hat das bereits getan. Es ist nicht so, dass ich ihr nicht zutrauen würde, mir einen guten Rat zu geben. Eigentlich im Gegenteil. Sie würde mir etwas Weises sagen und mich überzeugen, Hudson auf der Stelle aufzugeben.

Keine Belohnung ist so viel wert wie deine Würde, Kian, würde sie sagen. *Die kannst du nicht zurückbekommen.*

Aber was sie nicht versteht, ist, dass Würde keine Rechnungen bezahlt. Würde verleiht mir nicht genug Status, um einen Job bei CNBC oder der *New York Times* zu bekommen oder wo auch immer ich nach Spotlight hingehen will. Würde bezahlt nicht meinen Studienkredit. Ich wünschte, diese zwei Dinge würden einander nicht ausschließen. Ich wünschte, ich könnte so mutig und stark und selbstbewusst sein wie sie.

Aber alles kommt auf unsere Kleinstadt zurück. Ich kehre nicht dorthin zurück. Ich werde nicht die Person sein, die es in einer Großstadt nicht schaffen konnte und ein kleines, alltägliches, einfaches Leben akzeptieren muss. Das ist toll für andere; sollen sie nur. Aber das bin nicht ich. Das werde ich nie sein.

»Ich muss los, Mom«, sage ich, während ich mich auf meinen Koffer setze, um langsam den Reißverschluss zuzuziehen. »Ich rufe dich an, sobald ich in Georgia gelandet bin.«

»Okay, Baby«, sagt sie. »Du weißt, dass ich dich liebe, ja?«

»Ich weiß.«

»Und du weißt, dass alles, was ich tue, für dich und deinen Bruder ist.«

»Ich weiß, Mom.«

»Wenn ich dir also sage, dass du Schadensbegrenzung betreiben und diesem Jungen auf der Stelle den Laufpass geben musst, dann weißt du, dass ich das nur sage, weil du mir am Herzen liegst.«

»Ich weiß – Moment mal, was?«

Mom schnalzt übers Telefon missbilligend mit der Zunge. »Ein Trip nach Georgia? Hältst du mich für so dumm, Kian? Ich weiß, wessen Familie in Georgia lebt.«

Natürlich weiß sie das. Ich verdrehe die Augen und schlüpfe in meine schwarzen UGG-Pantoffeln. Wer war ich, zu glauben, dass ich ihr so etwas verheimlichen könnte?

»Du weißt, dass das eine schlechte Idee ist, oder? Nein. Keine schlechte Idee. Eine dumme Idee.«

»Dasselbe hat Jamal auch gesagt«

»Ich sage das nicht oft, weil ich euch beide gleichermaßen liebe, aber diesmal könnte dein jüngerer Bruder klüger sein als du.«

»Autsch?« Ich greife mir an die Brust, obwohl sie es nicht sehen kann.

»Wenn du nicht dumm genannt werden willst, dann mach keine dummen Sachen. Das ist eine schlechte Idee. Colorado Rivers hat dir das Herz gebrochen.«

»Hudson«, korrigiere ich. »Und es war eine einvernehmliche Trennung.«

»HAH!« Meine Mom lacht so scharf, so laut auf, dass ich zusammenzucke. »Wer nennt sein Kind denn *Hudson?*«

»Besser als Colorado«, murmle ich.

»Würdest du das lauter sagen?«

»Nichts. Es geht mir gut, Mom. Das mit der Trennung ist gut. Es geht mir gut.«

»Kleiner Ratschlag? Wenn du in einem Satz dreimal hintereinander ›gut‹ benutzt, verrät mir das, dass es dir nicht gut geht.«

Mein Handy vibriert erneut. Divyas Name erscheint.

DIVYA EVANS: Bist du schon losgefahren? Der Verkehr in der Stadt ist katastrophal.

»Wir können später darüber reden«, verspreche ich. »Aber ich muss los, sonst verpasse ich meinen Flug.«

»Das klingt, als wäre es nicht das Schlechteste. Aber schön. Es ist dein Leben, nicht meins. Eigentlich ist das sogar gut.«

Das muss ich einfach hören. »Okay, ich hab angebissen. Inwiefern?«

»Weil du jetzt nicht sauer auf mich werden kannst, dass ich deinen Bruder angerufen habe.«

»Bitte, was?«

Ich bekomme keine Antwort zu hören, bevor das schwere Hämmern einer Faust gegen die Metalltür meines Lofts den Raum erschüttert.

»Beeil dich verdammt noch mal, Kian. Ich warte nicht den ganzen Tag.«

*

Als ich die Treppe runtergehe und den Kopf aus dem Fenster stecke, sind da tatsächlich Jamal und sein grauer Prius. Er sitzt auf dem Fahrersitz und tippt wild auf seinem Handy, ist aber nicht so vertieft in die Unterhaltung, die er da gerade führt, dass er mir nicht sagt, was ich tun soll, als ich auf das Auto zugehe.

»Steig ein«, verlangt er und legt sein Handy in den Schoß. »Ich werde mir nicht von Mom die Schuld dafür geben lassen, dass du zu spät kommst.«

»Kein ›Hi, Kian? Wie gehts dir, Kian? Freut mich so, Zeit mit dir zu verbringen, während ich dich zum Flughafen fahre, Kian‹?«

Ich lege meinen Koffer auf die Rückbank und rutsche auf den Beifahrersitz. Wie so ziemlich alles in Jamals Leben ist das Auto perfekt organisiert. Nicht der kleinste Krümel Essen irgendwo, keine Servietten im Handschuhfach, kein Kaugummi in der Mittelkonsole. Da ist sogar eine kleine schwarze Plastiktüte für Abfall, und das Auto duftet leicht nach Vanille, als habe er eine Duftkerze angezündet, das Aroma eingefangen und auf die Sitze gesprüht, bevor er eingestiegen ist. Was vielleicht übertrieben klingt, aber ich würde es ihm zutrauen.

»Was?«, frage ich, während ich mich anschnalle. »Was ist jetzt schon wieder?«

Er starrt mich an, die honigfarbenen Augen leicht zusammengekniffen, bevor er sie auf die Straße richtet. »Nichts.«

»Es ist eindeutig doch etwas, sonst würdest du mich nicht so finster ansehen. Was hat Mom immer gesagt? ›Wenn du weiter so ein Gesicht machst …‹«

»›Dann bleibt es noch so‹«, beendet er den Satz für mich. »Du weißt, dass das nicht stimmt, oder? Wissenschaftlich gesprochen.«

»Woher willst du das wissen? Du bist Geschäftsmann, kein Wissenschaftler. Vielleicht gibt es einen Präzedenzfall.«

»Du bist doof«, sagt er einfach, biegt in den Verkehr ein und fährt zum Flughafen. Der Logan International Airport liegt nicht weit von meiner Wohnung entfernt. Ich hätte ein Uber oder die U-Bahn nehmen können, oder ich hätte auf Hudsons Nachricht antworten können, in der er mir anbot, mir einen Wagen zu schicken (oder mich selbst abzuholen), aber das hat sich … falsch angefühlt. Ich bin mir nicht ganz sicher, wie ich es beschreiben soll, aber sein wohltätiges Angebot anzunehmen hätte sich angefühlt, als könnte ich es mir nicht leisten, selbst zum Flughafen zu kommen. Ich bin arbeitslos, nicht mittellos. Ich kann für mich selbst sorgen. Ich habe Freunde und Familie, auf die ich mich verlassen kann, danke der Nachfrage.

»Damit das klar ist«, sagt Jamal, die Augen auf die Straße

gerichtet. »Der einzige Grund, warum ich hier bin, ist, weil Mom es von mir verlangt hat. Ich würde viel lieber …«

»Lernen? Irgendeine Firma zum Spaß plündern und hart arbeitende Angestellte auf die Straße werfen? PBS schauen?«

»Ich bin kurz davor, deinen PBS auf die Straße zu werfen, wenn du nicht zu schätzen weißt, dass ich dich abhole.«

»Um fair zu sein, du machst das nur, weil Mom dich dazu gezwungen hat«, erinnere ich ihn, bevor ich rasch hinzufüge: »Aber danke. Ich weiß es zu schätzen.«

»Danke. War das so schwer?«

»Sehr.«

Wir fahren den größten Teil der Strecke schweigend. Ich fahre nicht oft im Auto durch die Stadt. Es ist eine Sache, eine Stadt vorbeiziehen zu sehen, wenn man zu Fuß geht, aber die Landschaft verschwommen vorbeifliegen zu sehen, zu beobachten, wie die Schattierungen ineinanderlaufen wie Aquarellfarben, ist etwas anderes. Es hat etwas Schönes an sich, etwas leicht Entrücktes. Es erinnert mich daran, warum ich mich für die Northeastern entschieden habe. Nicht nur wegen der Bildung, nicht wegen der Nähe zu New York City und Journalismusjobs, sondern weil es anders als Raleigh war, auf eine Weise, die mich begeisterte. Und so empfinde ich noch immer.

»Ich will ja keine große Sache draus machen, aber wirst du klarkommen?«

Ich richte meine Aufmerksamkeit wieder auf meinen Bruder, der die Augen nicht von der Straße wendet. Ich bin mir nicht sicher, ob er sich auf die Straße konzentriert, weil er ein perfekter Fahrer ist – wie er auch in allem anderen perfekt ist –, oder aus dem anderen, offensichtlicheren Grund. Emotionale Momente zwischen uns beiden sind unangenehm.

»Nur, damit du's weißt, indem du sagst ›Lass uns keine große Sache aus etwas machen‹, machst du eine große Sache draus«, antworte ich sanft.

Seine Augen zucken zu mir herüber. Ohne etwas zu sagen, schenke ich ihm ein Grinsen. Der stumme Wortwechsel zwischen uns beiden spricht Bände.

Ich bin für dich da, lautet seine erste Aussage.

Ich weiß, danke, sagt mein Lächeln.

Falls ich ihn für dich verprügeln soll, werde ich es tun, antwortet sein Blick.

»Ich weiß, Jamal«, sage ich laut. »Danke.«

Der Prius gleitet geschmeidig auf einen Parkplatz vor Terminal B, fünfundfünfzig Minuten vor Abflug, mehr als genug Zeit bei einem Inlandflug. Ich steige aus und öffne die hintere Tür, um meinen Koffer herauszuwuchten.

»Übrigens«, setze ich zu fragen an und lehne mich ins Auto. Jamal hat schon wieder angefangen zu texten. »PBS, was ist das? Ist das irgendein neuer Schwulenslang, den ich nicht mitgekriegt habe?«

»Du bist nur drei Jahre älter als ich. Sogar du bist nicht so uralt in Schwulenjahren, K«, erinnert er mich. »Und PBS steht für Phatt Black Stern, deinen fetten schwarzen Hintern. Das hab ich gerade erfunden.«

Das ergibt Sinn. Ich klopfe gegen die Seite seiner Tür und trete zurück. »Bleib bei deinem Beruf, Jamal. Stand-up-Comedy ist nichts für dich. Danke fürs Herfahren.«

Bevor er etwas erwidern kann, drehe ich mich um und gehe zum Terminal. Aber der eigentliche Grund, warum ich so schnell gehe, ist, damit ich nicht kneife, wieder in seinen Wagen springe und zurück nach Hause fahre.

15

HUDSON RIVERS: Wenn du ankommst, warte ich am Schalter. Du kannst mich nicht übersehen.

Das violette Ticket, das Mrs Rivers gezückt hatte, gehört zu Royal Airlines. Das ist eine Luxusairline, die sich damit rühmt, dass ihre Economysitze sich wie Businessclass anfühlen, und die First Class, als flöge man auf einer Wolke. Natürlich sollte sich bei dem Preis von sechshundert Dollar für einen Inlandflug zwischen Boston und Atlanta die Economy verdammt noch mal besser so anfühlen, als würde ich von Charlie Hunnam an unserem Hochzeitstag umworben.

Erster Klasse bei einer normalen Airline zu fliegen kam mir immer wie ein Luxus vor, der es nicht wert war, Geld dafür auszugeben. Wenn ich reise, würde ich da lieber in einem Dreisternehotel übernachten oder wenige Stunden lang mit Stil in einem Flugzeug sitzen? Immer Ersteres. Es ist, wie wenn man sich eine Wohnung aussucht: Man nimmt die mit den langfristigen Vorzügen, nicht den kurzfristigen Effekt.

Oder, wenn man wie ich und jedes andere Mitglied der Generation Z ist, dann ist man froh über jede Wohnung, die man kriegen kann.

Meine Fingerspitzen kribbeln, als ich mich dem violetten Zeichen mit dem goldenen Häkchen nähere, das die Schalter von Royal Airlines kennzeichnet. Mit jedem Schritt näher fühle ich mich weniger in meinem Element. Hudson wird selbstverständlich first class fliegen. Ich sollte begeistert sein. Ich sollte völlig aus dem Häuschen sein. Die gemunkelten Vorzüge, die sie bieten? Astronomisch. Aber ich würde lügen, wenn ich behaupten würde, dass ich mich dabei nicht wie ein Hochstapler fühle. Oder ein Sexarbeiter. Nicht, dass an Sexarbeit irgendetwas Falsches wäre; genau genommen unterstütze ich sie und das Recht eines Menschen, für eine Dienstleistung bezahlt zu werden, vollkommen – jeder sollte für seine Arbeit bezahlt werden. Aber das hier gibt mir das Gefühl, dass ich eine Rolle spiele, für die ich nicht voll und ganz zugesagt habe; als wäre ich eine Marionette, deren Fäden gezogen werden, um irgendeine Quote zu erfüllen, von der ich nichts wusste.

Für dieses Gefühl kannst du niemand anderem die Schuld geben als dir selbst, schimpft mich mein Gewissen. Du hättest Nein sagen können. Du hättest nicht einwilligen müssen. Das ist eine geschäftliche Transaktion, schon vergessen? Das hast du Hudson gesagt. Und bei einer geschäftlichen Transaktion muss man oft Dinge tun, die man nicht tun will. Also beiß einfach die Zähne zusammen.

Aber tief in meinem Innern weiß ich, dass es das nicht ist. Ich habe schon oft Dinge getan, die ich nicht tun wollte. Mich für Jobs beworben, von denen ich wusste, dass sie unter meiner Würde waren. Die Schwulen-Karte oder die Schwarzen-Karte ausgespielt, um einen Fuß in die Tür zu bekommen. Mich selbst und andere belogen für einen Moment des Trostes. Kompromisse sind mir nicht fremd. Aber etwas nagt an mir, das mir verrät, dass das hier kein Kompromiss ist. Hier verkaufe ich mich in einem fehlgeleiteten Versuch, mich selbst aufzuwerten, indem ich wieder in Hudsons Umlaufbahn bin und von der Gesellschaft profitiere, die er so mühelos gering schätzt.

Oder vielleicht denke ich verdammt noch mal einfach zu viel darüber nach?

Wie oft dürfen Leute erster Klasse fliegen? Wie oft dürfen Leute teure (KOSTENLOSE) Anzüge tragen? Wie oft dürfen Leute eine andere Rolle spielen, bei der der Preis, aufzufliegen, minimal ist? Das hier sollte Spaß machen. Hudson ist derjenige, der hier mehr zu verlieren hat, nicht ich. Eine Chance wie diese wird sich nicht noch einmal bieten. Ich werde nie jemand sein, der, ohne mit der Wimper zu zucken, vierhunderttausend Dollar im Jahr verdient. Geerbter Reichtum? Die obersten drei Prozent der Gesellschaft? Was sind das für Dinge? Ich sollte mich einfach zurücklehnen, entspannen und die nächsten paar Tage genießen. Sie so nehmen, wie sie kommen.

Nicht alles muss ein dramatischer Moment auf Broadway-Ende-des-ersten-Akts-*Frei-und-Schwerelos*-Level sein, Kian.

Außerdem, seien wir mal ehrlich, ich bin viel mehr eine Nessa als eine Elphaba, und es wird mich mindestens dreißig Therapiestunden kosten, das zu akzeptieren.

Am Logan durch die Sicherheitskontrolle zu kommen ist überraschend leicht, und ich biege gerade um die Ecke zum Terminal B, als auf meinem Handy eine Nachricht von Hudson vibriert.

HUDSON RIVERS: Bist du in der Nähe?

Ich erschaudere. Bei diesem Satz bekomme ich Flashbacks zu all meinen schnellen Nummern, die diese Phrase benutzt haben, begleitet von *Wie groß bist du? Top? Bottom? Nimmst du PrEP?* Letzteres ist berechtigt und wichtig, aber es ist, als würden diese fünf Äußerungen, in einer bestimmten Reihenfolge gesprochen, die Geheimnisse des Gewinnalgorithmus bei *RuPaul's Drag Race* freischalten oder so was.

Ich tippe mit meiner freien Hand, ohne hinzusehen: *Bin in 3 Min da.* Mein Handy vibriert erneut.

HUDSON RIVERS: Royal Lounge ist rechts von dir. Sag einfach deinen Namen.

Ich bleibe mitten im Gang stehen, was die Leute hinter mir zwingt, links und rechts um mich herumzugehen, wie um einen Felsen, der die Strömung eines Flusses teilt. Ich war noch nie in einer Flughafenlounge. Das kam mir immer wie ein High-Society-Luxus vor. Aber einstweilen, schätze ich, *bin* ich High Society.

Keine Autogramme, bitte.

Die Frau am Eingang der Lounge, die das Violett von Royal Airlines in Kleiderform mit goldenen Verzierungen trägt, lächelt strahlend. »Willkommen bei Royal Airlines, wo man Sie auf jeder Reise wie einen König, eine Königin oder alles dazwischen behandelt!«

Danke, ich hasse es.

»Hi. Mir wurde gesagt, ich bräuchte Ihnen nur meinen Namen zu nennen? Kian? Andrews?«

Sie nickt und tippt rasch drauflos. Ihre Augen leuchten auf, als mein Name erscheint. »Willkommen, Mr Andrews! Sie gehören zur Rivers-Gesellschaft?«

»Jepp.«

»Hier entlang, bitte! Wir nehmen Ihnen die Tasche ab, wenn Sie möchten?«

Ich sehe auf meine Tasche mit meinem Laptop und, ja, einer Extraunterhose drin. »Die ist doch nicht zu groß oder so was, oder? Ich habe die Maße online überprüft.«

»Oh, nein, nein!«, sagt sie entschuldigend. »Mehr zu Ihrer Bequemlichkeit. Wir werden sie an Ihrem Platz für Sie bereithalten, wenn Sie an Bord gehen.«

»Ah, die Vorzüge, reich zu sein.«

»Entschuldigung?«

»Nichts.« Ich lächle rasch und reiche ihr meine Tasche. »Danke ... Jackie.«

Sie lächelt zurück und nimmt meine Tasche, um ein ausgedrucktes Etikett daran zu befestigen, auf dem steht: KIAN A. – RIVERS-GESELLSCHAFT, bevor sie sie auf ein Transportband legt. Dann tippt sie auf einen Button auf ihrem Bildschirm, und die violette Tür mit dem goldenen Emblem in der Mitte gleitet auf.

»Willkommen im *Royal Comfort*.«

*

Im Innern der Royal Lounge ist es, als würde man die Smaragdstadt betreten. Außer, dass man es die Amethyststadt nennen würde, schätze ich, wenn man es genau nimmt. Violette Teppiche, golden gestrichene Wände. Alle, die hier arbeiten, tragen violett-goldene Uniformen. Der Raum macht mich schwindlig, auf gute Weise, so wie Casinos, die eine höhere Sauerstoffkonzentration in die Raumluft pumpen, damit die Leute euphorisch werden und mehr spielen.

Oder vielleicht, nur vielleicht, ist das der Rivers-Effekt.

Würde ich denselben Schwindel spüren, wenn ich mit Divya eine Reise mit einem Royal-Airlines-Flug gewonnen hätte und in diese Lounge gestolpert wäre? Vielleicht. Aber die Tatsache, dass Hudson dort sitzt, sein schwarzes, praktisch aufgemaltes Hemd mit Fischgrätmuster – leicht aufgeknöpft – in die Jeans gesteckt und mit schwarzen Stiefeln? Das ist auch keine Hilfe.

Erneut bin ich ein Felsen mitten im Fluss – ein dummer, sprachloser Felsen. Ich habe die einzelnen Teile dieses Outfits schon gesehen. Ich habe ihm vor ein paar Monaten dazu geraten, diese Schuhe zu kaufen. Aber ihn das alles so lässig tragen zu sehen? Sein dunkelbraunes, fast schwarzes Haar immer perfekt geschnitten? Seine Augen, die die Zeitschrift in seiner Hand überfliegen wie eine Schreibmaschine?

Ich war noch nie ein großer Fan von Romcoms mit ungewöhnlichen ersten Begegnungen, aber falls irgendjemand die Rechte an meinem Leben will, wäre ich einverstanden, sie zu verkaufen, solange er dabei drastische künstlerische Freiheit anwendet.

Mit einem Räuspern rufe ich mir in Erinnerung, warum ich hier bin.

Berufliches Weiterkommen.

Lebensverändernde Karrierechancen.

Kein vielversprechendes Sextreffen.

Ich muss mich erst neben ihn setzen und seine Schulter anstupsen, damit Hudson von seinem Artikel aufblickt. Seine jungenhaften Augen weiten sich überrascht.

»Oh, hey! Da bist du ja. Gut. Hatte mir schon Sorgen gemacht, du würdest es nicht schaffen oder sie würden dich nicht reinlassen. Und bevor du daraus einen ›Weil ich Schwarz bin‹-Witz machst, nein. Sie sind pingelig, wenn das Ticket nicht auf deinen Namen ausgestellt ist. Außerdem zieht das bei mir nicht, weil ich auch Schwarz bin.«

»Was bringt dich dann auf den Gedanken, ich würde diesen Witz machen?«

»Weil du immer diesen Witz machst.«

»Das ist so, wie jeder Schwarze alles zurückführen kann auf die …«

»Sag nicht Sklaverei.«

»Sklaverei.«

Er verdreht die Augen. »Bitte mach diesen Witz nicht in Gegenwart meiner Eltern. Bitte. Ich flehe dich an.«

»Weil …?«

»Weil meine Eltern nicht diese Art von Humor haben.«

Ich gebe nach. »Na schön, ich tu's nicht. Nicht, weil ich nicht denke, dass ich es tun sollte, sondern weil ich nett bin.«

Hudson grinst und macht eine gekünstelte Verbeugung im Sitzen. »Das weiß ich zu schätzen, du Gütiger. Bist du gut hergekommen?«

Soll ich ihm von der Unterhaltung erzählen, die ich mit meiner Mom hatte? Soll ich ihm von der Unterstützung erzählen, die Jamal mir völlig ohne Worte gegeben hat? Nein. Das würde niemandem helfen. Im Moment fühlen sich unsere Interaktionen … prekär an. Das ist das richtige Wort. Ich will diese stumme Übereinkunft zwischen uns, so zu tun, als wäre mein Auftauchen auf seiner Türschwelle vor einer Woche nie passiert, nicht ruinieren.

»Ja, völlig ohne Probleme. Was liest du gerade?«

Hudson hält die Zeitschrift für mich hoch: ›Wie Isaac Rivers ein Imperium in ein Imperium verwandelte.‹

»Du liest einen Artikel über deinen Vater? Kennst du die Antwort darauf nicht schon?«

»Wenn ich Olivia wäre, ja. Sie hat wahrscheinlich dabei geholfen, diesen Artikel zu schreiben, oder ihn zumindest überprüft. Aber vergiss nicht, ich bin der Versager der Familie. Warum mir nicht so viele Vorteile sichern, wie ich kann, bevor wir ankommen. Ich werde nicht endlos Gelegenheit haben, ihn zu beeindrucken.«

Als Hudson sich wieder dem Artikel zuwendet, kann ich nicht anders, als Mitleid mit ihm zu haben. Es gibt viele Gründe, neidisch auf Hudson zu sein. Sein Geld, seine Verbindungen, die Tatsache, dass er ein reicher Mann in den Vereinigten Staaten mit sehr überdurchschnittlichem Aussehen ist. Aber das Verhältnis zu seinen Eltern ist keiner davon. Wenn es Hudson gegen Kian heißen würde wie in einer dieser Checklisten von Präsidentschaftskandidaten, dann hätte ich den Haken in der Elternkategorie. Meine Eltern und ich haben einander schon immer nahegestanden. Ich weiß, ich kann mich auf sie verlassen, wenn oder falls ich sie brauche. Wenn ich nach Hause kommen wollte, würde ich nie das Gefühl haben, lügen zu müssen, um sie zu beeindrucken. Oder dass ich irgendeine Geschichte über Dinge erfinden müsste, die mich interessieren, um ihre Anerkennung zu bekommen. Meine Eltern sind immer auf meiner Seite.

Was irgendwie lächerlich klingt, wird mir bewusst, da ich gerade erst meine Mom darüber angelogen habe, wohin ich fahre, und sie nicht besucht habe, aus Angst, sie zu enttäuschen, aber das ist nicht dasselbe. Das ist was völlig anderes. Ich weiß nicht, inwiefern. Aber das ist es.

»Wenn du damit fertig bist, würde ich den Artikel auch gern lesen«, sage ich, während ich mein Handy raushole. »Warum nicht gleiche Voraussetzungen schaffen, richtig? Ist das nicht die Aufgabe eines Dates, seinen Partner gut dastehen zu lassen?«

Ich blicke nicht von meinem Handy hoch, aber ich weiß, dass Hudson mich ansieht, wahrscheinlich mit einem überraschten Lächeln. Seine breite Schulter rempelt meine an.

»Gern geschehen«, sage ich, ohne dass er Danke sagen muss. Selbst wenn er es wollte, könnte er es nicht. Die Ankündigung von Flug 514 nach Atlanta übertönt alles in dem allzu violetten Raum.

16

Die Sache ist die: Ich bin kein Wissenschaftler.

Ich bin Journalist. Ich glaube an das geschriebene Wort. Die Macht der Feder. Wie Worte die Welt verändern können. Ich verstehe, dass Wissenschaft etwas Reales ist. Ich liebe sie. Ich vertraue ihr. Normalerweise.

Flugzeugen vertraue ich nicht.

Teufelszauber. Das ist es, was sie oben hält. Nicht Luftströmungen oder die Triebwerke, die sich drehen und uns vom Boden abheben lassen. Nicht Tausende von Metallteilen, die übereinstimmend zusammenarbeiten, Dutzende von Kabeln oder jahrelanges Training erfahrener Piloten. Teufels. Zauber. Menschen sind nicht dazu bestimmt, durch die Luft zu fliegen. Wenn dem so wäre, hätten wir Flügel.

Als nun also das Royal-Airlines-Flugzeug brüllend über die Startbahn galoppiert und sich mit einem Aufbäumen vom Boden löst und etwa zehn Minuten lang in steilem Winkel aufsteigt, kann ich nichts anderes tun, als mich so fest an den flauschigen Erste-Klasse-Sitz zu klammern, dass meine Fingerknöchel weiß hervortreten. Was nicht leicht ist für einen dunkelhäutigen Schwarzen.

In meinem Kopf zitiere ich immer wieder einen Song, um mich zu beschäftigen. *Heaven Is a Place on Earth*, um genau zu sein, von unserer 80s-Popqueen Belinda Carlisle. Das ist mein Flugtrick. Seht ihr, *Heaven Is a Place on Earth* ist ungefähr vier Minuten lang. Wenn ich es mir dreimal anhöre, dann haben wir unsere Flughöhe erreicht, wenn es vorbei ist, und der härteste Teil des Flugs ist vorüber.

Gott hat mich verschont.

Aber Gott hat offensichtlich Sinn für Humor, denn als ich die Augen öffne, sitzt Hudson mir schmunzelnd gegenüber.

»Was?«

»Nichts«, antwortet er neckend. »Du hast nicht gelogen, dass du Flugzeuge hasst, wie ich sehe.«

Ich zwinge meine rechte Hand, ihren Griff von dem violetten Ledersitz zu lösen. Der Abdruck meiner Finger, wie ein versteinertes Echo der Vergangenheit, um von einem Archäologen gefunden zu werden, bleibt noch einen Augenblick erhalten, bevor sich das Leder entspannt und wieder zu seiner prallen, runden Form zurückkehrt.

Royal Airlines hat wirklich keine Ausgaben gescheut, wenn es um ihre First Class geht. Jeder abgetrennte Sitzbereich ist ungefähr zweieinhalb Meter breit, lang genug, dass sich zwei Personen gegenübersitzen können und immer noch genug Beinfreiheit haben. Zwischen uns ist ein Tisch, der sich zusammenklappen lässt, mit separaten Bildschirmen, wo wir bestellen können, was wir wollen, ansehen können, was wir wollen, egal was. Jeder Sitz hat seine eigenen Ladeanschlüsse, dazu einen persönlichen Knopf, um die Rückenlehnen nach hinten zu stellen. Es gibt einen weiteren Knopf, um das Layout des Abteils zu verändern, sodass man nebeneinanderliegen kann, einen Noise-Cancelling-Button, einen Button, der das Licht dimmt, und einen, der das Innere deines Bereichs so verändert, dass er wie verschiedene Orte auf der ganzen Welt wirkt.

Ich klicke mich durch diesen Button hindurch, um die verschiedenen Optionen zu zählen. Die Lichter im Innern des Abteils verändern sich und projizieren verschiedene Szenen an die Wände: eine Insel, ein Winterwunderland, einen Wald, eine Wüste, eine belebte Großstadt, ein schottisches Hügelland. Jede davon erzeugt ein anderes Gefühl, und innerhalb von fünf Minuten vergesse ich, dass wir zehntausend Meter hoch in der Luft sind.

Na ja, ich hatte es vergessen, bis jetzt.

»Würde ein Drink helfen?«, fragt Hudson und tippt auf den Bildschirm. Eine Fülle an Wahlmöglichkeiten, von Airline-exklusiven alkoholischen Getränken bis hin zu speziellen Milchshakes mit Zutaten, von denen ich noch nie gehört habe, erscheint vor mir.

»Ich wäre für einen einfachen Softdrink, wenn ich etwas vorschlagen darf«, sagt er. »Echte mexikanische Cola. Genau richtig. Und völlig umsonst noch dazu.«

Es ist komisch, wie die Reichen immer gern darauf hinweisen, wenn etwas kostenlos ist. Diejenigen, die es am wenigsten nötig haben, nutzen Systeme und Leistungen aus, um möglichst wenig Geld auszugeben. Aber das ist nicht die Unterhaltung, die ich mit Hudson führen sollte. Ich sollte versuchen, die Lücke zu schließen, nicht eine Kluft zu erzeugen.

»Ich nehme die Cola, wenn du …« Ich tippe ein paarmal auf den Bildschirm, um die Speisekarte aufzurufen. Der Flug dauert nur drei Stunden, aber wir kommen nach Mittag an. Unmöglich zu sagen, was Hudsons Familie für uns parat hat. »Den Thunfisch nimmst«, entscheide ich.

Hudson verzieht angewidert das attraktive Gesicht. »Das meinst du ernst, oder?«

»So ernst wie eine Gruppe Schwuler unterwegs nach Fire Island im Sommer.«

Sein rechter Mundwinkel verzieht sich zuckend zu einem Grinsen. Er schüttelt den Kopf und tippt dreimal auf den Bildschirm. Ich sehe, dass die Bestellungszusammenfassung in seiner rechten Ecke lautet: THUNFISCH.

»Siehst du, das war doch nicht so schwer, oder?« Ich halte meinen Teil der Abmachung ein, indem ich die mexikanische Cola eintippe und noch ein Hühnchensandwich dazubestelle.

Der Himmel unter uns ist vollkommen weiß. Der Himmel über uns ist vollkommen blau. Das Royal-Airlines-Flugzeug fühlt sich an, als würde es auf der Luft dahingleiten, als wäre es kein sündiger Affront gegen Gott, was uns in der Luft hält, sondern tatsächlich seine Gnade. Wenn man auf dieses Zeug steht. Ich weiß nicht, wo ich in Bezug auf Religion stehe, aber wenn ich sehe, wie schön es hier oben ist, über dem Lärm und den Problemen der Stadt unter uns, lässt mich das darüber nachdenken, wieder in die Kirche zu gehen.

Nachdem ich einen Moment lang aus dem Fenster gesehen habe, blicke ich zu Hudson hinüber, und er lächelt mich an.

»Was?«

Er schüttelt den Kopf. »Nichts. Du siehst nur …«

»Naiv staunend aus? Unschuldig?«, frage ich, während ich die Sonnenblende herunterziehe. Meine Seite des Abteils passt ihr Licht an, um die Wärme und Temperatur zu halten.

»Das ist nicht das Wort, das ich benutzen würde«, erwidert Hudson in singendem Tonfall. Rasch trete ich unter dem Tisch nach ihm, aber zu seinem Glück zieht er sein Bein weg, bevor ich ihn treffen kann.

Plötzlich bewegt sich das Flugzeug. Nicht einmal, sondern zweimal. Die Frau, die im Abteil gegenüber von uns sitzt, verschüttet beinahe ihr Glas Wein. Es ist auch noch nicht vorbei. Das Flugzeug rumpelt weiter galoppierend über den Himmel, das Metall vibriert und droht unter der Strafe des trügerisch klaren Himmels zu biegen und zu brechen.

Hudson scheint es kaum wahrzunehmen. Ich dagegen bemerke jedes kleine Zucken.

Ich werde hier sterben, denke ich, während ich mich erneut an den Sitz klammere. Wir werden vom Himmel stürzen und alle beim Aufprall verbrennen. Sicher, es wird schnell und schmerzlos gehen, aber ich werde im Alter von dreiundzwanzig sterben. Ich werde nie heiraten. Nie in Rente gehen. Nie …

»Hey.« Hudsons Stimme durchbricht das pulsierende Rauschen des Bluts in meinen Ohren. Ich öffne ein Auge, nur einen Spalt, und sehe sein sanftes Lächeln. Seine Hand schiebt sich langsam über den Tisch und legt sich auf meine. Er drückt sie sanft. »Das sind nur Turbulenzen. Nur Veränderungen der Luftströme. Uns passiert nichts. Das Flugzeug kann viel mehr als das aushalten. Wusstest du, dass ein Flugzeug technisch gesehen auch ohne Triebwerke fliegen und landen kann? Uns wird nichts passieren.«

»Ist das wahr?«

»Na ja, technisch gesehen kann es segeln und landen, es wird nicht einfach vom Himmel fallen wie ein Stein.«

»Das … ist nicht hilfreich«, flüstere ich zurück. »Überhaupt nicht.«

Hudson runzelt die Stirn und kratzt sich die schwachen Bartstoppeln am Kinn. Warum sind mir die noch nie aufgefallen? Die sanften Konturen brauner Haare, die in dem reinen Licht, das auf uns herabströmt, wenn wir über den Wolken sind, aufzuleuchten scheinen? Hatte er die auch schon vor einer Woche, bei unserem »Date«? Nein. Das wäre mir aufgefallen. Ich fand immer, dass er mit etwas Gesichtsbehaarung gut aussehen würde, aber er sagte immer, es gefällt ihm, ein »Babyface« zu sein. Er sagte, es mache ihn jung und »Du weißt, wie die Gay-Community junge schwule Typen liebt«.

»Wie wär's dann damit?«, flüstert er. »Beantworte mir eine Frage.«

Das Flugzeug wackelt erneut. Genug, um die Frau gegenüber von uns ihren Drink festhalten zu lassen. »Rauerer Flug als üblich«, sagt sie mit ihrer vornehmen Sprechweise.

Ja, wir werden draufgehen.

Hudson drückt meine Hand, fester diesmal, um meine Aufmerksamkeit wieder auf ihn zu lenken. »Na schön«, sage ich. »Wie lautet die Frage?«

Er zögert nicht. »Warum hast du nicht den Kurs geändert? Ich meine, und versteh das bitte nicht falsch, aber du bist jetzt schon …«

Hudson zögert, aber ich weiß, worauf er hinauswill. »Du kannst es ruhig sagen.«

»… eine ganze Weile arbeitslos. Du bist klug, du kannst in einen anderen Gang schalten. Es gibt genug Jobs, wo sie dich nehmen würden, oder Programme, mit denen du dich für einen anderen Bereich qualifizieren kannst. Also, warum hältst du daran fest?«

»Willst du damit sagen, du glaubst nicht, dass ich einen Job als Journalist bekommen kann?«

»Nein.« Er schüttelt den Kopf. »Ich will damit sagen, wenn du alles machen könntest, warum nimmst du nicht den Weg des geringsten Widerstandes, anstatt weiter gegen eine Mauer anzurennen?«

Ich möchte, dass er weiß, dass diese Aussage viel Subtext hat. Keinen schlechten Subtext, natürlich. Er stellt eine Frage, die ich mir selbst schon ungefähr ein Dutzend Mal gestellt habe, besonders, wenn ich mitternächtliche Panikattacken habe, in denen ich denke, einen großen Fehler gemacht zu haben. Aber die Tatsache, dass jemand, der buchstäblich alles auf der Welt haben kann, was er will, mich fragt, warum ich eine Entscheidung treffe, wirkt beinahe unsensibel, auf eine Weise, von der ich weiß, dass Hudson es nicht so meint.

Aber darum geht es ja, oder? Hudson fragt das nicht, um sich über mich zu stellen oder sich besser zu fühlen. Er fragt das, oberflächlich, um mich von der Tatsache abzulenken, dass dieses Flugzeug früher oder später im Sturzflug zur Erde rasen wird. Aber unterschwellig fragt er es, weil er tatsächlich neugierig ist. Weil er etwas verstehen will, das ihm einfach nicht in den Kopf zu gehen scheint.

»Ich liebe Menschen«, gestehe ich. »Ich liebe es, mit ihnen zu reden, sie kennenzulernen, zu sehen, wie sie ticken. Das ist zum Teil der Grund, warum ich eingewilligt habe, dir zu helfen. Wie oft darf ich im selben Raum mit Leuten wie deinen Eltern sein?«

»Ach? Es waren nicht mein charmantes Lächeln und dessen Freunde, nämlich meine Muskeln und meine tiefe Stimme?« Er unterstreicht jedes Wort mit einer komischen

Geste: einem breiten Grinsen, einem Anspannen seines dicken Bizeps, einem Tieferwerden seiner Stimme auf geradezu ärgerliche Weise.

Ich beiße mir in die Wange, aber das kann nicht verhindern, dass das Lächeln durchbricht. »Na ja, diese Dinge könnten eine Rolle gespielt haben.«

»Ach? Dann gibst du es also zu? Du findest mich hübsch?«

»Du siehst sexy aus mit deinen zurückgestrichenen Haaren, ja.«

»Ich wusste es.« Er holt sein Handy raus. »Hey Siri, erinnere mich mindestens einmal täglich daran, dass ich mit zurückgestrichenen Haaren sexy aussehe.«

Bevor sie die Bitte tatsächlich bestätigen kann, bricht er es ab und steckt das Handy wieder weg. »Fahr fort.«

War da noch mehr? Natürlich. Hudson hatte schon immer diese Wirkung auf mich. Selbst wenn ich lügen wollte, wenn er mir dieses sanfte Lächeln schenkt und seine Stimme nicht mehr ist als ein Whiskey-Wispern, ist es mir beinahe unmöglich, böse auf ihn zu sein, geschweige denn ihn anzulügen.

»Du hast mich das noch nie gefragt«, gestehe ich.

»Ich weiß. Und das war meine Schuld. Das hätte ich tun sollen. Und ich weiß, jetzt macht es keinen Unterschied mehr …«

»Da wir nicht wirklich zusammen sind, richtig?«

»Richtig. Aber ich denke, wenn wir das hier hinkriegen wollen, dann sollte ich es wissen. Du nicht?«

»Das denke ich auch.« Was bedeutet, dass ich ehrlich zu ihm und zu mir selbst sein muss. Ich sehe zur offenen Tür unseres Abteils. Ich drücke einen Knopf, die Tür gleitet zu, und das sanfte Gemurmel der ersten Klasse verschwindet. Sogar das tiefe Brummen des Flugzeugs wirkt gedämpft.

»Ich habe dir das nie gesagt, aber ... und das wird sich jetzt dramatisch anhören, aber du musst verstehen, wenn du mit dreizehn in North Carolina aufwächst und weißt, dass du anders bist, und jemand zu dir sagt, *Ich sehe dich*, dann ist das alles, was zählt.«

»Hey«, flüstert er und drückt über den Tisch hinweg meine Hand. »Ich werde dich nicht verurteilen«, sagt er leise. »Versprochen.«

Ich bin mir nicht sicher, warum ich ihm diesmal glaube. Hudson hat etwas Ähnliches versprochen, als er zum ersten Mal während dieses Halsey-Konzerts »Ich liebe dich« sagte. Und seht nur, was dann passiert ist. Aber diesmal ist etwas anders. Vielleicht ist das der Zeit zu verdanken oder vielleicht, weil wir einfach älter sind, oder vielleicht ist gar nichts anders, aber ich glaube ihm. Vielleicht macht mich das zu einem Idioten.

»Meine Tante war verheiratet, als ich jünger war. Onkel Hale. Ich habe ihn geliebt. Er war einfach dieser Onkel, der dich verstanden hat, ohne zu fragen. Er war immer für mich da. Ich glaube, er wusste schon, dass ich schwul bin, noch bevor ich es selbst wusste, und er hat mich nie verurteilt, als ich mich geoutet habe. Er war der erste Mensch, dem ich es erzählt habe. Jedenfalls, er und meine Tante haben sich scheiden lassen. Ohne Diskussion, ohne irgendwas. Hat ihr das Herz gebrochen. Es hat mich auch gebrochen, weil er ... die Familie einfach verlassen hat. Ausgelöscht, als hätte es ihn nie gegeben.«

Das ist die letzte Chance, die ich habe, um einen Rückzieher zu machen, um irgendeine Lüge zu erfinden, die plausibel genug ist, um Hudsons Neugier zu befriedigen. Ich kann nicht mehr zurück, sobald ich das gesagt habe, etwas, das ich noch nie jemandem erzählt habe, nicht mal Mom. Warum es nicht mit dieser Beziehung leben und sterben lassen? Das hat eine gewisse kranke Symbolik an sich, denke ich.

»Ich wusste nie, warum Onkel Hale gegangen war. War es etwas, das meine Tante getan hatte, oder, dreizehnjährige Logik, etwas, das ich getan hatte? Warum hatte er sich entschieden, einfach … mir nichts, dir nichts seine Familie zu verlassen und nie zurückzusehen? Ich glaube nicht, dass er nur ein weiteres Beispiel für dieses nationale Stereotyp war, das so viele ›Experten‹ über Schwarze Männer haben. Mein Onkel war ein guter Kerl, soweit ich mich erinnere. Ich weiß nicht, ob das davon beeinflusst ist, dass ich meinen Onkel als Kind vergöttert habe, aber ich weiß von der Art, wie meine Tante über ihn sprach, dass da noch etwas anderes im Spiel war.

Ich muss nicht wissen, was ihn davon überzeugt hat, sein ganzes Leben aufzugeben. Ich habe meine Phasen der Trauer schon durchlaufen. Ich weiß nicht, ob ich froh bin, dass er gegangen ist, oder ob ich ihn immer noch hasse, aber ich weiß, ich bin dankbar. Denn dass er weggegangen ist, hat mir geholfen, herauszufinden, was ich mit meinem Leben anfangen will. Es hat mich erkennen lassen, dass ich verstehen will, was Menschen beeinflusst und wodurch sie sich wie entscheiden. Was bringt eine Führungskraft dazu, Betrug zu begehen? Was bringt einen Aktivisten dazu, sich im Niemandsland vor ein Dutzend Polizisten stellen zu wollen?«

»Was bringt eine Person dazu, die ganze Existenz einer anderen Person völlig zu zerschmettern?«, sagt Hudson leise.

»Genau.«

Das Flugzeug rumpelt nicht mehr. Ich weiß nicht, wann es aufgehört hat, aber wir fliegen ruhig dahin, eingehüllt in den wunderschönen Himmel wie in eine Decke aus Wärme und Kälte, ausbalanciert in einer schützenden Schicht aus Luft und Wasser.

»Nun, ich weiß nicht das Geringste über deinen Onkel, aber eines weiß ich. Du bist ein verdammt guter Journalist, Kian. Und das nicht, weil dein Onkel verschwunden ist. Sondern weil du liebenswürdig, weil du neugierig bist. Du hörst zu, und du findest das Gute in jedem.«

»Außer in James aus diesem Wirtschaftskurs«, betone ich.

»Ach, scheiß auf den. Der ist Abschaum, der ist eine Ausnahme«, sagt Hudson. Es liegt eine Leichtigkeit in seiner Stimme und eine Wärme in seiner Miene, die offen und einladend ist. Aber da ist auch etwas Dunkles hinter seinen Augen.

»Du möchtest etwas sagen.«

Er seufzt. »Ja, aber es wird dir nicht gefallen.«

»Weißt du, wenn du das sagst, wenn irgendwer das sagt, dann ist das normalerweise schlimmer als die eigentliche Sache, also wie wär's, wenn du einfach ...« Ich mache eine stumme Geste, die ihm sagt, dass er es einfach ausspucken soll.

Hudson schindet Zeit, indem er von seinem Mineralwasser trinkt und die ganze Dose innerhalb von zehn Sekunden leert.

»Ich denke nicht, dass du dich mit Randall treffen solltest.«

Und da ist es. Das dicke Ende. Es gibt *immer* ein verdammtes dickes Ende bei ihm.

»Lass mich das erklären.«

»Ich bitte darum.« Es kostet mich alle Mühe, das zu sagen, ohne mit den Zähnen zu knirschen.

Hudson seufzt und öffnet den Mund, aber ein Klopfen an der Tür bringt ihn zum Schweigen. Die Flugbegleiterin stellt uns unser Essen hin, fragt uns, ob wir noch etwas brauchen, und schlüpft dann wieder hinaus.

»Du sagtest gerade?«, frage ich und sage dabei stumm zu ihm *Wag es ja nicht, auch nur daran zu* denken, *das zu essen, bevor du mir gesagt hast, was du meinst.*

Zum Glück kapiert er es.

»Randall ist kein guter Mensch, Kian.«

»Das ist nicht überraschend.«

»Nein.« Hudson schüttelt den Kopf. »Du verstehst nicht. Ich bin mit ihm zur Schule gegangen. Ich …«

»Privatschule«, werfe ich ein. »Und er war zwei Klassen über dir, ich weiß; das hast du mir schon erzählt. Und ich weiß auch, dass er selbst fast eineinhalb Millionen Dollar Vermögen hat.«

Hudson runzelt die Stirn. »Was spielt das für eine Rolle?«

»Das spielt eine große Rolle. Noch mal. Er ist ein erfolgreicher Typ. Wie viele erfolgreiche Leute, erfolgreiche Milliardäre kennst du, die *tatsächlich* gut sind? Keinen. Es ist beinahe unmöglich, auf moralische Weise eine Milliarde Dollar anzuhäufen. Ich brauche nicht, dass er gut ist, ich brauche es, dass er mir hilft. Und du, ebenfalls ein erfolgreicher Mensch, dessen Familie ein Unternehmen im Wert von Milliarden Dollar hat, sagst mir, dass ich diese einmalige Chance nicht ergreifen soll – mit einer anderen erfolgreichen Person in Verbindung zu treten? Ich bekomme nicht dieselben Gelegenheiten wie du, Hudson. Meine Highschool-Freunde sind keine Millionäre mit Treuhandfonds, gut vernetzte Bürgermeisterkandidaten oder Business-Tycoons.« Ich breche meine eigene Regel und trinke einen Schluck von der Cola, nur um mir den Mund zu befeuchten. »Ich bin ein Schwarzer, schwuler Kerl aus der Mittelschicht mit Schulden. Ich muss jede Chance ergreifen, die sich mir bietet, um vorwärtszukommen. Und Randall? Er ist diese Chance. Die Tatsache, dass er eine Firma leitet, bei der ich mir den Arm abhacken würde, um für sie zu arbeiten? Das ist sogar noch besser.«

Hudson sagt nichts, und um den Raum zwischen uns mit *irgendetwas* zu füllen, nehme ich einen Bissen von meinem Sandwich. Das Hühnchen ist perfekt gebraten, und der Speck hat genau die richtige Menge Fett. Die Cola – Hudson hatte recht damit – ist die perfekte Ergänzung zu der Mahlzeit. Was auch immer er als Nächstes sagen wird? Könnte das ruinieren.

»Willst du damit sagen, dass du denkst, meine Eltern sind keine guten Menschen?«

»Ich sage dir, dass du nicht urteilen sollst«, erwidere ich, halb wahrheitsgemäß, halb ausweichend.

Man kann sagen, was man will, darüber, dass Hudson sich so weit wie möglich von seiner Familie fernhält, sowohl physisch als auch metaphorisch, aber wenn Hudson Rivers einem etwas vorenthalten will, kann man nie sagen, was er verbirgt. Ich würde gutes Geld darauf verwetten, dass das etwas ist, das seine Eltern ihn gelehrt haben.

»Du hast recht«, sagt er schließlich und nimmt einen Bissen von seinem Thunfisch. Seine rechte Braue zuckt, aber er schluckt ihn hinunter. »Es steht mir nicht zu, dir zu sagen, was du tun sollst, um dein Leben besser zu machen.«

Nicht die Antwort, die ich erwartet habe, aber okay. Ich sehe ihm zu, wie er sich durch einen weiteren Bissen kämpft, bevor ich unsere Teller nehme und sie austausche. Wie seine Schultern sich entspannen, zeigt wortlos seine Dankbarkeit. Ich bin mir nicht sicher, ob es mir lieber wäre, dass er etwas sagt oder nicht.

»Aber darf ich dir einen Rat geben? Du musst natürlich nicht darauf hören. Nur ... darf ich?«

Ich nicke.

»Du hast Besseres verdient als was immer Randall dir anbieten wird. Ich bin nicht meine Schwester. Mein Name hat nicht so viel Gewicht wie ihrer, weil sie in der Branche geblieben ist. Sie hat diese Beziehungen aufgebaut. Wenn ich meinen Namen benutzen könnte, um dir zu helfen, würde ich es tun. Versprich mir nur, dass du bei ihm vorsichtig sein wirst. Okay?«

Die Ehrlichkeit, die in seinen Worten mitschwingt, überrascht mich. Ich glaube nicht, dass ich Hudson je so ... besorgt um jemand anderen gesehen habe. Er ist kein egoistischer Mensch, nicht normalerweise. Aber in dem, was er sagt, ist keine Spur von Selbstzentriertheit. Es klingt nicht so, als versuche er, sich besser zu fühlen. Sogar seine Körpersprache und Mimik zeigen jemanden, der sich tatsächlich um das Wohlergehen einer anderen Person sorgt.

Was mich stutzig macht.

Sollte ich tiefer auf seine Worte hören? Zwischen den Zeilen lesen und sehen, welcher Subtext in den dunklen Höhlen zwischen seinen Worten brütet? Versucht er, mir etwas mitzuteilen? Sein treuer Hundeblick verrät nichts. Da sind keine Alarmglocken. Ich bin gut darin, die wahrzunehmen; das ist eine meiner stärksten Fähigkeiten.

Wahrscheinlich will er einfach nur sichergehen, dass ich mich nicht verliere, wenn ich anfange, für Spotlight zu arbeiten, überlege ich. Die Leute haben viele Meinungen über digitalen Journalismus. Er ist zu viel Clickbait. Er zerstört traditionelle Medien. Vorbei sind die Tage jahrelanger eingebetteter Berichterstattung, außer man arbeitet für irgendeine elitäre, äußerst kapitalkräftige Gruppe. Ich bezweifle, dass wir in der heutigen neuen Zeit ein weiteres Deep-Throat-Szenario sehen werden. Aber alle sehen das falsch. Der Journalismus geht nicht den Bach runter – er verändert sich, wie alles andere auf der Welt.

Die Arbeit, die ich bei Spotlight machen werde, ist nicht von Natur aus schlecht, nur weil sie nicht in das vorgefertigte Konzept der Leute, was ein akzeptabler Journalist ist, passt. Aber hinter seiner Besorgnis steckt gute Absicht. Kein Grund, ihn jetzt fertigzumachen. Stattdessen tue ich, was viele Leute in Beziehungen tun, wenn sie in eine Pattsituation kommen. Ich gebe nach.

»Danke, dass du auf mich aufpasst«, sage ich. Selbst wenn es fehlgeleitet ist, weiß ich es zu schätzen. Es hat etwas ... ursprünglich Schönes an sich, jemanden zu haben, der auf mein Wohlergehen aufpasst. Sehr ... Kevin Costner in *Bodyguard*-mäßig, würde ich sagen. »Ich verspreche, ich werde vorsichtig sein.«

»Das ist alles, worum ich dich bitte«, sagt er, bevor er ein weiteres Mal von seinem getauschten Sandwich abbeißt, das schon halb verschwunden ist.

»Jetzt musst du mir eine Frage beantworten.«

Seine Augenbrauen heben sich überrascht. »Ach?«

»Wirst du mir sagen, was passiert ist, das dir eine so schlechte Meinung über Randall beschert hat?«, frage ich. »Du hast gesagt, du kennst ihn von der Highschool. Ist damals etwas vorgefallen?«

Hudson öffnet den Mund, schließt ihn und öffnet ihn dann wieder. Er schiebt den Teller beiseite und zieht seine lederne Schultertasche am abgewetzten Riemen zu sich.

»Ich muss noch etwas Arbeit erledigen, bevor das Semester anfängt«, murmelt er, steckt sich AirPods in die Ohren und beendet das Gespräch an Ort und Stelle. Das einzige Geräusch in unserem kleinen Abteil ist eine gedämpfte Ankündigung, dass wir erneut Turbulenzen zu erwarten haben und dass alle Passagiere sich entsprechend darauf vorbereiten sollen.

17

»Ich habe eine Frage an dich.«

Wir verbrachten den Rest des Flugs in Schweigen. Weder Hudson noch ich wussten, was wir sagen sollten. Die wenigen Male, wenn einer von uns versuchte, zu reden, spitzte der andere die Ohren, und der Redner machte einen Rückzug. Ich habe Schüchternheit noch nie für eine süße Eigenschaft gehalten. Ich weiß nicht, ob das irgendeine verinnerlichte toxische Männlichkeit in mir ist, aber sagt einfach, was ihr verdammt noch mal sagen wollt. Obwohl ausgerechnet ich das sagen muss, wenn man bedenkt, na ja, dass ich während dieses Flugs wahrscheinlich dreimal erfolglos versucht habe, eine Unterhaltung zu starten.

Ich sehe Hudson nicht an, als ich spreche, aber ich kann sein Spiegelbild in der Fensterscheibe der Limousine sehen, die uns abgeholt hat – seine Aufmerksamkeit ist mir zugewandt. Während der ganzen Fahrt, die, wie der freundliche Chauffeur zu Hudson und nicht mir sagte – da werde ich nichts reininterpretieren –, nur ungefähr fünfunddreißig Minuten dauern sollte, um zum Anwesen der Rivers in Decatur zu kommen, hat Hudson nicht versucht, etwas zu sagen. War das aus Respekt für mich? Er ist derjenige, der die Unterhaltung im Flugzeug pausiert hat. Ich hätte *sehr gern* weitergemacht. Ich liebe Diskussionen. Lebe dafür, um ehrlich zu sein.

»Was ist los?«, fragt er und legt sein iPad weg.

Ich war noch nie in Atlanta. Ich könnte das als einfachen Ausweg benutzen. Ihm irgendeine alberne historische Frage stellen, die eindeutig nicht das ist, was ich fragen wollte, aber keiner von uns würde mutig genug sein, das anzusprechen. Aber was würde ich damit erreichen? Nichts.

»Du hast mich im Flugzeug über mich gefragt; ich sollte dasselbe tun.« Ich rücke auf dem Ledersitz, der knirscht, als ich mich bewege, vom Fenster weg und drehe mich zu ihm.

»Warum trittst du nicht in die Fußstapfen deiner Eltern? Ich meine, du muss ja nicht bei Rivers & Valleys arbeiten, vielleicht könntest du dein eigenes Geschäftsimperium aufbauen. Dir steht die ganze Welt offen …«

»Ja, das hast du im Flugzeug deutlich gemacht.«

War da ein Hauch Verachtung? Nein, kein Hauch. Eine kräftige Dosis davon. Sie füllt die Luft mit Bitterkeit, aber ich hole tief Luft und atme sie ein.

»Das habe ich verdient«, gestehe ich. »Trotzdem. Tust du mir den Gefallen?«

Hudson spielt mit dem Knopf seines iPads. Er schaltet es aus und ein, wodurch das Display mit dem Hintergrundbild von ihm und zwei anderen Typen strahlend lächelnd vor dem Grand Canyon wie ein Morsecode aufleuchtet.

Ich versuche, den schmerzenden Stich zu verdrängen, der mich bei der Erinnerung durchfährt, dass da früher ein Foto von uns war.

»Ich glaube, wir denken da ziemlich ähnlich«, murmelt er. »Ich mag Psychologie, weil sie mir hilft, die Menschen zu verstehen. Journalismus hilft, zu untersuchen, wie Dinge passieren, und Psychologie erklärt, warum sie passieren. Ich interessiere mich für das Warum.

Ich werde nicht so tun, als hätten mein Geld und meine Familie nicht beeinflusst, wie ich die Welt sehe. Oder wie die Leute mich sehen. Das weiß ich. Glaub mir. Ich erinnere mich, als Rivers & Valleys eine Topdestillerie wurde. Ich erinnere mich, wie anders die Schüler in meiner Klasse mich behandelten, als meine Eltern reich waren, verglichen mit als sie *richtig* reich waren. Die Leute geben mir keine ehrlichen Antworten. Die Leute wollen mich nicht enttäuschen. Besonders hier.« Er deutet allgemein um sich, auf Atlanta bezogen.

»Olivia liebt es. Ich hasse es. Ich möchte, dass man offen und ehrlich zu mir ist. Deswegen habe ich das Gefühl, die Leute nicht mal bitten zu können, ehrlich zu mir zu sein, ohne sie dazu zu zwingen. Verdammt, ich ...« Er verstummt kurz, und sein Gesicht verzieht sich zu etwas, das Schmerz und Leid andeutet, aber eine spezielle Art von Leid. Die Art, die davon kommt, eine Erinnerung preiszugeben, die deinen Verstand wie ein jähes Gewitter trübt.

»Unwichtig. Du verstehst, was ich sage. Ich habe in der neunten Klasse einen Artikel über umgekehrte Psychologie gelesen und mich in die Vorstellung verliebt, dass es ein Feld gibt, wo man, selbst wenn einem die Leute ins Gesicht lügen, sehen kann, was unter der Oberfläche versteckt ist.«

»Die Wahrheit zwischen den Zeilen«, erkläre ich.

Er nickt. »Genau. Also, es ist keine Oprah-würdige Ursprungsgeschichte, aber du hast gefragt.« Er zuckt mit den Schultern. »Und nein, bevor du irgendetwas sagst, ich bitte nicht um Mitleid. Ich verstehe, dass mein Geld, mein Status, meine Privilegien bei vielem eine Rolle spielen. Ich darf mich glücklich schätzen, das alles zu haben. Wenn das Schlimmste auf der Welt, mit dem ich fertigwerden muss, ist, dass die Leute mich anlügen? Dann ist mein Leben leicht. Aber es fühlt sich nicht besser an, wenn ich nicht weiß, wem ich vertrauen kann.«

Ich kenne das Gefühl. Mein Verstand rast, Neuronenblitze senden Botschaften an mein Gehirn, um mich daran zu erinnern, dass ich dachte, Hudson wäre der Richtige, und an jede von mir übersehene Tatsache, die dies widerlegte. Ich nehme einen tiefen Atemzug, leere die Hälfte der gekühlten Wasserflasche in der Seite der Tür und ertränke diese Gedanken erbarmungslos.

Nicht jetzt, labiler Geisteszustand. Ich bin beschäftigt.

»Noch zehn Minuten, Sir«, sagt der Fahrer.

»Sir?«, sage ich neckend mit einem Seitenblick zu ihm. »Du hat mir gesagt, du hasst es, Sir genannt zu werden, als ich es einmal vorgeschlagen habe, als wir zusammen im ...«

Bevor ich zu Ende sprechen kann, hält seine Hand mir den Mund zu. »Ich kenne Max schon, seit ich sechs war. Bitte ruinier sein Bild des perfekten Jungen nicht, indem du sagst, was ich glaube, dass du gleich sagen wirst.«

Ich lächle schelmisch unter seiner Hand. Hudsons Griff wird fester. Nicht fest genug, um wehzutun, aber fest genug, um mir zu sagen, dass er es ernst meint. Schließlich nicke ich. Langsam nimmt er seine Hand fort und lehnt sich wieder in seinem Sitz zurück, behält mich jedoch argwöhnisch im Auge. Als würde er sich auf mich stürzen, falls ich mich danebenbenehme.

Wenn ich ehrlich bin, lässt mich allein der Gedanke erschauern, als würde ein kalter Wind durchs Auto streichen. Hudsons starker Körper auf mir? Das Gewicht seiner Arme, die meine über meinem Kopf festhalten? Der Geruch seines Atems auf meiner Haut? Wie seine Stimme heiserer und tiefer wird, wenn er etwas verlangt ...

»Ich weiß, was du denkst«, reißt Hudson mich aus meinen Gedanken. Ich reibe meine Handflächen an meiner Hose und bereue es plötzlich, mich nicht schicker angezogen zu haben. Werden wir seine Verwandten treffen, sobald wir angekommen sind? Scheiße. Ich hätte klüger sein sollen.

»Ich verspreche dir, du hast keine Ahnung, was ich gerade denke.«

»Du willst wissen, warum er mich Sir genannt hat.«

Er ist süß, wenn er so selbstsicher ist – und falschliegt. Laut und falsch, würde meine Mom es nennen. Nur dass er selten laut ist. Wenn Hudson seine Stimme erhebt, in irgendeiner Situation, dann ist es wie eine Hundepfeife, die Aufmerksamkeit verlangt. Eine raue Baritonstimme, sicher. Eine fordernde Stimme, absolut. Die Art von Stimme, bei der man sich anstrengen muss, sie zu hören? Die Art von Stimme, bei der man, wenn man sie dann doch hört, so tief drinsteckt, dass es nahezu unmöglich ist, zu entkommen? Ja. Das ist der Rivers-Effekt.

Hudson verlagert seine Haltung auf dem Sitz, gerade genug, dass sein rechtes Hosenbein hochrutscht und ein Stück seines Knöchels entblößt. Die Haut ist dort blasser, ein, zwei Nuancen heller, was mich an damals erinnert, als wir am Strand waren und Hudson nicht nur einen Sonnenbrand bekam, sondern auch eine ungleich dunkle Abstufung hatte, die geradezu komisch war, um es milde auszudrücken. Das hat er sich während des ganzen Ausflugs von mir anhören müssen.

»Er gehört zur Familie«, sagt er schließlich. »Er ist schon bei uns, seit ich denken kann. Er kannte mich damals in der Schule, hat mich zum Training gefahren, zum Unterricht, wieder nach Hause – egal, wohin. Max war meine Fahrkarte. Wenn Mom und Dad stritten, war Max derjenige, der sich anbot, mich herumzufahren, um mit mir über meine Zukunft zu reden, mich abzulenken.« Hudson zuckt mit den Schultern. »Er ist mehr Familie als der Rest von ihnen. Er ist mit mir in der Woche vor dem Highschool-Abschlussball meinen Smoking holen gefahren, ohne dass man ihn überhaupt anweisen oder darum bitten musste. Als ich dich um ein Date bitten wollte, hat er mir sogar geholfen, herauszufinden, was genau ich sagen sollte. Max und ich sind wie Pech und Schwefel.«

Wir biegen sanft um eine Kurve, so sanft, dass ich kaum merke, dass wir die Richtung geändert haben. Die Häuser haben sich ebenfalls verändert, sie stehen nicht mehr nur wenige Zentimeter auseinander; nun erstrecken sich mehrere Meter Grundstück zwischen ihnen. Während wir an ihnen vorbeifahren, werden die Abstände größer.

»Ich glaube, das ist das Meiste, was du mir über dein Highschool-Leben je erzählt hast.«

Hudson macht ein *pfff*-Geräusch mit den Lippen.

»Ich mein's ernst. Du hast nie über die Highschool gesprochen. Es ist für mich wie … eine große, dunkle Leerstelle in deiner Geschichte.«

Aus dem Augenwinkel bemerke ich, dass Max Hudson im Rückspiegel ansieht. Es ist das einzige Mal seit Beginn dieser Fahrt, dass er irgendeine Art von Bezugnahme auf uns hier hinten gemacht hat. Aber er sieht nicht uns an. Er sieht Hudson an, der den Blick seines Fahrers einen Sekundenbruchteil lang auffängt, bevor er hinunter auf seine Hose blickt und eine verirrte Faser fortzupft.

»Was war das?«

»Was war was?«

Ich gestikuliere wie eine Gans, die ihre Gänsefreunde vor einem Jäger im Wald warnen will. »Dieser Blick, den du und Max ausgetauscht habt.«

»Das ist nichts.«

»Okay, da war nichts ›nichts‹ an dem, was da gerade passiert ist.«

»Lass es einfach gut sein, Kian.«

»Okay, aber du kannst zugeben, was …«

»Kein ›Okay, aber‹«, brüllt er, laut genug, dass die getönten Scheiben im Fond wackeln. Er holt Luft und flucht leise mit geschlossenen Augen. Er öffnet sie erst wieder, als ihm praktisch Dampf aus Mund und Ohren kommt. »Ernsthaft. Lass es gut sein. Wir sind sowieso da.«

Wie auf Hudsons Befehl geht die Straße in Kies über, und die Limousine rumpelt leicht am felsigen Fluss entlang. Die Trauerweiden, die die Straße säumen, hängen so tief herab, dass ich das Haus in der Ferne nicht erkennen kann. Vom Rücksitz aus sehe ich bloß, dass es riesig ist – locker drei-, nein fünfmal so groß wie mein Zuhause.

Weniger als eine Minute später hat die Limousine angehalten, und Max ist ausgestiegen, um unsere Koffer zu holen.

Es ist so weit, denke ich. Jetzt gibt es kein Umkehren mehr. Nun, wenn ich hätte umkehren wollen, dann wäre der Zeitpunkt dafür wahrscheinlich gewesen, bevor wir Boston verlassen haben. Ich schätze, wenn ich wollte, könnte ich aus dem Auto springen und den ganzen Weg zurück zum Flughafen laufen. Schließlich war ich in der Highschool Langstreckenläufer. Andererseits, welches Schwarze Vorzeigekind in einer von Weißen dominierten Gesellschaft hat nicht irgendwann Langstreckenlauf gemacht, Basketball gespielt oder gerappt? Wenn es nach den Nachrichten geht.

Gedämpfte Laute wie eine Faust, die auf Stoff trifft, erfüllen die Luft, als Max die Koffer herausholt. Ich zähle die Gepäckstücke. Wie viele hat Hudson mitgebracht? Ich weiß, dass ich nur zwei mitgenommen habe. Wir sind schon mindestens bei fünf.

»Hey.«

Hudsons raue Hand und seine Stimme reißen mich aus meinem Abzählreim-Mantra. Ich drehe mich zu ihm um, gerade rechtzeitig, um zu sehen, wie sein Gesicht näher kommt, als er auf dem Rücksitz auf mich zurutscht. Im Wagen ist es vollkommen kühl, aber die Hitze, die sein Körper ausstrahlt, lässt mein Herz rasen. Das ist eindeutig der einzige Grund.

»Ich weiß, ich weiß. Ich bin hier, um deine Familie zu beeindrucken.«

»Ja, aber …«

»Und dich gut aussehen zu lassen.«

»Ja, aber, Kian, das ist nicht …«

»Und du willst nicht, dass ich …«

»Oh, verdammt, kannst du mich dich einfach fragen lassen, ob ich dich küssen darf?«

Als wäre die Seite des Royal-Airline-Flugzeugs gerade explodiert und der Sauerstoff würde aus der Kabine gesogen, sitze ich schwindlig und wie vom Donner gerührt da. Das Zuschlagen des Kofferraums reißt meine Seele wieder zurück in meinen Körper.

»Du willst mich küssen?«, wiederhole ich. Gibt es eine richtige oder falsche Antwort auf diese Frage? Nein, die einzige falsche Antwort wäre, zu lügen.

»Um uns einzustimmen«, erklärt er rasch.

»Oh.« Ein Herzschlag. »Du meinst, um uns zu helfen, in die Rolle zu schlüpfen.«

»Genau. Stell es dir vor wie damals, als wir zu der Kostümprobe von *Sweeney Todd* im Gemeindezentrum gegangen sind, um zusätzliche Punkte in diesem Kurs zu bekommen.«

»Ich hoffe, dieser Kuss wird besser als das.«

»O Darling«, schnurrt er. »Du weißt genau, wie gut meine Küsse sind.«

Hudson legt seine Hand auf meinen Oberschenkel und drückt ihn leicht. Ich gebe mein Bestes, nicht zusammenzuzucken; Wärme breitet sich von der Berührung in meinem ganzen Körper aus. Langsam legt sich seine Hand an meine Wange. Seine rauen Finger drehen mein Gesicht sacht zu seinem. Erneut rückt er näher, bis wir uns so fest aneinanderpressen, dass es sich beinahe anfühlt, als versuchten wir, miteinander zu verschmelzen, wie zwei Kristalle in einer Höhle. Sanft lehnt er sich vor und zieht mein Gesicht zu seinem. Es dauert nur einen Moment, die wenigen Zentimeter zwischen uns zu überwinden, aber jede Sekunde fühlt sich wie eine Stunde an.

Zärtlich legen sich seine Lippen auf meine. Der Kuss beginnt keusch, als streife mich ein Rauchfaden bei einer Grillparty. Aber langsam wird er intensiver. Hunger, Leidenschaft und Verlangen übernehmen die Führung. Nicht nur bei ihm, sondern auch bei mir.

Er drängt mich gegen die Rückbank des Autos, und ich lasse ihn. Meine Beine öffnen sich, um sich um ihn zu schlingen, während er sich in die Lücke zwischen uns schiebt. Seine Hände wissen nicht, wo sie hinsollen, also ballt er die Fäuste um mein Hemd, ohne daran zu zerren oder es mir herunterzureißen. Er hält sich einfach nur verzweifelt daran fest. Meine Hände tun dasselbe, eine findet Halt in seinem Haar, die andere an der Armlehne hinter mir. Es ist eine unbequeme Position, und ich denke flüchtig: Morgen wird mir alles wehtun.

Aber bei diesem Tempo ist es durchaus möglich, dass mir morgen in vielerlei Hinsicht alles wehtut.

Hudson legt sich mit seinem ganzen Gewicht auf mich, eine Welle der Lust, die einer schweren Decke ähnelt, nur wärmer. Ich dränge zurück, um Widerstand zu leisten, von der gute Sorte. Seine Zunge gleitet über meine Lippen, um mich um Einlass in meinen Mund anzuflehen, und als Reaktion darauf öffne ich, ohne zu zögern, die Lippen. Das ist es, was ich wollte, und es ist eindeutig, dass er es auch wollte.

Okay, vielleicht ist es nicht ganz genau so, wie ich es mir vorgestellt habe. Eigentlich war das Ziel, Hudson zurückzugewinnen und glücklich bis an mein Lebensende mit ihm als perfektes, attraktives Schwarzes Paar der oberen Mittelschicht in einer Stadt wie Seattle oder San Bernardino zu leben. Zwei Kinder, ein Golden Retriever, zwei Autos. Aber eine gute alte Knutschorgie im Auto – oder Autosex, falls es dazu kommt – ist auch keine schlechte Idee.

Als Hudsons Finger über meine Haut gleiten, was mich den Rücken wölben lässt, als hätte mich ein Stromschlag durchzuckt, höre ich einen dumpfen Schlag, genau wie vorhin. Nur ist er diesmal lauter, klarer. Es passiert wieder, noch lauter diesmal.

»Scheiße«, flucht Hudson, zieht sich unvermittelt zurück und setzt sich auf. Der Nebel, der meine Sicht verschleiert, ein Nebenprodukt davon, dass Hudson mir buchstäblich die Energie ausgesaugt hat wie ein Dementor in einem Men.com-Porno oder so was, lichtet sich langsam.

Ich öffne den Mund, nicht sicher, ob ich ihn dafür schelten will, mich so heiß zu machen und es dann nicht zu Ende zu bringen, oder ob ich eine witzige Bemerkung machen will, um ihn wieder auf mich zu bekommen. Aber bevor ich mich entscheiden kann, öffnet sich die Tür an meiner Seite, Licht strömt ins Auto ...

... und Olivia starrt uns an, die Arme vor der Brust verschränkt.

»Echt jetzt?«, schimpft sie. »In der Einfahrt?«

18

Wenn ich raten müsste, würde ich sagen, das Haus der Rivers kostet zwischen dreieinhalb und fünfeinhalb Millionen. Ich habe viel Zeit damit verbracht, *House Hunters* zu schauen – sowohl die heimischen als auch die internationalen Versionen. Das ist die Lieblingssendung meiner Mom, und zu Hause schauten wir oft eine Folge nach der anderen, verglichen die (dummen) Entscheidungen der Hauseigentümer mit unseren (besseren) Entscheidungen und schätzten, bevor die Sprecherin aus dem Off uns ihr Budget verriet, wie viel Geld zwei Imker in den Dakotas wohl verdienten. Sogar auf dem College habe ich damit weitergemacht, eine Sucht, die ich nicht loswurde, denn wenn ich meine Mom jeden Sonntag anrief, unterhielten wir uns darüber.

Aber ja, zurück zum Anwesen der Rivers.

Das moderne weiße Haus hat sechzehn Fenster an der Vorderseite, zweimal vier im Erdgeschoss und zweimal vier im ersten Stock, und ein Marmorzierbecken, so groß wie die meisten Pools. Hecken säumen das riesige, mit kühlem Stein gepflasterte Grundstück. Es ist ein beeindruckendes Anwesen für eine beeindruckende Familie.

Hudson nimmt es nicht mal wahr. Ist das, weil er und Olivia lautstark miteinander streiten? Oder weil es einfach sein Zuhause ist, ein Gebäude, in dem er aufwuchs, Erinnerungen schuf und von dem er dann wegging? Es ist für ihn kein herrschaftlicher Wohnsitz wie für mich. Es ist nicht einschüchternd. Es ist Weihnachtsgeschenke und auf der Veranda vergossene Tränen. Es ist zerbrochene Fenster von einem verirrten Baseball, laute Musik, Flecken auf dem Teppich und erste Fahrstunden.

Aber im Moment? Ist es nur eine Bühne für die Olivia-&-Hudson-Show.

Als Olivia die Autotür öffnete, kletterte ich so hastig hinaus, dass ich fast über meine eigenen Füße stolperte. Hudson ist entspannter, er lässt sich Zeit, unterhält sich einen Moment lang mit Max, bevor Olivias energisches Räuspern ihn zwingt, ihr seine Aufmerksamkeit zu schenken.

»Was?«, fragt er ruhig.

»Du willst mir ernsthaft mit ›was‹ kommen?«

»Scheint eine ziemlich normale und treffende Reaktion zu sein, wenn du dich so aufführst.«

Oh, das wird nicht gut ausgehen.

Selbst wenn er es nicht so meint, kommen diese Worte wie die Tonfallpolizei heraus, und das ist ein ziemlich großes No-Go für die meisten anständigen Leute. Es ist bei einer Diskussion außerdem ein Schlag unter die Gürtellinie, wie wenn man eine Schwarze Person, die energisch und leidenschaftlich bei etwas ist, wütend nennt.

Im Moment bin ich Team Olivia.

»Das hast du gerade nicht wirklich zu mir gesagt.«

»Ach, dann ist jetzt also tabu, was ich sage? Das ist es, was dich aufregt?«

»Dreh mir nicht das Wort im Mund um«, wirft sie ein, während sie ums Auto herumgeht und mich dabei völlig ignoriert (was mir übrigens nur recht ist), um sich vor ihrem Bruder aufzubauen. »Du bist derjenige, der …«

»Ich weiß, ich weiß. Ich bin derjenige, der Mist gebaut hat, richtig? Ich bin derjenige, der dem Familiennamen Schande macht«, sagt er und setzt die Worte dabei mit den Fingern in seine eigenen übertrieben dramatischen Anführungszeichen. »Das hier ist nicht Westeros, Olivia. Wir kämpfen nicht um den Eisernen Thron. Das ist das einundzwanzigste Jahrhundert, alles ist gut.«

»Ihr habt … es getrieben … vor dem Haus!«, zischt sie. »Vor aller Augen.«

Hudson stößt ein kehliges Lachen aus. Die Art von herablassendem Lachen, die mein eigenes Blut zum Kochen bringt. Ich kann mir nur vorstellen, wie sich Olivia dabei fühlt. Okay, nein. Ich muss es mir nicht vorstellen. Ich weiß, dass sie ihm den Arsch aufreißen will.

»Vor *wessen* Augen? Die von Mom? Dad? Komm schon, Livy. Du und ich haben schon viel schlimmere Dinge getan. Der einzige Unterschied ist, dass Mom und Dad dich lieber mögen.«

Das trifft einen Nerv. »Willst du das ernsthaft jetzt hier zur Sprache bringen?«

»Wo sollte ich es sonst zur Sprache bringen? Nenn mir Zeit und Ort, dann werde ich es tun.«

Geschwisterliche Rivalitäten sind immer Kämpfe für die Ewigkeit, und die hier zwischen Olivia und Hudson kommt mir bekannt vor. Jamal und ich standen uns nie nah genug, um so zu streiten wie die beiden, aber der Unterton, der diesem Streit Leben verleiht? Ja, den kenne ich gut. Das ist die

Art, wie Menschen, die sich lieben, Probleme lösen. Streiten ist gesund, sagte Mom immer. Besser, man lässt es raus, als es in sich zu verschließen. Denn dann gärt es.

Aber Olivia und Hudson streiten nicht aus einem konstruktiven Zweck. Sie schlagen und prügeln aufeinander ein, um einander zu verletzen. Anfangs war es noch unterhaltsam – wer sieht nicht gern dem Inbegriff eines Autounfalls zu? –, aber jetzt wird es einfach nur unnötig.

Was der Moment ist, in dem ich dazwischengehe. Buchstäblich.

Rasch umrunde ich das Auto und stelle mich zwischen Olivia und Hudson. Wie ein Schiedsrichter, der zwei streitende gegnerische Fußballspieler mitten in der Nachspielzeit trennt. Ihr bissiger Kugelhagel verstummt; Hudson starrt mich wütend an, Olivia schürzt missbilligend die Lippen.

»Also, ich bekomme das Gefühl, dass ihr zwei euch nicht leiden könnt?«

»Es ist nicht so, dass ich ihn nicht leiden kann«, antwortet Olivia.

»Nein, sie hasst mich«, sagt er.

»Jetzt geht das schon wieder los. Immer spielst du das Opfer.«

»Nichts da«, werfe ich ein. »Wir fangen nicht schon wieder damit an. Es ist mir egal, warum ihr zwei euch nicht leiden könnt, aber wir sind nicht hier, um Familientraumata aufzuarbeiten. Wir sind hier wegen …«, ich drehe mich zu Hudson um, und er kapiert, ohne dass ich ihn darum bitten muss.

»Nathaniel. Meinem Cousin.«

»Meiner auch.«

»Nathaniels Hochzeit. Was bedeutet, wir setzen ihn und seine Verlobte an erste Stelle, richtig?«

Keines der Rivers-Kinder antwortet.

»Richtig?«

»Sicher«, sagen sie beide und beenden die verfahrene Situation mit einem Waffenstillstand.

Olivia macht einen Schritt rückwärts und wirft einen Blick auf die Apple Watch an ihrem rechten Handgelenk. »Mom und Dad sind fast da. Bring, was auch immer das ist, bitte hinter dich, und blamier dich *wenigstens* nicht vor ihnen, okay?«

Hudson öffnet den Mund, um eine Antwort zu brüllen, aber Olivia hat sich bereits aus dem Gespräch ausgeklinkt. Sie holt ihr Handy raus und nimmt einen Anruf von einem Mann entgegen, dem Foto nach zu urteilen, das ich für einen Sekundenbruchteil auf dem Display aufblitzen sehe.

»Ich hasse sie.«

»Nein, tust du nicht.«

Irgendwie ist Max dem Kreuzfeuer entgangen. Wie ein Hauch Parfüm an Olivia vorbeistreifend verschwindet er ins Haus. »Sir. Ihre und Mr Andrews Koffer sind oben.«

»Komm schon.« Ich nehme Hudsons Arm und ziehe daran. Stur bewegt er sich nicht vom Fleck. Er schmollt nicht – Hudson hat einen sehr speziellen Ausdruck, wenn er nicht seinen Willen bekommt. Nein, da ist gerade eine Ahnung von … *etwas Verstecken* auf seinem Gesicht. Vielleicht haben Olivias Worte ihn stärker getroffen, als er sich anmerken lässt.

»Komm«, sage ich erneut und ziehe fester. Sein Gewicht verlagert sich, und er stolpert ein paar Schritte vorwärts. Sobald seine starre Haltung aufgebrochen ist, schiebe ich ihn weiter. »Wer macht mit mir einen Rundgang durchs Haus? Dieses Anwesen ist so riesig.«

Hudson kommt nicht aus seiner Stimmung heraus, obwohl er neben mir hergeht. Schwieriges Publikum.

»Ich werde mich da drin wahrscheinlich verlaufen«, füge ich hinzu. »Und dann wird mich tagelang keiner finden.«

Immer noch nichts.

»Bis meine Leiche zu stinken anfängt und nur noch Knochen übrig sind. Und dann wird das zu einer totalen *Knives-Out*-Situation.«

An der Tür wirft Hudson mir einen katzenhaften Seitenblick zu. »Du weißt schon, dass es nicht mehr stinkt, wenn nur noch Knochen übrig sind, oder? Die Verwesung ist es, die deine Leiche stinken lässt.«

Gespielt beleidigt hebe ich die Hände. »Wow, vorsichtig, wir haben hier einen Wissenschaftler. Was kommt als Nächstes? Wirst du mir erzählen, dass Einstein nicht die Elektrizität erschaffen hat? O nein, Moment mal. Sag's mir nicht. Die Schwerkraft gibt es wirklich?«

Hinter Hudsons intensiven braunen Augen sehe ich, wie sich die Zahnrädchen drehen, um seinen minutenlangen Monolog vorzubereiten. Er öffnet den Mund, um mir einen Vortrag über Wissenschaft zu halten, doch dann hält er inne. »Moment mal. Du machst Witze, oder?«

Ich zucke unschuldig mit den Schultern. »Was hat mich verraten?«

Vielleicht liegt es daran, dass er aus dem Süden ist, aber Hudson war schon immer ein Mann einfacher Vergnügen. Er liebte es, Gewittern zu lauschen und die Fenster offen zu lassen, wenn wir schlafen gingen. Er war glücklich mit einem selbst gekochten Essen, selbst wenn es nicht besonders toll war. Und obwohl er sich in einem Club wohlfühlte, fühlte er sich ebenso wohl dabei, in Jogginghose und einem Collegeshirt alte Wiederholungen irgendeiner Fernsehserie aus den frühen 2000ern anzusehen und über all die peinlichen Witze zu lachen. Ich habe gedacht, dass er sich dort, wo er aufgewachsen ist, sofort wieder zu Hause fühlen würde. Zu Hause ist, wo dein Herz ist, und so.

Aber in dem Moment, in dem wir über die Schwelle treten, sind alle restlichen Gedanken über Olivia verschwunden. Seine Muskeln werden steif, und sein Kiefer spannt sich auf eine Weise an, dass er beinahe rechtwinklig wirkt. Wenn ich irgendwie gut im Zeichnen wäre, dann würde ich seinen Körper in diese geschweiften Klammern setzen, um eine Lähmung anzudeuten.

Ich bleibe etwa einen Meter von ihm entfernt stehen, um seine Züge zu mustern. Schmerz zuckt über sein kräftiges Kinn, und seine seitlich herabhängenden Fäuste ballen und öffnen sich. Was ist hier passiert, um das Nachhausekommen zu einer so schmerzhaften Erfahrung zu machen? Jetzt verstehe ich, warum er nicht viel über seine Jugend redet. Es ist nicht einfach nur eine schrullige »Ich kann meine Eltern nicht leiden«-Angst. Irgendetwas ist hier passiert, das sich wie ein ständiger eiternder Stachel in seinem Fleisch anfühlt.

Ich strecke den Arm aus, nehme seine rechte Hand und drücke sie.

»Wo geht es zu deinem Zimmer?«

*

»Da wären wir.«

Dieses Schlafzimmer ist nicht das, was ich ein Kinderzimmer nennen würde. Es ist größer als ein paar der Präsidentensuiten der schicksten Hotels von Boston.

Das Zimmer, oder besser gesagt, die drei Zimmer, sind miteinander verbunden. Beim Eintreten kommt man in das Schlafzimmer, das groß genug ist, dass es in einem normalen Haus der absolute Mittelpunkt wäre. Aber hier ist es nur Hudsons Schlafzimmer, nichts Besonderes. Seitlich ist es durch eine Schiebetür mit einem begehbaren Kleiderschrank verbunden, zusammen mit einem Badezimmer mit Dusche und Badewanne. Außerdem gibt es ein kleines Arbeitszimmer mit Blick auf die scheinbar endlosen Rivers-Ländereien.

Aber vor allem steht ein großes Problem mitten im Raum.

»Es gibt nur ein Bett«, platze ich heraus, ohne daran zu denken, was darauf folgen könnte. Sicher hat Hudson eine Idee, wie wir das lösen, oder? Er wusste es. Er ist hier aufgewachsen! Natürlich wusste er es.

Es scheint ihn nicht aus der Ruhe zu bringen, als er seine Augen träge über das französische Bett in der Mitte des Zimmers schweifen lässt. »Technisch gesehen stimmt das nicht. Da ist noch eine Couch«, sagt er und zeigt zu dem großen Fenster direkt gegenüber. »Die kann man auch ausklappen.«

»Zählt das dann überhaupt noch als Couch?«

»Was sollte es denn sonst sein?«

»Eine Klappcouch? Ein Ausziehsofa? Ein Ausklapp...«

»Okay, okay.« Er hebt die Hände. »Schon kapiert. Du bist schlau und kennst Wörter. Worauf ich hinauswill, ist, dass das kein Problem sein sollte. Ich schlafe dort, du bekommst das Bett, und wir sagen meinen Eltern, dass wir zusammen geschlafen haben.«

Ich bin schnell darin, den beabsichtigten oder unbeabsichtigten Unterton wahrzunehmen.

Nicht heute, Satan. »Du meinst aber nicht ...«

»Natürlich nicht, Kian«, stöhnt er. »Hol deine Gedanken aus der Gosse.«

»Hier bist du aufgewachsen?«, frage ich, während Hudson sich wieder mit seiner Vergangenheit vertraut macht. Im Kopf überschlage ich kurz. Wann war er zum letzten Mal zu Hause? Nicht an den Feiertagen. Die hat er in abgelegenen Teilen der Welt oder manchmal in Boston verbracht. Wir hatten natürlich darüber geredet, dass er mit mir und Jamal nach Hause mitkommt, aber daraus ist nie etwas geworden.

»Ich meine, ich habe hier gelebt«, erklärt er, während er eine Schublade der alten Rosenholzkommode aufzieht. »Ich weiß nicht, ob ›hier aufgewachsen‹ der richtige Ausdruck ist.«

»Da steckt doch eine Geschichte dahinter.«

Hudson hält den Blick auf die Kommode geheftet. Seine Finger gleiten über das glatte, polierte Holz und zeichnen Muster, die keinen Sinn ergeben.

Ich strecke die Hand aus und lege sie auf seine, damit er im Nachzeichnen innehält. »Du weißt, dass du mir alles sagen kannst, oder?«, frage ich. »Ich weiß, es fühlt sich vielleicht nicht so an in Anbetracht, na ja, unserer Geschichte ...«

»Das ist das Wort, das wir benutzen. Geschichte«, sinniert er. »Kluge Wahl.«

»Hast du das nicht gewusst? Wir Journalisten sind Meister mit Worten«, kontere ich. »Aber ernsthaft. Du kannst es mir sagen. Und nicht einfach nur, weil ich dich in- und auswendig kennen muss.«

»Heiß.«

»Um diese Lüge glaubhaft zu verkaufen, sondern … na ja, einfach so.«

Hudson starrt auf das Holz, als wären Antworten in der verschlungenen Maserung versteckt. Ein Teil von mir wünscht, hofft, dass er mich ansehen und sich mir anvertrauen wird. Das ist es, was ein Freund für den anderen tut, oder nicht? Das ist eines der Zehn Gebote einer Beziehung. Wenn wir das nicht haben, was haben wir dann?

Aber noch mal, das hier ist keine richtige Beziehung. Es ist ein Vertrag.

Aber was, wenn es das nicht wäre? Was, wenn es etwas Echtes, wenn es mehr sein könnte? Hat einer von uns beiden wirklich darüber nachgedacht?

»Ich war nicht ganz ehrlich zu dir«, sagt er schließlich.

Das ist etwas, das niemand gern hört. Mein Körper verkrampft sich, aber ich lasse die Reaktion nicht bis in meine Hand ausstrahlen, die immer noch auf seiner liegt. Genau genommen hat er irgendwie, ohne dass ich es gemerkt habe, seine Hand mit meiner verschränkt, locker, doch unsere Finger haben trotzdem ihren Weg zwischen einander gefunden, und sie passen perfekt.

»Klar«, sage ich leise. Nicht die richtige Antwort, Kian. Versuch's noch mal. »Ich meine, wobei denn?«

Hudson drückt leicht meine Hand, eine stumme Frage, die so viel von mir wissen will. Was genau dieser Händedruck fragt, weiß ich nicht, aber ich habe eine allgemeine Ahnung.

Und ich erwidere ihn.

Bevor er es mir sagen kann, klopft es an der Tür. Schwer, schnell und fordernd. Ohne auf eine Antwort zu warten, stößt Olivia die Tür auf. Sie hat sich umgezogen und trägt nicht mehr das weiße Sommerkleid, das sie vorhin anhatte, sondern einen gut geschnittenen lavendelfarbenen Jumpsuit mit klobigen High Heels, die ihren Look unterstreichen. Ihr Haar ist zu einem unordentlichen, aber lässigen Knoten gesteckt.

»Wenigstens seid ihr diesmal angezogen«, sagt sie. Hudson versucht rasch zu antworten, wahrscheinlich um ihr zu sagen, dass wir auch vorhin angezogen waren, aber sie unterbricht ihn. »Sie sind da. Mom und Dad und die Gäste. Du solltest runterkommen. Mit deinem Freund angeben.«

Diesmal gleitet ihr Blick herüber zu mir, um mich zu mustern und Stück für Stück auseinanderzunehmen wie ein kompliziertes Gebilde aus bunten Legosteinen, das sie verstehen will. »Hast du ihn schon vorbereitet?«

»Mich worauf vorbereitet?«

Hudson antwortet mir nicht. »Er kommt schon zurecht.«

Olivias Lippen kräuseln sich zu einem Schmunzeln. »Du wirst ihn einfach ... da draußen zappeln lassen, was? Eine komische Art, zu zeigen, dass dir jemand am Herzen liegt.«

»Olivia«, knurrt er. Ein eiskalter Wassertropfen rieselt über meinen Rücken, und ich erschaudere. Okay. Das war heiß.

Sie hebt die Hände. »Aber hey, das geht mich nichts an. Ist deine Beziehung.«

Wieder bekommt sie das letzte Wort, als sie beim Gehen noch einmal den Kopf zur Tür hereinstreckt und ihm zuwinkert. »Ich hoffe, es hält auch noch nach diesem Besuch.«

Die Holzböden des Hauses lassen ihre Absätze klicken wie ein Metronom, bis ihre Schritte von den gedämpften Geräuschen einer sich unten öffnenden Tür und der Freude, die hereinströmt, übertönt werden.

»Was hat sie damit gemeint?«

Seufzend sieht Hudson zu mir herüber. »Willst du das wirklich wissen?«

Im Geiste wiege ich die Pros und Kontras gegeneinander ab. Hudson braucht sie nicht für mich auszubreiten. Pro: Es zu wissen wird mir helfen, mich auf das einzustellen, was auch immer auf mich zu kommt. Information ist Macht, und sie zu besitzen wird mir dabei helfen, meinen Teil der Abmachung zu erfüllen – was bedeutet, es ist wahrscheinlicher, dass ich Erfolg habe, was bedeutet, dass es wahrscheinlicher ist, dass ich den Job bekomme, den ich will, das Leben, das ich will, und einen Pulitzerpreis.

Kontra: Ich mache mir selbst vielleicht zu viele Sorgen. Die Rivers sind wie ein See aus trübem Wasser, in dem der Schlüssel zu meiner Freiheit auf dem Grund liegt. Nein, das ist nicht richtig. Ein See aus trübem, säureartigem Wasser, in dem der Schlüssel zu meiner Freiheit auf dem Grund liegt. Je länger ich drinbleibe, desto mehr brennt es. Den Schlüssel zu erreichen ist unmöglich, ohne die Tiefen des Sees zu kennen. Falls Hudson mir *doch* erklärt, was Olivia gemeint hat, könnte das mehr schaden als nützen. Diese perfekt konstruierte Fassade einer Beziehung ist nur so stark wie ihr schwächstes Glied. Und falls wir versagen, dann will ich nicht, dass es passiert, weil ich die Nerven verloren habe.

»Nicht so wichtig.«

»Richtige Antwort.«

19

»Kian! Hudson! Seid ihr da? Die Familie ist unten! Kommt runter!«, tanzt Mrs Rivers' Stimme durch die Luft wie eine schwerelose Melodie. Ich würde sagen, sie klingt fast genau wie Schneewittchen, als sie im Wald saß und den Tieren vorsang und dabei ganz beiläufig ein Riff für die Götter schmetterte, aber das würde die Kraft schmälern, die Mrs Rivers' Stimme innewohnt. Sie mag zwar spielerisch sein, aber sie verlangt Respekt. Und die Macht, die sie hat, bringt mich dazu, aus dem Fenster springen, mir Flügel wachsen lassen und für Sommer, Herbst, Winter und Frühling zurück in den Norden ziehen zu wollen. Stattdessen begnüge ich mich mit:

»Ich glaube, ich muss gleich kotzen.«

Das ist nicht das, was die meisten Leute hören wollen, nehme ich an, bevor man ihre Verwandtschaft kennenlernt. Vielleicht so was wie, »Ich bin so aufgeregt!«. Oder »Ich habe das perfekte Rezept, um deine Großmutter zu beeindrucken!«. Oder vielleicht sogar »Ich bin ein Meister in nahtlosen TikTok-Übergängen, deine Cousinen werden mich lieben«. Aber »Ich kotze mir gleich exorzistmäßig die Seele aus dem Leib«? Ja, das findet niemand attraktiv.

Okay, das nehme ich zurück. Ich glaube, es könnte eine Unterkategorie bei Pornhub geben, die tatsächlich auf so was steht.

Stattdessen verzieht sich Hudsons Gesicht zu einer picassoartigen Miene; einer perfekten Mischung aus Verwirrung und Abscheu. Er kratzt sich am Hinterkopf, dabei rutscht der Saum seines Hemds hoch und entblößt ein wenig straffe Muskeln und eine Spur aus Haaren, die sich von seinem Nabel aus bis nach ... da unten erstreckt.

Ich glaube, Pornostars nennen es ihren »Happy Trail«. Ich nenne es den »Gott-sei-Dank-rasiert-er-sich-nicht-Trail«.

»Okay, zuerst einmal, das kannst du nicht machen.«

»Nicht abhauen?«

»Nein! Nicht kotzen! Warte, hast du überlegt, abzuhauen?«

»Ignorier mich einfach. Fahr fort.«

Er zögert kurz. »Meine Mom hat letztes Jahr viel Geld dafür ausgegeben, diese Böden aufbereiten zu lassen. Sie würde dich umbringen. Dann würde sie mich umbringen, und das wollen wir doch nicht, oder?«

»Das Urteil steht noch aus.«

»Leck mich. Und zweitens, das würde dir keine Pluspunkte einbringen. Was schlecht für uns beide wäre. Also lass uns das, du weißt schon, lieber lassen?«

Ja, Hudson, denke ich. Weil Kotzen das ist, was ich tun will. Aber das verkneife ich mir.

»Versuch es mit Atemübungen oder so was. Ich habe ein Headspace-Abo, falls du das benutzen willst. Ich bin ein Fan der Rainday-Antiques-Playlist.«

»Okay, zuerst mal, du nutzt Headspace?«, frage ich mit hochgezogenen Augenbrauen.

Er erwidert meinen Blick mit derselben Überraschung. »Ist das so schwer zu glauben? Ich möchte Psychologe werden. Ich glaube an Meditation.«

»Nein, nein. Das ist es nicht. Ich erinnere mich nur ...«

»Dass du es mir mal vorgeschlagen hast und ich es lachend abgetan habe«, beendet er meinen Satz nickend. »Ich habe viele dumme Dinge getan, die ich bereue.«

In meinem Kopf ist alles, woran ich denken kann, dieses GIF aus *Mad Max: Fury Road* von Tom Hardy, der sagt, *Das ist eine Falle.*

Bin ganz deiner Meinung, Max Rockatansky, ganz deiner Meinung.

»Gib mir einen Moment«, sage ich stattdessen.

»Kian ...«

»Ich brauche nur einen Moment. Versprochen. Ich komme gleich runter. Das verspreche ich. Lass dir einfach ... eine Ausrede einfallen.«

»O Darling«, schnurrt Hudson und dehnt das Wort dabei mit seinem Südstaatenakzent aus, der in dem Moment stärker geworden ist, als wir gelandet sind. »Olivia hatte recht, und du weißt, wie ungern ich das sage. Meine Mom kann eine Ausrede meilenweit riechen.«

»Na, dann ist es gut, dass du ihr Sohn bist, oder? Das Rivers-Blut fließt in deinen Adern. Du musst ein paar ihrer Fähigkeiten geerbt haben.«

»Touché«, sagt er mit einem leichten Lächeln. »Beeil dich, ja?«

»Ein Freund würde seinen Freund doch nicht allein den Wölfen überlassen. Zu was für einer Sorte Kerl würde mich das machen?«

»Der schlimmsten.«

»Genau.«

»Und, wenn ich mich noch an irgendetwas über dich erinnere, dann daran, dass du in nichts schlecht bist.«

Mit diesen Worten wirft er mir einen letzten Blick zu, als wolle er noch etwas sagen, bevor er aus dem Zimmer geht und mich und meine Gedanken allein zurücklässt.

Das bleibt nicht lange so.

Schnell renne ich ins Badezimmer, schlage die Tür hinter mir zu, schließe ab und rufe Divya mit FaceTime an. Sie antwortet beim zweiten Klingeln.

»Oh, gut, du bist nicht auf dem Flug vom Hyperventilieren gestor… HEILIGE SCHEISSE!«

Ihre Stimme hallt in dem Marmorbadezimmer wider und prallt von den teuren Wänden ab, dass mir von der Schärfe ihrer Überraschung die Ohren klingeln. Ich schwöre, das Dutzend Leute unten muss sie auch gehört haben. Um es zu kompensieren, drehe ich die Dusche und die Hähne der drei – ja, drei – Waschbecken ganz auf, in der Hoffnung, dass das rauschende Wasser ihre Stimme übertönt. Als wäre ich ein Spion in einem Film aus den frühen 2000ern und würde gleich Kontakt mit meinem amerikanischen Führungsoffizier aufnehmen, während ich tief hinter feindlichen Linien in Moskau stecke.

»Kannst du vielleicht noch lauter sein?«, schnauze ich.

»Oh, tut mir leid, du hast mir nicht gesagt, dass du in ein Schloss fährst. Hast du ein Date …«

»Fake-Date.«

»Trotzdem ein Date. Hast du ein Date mit Trevante Rhodes, oder was? Himmel! Hat dieses Bad etwa drei Waschbecken? Zeig es mir.«

»Ich habe dich nicht angerufen, um mit dem Badezimmer anzugeben!«

»Mmhm. Zeig es mir, während wir reden.«

Mit Divya zu diskutieren ist es nicht wert – besonders, da sie immer gewinnt. Der Versuch, sie zu überzeugen, warum sie ihre Zeit verschwendet, würde länger dauern, als einfach zu tun, was sie will. Nachgebend drehe ich die Kamera und schwenke langsam über die Waschbecken.

Sie stößt einen lauten Pfiff aus. »Ist das Marmor? Planänderung, du tust nicht mehr nur so, als würdest du Hudson daten. Du wirst ihn in echt daten. Vergiss *Spotlight*.«

Die Augen verdrehend wechsle ich wieder zur Frontkamera, damit wir einander sehen können. »Willst du damit vorschlagen, dass ich meine Träume aufgeben soll, um einen Mann zu heiraten, nur weil er reich ist?«

»Ach, da kannst du deinen perfekten runden Knackarsch drauf verwetten.«

»Ist das nicht der absolute Widerspruch zu allem, woran wir glauben?«

»Absolut. Ich bin eine Heuchlerin, wenn es mir in den Kram passt. Das weißt du doch über mich.«

»Hast du mich nicht diese Szene aus *Grey's Anatomy* nachspielen lassen, die das komplette Gegenteil davon ist?«

»Von welcher Szene redest du? Da gab es viele.«

Stimmt. »Die, in der Cristina geht?«

Divya nickt. »Ja, ja. Die mit ›Er ist nicht die Sonne‹. So eine gute Szene«, sagt sie sehnsüchtig seufzend. Manche Leute schauen *Friends* oder *The Office* oder *Criminal Minds* (damit bist du gemeint, Jamal). Wir schauen *Grey's*.

»Aber trotzdem. Weißt du, wie viele Leute das tun? Reich heiraten und dann später noch mal aus Liebe heiraten?«

Ich schüttle den Kopf, während ich die Wasserhähne zudrehe, bevor die Becken überlaufen können, und die Dusche, bevor sie den Raum mit dichten Dampfwolken füllt.

»So bin ich nicht.«

»Ich weiß«, seufzt sie und lehnt sich in ihrem Sessel zurück. Ich kann an der Beleuchtung und dem braunen Tisch im Hintergrund erkennen, dass sie in ihrem geräumigen Wohnzimmer ist. »Und das ist die tragischste Eigenschaft an dir. Du bist ein ›Romantiker‹.«

»Waren diese Anführungszeichen nötig?«

Sie zuckt mit den Schultern. An jedem anderen Tag würde ich näher darauf eingehen wollen, aber jetzt gerade? Habe ich nicht die Zeit dazu.

»Hilfst du mir jetzt, oder willst du auch noch die Dusche sehen?«

Sie öffnet den Mund, um »ja« zu sagen, zögert dann aber. »Das war eine rhetorische Frage. Sicher, was gibt's?«

»Ich glaube, ich habe einen schrecklichen Fehler gemacht.«

»Oh, das hätte ich dir auch sagen können.« Bevor ich sie verbal über den Datenhighway ankeifen kann, erklärt Divya das näher: »Schau, es gibt absolut keine Situation, in der deinem Ex zu helfen eine gute Sache ist. Besonders nicht, wenn du immer noch Gefühle für ihn hast.«

»Ich habe keine Gefühle mehr für ihn«, sage ich, nur ein kleines bisschen zu schnell.

Divya äfft mich mit tiefer Stimme nach: »›Ich habe keine Gefühle mehr für ihn.‹ Junge, sei still. Du kannst dich selbst belügen, so viel du willst, aber mich? Ich habe den ganzen Tag mit Lügnern zu tun. Und du bist noch nicht mal ein guter. Versteh mich nicht falsch! Gefühle für ihn zu haben ist nichts Schlechtes. Aber du musst dich entscheiden, was das für dich bedeutet und was für ein Typ Mensch du sein willst. Willst du jemand sein, der die Welt durch eine schicke rosarote Brille betrachtet, der seinem Herzen folgt, obwohl er weiß, dass er sehr wohl wieder verletzt werden könnte, oder willst du jemand sein, der die Welt durch eine hässliche, langweilige, schwarz gerahmte, analytische Brille betrachtet?«

Schrilles Lachen von unten zerreißt die Luft. Die gedämpften Stimmen, die ich verstehen kann, verraten mir, dass es irgendein Insiderwitz ist, den ich sowieso nicht verstehen würde. Mein Handy vibriert, und eine Nachricht von Hudson taucht am oberen Displayrand auf.

HUDSON RIVERS: ???

»Welche ist die richtige Entscheidung?«

Divya lächelt traurig. »Das ist es ja, K. Es gibt keine richtige Entscheidung. Nur die, mit der du glücklich bist. Das herauszufinden überlasse ich dir.«

*

Unten ist das Haus der Rivers voller Menschen, wie eine gruselige Nacherzählung von *Phantom der Oper*, in der ein Haufen reicher Leute sich versammelt, um zu singen: »Maskenball! Kunterbunter Mummenschanz ...«

In solchen Menschenmengen, in denen der typische Teilnehmer in einer völlig anderen Steuer- oder Gesellschaftsklasse ist als ich, bin ich es gewohnt, aufzufallen. Normalerweise, weil ich Schwarz bin. In Boston ist Schwarz zu sein nicht das Ungewöhnlichste, aber es ist auch nicht das Allergewöhnlichste. Die Leute stutzen gelegentlich, wenn sie im Unterricht in meine Richtung sehen. In meinem letzten Studienjahr, in einem Journalismusseminar mit Teilnahme nur nach Einladung, sagte ein Mädchen zu mir: »Afroamerikanische Geschichte 400 ist den Flur runter.«

Als ich den Linda-Ellerbee-Award für herausragende journalistische Fähigkeiten gewann, wurde es nur noch schlimmer.

Aber hier ist es anders. Hudsons Familie ist ebenfalls Schwarz, also fühlt es sich nicht so beklemmend an, als wenn ich im Haus eines weißen Freundes wäre. Ihre Gäste sind ebenfalls Schwarz. Das ist tröstlich, als wäre man bei einer Grillparty willkommen. Einer sehr teuren, sehr reichen, sehr privilegierten Grillparty.

Seht ihr, das ist die Sache, die ich nicht vergessen kann – und egal, wie sehr ich es auch versuche, ich scheine einfach nicht dazu fähig zu sein. Hudson ist reich. Also, stinkreich. So reich, dass ich mit jeder einzelnen Faser meines Seins das Gefühl habe, hier bei diesem geselligen Willkommensumtrunk, den sie für Nathaniel und seine Braut veranstalten, nicht hinzugehören.

Es erinnert mich an diese Szene in *Crazy Rich*, als Rachel und Nick in Singapur ankommen und Eddie Rachel fragt, zu welcher Familie von Chus sie gehört. »Den Hongkong-Telekommunikations-Chus? Den malaysischen Füll-Chips-Chus?« ... Außer, dass ich hier ein Niemand bin. Niemand bemerkt mich. Niemand wagt es je, mich mit jemand anderem zu verwechseln. Ich bin nur ein dunkler Schatten, ein Missachteter an der Wand.

Nervös zupfe ich den Kragen meines Hemds zurecht, während ich mich durch die Menge schlängle wie ein Spion auf seinem Weg durch feindliche Linien. Von meiner Position spähe ich jedes Mitglied der Rivers-Familie aus. Ich muss wissen, wo jeder Gegenspieler ist, bevor ich weiß, wie ich reagieren muss.

Diana Rivers lehnt lässig an einem der Erkerfenster und nippt an etwas, das nach Champagner aussieht, während sie mit einer Frau in einem Hosenanzug plaudert, die etwa in Mrs Rivers' Alter zu sein scheint.

Isaac Rivers, mit einem Glas Scotch in der Hand, lacht laut, während er einem viel jüngeren Mann auf den Rücken klopft, der nicht aussieht, als habe er auch nur annähernd so viel Spaß, und kein enger Verwandter von irgendjemandem in dieser Familie zu sein scheint. Vielleicht der Gast eines Gastes?

Olivia, nun in einem beigen Haltertop mit schwarzen Bordüren und einer modischen Zigarettenhose, hält im Wohnzimmer Hof. Drei Frauen und ein Mann, ebenfalls schwul, sind um sie versammelt. Sie redet mit den Händen, aber nicht auf diese aus dem Rahmen fallende Weise wie die meisten Leute – ihre Hände sind ein lässiger Akzent. Und was immer sie sagt, ihr kleiner Hofstaat saugt es begierig auf.

»Wo bist du?«, flüstere ich, den Raum nach Hudson absuchend.

»Drink?« Eine jüngere, in Schwarz und Weiß gekleidete Frau taucht auf. Sie bietet mir ein Tablett mit derselben Flüssigkeit an, die Mrs Rivers in der Hand hält.

»Gern. Hey. Können Sie mir sagen, wo Hudson Rivers ist?«

Ich zögere kurz und füge dann hinzu: »Er ist mein Freund«, weil ich das Gefühl habe, dass es nötig ist.

Warum habe ich seinen Nachnamen gesagt? Sie hat nicht danach gefragt. Das lässt mich nur noch stärker fehl am Platz aussehen! Zum Glück für uns beide scheint es sie nicht zu interessieren. Die Serviererin lächelt und zeigt geschmeidig zu einem Raum an der rechten Seite.

»Danke«, sage ich und fische einen Fünfdollarschein heraus. Macht man das so? Gibt man Servicekräften bei einer Party Trinkgeld? Ich glaube nicht, dass ich je auf einem Event war, wo es welche gab? Verlegen lege ich den Geldschein aufs Tablett. »Danke für den Drink.«

Schnell schlüpfe ich durch die Menge und gehe in den Nebenraum, wobei ich mich dicht an der Wand halte, um dem Rest der Rivers-Familie aus dem Weg zu gehen. Es ist nicht so, als hätte ich Angst vor ihnen. Nein, das wäre dumm.

Ich habe verdammt schreckliche Angst vor ihnen.

Hudson ist anders. Er trägt nicht dasselbe Gewicht von Überlegenheit und Großspurigkeit auf den Schultern wie der Rest von ihnen. Und dieses Gewicht wird gegen andere eingesetzt wie eine stumpfe Waffe. Genug Schläge, und du wirst zu einem Bruchteil deines ursprünglichen Ichs plattgemacht. Wenigstens habe ich mit Hudson an meiner Seite einen gewissen Schutz.

Ich schleiche an der Wand entlang, bis ich zur Schiebetür komme. Vorsichtig öffne ich sie, wobei ich halb damit rechne, Hudson dort allein vorzufinden, mit einem Buch im Arbeitszimmer seines Vaters sitzend oder am Handy, während er sich darüber auslässt, wie dumm diese Party ist oder, noch wahrscheinlicher, wie unerträglich sein

Date ist. Was, na ja, fair wäre. Ich kann ziemlich schwer zu ertragen sein.

Aber die Szene vor mir ist das komplette Gegenteil.

Anstatt einen einsamen Hudson vorzufinden, sehe ich ihn im Schneidersitz mitten auf den Fußboden sitzen, umringt von einem halben Dutzend Kindern, das älteste nicht älter als vielleicht sechs, die zu ihm aufsehen, als wäre er eine Art gemeißelter Gott. Er hat eine Akustikgitarre in der Hand und schrummt leise vor sich hin.

»Baby Shark, dü dü dü dü ...«, singt er leise und wiegt sich dabei nach links und rechts. Die Kinder machen es ihm nach. Na ja, manche davon. Die anderen ... Sie geben sich Mühe, die Guten. Darüber sollte Hudson seine Diplomarbeit schreiben. Ist Rhythmusgefühl erlernbar oder ist es angeboren, wie die Haarfarbe, die Fähigkeit, seine Zunge zu rollen oder Koriander zu mögen? Manche dieser Kinder haben den falschen Takt regelrecht gepachtet.

Aber das tut dem keinen Abbruch, wie süß diese Szene ist. Jedes dieser Kinder ist sein authentisches Ich. In die Hände klatschend, singend, im Sitzen tanzend. Vor allem sieht Hudson wirklich glücklich aus. Seine Schultern sind entspannt; da ist dieses Lächeln, das sein ganzes Gesicht erhellt. Seine Finger gleiten mühelos über die Saiten, beinahe ohne sie zu berühren, bevor sie zur nächsten springen.

Er sieht aus, als würde er hierhergehören.

»Wer bist du?« Die Stimme ist direkt, selbstbewusst und verlangt Respekt. Ein blondes Mädchen mit Zöpfen sieht mich mit geschürzten Lippen an. »Wir machen gerade Musik. Komm später wieder.«

Hudson blickt hoch und lächelt. »Amelia, sei nett. Das ist mein Freund ... mein Liebster. Sagt Hi zu Kian.«

Ich winke ihnen, aber die Kinder sind viel mehr an dieser neuen Information interessiert, die Hudson ihnen gegeben hat.

»Du hast einen Liebsten?«, fragt ein sommersprossiger Junge, als könne er es gar nicht glauben.

Hudson nickt.

Der sommersprossige Junge und Amelia sind beide still, während sie die Information verarbeiten und durch die nötigen Filter laufen lassen. Unvermittelt zuckt Amelia mit den Schultern. »Kannst du singen?«, fragt sie mich.

»Ich kann's versuchen«, schlage ich vor. Ich kann definitiv nicht singen.

Hudson macht mir neben sich etwas Platz und klopft auf den Boden. Amelia steht auf, streicht ihr Kleid glatt und geht hinüber zu den Stühlen in der Ecke. Sie nimmt eines der Kissen, ein unifarben grünes, und legt es neben Hudson.

»Danke, Amelia«, sage ich, während ich mich im Schneidersitz daraufsetze.

Sie zuckt mit den Schultern. »Schon okay.«

»Und jetzt, mein Herzallerliebster«, sagt Hudson mit einem aufgesetzt förmlichen Akzent, »denke ich, schulden wir diesen lieben Kindern ein Lied.«

»Fürwahr, mein Guter, ich glaube, du hast recht!«, ahme ich ihn nach. »Welches Lied sollen wir für diese vornehmen Knaben und Mädchen vortragen?«

»Baby Shark!«, sagen sie alle einstimmig.

»Schon wieder?«, fragt Hudson. »Das wär dann schon das fünfte …«

»Baby Shark!«

»Also gut, also gut!« Kapitulierend hebt er die Hände. »Herrje, schwieriges Publikum.« Hudson sieht mich mit einem Seitenblick und einem schiefen Grinsen an. »Bist du so weit?«

Es gibt nur wenige perfekte Momente im Leben. Ich weiß nicht mal, ob ich an diese Vorstellung glaube – oder an Perfektion. Als Wort, sicher, da glaube ich daran. Aber als Konzept? Für eine Beziehung? Und eine Person? Seelenverwandte und die einzig wahre Liebe? Das ganze Drum und Dran? Ich bin mir nicht sicher, ob das real ist. Nicht mehr.

Aber in diesem Moment, auf dem Fußboden sitzend, mit Hudsons entspannter Haltung, während er diese Kinder unterhält, als wäre es sein Vollzeitmindestlohnjob und er glücklich damit? Vielleicht existiert Perfektion doch.

Ich strecke die Hand aus und streiche ihm langsam eine Haarsträhne aus den Augen. »Jetzt bin ich so weit.«

20

Hudson und ich spielen noch ungefähr fünfzehn Minuten lang weiter für die Kinder, bis sich die Schiebetür leise öffnet.

»Amelia Maria Elizabeth West, da bist du ja«, schimpft eine Frau mit zu viel Bronzer und zu greller Kleidung. »Was hab ich dir übers Weglaufen gesagt?«

Ihr wisst, wie das ist, wenn man zwei Leute sieht, üblicherweise miteinander verwandt, und alles über sie versteht? So fühle ich mich, wenn ich Amelia und ihre Mom ansehe. Sie gleichen einander aufs Haar, bis hin zu der Art und Weise, wie die jüngere Version die Stirn runzelt und die Backen aufbläst, als ihre Mom nach ihr greift.

»Amelia«, sagt ihre Mom streng. »Wir müssen dich sauber machen. Du wirst mich heute nicht blamieren.«

Ich sehe das Mädchen an, das in den letzten fünfzehn Minuten mir gegenüber aufgetaut ist. Anfangs, als ich mich hingesetzt habe, hat sie ordentlich dagesessen, so wie ihre Mutter es ihr sicher beigebracht hat. Aber jetzt lehnt sie sich an mich und klatscht zum Takt der Musik mit. Sie sieht mehr wie ein richtiges Kind und weniger wie ein kleines Modepüppchen aus. Die Sorge über eine Blamage bewirkt, dass ich mich unbehaglich fühle, und ich bin sicher, jeder hier im Raum spürt es, selbst wenn die anderen Kinder nicht genau wissen, was dieses Gefühl tief in ihrem Bauch ist.

Die Mutter sieht uns beide weiter an, dabei werden ihre Augen ein wenig schmal, als versuche sie zu verbergen, was auch immer dahinter brodelt. Einen Moment lang denke ich, es ist nichts weiter als allgemeine Gereiztheit. Eltern, besonders die mit kleinen Kindern, können so weit getrieben werden, dass sie nicht mehr weiterwissen. Aber dann sehe ich ihre Augen, von raubvogelhafter Natur, wie sie zu Hudsons Hand schnellen, die locker, aber trotzdem leicht besitzergreifend auf meinem Körper liegt.

Und das ist alles, was ich wissen muss.

Ich bin aus North Carolina. Ich bin es gewöhnt, dass Leute ein Problem damit haben, dass ich schwul bin. Aber wie sie uns ansieht? Als ob ihre Augen töten oder unser Schwulsein aus uns herausschneiden könnten, wenn sie sich lange genug konzentriert? Das ist sengend. Es ist beleidigend. Und es bewirkt, dass ich am liebsten zusammenschrumpfen und in mir zusammenfallen möchte.

»Amelia«, sagt sie noch einmal streng und streckt den Arm nach ihr aus, als versuche sie, irgendeine gähnende Kluft in einem Actionromantikthriller zu überbrücken. Sie macht krampfhaft die Hand auf und zu, auf und zu.

Wenn meine Mom hier wäre, würde sie etwas sagen. Divya ebenfalls. Selbst wenn es keinen Beweis gäbe – und den gibt es nicht. Wenn man Hufabdrücke sieht, denkt man an ein Pferd, nicht an ein Zebra. Homophobie wäre ein Zebra. Dass Amelia ein Kind ist, was praktisch das Synonym für »schmutzig« ist, ergibt viel mehr Sinn.

Aber ich übertreibe nicht. Homofeindlich-Sinn ist wie Peter Parkers – sorry, Miles Morales' Spinnensinn. Oder Ben Platts Queerdar. Wenn du es weißt, weißt du es einfach.

Und ich würde dieses kalte Gefühl, das mich innerlich zusammenschrumpfen lässt, überall erkennen.

Amelia seufzt und steht langsam auf. Bevor irgendjemand, am allerwenigsten ich, reagieren kann, fällt sie mir um den Hals und drückt mich fest. Ich werfe einen verstohlenen Blick zu ihrer Mutter, die zusammenzuckt. Als bräuchte ich noch mehr Beweise.

»Amelia. Komm«, verlangt ihre Mutter. Mit einem Seufzen löst Amelia sich von mir.

»Spielt ihr noch mal ein Lied für mich?«, fragt sie.

»Wann immer du willst«, verspricht Hudson. »Das wäre mir und meinem Liebsten eine Ehre.«

Zu jedem anderen Zeitpunkt würde ich gegen die Art und Weise, wie Hudson *Liebster* sagt, protestieren. Es klingt nicht wie Murmeln in seinem Mund, stattdessen ist es schwer. Als wolle er, dass sein Gewicht eine Last für Amelias Mutter ist.

Weiß er es? Er muss es gemerkt haben. Der Hass strahlt von ihr aus wie von einem Hochofen.

Ich spüre, wie sich seine Hand langsam um meine Taille legt und leicht meine linke Seite drückt. Er lehnt sich herüber und drückt mir einen feuchten, hörbaren Schmatz auf die Wange. Die verbliebenen Kinder, die um uns herumsitzen, machen diverse Geräusche und Gesichter, die man nur als ein entschiedenes »Iiiih!« beschreiben kann.

Ich bin sicher, wenn ich in ihrem Alter wäre, wäre es egal, wer sich vor mir küssen würde – ich würde es eklig finden. Denn, mal ehrlich, wenn man richtig darüber nachdenkt, ist Spucke auszutauschen eine ziemlich schräge Sache, die Menschen so machen. Schon kapiert, Kinder! Erwachsene sind eklig. Sie schimpfen euch, wenn ihr euch im Schlamm schmutzig macht, aber dann machen sie so was Widerliches? Heuchler, das ist es, was sie sind.

Nur, die Sache ist die: Es ist so lange eklig, bis man die richtige Person dafür findet. Und vielleicht tut man das nie – nicht wegen irgendeinem tiefen, kosmischen Hintergedanken. Vielleicht steht man einfach nicht drauf, andere Leute zu küssen, und das ist völlig okay. Aber ich mag es, zu küssen und geküsst zu werden, von Jungs. Besonders mag ich es, Hudson Rivers zu küssen und von ihm geküsst zu werden.

Aber obwohl ich ihn auch küssen möchte, tue ich es nicht. Ich lächle schwach, indem ich das Zahnradgetriebe in meiner Wange zwinge, ein Grinsen zu versuchen. Hudsons Blick bleibt auf meinem. Seine Augen zucken, seine Stirn runzelt sich nur einen Moment lang, um mich stumm zu fragen, ob er etwas falsch gemacht hat, weil ich den Gefallen nicht erwidere.

»Um Himmels willen, könnt ihr nicht …« Amelias Mutter bricht ab und schüttelt den Kopf. »Egal. Komm schon«, sagt sie, packt ihre Tochter am Arm und zieht sie mitten durch den Kreis hindurch, den wir gebildet haben. Das ist der Moment, in dem etwas in mir Klick macht.

Mom hat mir immer gesagt, dass es nicht darum geht, für wen du dich hältst oder wie du planst, mit Ungerechtigkeit umzugehen, wenn du ihr begegnest. Es geht nur darum, was du *tatsächlich* tust. Worte sind Schall und Rauch, besonders im digitalen Zeitalter, wo jeder ein Twitter-Krieger ist. Was wirst du tun, wenn sie dir direkt ins Gesicht starrt? Danach beurteilt man den Charakter von jemandem. Und schon seit einer Weile bin ich nicht mehr glücklich mit der Person, die ich sehe, wenn ich in den Spiegel blicke. Warum sollte ich auch? Ich bin ein arbeitsloser Dreiundzwanzigjähriger, der seinem Ex-Freund hinterherschmachtet und versucht, es in einer der am härtesten umkämpften Branchen zu schaffen, die man sich vorstellen kann – einer Branche, die in naher Zukunft kein komfortables Leben verspricht. Davon kann ich nichts kontrollieren. Ich kann nicht in der Zeit zurückreisen und mein Hauptfach ändern oder aufhören, Hudson zu daten, oder mich entscheiden, ihm nicht dabei zu helfen, seinen Eltern etwas heimzuzahlen. Aber ich kann jetzt etwas tun. Und das werde ich auch.

Na ja, das würde ich. Hudson kommt mir zuvor.

»Mrs West?«, fragt er, während er ein Kind von seiner rechten Seite pflückt, als er aufsteht. Instinktiv streicht er sich die Hose glatt, um etwaige Phantomfalten loszuwerden, die sich in seine teure Jeans gegraben haben könnten. »Ich werde Sie vor Ihrer Tochter nicht homofeindlich nennen. Aber ich weiß, wie Sie meinen Freund angesehen haben, und ich weiß, was das bedeutet.«

Mrs West öffnet den Mund, und ihre Augen werden doppelt so groß. Ist sie aufgebracht, weil man ihr vorgeworfen hat, homofeindlich zu sein, oder weil sie ertappt wurde?

Rasch findet sie ihre Fassung wieder und beißt die Zähne zusammen. »Es ist nichts Persönliches, mein Lieber, ich habe nur ...«

»Mhm, es interessiert mich eigentlich nicht wirklich, was Sie denken. Die Meinung einer intoleranten Person ist nur so gut, wie weit ich sie verdammt noch mal werfen kann.«

Bei dem Fluch fangen die Kinder im Zimmer an zu flüstern und nach Luft zu schnappen. Mrs West hält Amelia die Ohren zu, als würde sie das beschützen, als wären die Worte, die sie ihre Tochter täglich zu hören zwingt, nicht abscheulicher.

Hudson blickt hinunter auf Amelia und lächelt, dabei formt er mit den Lippen »Entschuldigung«, bevor er sich wieder ihrer Mutter zuwendet. »Weshalb ich möchte, dass Sie wissen, ich sehe Sie, Mrs West. Ich sehe, wie Sie Kian ansehen. Ich sehe, wie Sie mich ansehen. Ich sehe mehr, als Sie sich anmerken lassen wollen. Also, um das klarzustellen«, sagt Hudson und macht einen Schritt vorwärts. »Falls Sie zu meinem Freund oder mir je noch einmal irgendetwas annähernd so Homofeindliches wie das sagen oder etwas Ähnliches, werde ich dafür sorgen, dass aus dem Deal, den Sie mit meinen Eltern unterzeichnen wollen, nichts wird. Das ist doch der einzige Grund, warum Sie hier sind, richtig? Denn Nathaniel ist Ihnen völlig egal.«

»Ich ...«

»Antworten Sie nicht darauf. Das bedarf keiner Antwort. Noch mal, ich kenne Sie. Meine Eltern sagen immer, Ihr opportunistischer Zug ist es, der Sie und Northwest zu einer großartigen PR-Agentur macht. Aber ich frage mich, wie großartig eine PR-Agentur wäre, wenn bekannt würde, dass Sie einen Multimilliarden-Dollar-Vertrag verloren haben, weil Sie Vorurteile haben?«

Bei dieser Drohung verkrampft sich Mrs West sichtlich.

»Mom, du tust mir weh«, flüstert Amelia und windet sich im Griff ihrer Mutter. Mrs West lässt sie nicht los, die Augen auf Hudson geheftet, der nicht klein beigibt.

»Dann haben wir uns verstanden?«

»Mhm.«

»Entschuldigung«, Hudson dreht ihr sein rechtes Ohr zu und legt die Hand dahinter, das internationale Zeichen für »Das habe ich nicht richtig gehört«.

»Verstanden«, krächzt sie heraus.

»Und?«

Mrs West und Hudson führen ein stummes Gespräch, in das ich nicht eingeweiht bin; die ganze Konversation läuft nur über ihre Augen, ohne ein einziges Wort. Sie scheinen zu einer Art Ergebnis zu kommen.

»Sagen Sie es nicht zu mir, das ist mir egal.« Hudson zeigt mit dem Kinn auf mich. »Sagen Sie es zu ihm.«

Seufzend späht sie um Hudsons breiten Körper herum, um mich anzusehen.

»Kian, nicht wahr?«

Ich stehe auf, dabei wiederhole ich Hudsons Bewegung, meine Hose glatt zu streichen. Das scheint mir das Richtige zu sein. Etwas, das eine reiche Person tun würde. Reiche Leute gehen sorgsam mit ihrem Geld um. Warum seine Klamotten in die Reinigung bringen, wenn man es sich mit einer einfachen Handlung wie dieser sparen kann? Wenn man auf einem Beyoncé-Konzert ist, dann steht man nicht da und wiegt sich hin und her, man twerkt sich den Arsch ab. Das moderne »Man soll sich den Gepflogenheiten anpassen«.

»Es ... tut mir leid.«

Der bittere Geschmack von Großspurigkeit strömt mir in den Mund. Ich sollte etwas sagen, sie zwingen, sich für meine Entschuldigung stärker anzustrengen. Aber wozu? Wird sie sich wirklich ändern? Ändern sich Leute wie sie wirklich? Sie ist die schlimmste Art von homofeindlich: Jemand, der glaubt, dass er es nicht wirklich ist. Die Art von Person, die erschüttert ist, wenn sie darauf angesprochen wird. Weil jede Faser ihres Seins mit ihren Idealen übereinstimmt. Sie hat wahrscheinlich homosexuelle Leute eingestellt. Oder hat einen schwulen Friseur oder einen schwulen Freund. Solange sie innerhalb eines für sie angenehmen Bereichs der Homosexualität bleiben, hat sie nichts dagegen. Solange sie ihr nicht zu nahe kommen, oder ihrer Tochter, oder sie mit ihrem Schwulsein berühren, ist es kein Problem für sie. Die Art von Person, die in vertrauter Gesellschaft sagt: Ich meine, die Schwulen dürfen heiraten, sollten sie damit nicht zufrieden sein?

Und solche Leute ändern sich nicht.

»Schon okay.« Ist es nicht, aber im Raum fängt es an, schwer nach Falschheit zu stinken. Bevor Mrs West aus dem Zimmer flüchten kann, komme ich ihr zuvor.

»Babe, wir sollten zu deinen Eltern gehen, ja? Du wolltest doch, dass ich deine Grandma kennenlerne?«

Hudson mustert mich einen Moment lang mit angespanntem Kiefer. Diesen schweigenden Wortwechsel verstehe ich.

Alles okay?, fragen seine Augen.

Ja, antworte ich. *Lass uns einfach von hier verschwinden.*

Bist du sicher? Ich kann dafür sorgen, dass sie …

Ja, lass uns einfach gehen.

Er nickt knapp und lächelt Mrs West breit an. »Nun, wie mein Freund schon sagte, wir gehen. Wir sehen uns beim Empfang, Amelia.«

Hudson nimmt meine Hand in seine und zieht mich aus dem Zimmer. Als wir durchs Foyer dorthin gehen, wo sich seine Familie versammelt hat, verschränke ich unsere Finger miteinander und drücke sie fest.

Er blickt nicht zu mir hoch, drückt jedoch zurück, um stumm zu sagen: *Ich weiß.*

*

Schwarze Familien sind normalerweise groß. Das ist einfach eine Sache, die man mit ihnen assoziiert. Aber die Familie Rivers? Die stellen sogar die größten Schwarzen Familien in den Schatten.

Hudson hat eine Schwester, aber er hat auch ungefähr acht Cousins und Cousinen, die alle hier sind. Diese acht Cousins und Cousinen, zehn, wenn man Olivia und ihn mitzählt, stammen von drei Geschwistern von Mr und Mrs Rivers und deren Ehepartnern. Fünf von den acht haben Kinder. Es gibt auch noch drei Paar Großeltern.

Und das sind nur die, die heute Abend gekommen sind.

»Wie bitte?«, frage ich.

»Ach ja. Morgen kommen noch mehr, und dann der letzte Schwung am Morgen der Hochzeit.« Hudson studiert das verschlungene Muster an der Decke, während wir alle ins Wohnzimmer strömen, als stünde die Antwort dort geschrieben. Er zuckt mit den Schultern. »Ich weiß nicht, du wirst schon klarkommen! Niemand erwartet von dir, dass du sie alle kennst. Nicht mal *ich* kenne sie alle.«

»Das ... sorgt nicht dafür, dass ich mich besser fühle«, sage ich rundheraus. »Es ist meine Aufgabe, ein gutes Beispiel zu sein! Und nicht wie du.«

Nach Luft schnappend legt Hudson seine große Hand auf seine Brust, den Mund leicht geöffnet. »Was ist so schlimm daran, ich zu sein, hm? Ich bin klug. Ich bin groß. Ich bin ein relativ guter Mensch, wenn es sein muss. Und vor allem habe ich – wie nennst du sie – Schenkel, die wahrscheinlich eine Wassermelone zerquetschen könnten? Okay, keine Wassermelone, eine Weintraube. Definitiv eine Weintraube. Ich sollte ein guter Fang sein. Du solltest dich geehrt fühlen, wie ich zu sein. Warte«, sagt er und fasst mich an den Schultern, um mich zu zwingen, ihn anzusehen. »Ist es, weil ich, na ja, Teil der Bourgeoisie bin? Dagegen kann ich nichts machen, Kian.«

»Das hat *nichts* damit zu tun«, versetze ich. Die letzten Familienmitglieder und ihre Gäste betreten den Saal. Ich zähle kurz durch – nur ungefähr ein Drittel der Leute, die die drei Räume gefüllt haben, als wir hier angekommen sind.

»Ausweichräume«, erklärt Hudson, als er meinen Blick auffängt. Er zieht einen Stuhl für mich heraus.

»Wie bitte?« Ich widerspreche nicht, dass ich es nicht brauche, von ihm zuvorkommend behandelt zu werden. Natürlich brauche ich es nicht, aber ich würde lügen, wenn ich sagte, dass mir nicht gefällt, wie es mir einen Schauer über den Rücken rieseln lässt.

»Nicht alle passen während der Hochzeitsfeier hier rein. Also haben wir einen Raum für die Kinder und dann noch einen Raum für andere.«

»Ich dachte, der Sinn einer Hochzeitsfeier ist, na ja, intim zu sein?«

»Für eine normale Familie, sicher, aber seit wann denkst du, dass wir eine normale Familie sind?«

Das stimmt; nichts an den Rivers' ist normal. Von ihrem verschwenderischen Lebensstil bis hin zu der Art, wie sie einander behandeln, das ist alles seltsam.

»Was hast du dann mit *andere* gemeint?«

»Sag das nicht so«, erwidert er schnell, während er seine Serviette nimmt und sie auf seinen Schoß legt, mit Bewegungen, die man als automatisch interpretieren kann. Ich tue es ihm gleich. »Wir haben nur ... wie ich schon sagte, hier ist nicht genug Platz.«

»Und wer entscheidet, wer in diesem Raum sein darf und wer im anderen?«

»Typisch Journalist«, schnurrt Olivia und tätschelt meine Schulter, als sie vorbeigeht und neben Hudson Platz nimmt. Ein Hauch von Lavendel folgt ihr, als sie sich bewegt. »Die richtigen Fragen zu stellen.«

»Sei still«, sagt Hudson kaum hörbar und wendet sich wieder mir zu. »Das ist nichts. Wirklich. Dieser Raum ist hauptsächlich für Familienmitglieder. Freunde von Mom und Dad, enge Geschäftspartner. Nathaniels innerer Kreis.«

»Und seine Verlobte? Was ist mit ihren Leuten?«

»Ihre Familie ist hier ... Wo ist sie ...«, murmelt er, dann zeigt er auf eine zierliche Brünette mit einem herzförmigen Gesicht, schlanker Figur und einer Aura der Wärme und Güte, die mit zwei Erwachsenen mittleren Alters hereinkommt. »Da.«

»Und wo sind ihre ›engen Geschäftspartner‹?«

»Wahrscheinlich in ihren Träumen«, murmelt Olivia am Rand ihres Glases vorbei. Sie wartet nicht darauf, dass Hudson oder ich um eine Erklärung bitten. »Hör zu, Kian. Du bist nicht dumm, anders als mein Bruder. Ich werde es dir offen sagen. Dieser Raum ist für Leute reserviert, die dem Unternehmen meiner Eltern nützen können. Diese Hochzeit ist ebenso sehr eine Geschäftsgelegenheit wie irgendetwas anderes.«

Bei diesen Worten wird meine Miene mürrisch. Ich habe mehr als einen Geschichtskurs belegt. Ich hätte beinahe Gender Studies als Nebenfach studiert. Ich weiß, dass es bei der Ehe die längste Zeit eher um die geschäftlichen und wirtschaftlichen Vorteile ging als um Liebe. Das tut es immer noch, an manchen Orten – den meisten Orten. Aber nicht hier. Ich dachte, das wäre vor Jahren ausgestorben.

Olivia nimmt meine Meinung wahr. »Ach, komm schon. Sei nicht so naiv. Du willst Teil dieser Familie sein? Dann wirst du lernen müssen, dass man kein Multimilliarden-Dollar-Unternehmen haben kann, ohne sich auf jede Geschäftsgelegenheit zu stürzen, die man findet.« Sie tupft sich vorsichtig die Mundwinkel, um sicherzugehen, ihren dunklen, pflaumenfarbenen Lippenstift nicht zu verschmieren, der zu ihren Nägeln und ihrem Eyeliner passt. »Die Mitchells? Die helfen uns beim Transport. Die Clydes? Internationaler Vertrieb. Die Waynes? Nationaler Vertrieb. Die Andrews, Rice und Harolds? Geschäftsberater und Teil des Vorstands. Die Evans'? Agrarwirtschaft«, zählt sie auf und zeigt dabei träge mit dem rechten Zeigefinger auf jeden von ihnen.

»Und die Wests?«, frage ich und sehe mich um. »Ich sehe sie hier nicht.«

»Die sind unsere PR-Agentur.«

»Waren«, sagt Hudson um sein Glas herum. Auf den ersten Blick würde ich denken, das Getränk wäre Alkohol. Aber es ist in einem Stout-Glas, und die Bläschen verraten es. Ginger Ale.

»Waren?«, fragt Olivia.

»Ich will nicht mehr, dass wir mit ihnen zusammenarbeiten. Ihr Vertrag läuft Ende des Monats aus, ja?«

Ich glaube nicht, dass ich Olivia je überrascht gesehen habe und habe auch nie damit gerechnet, sie so zu sehen. Aber hey, heute scheint ein Tag – oder eher ein Monat – voller Überraschungen zu sein.

»Das stimmt.«

»Stoß sie ab. Wir können jemand anderen finden. Wir sollten ohnehin diverser werden. Wir sind in Georgia. Finde eine Schwarze PR-Agentur. Wir sind ein von Schwarzen geführtes Unternehmen, da sollten wir auch Schwarze Unternehmer fördern, wann immer wir können, richtig? Besonders in Atlanta. Wir sind, was, vierzig Prozent Schwarze?«

»Vierundfünfzig Prozent«, werfe ich ein. »Ich habe nachgesehen.«

»Natürlich hast du das«, sagt Hudson und stupst mich neckend an. Seine Schulter bleibt einen Moment lang an meiner. »Ich meine es ernst, Olivia. Wir können das schaffen. Wir können tatsächlich helfen. Mehr als nur unser Familienvermögen machen und uns einen schönen, fetten Treuhandfonds besorgen. Wir können der Gemeinschaft tatsächlich etwas zurückgeben. Mom und Dad sagten immer, dass sie das wollten.«

»Vor fünfzehn Jahren«, korrigiert sie ihn. »Ob es dir gefällt oder nicht, Geld verändert die Leute.«

»Es verändert nicht das, was ihr Ziel war, als sie übernommen haben.«

Olivia stützt den Ellbogen auf den Tisch, mit einem Schmunzeln, das Hudson und sie mehr denn je wie Geschwister aussehen lässt. Ihr schiefes Grinsen ist sogar auf derselben Seite des Gesichts. »Schau einer an, interessierst du dich plötzlich für die Firma.«

»Hm«, murmelt Hudson erneut um den Rand seines Glases herum. Unter dem Tisch wippt sein rechtes Bein: auf und ab, auf und ab, auf und ab.

Seit wann hat er diesen nervösen Tick? Ich zermartere mir das Gehirn bei dem Versuch, mich zu erinnern, ob das schon immer da war. Andererseits kommen viele Leute nicht gern zurück nach Hause.

Diskret lege ich meine Hand auf seinen Oberschenkel und drücke ihn leicht, darauf achtend, ihn nicht zu erschrecken oder auf falsche Gedanken zu bringen. Hudson zuckt nicht zusammen, er sieht nur hinunter und dann zu mir hoch, wobei er ein beruhigendes Lächeln aufblitzen lässt.

»Das ist eine gute Idee«, schalte ich mich ein. Teil der Aufgabe eines Freundes ist es, ihm die Stange zu halten – absolut nicht zweideutig gemeint. »Hilft man der Gemeinschaft, hilft man sich selbst. Eine Win-win-Situation.«

»Inwiefern?«, will Olivia wissen. »Abgesehen davon, dass es, wie mein egalitärer Bruder sagt, unseren Waffenbrüdern und -schwestern hilft?«

»Die Welt verändert sich. Das wird dazu beitragen, eine neue Generation von Konsumenten zu erreichen. Wenn ich in einer Bar bin und Leute mit Rivers & Valleys sehe, dann ist es immer derselbe Typ weißer junger Männer.«

»Das ist unsere Zielgruppe.«

»Also könnt ihr sie ändern«, schlage ich vor. »Breitere Märkte. Mehr Diversität. Eine Schwarze PR-Agentur könnte dabei helfen. Und ich bin sicher, obwohl ich das jetzt nur vermute, dass eine Schwarze Firma womöglich ein bisschen progressiver wäre als Northwest.«

Dabei belasse ich es. Olivia braucht nicht mehr darüber zu wissen, was passiert ist. Hudson grinst mich stolz an und drückt unter dem Tisch meine Hand. Den Kopf zu mir gewandt formt er lautlos mit den Lippen *Danke*.

Olivia nickt langsam, was mir verrät, dass das, was ich sage, Anklang bei ihr findet. Sie nimmt langsam einen Schluck Champagner, während die letzten Gäste ihre Plätze einnehmen. »Eine weitere Frage noch, Kian«, sagt sie und senkt ihre Stimme um eine Oktave. »Du hast erwähnt, dass es unserem Unternehmen hilft. Aber du hast auch erwähnt, dass es das Richtige wäre. Denkst du, etwas kann eine gute Tat sein, wenn man selbst davon profitiert?«

Ich habe von diesem moralischen Dilemma schon gehört. Einmal in einem Philosophiekurs, den ich auf dem College belegt habe. Einmal habe ich es zufällig während einer spätabendlichen Lernsession in einem Café mitgehört, was viel zu hipstermäßig für mich war (nie wieder). Und einmal bei einem »Welcher *Avatar – Herr der Elemente*-Charakter bist du?«-Quiz, das ich gemacht habe, als ich zum ersten Mal Gras geraucht hatte und total high war (auch nie wieder).

»Ein Kobayashi-Maru«, sage ich, ohne zu zögern.

»Gesundheit?«, sagt Olivia.

»Das ist ein Star-Trek-Ausdruck«, schaltet Hudson sich ein. »Eine ausweglose Situation, richtig?«

»Du hast tatsächlich aufgepasst, als ich es mir angesehen habe?«, erwidere ich überrascht.

Hudson zuckt mit den Schultern. »Du hast dir eine Folge nach der anderen reingezogen, als du dachtest, ich schlafe. Ich hab hier und da was mitbekommen.«

»Aber was hat das mit …«

»Deiner Frage zu tun«, unterbricht Hudson.

»Es gibt keine richtige Antwort«, fahre ich fort. »Was es …«

»Unlösbar macht«, sagen Hudson und Olivia gleichzeitig.

»Also dann denkst du, es gibt keine richtige Antwort?«

Ich zögere, um meine Worte zu überdenken. Olivias Augen blicken hungrig, als wären ein Schachspiel oder eine Vorstandssitzung ihr liebstes Schlachtfeld. Es mag zwar keine richtige oder falsche Antwort auf diese Frage geben, aber wenn ich ihre Gunst gewinnen will, gibt es *definitiv* eine richtige und eine falsche Antwort.

Nur keinen Druck, richtig?

»Ich denke, das kommt darauf an«, entscheide ich mich schließlich vorsichtig. Jedes Wort fühlt sich an wie eine tickende Zeitbombe, die in meinen Händen zu explodieren droht. »Ich denke, wenn eine gute Tat anderen hilft, dann ist es egal, was der Grund dafür ist. Der Empfänger profitiert trotzdem davon. Aber wenn die ursprüngliche Partei Gutes nur tut, um sich selbst zu helfen, dann sollte sie es das nennen, was es ist, ein einseitiges Quidproquo. Daran ist nichts Falsches. Aber man sollte diesbezüglich nicht lügen.«

Olivia hält ihr Glas auf halbem Weg in der Luft, als wäre ihr Akku leer und müsste aufgeladen werden. Sie starrt mich ausdruckslos an, ohne zu blinzeln. Ihr Blick fühlt sich an, als würde er schmerzlos jede Schicht meiner Haut abtragen, um zu versuchen, irgendeinen geheimen Mechanismus zu enthüllen, der sie sagen lassen würde: Oh, deshalb denkt er so.

Plötzlich kommt sie jäh wieder in Bewegung. »Vermutlich.« Sie zuckt mit den Schultern. »Ich werde das mit Michael besprechen.«

»Berater der Familie«, informiert Hudson mich. »Er ist Moms und Dads rechte Hand, schon seit ... seit ich denken kann. Er ist cool. Klug, vorausdenkend, pragmatisch. Ich denke, er wird deiner Meinung sein.«

Bevor ich überhaupt versuchen kann, etwas Geistreiches zu sagen, betritt Mrs Rivers den Speisesaal und klatscht zweimal in die Hände, um die Aufmerksamkeit aller zu bekommen, was ihr mühelos gelingt.

»Kluge Antwort«, flüstert Hudson, dessen Nähe wie ein schwarzes Loch ist, das alle Sinne verschluckt. Mrs Rivers' Stimme gebietet keine Aufmerksamkeit mehr. Die übrigen Gäste sind verschwommene Tintenkleckse. Das Einzige, was zählt, ist das Gewicht von Hudsons Schulter an meiner, der schwache Geruch nach Immergrün und Holz, der ihn wie ein wandelndes Scratch-&-Sniff-Cover eines Indie-Folk-Künstlers wirken lässt, und seine tiefe, grollende Stimme. »Ich wusste, du würdest dich selbst übertreffen.«

»Ach, dann hast du mich nicht wegen meines umwerfend guten Aussehens mitgenommen?«

Langsam bewegt er den Kopf und lehnt sich näher zu mir, bis seine Lippen mein rechtes Ohrläppchen streifen. Es kostet mich alle Kraft, nicht zu erschauern.

»Das auch«, sagt er, dabei ist seine Stimme noch tiefer als zuvor, was ich nicht mal für möglich gehalten hätte. »Aber es fühlte sich falsch an, mich nur auf dein Aussehen zu konzentrieren, wenn du das Gesamtpaket bist.«

»Ladys und Gentlemen«, sagt Mrs Rivers. Ihre seidenweiche Stimme ist mehrere Dezibel höher, als versuche sie ausdrücklich, meine Aufmerksamkeit zu bekommen – und es funktioniert. »Das zukünftige Brautpaar.«

21

Ich weiß nicht, ob mich das klassistisch macht, aber reiche Leute haben ein gewisses Aussehen.

Es ist, als wäre die Luft um sie herum leichter, als hätten sie die Fähigkeit, die Schwerkraft zu beeinflussen, oder so was. Ich bin sicher, wenn ich Hudson fragen würde, dann würde er mir sagen, an welches wissenschaftliche Prinzip ich denke. Hitze bringt Moleküle dazu, sich schneller zu bewegen, das weiß ich, und Luft wird dünner. Also, vielleicht ist das die Analogie, die ich suche. Etwas im Zusammenhang damit, wie reiche Leute heller und schneller brennen und heißer ...

Wenn Hudson eine Null auf der Reichenskala wäre und Olivia eine zehn, dann ist Nathaniel eine Sieben. Sein perfekt frisiertes Haar, sein pastellblauer Anzug. Die drei Ringe, die er an der rechten Hand trägt – ein Absolventenring der Highschool, einer vom College, und den letzten kann ich nicht zuordnen –, vervollständigen das Outfit. Er ist, wie manche Leute sagen würden, geschniegelt. Wie unnatürlich weiß und gerade seine Zähne sind, ist auch nicht hilfreich. Und sein Lächeln? Sieht fake aus. Niemand lächelt so breit.

Aber er wirkt nahbar, als sollte ich mit ihm befreundet sein wollen oder es versuchen. Seine Gravitation zieht mich an und alle anderen im Raum ebenfalls. Ein leises Murmeln von Komplimenten tanzt dicht unter der Oberfläche.

Er ist zu so einem schönen Mann herangewachsen.

Danni hat so viel Glück.

Seht ihn euch an. Wusste schon immer, dass er ein Herzensbrecher werden würde.

Rebecca kann stolz auf ihn sein.

Ich trinke einen großen Schluck Wasser, um dieses Zuviel an Süße hinunterzuspülen. Niemand verbirgt seine Vorliebe für Nathaniel. Und ich verstehe es. Wenn wir im *Patriot* wären und Blickkontakt hätten, würde ich zu einhundert Prozent zurücklächeln. Wenn er mir einen Drink spendieren würde, würde ich natürlich mit ihm reden. Und wenn er mit mir nach einer Stunde Flirten zur Toilette wollte? Ah, dann könnt ihr euren Hintern darauf verwetten, dass ich mich von ihm vögeln lassen würde, oder umgekehrt.

Aber die Sache ist die. Im Hinterkopf würde ich immer wissen, dass er nichts weiter ist als eine belanglose, flüchtige Nummer. Diese Leute preisen ihn regelrecht, was gleichzeitig überhaupt nichts aussagt. Die Komplimente sind ebenso leer und gehaltlos wie eine Zehn-Kalorien-Reiswaffel. Aber das wissen sie nicht. Oder sie wissen es, und es ist ihnen egal?

»Er ist ein guter Kerl«, flüstert Hudson mir ins Ohr und reißt mich damit aus meiner Analyse. »Ich weiß, er sieht nicht danach aus, aber das ist er. Du wirst ihn im Lauf der Hochzeit kennenlernen.«

»War ich so offensichtlich?«

Hudson schenkt mir ein Lächeln, das die Wahrheit mildern soll. »Ich meine, ich kenne dich einfach gut. Du hast diesen *Ausdruck* an dir, wenn du über jemanden urteilst.«

Ich runzle die Stirn.

»Nicht, dass er kein Urteil verdient«, fügt Hudson rasch hinzu. »Das tun wir alle. Glaub mir. Und ich sage nicht, dass du nicht über ihn urteilen solltest. Aber Nathan ist ein netter Kerl. Er liebt Danni. Also, er liebt sie tatsächlich.«

»Warum sagst du das so?«, frage ich, bevor ich ganz durchdacht habe, ob ich diese Frage stellen will. Vielleicht ist die Antwort etwas, das ich nicht ans Licht bringen will.

»Was denn?«

»Dass er sie tatsächlich liebt. Warum hast du ›tatsächlich‹ gesagt?«

Hudson schindet einen Moment Zeit, indem er einen langen, tiefen Schluck von seinem Ginger Ale nimmt, das auf magische Weise nachgeschenkt wurde. »Nur so.«

»Hudson«, sage ich streng, aber mit gesenkter Stimme. »Was hast du ...«

»Oh, schau, da ist Danni!«

Jede Faser meines Seins sagt mir, dass ich weiter in Hudson dringen sollte. Seit wir Boston verlassen haben, fühlt es sich an, als späche er in halben Sätzen. Als wäre da etwas, das er sagen will, aber wenn die Worte gerade herauskommen wollen, werden sie wieder zurückgerissen. Das sind für mich die wichtigsten Worte. Die, mit denen ich mich beschäftigen sollte.

Reiche Leute wissen, wie man um ein Thema herumredet. Hudson ist da nicht anders.

Das wird eine Unterhaltung für ein andermal, denke ich. Stattdessen rufe ich mir in Erinnerung, warum ich hier bin – um Hudson zu helfen, einen guten Eindruck zu machen, und um mein Leben zu verbessern. Diese zwei Dinge können nicht ohne einander existieren.

Ich richte meine Aufmerksamkeit auf Danni; eine schlanke Frau mit feinem braunen Haar. Das Kleid, das sie trägt, passt gut zu ihrer gebräunten Haut. Sie sieht aus, als würde sie hierhergehören, bis hin zum Make-up und den Schuhen, aber ihr Gesicht passt nicht. Ihre Augen huschen von einer Person zur anderen, ohne länger als ein paar Sekunden auf einem einzigen Gesicht zu bleiben.

Ist es schlimm, wenn ich sage, dass ihre Nervosität tröstlich für mich ist? Ich denke schon, trotzdem kann ich nicht anders, als eine Verwandtschaft mit ihr zu empfinden. Als ihre Augen auf mir landen, schenke ich ihr ein kleines Lächeln, und ich merke, dass wir dasselbe empfinden. Wir beide wissen es, fühlen uns von derselben Energiefrequenz angezogen, die wir ausstrahlen und die niemand sonst in diesem Raum nachvollziehen kann.

Es ist das Gefühl, nicht hierherzugehören.

Danni wird von ihren Eltern flankiert, ebenso wie Nathaniel. Ihre Eltern gehen weiter, um mit den richtigen Leuten Hände zu schütteln und zu plaudern – wobei diese richtigen Leute die Rivers sind.

»Ist das nicht unglaublich liebenswürdig von Isaac und Diana?«, flüstert eine Frau ihrer Sitznachbarin neben mir zu. »Sie das Dinner hier veranstalten zu lassen?«

»Nun, ich hatte angenommen, dass sie das tun würden«, erwidert die andere Frau überzeugt. »Schließlich ist Nathan ihr Neffe. Und Randall richtet die Hochzeit aus. Sie stehen sich alle nahe, wissen Sie.« Sie sagt das selbstsicher, als habe sie einen Doktortitel in Reiche Familien des Südens oder so was.

»Richtig«, flüstert die andere Frau zögernd. »Aber Sie wissen … welche Geschichte sie haben, oder?«

Ich habe der Unterhaltung nur mit halbem Ohr zugehört, wenn ich ehrlich bin. Sie verschmolz mit dem leisen Gemurmel im Raum. Alle stellen sich einander vor, hoffen, das Richtige zu sagen, um einen guten Eindruck zu machen, ohne zu viel von ihrem wahren Ich preiszugeben, aus Angst, es sich mit der falschen Person zu verderben.

Aber wie sie »Geschichte« sagt, mit einer scharfen, gedämpften Hast in der Stimme? Das kenne ich gut. Das ist ein Klang, der klassenübergreifend ist. Man hört ihn auf dem Collegecampus, in Umkleideräumen überall in Amerika, in Häusern mit kaputter Klimaanlage an einem Sonntag nach der Kirche.

Es ist der Klang von Klatsch.

Ich versuche mein Bestes, mich näher heranzulehnen, ohne mir anmerken zu lassen, dass ich lausche.

»Nein«, sagt die andere Frau. »Welche Geschichte?«

Ich habe Gehässigkeit und Drama erwartet, als ich hier runterkam. Es gibt keine Familie, die das nicht hat, da Drama nicht den Reichen vorbehalten ist. Aber wie mit allem anderen haben die Reichen mehr Zugang dazu. Anscheinend lagern sie es in Fässern und kippen es aus, wann immer sie ihre Gäste damit füttern müssen. Wer liebt Drama schließlich nicht?

»Ich erzähle es Ihnen später«, sagt die Frau und konzentriert sich auf Nathaniels Eltern auf der anderen Seite des Dinnertisches. Sie wirken, als würden sie hierhergehören; als wären sie die fehlenden Teile eines Puzzles, das Mr und Mrs Rivers für Tausende Dollar entwerfen ließen, und jeder Gast repräsentiert ein Puzzleteil. Wenn diese Analogie weiter gilt, dann sehen Danni und ihre Eltern aus wie die drei Teile, die auch beim zweiten oder dritten Durchgang wieder weggelegt wurden.

Aber ihre Eltern scheint das nicht zu kümmern. Sie haben das strahlendste Lächeln auf ihren Gesichtern, das ich je gesehen habe, heller als die Sonnenstrahlen, die sich in den Buntglasfenstern brechen, die ich eben erst bemerkt habe. Wie viel haben die gekostet?

Das Dinner verläuft ziemlich ereignislos. Die meisten Leute reden an mir vorbei, nicht mit mir. Hudson macht seine Aufgabe gut, mich miteinzubeziehen, indem er sich zu mir beugt und mich über etwaige Insiderwitze aufklärt, die ich nicht mitbekomme. Er gibt sein Bestes, und das weiß ich zu schätzen. Aber sogar mit seinen kleinen Fußnoten hier und da gehen die Unterhaltungen während der nächsten zwei Stunden größtenteils an mir vorbei. Nicht, weil sie mir zu hoch sind, sondern weil ... na ja, es mich einfach nicht genug kümmert, um zuzuhören und zu verstehen.

Das heißt, bis eine ältere Frau von ihrem Platz herüberschlurft und ungeduldig winkt.

»Machen Sie Platz«, sagt die Frau, die grell und gewagt gekleidet ist.

Zuerst denke ich, sie redet mit mir, und ohne zu zögern gehorche ich, als wären ihre Worte irgendein pawlowscher Trigger. Aber bevor ich auch nur meinen Stuhl zurückschieben kann, funkelt sie mich an.

»Nicht Sie«, knurrt sie und zeigt mit einem Finger auf die Frau neben mir, die sich nie die Mühe gemacht hat, sich mir vorzustellen. »*Sie.*«

Wer auch immer diese ältere Frau ist, die Wirkung, die sie auf mich hat, einen einfachen Schwarzen Mittelschichtjungen aus North Carolina, die hat sie auch auf meine Sitznachbarin und deren Freundin. Sie stehen beide auf und schlurfen, rasch unterwürfige Worte murmelnd, davon. Niemand scheint es zu bemerken, und vor allem, die Frau scheint es nicht zu kümmern.

Hudson zieht einmal kurz an meinem Hemd. »Johannah Rivers. Das ist meine Großmutter, väterlicherseits«, sagt er schnell und leise. »Stell dich gut mit ihr, und wir sind fast am Ziel.«

»Also, du meinst, mich einfach erniedrigen und sie beeindrucken, all ihren Launen und Wünschen nachgeben?«

»Falls das dazu nötig ist, sicher.«

»Ich werde mein Bestes geben«, flüstere ich zurück.

»Daran habe ich keinen Zweifel.«

Mit diesen Worten und einem raschen Kuss auf die Wange wendet Hudson sich ab, um Olivia seine volle Aufmerksamkeit zu widmen, und lässt mich mit der anscheinend wichtigsten Person der Rivers-Familie allein. Was, wie ich annehme, für keinen von uns eine leichte oder amüsante Aufgabe ist.

Nur keinen Druck, richtig?

22

Von drei Dingen auf dieser Welt bin ich kein Fan. Na ja, eindeutig mehr als drei Dinge; der Einfachheit halber schränken wir es auf drei ein.

Alles mit Zwiebeln.

Sommer.

Und alte Leute.

Ja, ich versteh schon. Das ist wahrscheinlich nichts, was ich in ein Datingprofil schreiben sollte, aber manche Leute mögen keine Babys, und das werfen wir ihnen auch nicht vor. Ich mag keine alten Leute. Das hat nichts damit zu tun, wie sie aussehen oder mit ihrem Alter – ehrlich, das ist eine Errungenschaft. Nein, das liegt rein an mir.

Ich fühle mich unbehaglich in ihrer Nähe. Also, wenn wir ehrlich sind, entspringt mein Unbehagen bei ihnen meinem Unbehagen mit mir selbst.

Ich denke, meine Therapeutin würde sagen, dass es etwas mit der Tatsache zu tun hat, dass ich nicht selbstbewusst oder stolz auf mich bin, also gibt mir das Wissen, dass ältere Leute im Allgemeinen ein erfülltes und glückliches Leben gehabt haben, das Gefühl, nicht genug zu sein. Worauf ich ihr antworten würde, Verdammt, Karen, niemand hat dich gebeten, so tiefgründig zu sein. Aber sie hätte recht.

Und das ist schon bei einer durchschnittlichen älteren Person so. Johannah Rivers ist eine völlig andere Liga. Sie benimmt sich wie eine Herzogin, als ziehe sie alle Luft aus dem Raum an sich, was dich zwingt, dich zu ihr zu lehnen, wenn du atmen willst. Und der Rest des Raums, mit seinem Reichtum, der Macht und dem Selbstvertrauen? Weht davon. Kein einziges ihrer dunklen Haare tanzt aus der Reihe, und das Kleid, das sie trägt, kostet locker zehn, vielleicht zwölf meiner Monatsmieten. Ihre Haut ist frisch und zart, dunkler als die von Hudson und das perfekte Beispiel für *Black don't crack*.

Ein Vierzigerjahre-Western ist nichts gegen das Duell zwischen mir und Johannah.

»Ich werde nicht als Erste sprechen, mein Lieber«, sagt sie geschmeidig. »Also, sofern Sie nicht schweigend hier sitzen wollen, was mir auch recht wäre, würde ich vorschlagen, Sie fangen die Unterhaltung an.«

»Sie sind zu mir herübergekommen?«

»Das war mein erster Zug. Jetzt sind Sie an der Reihe.«

Sie nippt langsam an ihrem Kaffee, was mir ein paar Sekunden gibt, um mir zu überlegen, was genau ich sagen will. Johannah stellt die Tasse so leise ab, dass das teure Porzellan kein Geräusch macht, und ich weiß, das ist keine Situation, in der ich will, dass sie mich noch mal zum Sprechen auffordert. Also greife ich auf das zurück, worauf jeder Journalist zurückgreift – Information.

»Ihr Nachname ist Rivers.«

»Wie aufmerksam«, sinniert sie. Hinter ihren stylishen Locken sehe ich die Spur eines Lächelns.

Ich ignoriere ihre spitze Bemerkung und fahre fort. »Rivers & Valleys ist ein familiengeführtes Unternehmen …«

»Und Sie wollen fragen, ob mein Mann oder mein Bruder oder mein Vater das Unternehmen gegründet hat, ja?«

»Wenn ich eines als Journalist gelernt habe, Mrs Rivers, dann, dass die Geschichte Männern Verdienste zuschreibt, die sie nicht verdienen, wenn Frauen die Ideen haben. Ich kann mir vorstellen, dass es historisch zutreffender ist, dass eine Frau in Ihrer Familie die Idee hatte und Ihr Großvater die Lorbeeren dafür geerntet hat. Komme ich der Sache nahe?«

Johannah hält mitten im Schluck inne, die Tasse etwa drei Fingerbreit über der Untertasse. Ich kann Hudsons und Olivias Blicke auf mir spüren, wie einen durch ein Vergrößerungsglas gebündelten Sonnenstrahl, der sich mir in die rechte Halsseite brennt. Es ist, als bemühe Hudson sich nach Kräften, so zu tun, als interessiere ihn nicht, was zwischen mir und seiner Großmutter passiert, allerdings ist er darin verdammt schlecht; so schlecht, dass seine Versuche mich tatsächlich befangen machen.

Also gibt es nur eine einzige Möglichkeit, das zu beheben; den Spieß umdrehen. Diskret greife ich blind unter den Tisch nach seinem Oberschenkel, um ihn zu drücken.

Stattdessen erwische ich seinen Schritt. Seinen sehr vollen, sehr großen Schritt.

Denn natürlich passiert mir das.

Hudson stößt einen *sehr* hohen, spitzen Schrei aus. Er springt hoch und stößt mit den Knien gegen den Tisch, dass er wackelt und sein Wasser aus dem Glas über die Tischdecke schwappt.

»Herrje«, murmelt Mr Rivers. Seine Augen sind nicht die

einzigen, die Hudson anstarren. Nathaniel hat diesen *Ruinier-mir-das-nicht-Bro*-Ausdruck auf dem Gesicht. Mrs Rivers sieht tatsächlich besorgt aus, und Danni versucht ihr Bestes, ihr Lächeln zu verbergen. Johannah kann die Augen nicht von mir lassen – wegen meinem umwerfend guten Aussehen natürlich –, und Olivia blickt zwischen Hudson und mir hin und her. Ich hinterfrage nicht mal, ob sie eins und eins zusammengezählt hat.

»Entschuldigung«, murmelt Hudson und räuspert sich. »Krampf im Bein.«

»Das solltest du mal ansehen lassen«, sagt eine Frau auf der gegenüberliegenden Seite des Tisches. »Ich kenne einen fantastischen Arzt in Atlanta. Ich kann dir seine Kontaktdaten geben.«

»Ziemlich sicher, dass das die Handlung eines Pornos ist.«

»Wie bitte, mein Lieber?«

»Nichts«, sagt Hudson schroff und setzt sich wieder. »Tut mir leid wegen dem Tisch.«

Mrs Rivers winkt ab. »Wasser trocknet wieder.«

Beinahe sofort setzt das leise Gemurmel der Unterhaltungen wieder ein, die kleine Unterbrechung war nichts für das oberste ein Prozent des Südens. Außer für Johannah Rivers. Sie nimmt einen letzten Schluck, tupft sich die Mundwinkel und schiebt ihren Stuhl zurück. »Gehen Sie ein wenig mit mir spazieren.«

Johannah schaut nicht mal, ob ich ihr folge. Sie scheint nicht der Typ zu sein, zu dem die Leute Nein sagen. Ich werfe einen Blick hinüber zu Hudson, der spricht, bevor ich es tun kann.

»Wir reden später darüber«, sagt er. »Geh.«

»Was ist, wenn ich nicht darüber reden will?«

Die Worte kommen mir über die Lippen, bevor ich sie zurückhalten kann.

Hudsons Miene bekommt einen Sprung, eine Mischung aus Überraschung, Interesse und Verwirrung legt sich über seine attraktiven Züge. Was, ich meine, ehrlich: Mir geht's genauso. Ich glaube nicht, dass ich es erklären könnte, wenn er mich darum bitten würde. Oder ob ich es überhaupt wollte. Denn die Worte klingen idiotisch, wenn ich sie in meinem Kopf noch einmal abspiele, aber sie klingen auch gar nicht schlecht.

»Ich gehe jetzt.«

»Ja, wahrscheinlich am besten.«

Ich hole Johannah ein, bevor sie die Hintertür erreicht. Ohne zu warten, biete ich ihr meinen rechten Arm an, ein simpler Akt der Höflichkeit. Sie sieht meinen Arm an und dann wieder mich.

»Ich bin alt, Kian, nicht gebrechlich. Ich kann drei Stufen alleine runtergehen.«

Der Sommer in Atlanta ist wie der Sommer in North Carolina: schwül, heiß und stickig. Aber die weite Landschaft des Rivers-Anwesens hat etwas Schönes an sich. Man kann es nicht sehen, wenn man die Einfahrt hochfährt, aber das Land ist endlos. Bäume säumen die Grundstücksgrenze und führen an beiden Seiten in einen tiefen Wald, aber nach vorne ist es, als würden wir in die Sonne gehen. Die Atmosphäre erzeugt ein Gefühl der Stille, wie eine dünne Decke über meinen Schultern, das sich nicht einfach reproduzieren lässt, indem man ein paar Stunden im Boston Common verbringt. Die Luft ist ebenfalls sauberer und frischer.

Ich kann nicht anders, als darüber nachzudenken, welch unterschiedliche Leben Hudson und ich hatten. Wie ist es, hier aufzuwachsen? Sicher, er hat seine Probleme – jeder hat die –, aber da ist eine gewisse Leichtigkeit, die damit einhergeht, so zu leben. Dieser Vorsprung verändert dich, gesundheitsmäßig, ängstemäßig, finanzmäßig. Dieses Leben stellt dich automatisch ein paar Stufen über andere Leute. Ungeachtet dessen, für wie zugänglich ich ihn halte, wie bodenständig und losgelöst von seinem Familienreichtum, gibt es Erfahrungen, die Hudson hatte, die ihn von Natur aus anders machen.

Aber ist das etwas Schlechtes? Er ist niemand, der mit diesen Vorteilen prahlt, und ich bin ganz gewiss nicht arm aufgewachsen. Mom sagte immer, dass wir solide Mittelschicht wären. Mir mangelte es nie an etwas, obwohl ich kein brandneues Auto zum sechzehnten Geburtstag bekam oder einen Toplaptop. Ich kann nicht *Schaut-wie-schwer-mein-Leben-war*-Karte ausspielen.

»Wunderschön, nicht wahr?« Johannah hat denselben Ausdruck auf ihrem Gesicht wie ich: friedliche Gelassenheit. »Mein Vater hat dieses Haus gekauft, als Rivers & Valleys ihre erste Million machten. Wussten Sie, dass dieses Anwesen früher eine Plantage war? Deswegen hat er es gekauft. Hat alles niedergerissen und neu darauf aufgebaut. Sagte, er wollte ein Stück unseres Vermächtnisses zurückgewinnen und zu seinem eigenen machen. Daddy sagte immer: ›Stell dir vor, Johannah, wie sich diese alten weißen Frauen und Männer im Grab umdrehen würden, wenn sie wüssten, dass Schwarze so viel Geld haben wie wir und ihr ganzes Vermächtnis ausgelöscht haben.‹«

Da ist ein Funkeln in ihren Augen, als würde es ihr Freude bereiten, diese Geschichte zu erzählen. Ich muss zugeben, ich würde am liebsten die Faust in die Luft recken.

»Als ich jünger war, haben wir für den Geschichtskurs der Highschool einen Ausflug auf eine Plantage gemacht. Davon gibt es viele in North Carolina. Für die meisten in meiner Klasse war es nur Geschichte.«

»Außer für uns«, sagt sie. »Für uns ist es mehr als das. Es ist unser Leben. Es ist der Grund, warum wir unsere Abstammung nicht zurückverfolgen können.«

»Es ist schmerzhaft.«

»Genau.« Sie nickt und schweigt einen Moment. »Also verstehen Sie, warum mein Daddy sie gekauft hat.«

»Absolut. Und ich verstehe, warum Sie sie in der Familie behalten haben. Warum Sie etwas anderes daraus machen wollten. Etwas«, ich deute um mich, »das dieses Vermächtnis auslöschen würde. Sie wollten, dass die einzige Geschichte dieses Hauses Rivers & Valleys ist, nicht die gebrochene, schmerzhafte Vergangenheit.«

Ich sollte wahrscheinlich hier aufhören, aber etwas lässt mich weitersprechen.

»Und darin liegt Macht, wissen Sie? Wie viele Leute gibt es, die im Wesentlichen den Leuten, die sie verletzt haben, den Mittelfinger zeigen dürfen? Wenige. Und Sie konnten das tun. Durch Geld und welche Mittel auch immer Sie es erreicht haben.«

»Ich spüre, dass da noch ein ›Aber‹ kommt …«

»Aber.« Ich mache eine kurze Pause. »Ich meine, ich habe das auch schon zu Ihrem Enkel gesagt. So etwas wie einen moralischen Milliardär gibt es nicht.«

»Da widerspreche ich Ihnen nicht.«

»Was mich dazu bringt, mich zu fragen, welche Menschen Sie verletzt haben, um das Unternehmen Ihrer Familie dorthin zu bringen, wo es ist.«

Nachdem ich etwas so … Leidenschaftliches gesagt habe, würde ich normalerweise erwarten, dass die Leute Beifall spenden, irgendwie unangenehm berührt reagieren oder mit einem *Na ja, eigentlich …* antworten. Verdammt, ich habe schon alle drei dieser Reaktionen erlebt. Aber Johannah tut nichts von all dem. Sie sieht mich nur still an, das Gesicht so stoisch wie zuvor.

Als Journalist weiß ich, dass Schweigen ein Werkzeug ist, eine Waffe, wenn man seine Quelle zum Reden bringen will. Wenn man lange genug wartet, geben die Leute immer irgendetwas preis, selbst wenn es nur ein kleiner Riss ist, den man ausweiten kann. Es wurde nur noch nie gegen mich eingesetzt.

»Ich hoffe, ich habe damit keine Grenze überschritten.«

»Ich schätze Ehrlichkeit in jedem Aspekt meines Lebens, Kian.«

»Aber tun Sie das wirklich?« Eine weitere Bemerkung, von der ich mir wünsche, ich hätte sie für mich behalten. »Ich meine, wenn die Leute das sagen, meinen sie es nicht immer so.«

»Eines, was Sie über mich lernen werden, falls Sie Teil dieser Familie werden, ist, dass ich sehr ehrlich bin. Ich habe nicht den Luxus der Zeit, um den heißen Brei herumzureden. Und offen gesagt ist es langweilig. Was mich zu meiner nächsten Frage bringt: Lieben Sie meinen Enkel?«

»Sie werden meine erste nicht beantworten?«

»Diese Antwort werden Sie sich mit der Zeit verdienen. Aber ich sage Ihnen eines: Alles, was ich getan habe, habe ich für meine Familie getan, und ich bereue nichts davon. Und jetzt antworten Sie.«

»Das ist ein jäher Kurswechsel, finden Sie nicht? Ein

Sprung von einem Gespräch über ein System des Kapitalismus, das Amerika zu dem gemacht hat, was es heute ist, mit allen Vor- und Nachteilen, zu einer gezielten Frage nach meinen Gefühlen für einen Mann?«

Sie zuckt mit den Schultern. »Ich genieße es, unberechenbar zu sein. Das lässt mich jung und bei den Leuten gefürchtet bleiben.«

»Würden Sie nicht lieber respektiert werden? Geht so nicht diese Redensart?«

»Vielleicht, wenn man dumm ist, sicher.«

Ich kann nicht anders, als Johannah anzulächeln. Sie ist nicht annähernd so Furcht einflößend, wie Hudson mich hat glauben lassen. Oder vielleicht ist das ihr Charme.

»Nun, lieben Sie meinen Enkel?«, fragt sie erneut. Ich kann sehen, dass sie eine Frau ist, die es nicht mag, etwas zweimal zu fragen. »Selbst wenn er alles personifiziert, was Sie gerade erwähnt haben, wobei ich Ihnen nicht widerspreche, wohlgemerkt. Als ich gehört habe, was Sie zu Olivia gesagt haben, wusste ich, dass Sie anders sind. Deshalb bin ich herübergekommen, um mit Ihnen zu reden. Also, ich frage Sie noch einmal: Lieben Sie meinen Enkel? Denn ich glaube, dass er Sie liebt.«

Leises Stimmengewirr von der Party sickert nach draußen. Es ist gedämpft, dank der Glastüren, aber über meine Schulter hinweg sehe ich die Menge durchs Foyer nach draußen strömen. Danni, Nathaniel und Hudson unterhalten sich, dabei gestikuliert Hudson wild mit den Händen. Es sieht aus, als erzähle er aufgeregt irgendeine Geschichte. Einen Moment später fängt er meinen Blick auf, und er zwinkert mir zu, dabei zeigt er mir einen Daumen-hoch und grinst mit zusammengebissenen Zähnen.

Läuft alles gut?, fragt seine Miene stumm.

Ich lächle weder zurück noch gebe ich ihm eine Antwort. Stattdessen wende ich mich zu Johannah um. »Ich weiß es nicht.«

Das scheint sie nicht aus der Fassung zu bringen. »Das ist in Ordnung. Sie haben Zeit.«

Und dann stehen wir da und blicken hinaus, als käme die Antwort über die Hügel geritten, um mir zu Pferd überreicht zu werden.

23

»Also, wie ist es gelaufen?«

Hudson und ich benehmen uns den Rest des Nachmittags wie zwei Planeten in einer Umlaufbahn, die sich nie berühren. Nach meiner Unterhaltung mit Johannah verbrachte ich etwas Zeit allein auf dem Gelände. Als ich wieder reinkam, verschwand Hudson gerade mit seinem Vater ins Arbeitszimmer, und ich erhaschte nur einen flüchtigen Blick auf ihn, bevor sich die Tür schloss. Das Gespräch sah ernst aus, aber ich hatte keine Zeit, länger zu bleiben und die *Was-wäre-wenns* gären zu lassen, bevor eine Schar Kinder angerannt kam und tat, was Kinder am besten können – mich liebevoll nerven.

Meine allgemeine Meinung ist »Wir haben zu viele Kinder auf dem Planeten« und all die dazugehörigen Gespräche, die sich von dieser unglaublich geistreichen These entspinnen, aber diese Kids hier sind in Ordnung.

Später an diesem Abend, gegen 21:30 Uhr, nachdem er schnurstracks unter die Dusche ging, kommt Hudson wieder herein und lässt sich zwanglos aufs Bett fallen. Er hat die Voraussicht, zum Glück, *nicht* nur mit Handtuch oder Unterhose bekleidet herauszukommen; stattdessen trägt er schwarze Sportshorts, wie man sie im Fitnessstudio sehen würde, und ein passendes dunkles Tanktop mit schmalen Trägern. Wenn ich es nicht besser wüsste, würde ich denken, es ist aufgemalt. Aber so gewagt ist Hudson nicht. Er ist nicht dieser Typ schwul. Er ist eher der Typ ... »klickt bei Grindr auf ›Junge von nebenan‹, wenn er seinen Tribe auswählt, kann aber hundertprozentig im Club abtanzen, wenn ›Toxic‹ gespielt wird, würde das aber *nie* zugeben‹-schwul«.

»Johannah«, verdeutlicht er, während er seinen braunen Haarschopf ausschüttelt. Wassertröpfchen spritzen auf die teuren Kissen, und natürlich mich, und besprenkeln das Buch, das ich lese, mit dunklen Punkten.

Ich möchte sauer auf ihn sein, ihn anblaffen, wie teuer dieses Buch war – Erstausgaben sind nicht billig, wisst ihr? –, besonders, da ich es auf den vehementen Vorschlag seiner Mutter hin aus der Bibliothek seiner Eltern genommen habe. Aber das jungenhafte, schiefe Lächeln lässt mein Herz flattern und mir warm in der Brust werden. Es lässt mich einen Moment lang alles vergessen, was in unserer Vergangenheit passiert ist. Wie seine Muskeln sich wölben und hervortreten, der schwache Geruch nach Seife und die Wärme, die sein Körper ausstrahlt – das alles zieht mich an.

»Es ist gut gelaufen«, sage ich, klappe das Buch zu und lege es auf den Nachttisch. »Sie ...«

»Ist Furcht einflößend? Wird dich wahrscheinlich im Schlaf umbringen? Plant deinen Untergang und ist dir schon ein halbes Dutzend Schritte voraus, und es gibt nichts, was du dagegen tun kannst?«

»... wirkt nett.«

»Oh, dann reden wir nicht über dieselbe Frau.« Er setzt

sich auf und fühlt mit dem Handrücken meine Stirn. »Hast du zu viel getrunken? Bist du sicher, dass du Kian bist? Wer sind Sie, und was haben Sie mit meinem Freund gemacht?«

Ich schlage seine Hand weg, aber ich kann spüren, dass meine Lippen ein Lächeln formen. »Rein hypothetisch, wenn ich ein Betrüger wäre, was würdest du tun?«

»Klingt nach etwas, das ein Betrüger sagen würde«, murmelt er spielerisch die Augen verengend. »Ich würde wahrscheinlich gegen dich kämpfen, bis ich Kians wahren Aufenthaltsort aus dir herausbekommen hätte.«

Ich ziehe eine Augenbraue hoch. Hudson lässt nicht locker.

»Was, denkst du, ich kann nicht kämpfen?«

»Das habe ich nicht gesagt!«

»Dein Gesicht sagt alles! Da. Ich werd's dir zeigen.«

Hudson kniet sich hin, packt meine Schultern und wirft mich mit einer einzigen mühelosen Bewegung aufs Bett. Ehe ich weiß, wie mir geschieht, umspannt er mit einer Hand meine Handgelenke und hält sie über meinem Kopf fest, die Knie links und rechts von meinen Hüften.

Ich winde mich unter dem Gewicht, versuche, seinen kräftigen Körper von mir runterzubekommen – genau den Körper, zu dem ich mich erinnere, mir in vielen Nächten einen runtergeholt zu haben. Aus irgendeinem Grund kann ich nicht anders, als den 1977er-Klassiker *Brick House* von den Commodores in meinem Kopf zu hören.

Eine Sekunde verstreicht. Dann ungefähr zwanzig weitere, aber Hudson bewegt sich nicht. Sein Griff wird auch nicht lockerer. Er starrt einfach nur auf mich herunter, dabei verlagert er sein Gewicht leicht, als versuche er, es sich bequemer zu machen oder … Nein … als versuche er langsam, die richtige Stellung zu finden, um unsere Körper zusammenpassen zu lassen wie Puzzleteile.

Mein Herz beginnt schneller zu schlagen, und mein Körper windet sich wie selbstverständlich zurück. Hudson bemerkt es, und durch seine nassen, jalousienartigen Haare sehe ich, dass seine Augen sich weiten. Und dann dieses typische verdammte Schmunzeln.

Dieses gottverdammte Schmunzeln.

Er übt absichtlich mehr Druck aus. Mein Schritt drückt gegen seinen Hintern, als er sich herunterlehnt und sein nach Minze riechender Atem mein Ohr streift.

»Meine Güte, Mr Andrews«, flüstert er. »Ist das ein …«

»NEIN!«

Ich habe keine Ahnung, woher die Kraft kommt, aber mit einem einzigen mühelosen Schwung bäume ich die Hüften auf und verdrehe meinen Körper. Da Hudson nicht darauf vorbereitet ist, reagiert sein Körper entsprechend. Ihr wisst schon, dieses ganze dritte Gesetz von Daddy Newton: Jede Aktion hat eine gleich große und entgegengesetzte Reaktion.

Hudson fliegt mit ulkig rudernden Armen und Beinen vom Bett und landet mit einem schweren Plumps auf der rechten Seite.

Krise abgewendet. Und mit Krise meine ich meine Erektion.

Ich nutze den Moment, um mich zuzudecken, bevor ich mich herumrolle und über den Bettrand sehe. Hudson hat sich nicht bewegt, er liegt einfach nur … da, wie ein schlecht zusammengeklappter Gartenstuhl.

»Das hast du verdient, das weißt du, oder?«

»Mhm.«

»Brauchst du Hilfe, hochzukommen?«

»Mhm.«

»Kannst du dich bewegen?«

»Mhm.«

»Dir ist nichts passiert«, sage ich und rolle mich auf den Rücken. Es dauert nicht lange, bis ich spüre, dass mich Hudsons Augen über die Bettkante ansehen.

»Du hast mich tätlich angegriffen«, wirft er mir vor.

»Das würde dir niemand glauben. Du bist zehn Zentimeter größer als ich. Und breiter. Kräftiger, würde ich sagen. Du bist eindeutig im Vorteil.«

»Ich verlange etwas als Genugtuung für diesen Angriff auf meine Person.«

Ich versuche, mir ein Lächeln zu verkneifen. Ich drehe mich auf die Seite und stütze den Kopf in meine Handfläche. »Was schwebt dir denn vor? Ich würde nicht wollen, dass deine Ehre befleckt ist.«

»Hmmm.« Er reibt sich das Kinn. »Die Möglichkeiten sind endlos.«

»Nichts Illegales. So sehr mag ich dich nicht.«

»Na, jetzt bist du aber ein Spielverderber.«

Ein weiterer Moment verstreicht, bevor er aufsteht. »Komm in fünf Minuten zu mir nach unten«, sagt er. »Und frag nicht, warum. Das ist eine Überraschung.«

Er weiß, was als Nächstes kommt. Hatten wir nicht schon genug Überraschungen in den letzten zwei Wochen? Bevor ich antworten kann, sprintet er los, kehrt noch mal um und rennt ins Badezimmer.

»Ich muss mich erst noch anziehen ... Es sei denn ... du weißt schon ...«

»Zieh dich an.«

Hudson nickt. »Weise Entscheidung«, sagt er und

schließt die Tür. »Warte, bis ich weg bin, bevor du zu zählen anfängst!«

Wenige Augenblicke später kommt er aus dem Badezimmer, in einem hellgrauen Henley-Shirt, das gerade genug Brusthaar zeigt, um geschmackvoll, aber auch verführerisch zu sein, in einer Jeans und Stiefeln. Nicht Cowboystiefeln – glaubt mir, ich habe nachgesehen –, nur normalen Stiefeln. Würden Cowboystiefel heiß an Hudson aussehen? Wem mache ich hier was vor? Alles sieht heiß an ihm aus.

»Also gut, du kannst jetzt zu zählen anfangen! Warte, du bist nicht ... nicht so wichtig!«

»Nicht was?«

»Nein, ich werde nicht fragen. Komm einfach nach unten.«

Die Tür schließt sich, und ich bleibe allein in dem geräumigen Zimmer zurück. Die Stille bemerkend setze ich mich auf. Ohne Hudson, selbst mit all den Kuriositäten hier und da, ist kein Leben in diesem Raum. Als ich angestrengter lausche, höre ich kein Lachen, laute Musik oder streitende Eltern. Es ist still und kalt, sogar in Georgia im Sommer.

Ich glaube, ich verstehe, was er vorhin gemeint hat.

Ich warte genau fünf Minuten, bevor ich mir ein ausgewaschenes Beyoncé-T-Shirt überwerfe, in meine Sneaker schlüpfe und nach unten gehe. Hudson textet eifrig draußen vor der Tür und sitzt dabei in einem Golfcart.

Es ist noch nie was Gutes bei einem Golfcart herausgekommen.

»Sagst du mir jetzt, wo wir hingehen? Ich kann übrigens nicht Golfspielen.«

»Ach bitte, denkst du, ich erwarte von dir, dass du Golf spielst?« Er schnaubt verächtlich. »Das ist doch ...«

»Gar kein richtiger Sport«, sagen wir beide gleichzeitig. Hudson lächelt breiter, sodass sich seine Grübchen zeigen.

»Stimmt's?«, fragt er.

»Wie kann im Stehen einen kleinen Ball schlagen ein Sport sein? Muss man nicht schwitzen, damit etwas ein Sport ist?«

»Und das sind dieselben Leute, die sagen, Cheerleading wäre kein Sport.«

»Und weißt du, warum?«

»Frauenfeindlichkeit«, sagen wir erneut gemeinsam. Hudson stupst mich mit der Schulter an, bevor er das Golfcart startet, und die kleine Maschine erwacht rumpelnd zum Leben, bevor sie ein leises Summen von sich gibt.

Hudson düst los, fährt mühelos über das Kopfsteinpflaster und dann mit einem dumpfen Ruck aufs Gras.

»Sollten wir nicht den Weg nehmen?« Ich zeige mit dem Finger. Der Mond scheint, und sogar ohne Scheinwerfer ist die Grenze zwischen beidem leicht zu erkennen. »Ich glaube nicht, dass sich dein Vater über die Spuren im Rasen freuen wird.«

»Der soll sich ficken. Ich meine, nein. Wenn hier irgendwer irgendwen ficken sollte, dann du mich.«

»Wie bitte?«

»Gesundheit.«

Das Licht fängt Hudsons Profil auf besondere Weise ein. Die Ader an seinem Hals ist ausgeprägter, und in diesem Winkel hat er beinahe ein Leuchten an sich, als wüsste der Mond, dass er es wert ist, besonders angestrahlt zu werden. Als würde er mir sagen: Pass auf, Kian, der ist einer für immer.

Das schwache Lächeln auf seinem Gesicht ist auch nicht

hilfreich. Es lässt ihn wie einen Jungen in einem Süßwarenladen aussehen, als wäre der Wald, in den wir immer tiefer hineinfahren, der Ort auf Erden, an dem er am glücklichsten ist. Es bringt mich dazu, selbst lächeln zu wollen. Etwas in mir fühlt sich wärmer an als seit langer Zeit. Und das macht mir Angst.

Ich bin mir nicht sicher, ob ich sagen würde, dass, mit Hudson hierherzukommen, ein Fehler war. Ich habe weiß Gott in meinem Leben viele Fehler gemacht, aber das hier fühlt sich nicht wie einer davon an.

Ein Fehler fühlt sich kalt und hohl im Innern an, als würde er dich vollkommen verschlucken. Als gäbe es keinen Ausweg, während du immer tiefer in der klebrigen Schwärze versinkst, die du im Allgemeinen selbst geschaffen hast. Aber hier in diesem Golfcart mit Hudson sind alle Fehler, die ich in der letzten Woche oder den letzten zwei Wochen oder im letzten Monat gemacht habe, all die ihn betreffenden Fehler in meinem Leben und meinem Job und meinen Freunden … nicht von Bedeutung.

Er lässt sie nicht von Bedeutung sein.

Er ist das Einzige, was Bedeutung hat.

Und wenn wir für immer so bleiben könnten, in diesem wackligen alten Golfcart, an einem Ort, an dem ich mich unwohl und wohl zugleich fühle, könnte es das wert sein, weil ich hier bei ihm bin.

24

Während der ersten Hälfte des Ausflugs in den Wald fahren wir schweigend; in der zweiten Hälfte schwinge ich meine Hand rüber und lege sie wieder auf die von Hudson. Diesmal manövriert er meine Hand, ohne zu zögern, so, dass sie unter seiner liegt. Das Lächeln auf seinem Gesicht wird noch strahlender, und die Wärme in mir wächst ebenfalls.

Wir fahren, bis das Gras zu einem unebenen Belag aus kleinen Kieselsteinen wird, die unter den Reifen des Golfcarts davonrutschen.

»Wir sind da«, sagt er und steigt aus. Hudson rennt um das Golfcart herum und tut beim Öffnen der Tür so, als wäre es eine Kutsche.

Ich brauche eine Sekunde, um zu erkennen, wo wir sind. Der Wald ist einer freien Fläche gewichen, etwa achthundert Meter im Durchmesser. Der Mond scheint herab, sodass die ganze Gegend in weißem Licht zu leuchten scheint. Vor uns befindet sich ein See, silbern und bewohnt von einer Ente oder etwas Ähnlichem in der Ferne – ich kann es nicht genau erkennen, aber es sind keine anderen Menschen hier. Es ist still und kühl.

»Hört, hört!«, sagt Hudson laut mit einem gekünstelten britischen Akzent, der schlimmer ist als jede Michael-Scott-Imitation, die ich je gehört habe. Seine Stimme tönt über die Leere hinweg. »Lord Andrews aus dem Hause North Carolina ist angekommen. Verbeugt euch vor ihm.«

»Du weißt, dass dich keiner hören kann?«, frage ich, während ich aus dem Golfcart steige. »Und seien wir mal ehrlich, das ist wahrscheinlich am besten so.« Aber ich spiele mit und verbeuge mich ebenfalls.

»Die Enten können mich hören, und glaub mir, wenn die Enten dich respektieren, dann bist du kurz davor, dass dich jeder in Georgia respektiert.«

»Schritt eins, das Vertrauen der Enten gewinnen ...«

»Nein, Schritt eins ist, die Bewunderung meiner Großmutter zu gewinnen, was du getan hast«, korrigiert er mich. »Schritt zwei ist, das Vertrauen der Enten zu gewinnen. Dann ist Schritt drei der Profit.«

»Nur nicht den Profit vergessen.« Ich nicke ernst. »Der wichtigste Schritt.«

»Siehst du, du bist schon dabei, ein Kapitalist zu werden.«

»Es gibt Schlimmeres auf der Welt, was man sein könnte.« Ich zucke mit den Schultern und gehe zum See.

Der See erinnert mich an einen bei mir zu Hause. Mom und ich haben früher im Sommer jedes Wochenende dort verbracht. Er lag nicht weit von unserem Haus, darum konnten wir zu Fuß hingehen oder manchmal mit dem Fahrrad fahren, aber meistens fuhren wir mit dem Auto. Es war die Zeit, in der meine Mom und ich uns am nächsten kamen, wenn wir am Wasser im hohen Gras saßen, die Wärme unsere dunkle Haut durchdringen und sie mit einem Schweißfilm überziehen ließen, der sich ebenso richtig wie falsch anfühlte. Dann waren wir am meisten mit uns im Reinen. Das war, bevor meine Mom Jamals Vater kennenlernte. Wir gingen immer noch zusammen hin, nachdem sie ein Paar wurden, aber es war einfach nicht mehr dasselbe.

Vielleicht ist es möglich, dass ich neue Erinnerungen an einem neuen See mit Hudson schaffe. Vielleicht werden diese Erinnerungen ebenso mächtig, ebenso gut, ebenso stark sein. Vielleicht werden sie sogar besser sein.

Ich sehe hinüber zu Hudson, der meinen sehnsüchtigen Ausdruck teilt, als er aufs Wasser blickt. Woran denkt er gerade? Was für Erinnerungen beherbergt der See für ihn? Bevor ich fragen kann, erzählt er es mir:

»Meine Mom und ich sind früher ständig hierhergekommen. Es war mein sicherer Rückzugsort fort vom Haus, wenn Olivia und Dad sich in ihre Geschäfte verkrochen und ich mich ausgeschlossen fühlte. Ich liebe es hier, weil ich das Gefühl habe, ich selbst sein zu können, inmitten des Wassers und der Bäume und der Stille.« Er wendet den Blick nicht ab, als halte etwas auf der anderen Seite des Sees seine Aufmerksamkeit. »Ich weiß nicht, ob das irgendeinen Sinn ergibt.«

»Das ergibt vollkommen Sinn«, versichere ich ihm. Ich drücke seine Hand lange, wie ein Strich im Morsecode, und ziehe meine Hand nicht zurück. »Ich glaube nicht an Spiritualität, aber ich denke schon, dass es etwas Heilendes hat, an einem See zu sein.«

Hudson wirft mir einen Blick zu. »Was ist mit uns?«

»Hm?«

»Denkst du, es kann uns heilen?«

Der Atem stockt mir mitten in der Kehle und wird zu einem Kloß, der nicht weggehen will, als wäre er ein Hausbesetzer in meiner Luftröhre. Was soll ich darauf sagen? Wie soll ich darauf antworten? Stattdessen ertappe ich mich dabei, dass ich Hudson anstarre. Ich bemerke die scharfen Kanten seines Kiefers, die Straffheit seines Halses, die Fülle seiner Lippen. Wie seine vertrauten, warmen braunen Augen funkeln, wenn der Mond sich in ihrer Dunkelheit spiegelt. Ich bemerke, wie sein großer Körper angespannt ist vor Zögern, und vor allem ... vielleicht ... erfüllt von dem Gewicht von Furcht.

Ich drehe mich zu ihm, um ihm meine volle Aufmerksamkeit zu schenken, und schlucke heftig, um Luft in meine Lunge zu bekommen. »Denkst du, wir brauchen Heilung?«

Mit angespannter Miene dreht Hudson sich zu mir. Es sieht aus, als ringe er mit etwas, etwas tief unter seiner Haut, seinen Muskeln, seinen Knochen – als wäre da etwas, das um die Vorherrschaft kämpft. Eine Frage oder eine Wahrheit, mit der er ringt, um zu entscheiden, ob er sie wirklich glaubt oder nicht. Ich kenne diesen Blick, ich kenne dieses Gefühl, ich kenne diese Wahrheit, denn seit er sich vor ein paar Wochen bei mir gemeldet hat, kämpfe ich mit demselben Dilemma.

»Sag du es mir«, erwidert er.

»Das ist keine Antwort.«

»Stimmt.« Er zuckt mit den Schultern. »Aber du warst schon immer der Klügere von uns.«

»Moment mal, warte.« Ich hole mein Handy raus, tippe zweimal und rufe die Diktiergerät-App auf. »Sag das noch mal, laut und deutlich, damit ich eine gute Aufnahme kriege.«

Hudson verdreht die Augen und murmelt etwas vor sich hin, das ich nicht ganz verstehe. Aber so, wie ich ihn kenne –

und ich habe das Gefühl, dass ich ihn ziemlich gut kenne –, denke ich, ich kann erraten, was er sagt. Typisch Kian. Komik als Mauer zu benutzen, um sich nicht mit echten menschlichen Gefühlen auseinandersetzen zu müssen. Der gute alte, vorhersehbare Kian.

Aber selbst wenn er das denkt, sagt er es nicht. Hudson macht einen Schritt vorwärts, um den Abstand zwischen uns zu überwinden, und löscht damit jedes Gefühl von persönlichem Freiraum, das ich haben könnte, aus. Seine starke Brust presst sich an meine, dabei wird mein Handy zwischen uns eingequetscht wie ein kleines Kind, das versucht, sich bei einem Yo-Gabba-Gabba!-Konzert in die erste Reihe vorzudrängeln. Als Reaktion trete ich einen Schritt zurück.

Es ist nicht so, dass ich ihm nicht nahe sein will – das Gegenteil, um genau zu sein. In seiner Umlaufbahn zu sein ist berauschend. Hudson Rivers hat, was so viele erfolgreiche Menschen haben, diesen X-Faktor synonym mit radioaktivem Charisma. Es ist gefährlich, zu nah zu kommen. Nebenwirkungen beinhalten Anhänglichkeit, Geilheit, schlechtes Urteilsvermögen und mehr.

»Tut mir leid, das habe ich nicht ganz verstanden«, sage ich mit dem Handy fuchtelnd, um ihn an das Spiel zu erinnern, das wir spielen. Solange ich dieses Spiel weiterspielen kann, so tun kann, als ob das, wovon ich glaube, dass es gleich passieren wird, nicht wirklich passieren wird, außer in meinem Kopf … solange kann ich nicht wieder verletzt werden. Denn in meinem Kopf kann ich die Regeln bestimmen. Und in meinem Kopf leben Hudson und ich glücklich bis an unser Lebensende. Oder wir gehen nach dieser Hochzeit getrennte Wege. Keine Gefühle. Kein gar nichts. Kein …

Hudson greift sanft nach meinem Handgelenk und hebt mein Handy dicht an seinen Mund. Die Unterkante meiner Hand ruht auf seinem Schlüsselbein, und ich bemerke die Stärke seiner Brustmuskeln. Ich habe sie zuvor nicht bemerkt, oder vielleicht wollte ich sie nicht bemerken. Wie stark sie sind, wie definiert sein Körper ist, wie …

»Ich, Hudson Rivers, gestehe im Vollbesitz meiner geistigen und körperlichen Kräfte, dass Kian Andrews viel klüger ist als ich.«

»Das ist schon besser …«

»Ich bin noch nicht fertig«, sagt er. »Und ich, Hudson Rivers, gestehe im Vollbesitz meiner geistigen und körperlichen Kräfte ebenfalls, dass ich Kian Andrews so verdammt dringend gegen einen dieser Bäume drücken und küssen möchte, bis er nicht mehr weiß, welcher Tag heute ist. Wenn er mich lässt.«

Und da ist sie. Die eine Sache, die ich hören *und* nicht hören wollte.

Wie antwortet man auf eine solche Frage? Ich nehme an, im wortwörtlichsten Sinn war es nicht wirklich eine Frage. Es war eine Feststellung. Als Journalist sollte ich den Unterschied kennen. Aber die Semantik, zu welchem Stamm grammatikalischer Strukturen diese Feststellung gehört, ist verdammt noch mal nicht von Bedeutung. Ein heißer Mann steht vor mir, bittet darum, mich küssen zu dürfen, und alles, woran ich denken kann, ist der Unterschied zwischen einem deklarativen Satz und einer Frage.

»Also«, fragt er schließlich und senkt sanft meine Hand. »Was denkst du?«

Ich könnte vom Thema abschweifen und ihm sagen, inwiefern das eine schlechte Idee ist. Ich könnte ihn wegstoßen, zurück zum Golfcart stürmen und Vergangenes vergangen sein lassen. Hudson ist nicht dumm – er würde die Botschaft laut und deutlich verstehen. Aber ist das wirklich, was ich tun will? Will ich wirklich die Botschaft aussenden, dass keine Chance mehr für uns besteht, wieder zusammenzukommen? Ich erinnere mich an das, was Johannah mich gefragt hat, als wir vor dem Haus standen, erst vor wenigen Stunden.

Lieben Sie ihn? Eine dreiste Frage, von der ich, offen gesagt, nicht glaube, dass sie das Recht hatte, sie zu stellen. Aber ebenso dreist, wie sie war, habe ich es vermieden, eine Antwort zu geben.

Bis jetzt.

Ich warte nicht, bis Hudson den ersten Schritt macht. Ich drücke ihn gegen den Baum, mit Wucht, aber nicht so fest, dass ich ihm wehtun würde. Dann mache ich einen Schritt vorwärts und überbrücke den Abstand zwischen uns, sodass sich unsere Hüften aneinanderschmiegen wie Puzzleteile. Meine Hände packen seine Schultern, ich stelle mich auf die Zehenspitzen und presse meine Lippen hart auf seine.

Es fühlt sich nicht so an wie zuvor im Auto. Das hier ist anders. Da ist keine Rauheit, kein Ringen um Dominanz; genau genommen fühlt es sich an, als würden unsere Körper miteinander verschmelzen. Wie zwei Chemikalien im Chemie-Unterricht, die homogene Eigenschaften aufweisen. Seine Hand gleitet an meiner Seite entlang und packt meine Hüfte, um mich an Ort und Stelle zu halten. Um Einlass bettelnd öffnet er den Mund, und seine feuchte, warme Zunge gleitet zu meiner und verwickelt sie in einen Tanz, dessen Schritte ich kenne, selbst wenn ich mich nicht erinnere, wie man sie macht. Seine breite Brust hebt und senkt sich, ein stummes *Endlich, verdammt* ohne Worte gesprochen.

Instinktiv dränge ich meine Hüften hoch, sodass mein kaum bedeckter Schwanz sich an Hudsons' reibt, und während ich meinen Körper um seinen schlinge, bewegen sich seine Hüften in die entgegengesetzte Richtung. Ein Schauer rieselt durch mich hindurch, als seine Finger unter mein Shirt gleiten und die rauen Fingerkuppen sich auf meine Haut pressen, als versuche er, einen achtstelligen Code einzugeben, um die Tür zu öffnen. Flüchtig zuckt mir ein Gedanke durch den Kopf: Sollte es so leicht sein? Schürt das nicht jedes Stereotyp, das die Medien uns über Homosexuelle erzählt haben: zwei Männer, die die Hosen nicht anbehalten können, Lesben, die nach einer Woche schon zusammenziehen, und so weiter? Untermauern wir – indem wir uns so an diesem Baum küssend und keuchend reiben – nur alles Negative, das Leute seit Anbeginn der Zeit über uns und die unseren gesagt haben? Sollte ich mir Sorgen machen?

Wahrscheinlich, denke ich. Aber im Moment ist das unwichtig. Im Moment bin ich glücklich, und das sollte genug sein. Ich habe das verdient. Aber wichtiger noch, ich *will* das, und wen kümmert es, was die Gesellschaft denkt? Es ist Zeit, dass ich mir nehme, was ich will, und es festhalte.

Aber Hudson hat andere Vorstellungen.

»Nein«, flüstert er. Er braucht mich nicht zurückzustoßen; ich bewege mich ganz von selbst. Mein Puls schnellt bei Hudsons Worten in die Höhe. Meine Gedanken wandern, nein, *rasen* von einer Folgerung zur nächsten. Sagt er mir jetzt, dass er nicht mehr so für mich empfindet? Oder hat ihm der Kuss bewiesen, dass da kein Funke zwischen uns ist? Ich denke über jedes Instagram-Foto der letzten drei Monate nach, um herauszufinden, ob es einen anderen Mann in Hudsons Leben gibt, den ich praktischerweise aus meiner Erinnerung ausradiert habe. Das wäre typisch. Immer die Brautjungfer, nie die Braut.

Oder in Schwulenbegriffen, immer derjenige, der beim Fire-Island-Gangbang die Kamera hält, nie der in der Mitte des Eiffelturms.

»Hör mal, wenn ich zu weit gegangen ...«

»Das ist es nicht.«

»Oder wenn du jemand anderen hast ...«

»Was? Nein, verdammt, nein. Das ist es überhaupt nicht.« Er nimmt meine Hände und drückt sie, fest genug, um meine Aufmerksamkeit zu bekommen. »Sieh mich an«, flüstert er, und ich gehorche. »Es gibt niemand anderen, und es wird auch niemand anderen geben, niemals«, verspricht er. »Du bist es, seit wir uns auf der Party kennengelernt haben. Verdammt, du warst es schon vorher, als ich meine Freunde gefragt habe, wer du bist, als ich dich im zweiten Studienjahr in der Cafeteria gesehen habe. Das hier ... so romantisch es auch ist, ist nicht, wie ich es mir vorgestellt habe.«

»Wir hatten schon Sex«, erinnere ich ihn. »Viele Male.«

»Aber nicht so«, widerspricht er. »Nenn mich einen Romantiker oder abergläubisch, aber ich will, dass es etwas bedeutet. Ich will nicht, dass das erste Mal, wenn wir ... intim werden ... im Dreck stattfindet oder so. Wir sind besser als ...« Er verstummt kurz, und ich weiß, er sucht nach irgendeiner Popkultur-Referenz, um alles verständlich zu machen.

»Sookie und Bill, die im Grab vögeln?«

»Ich wollte sagen, Elio und Oliver, aber klar. Moment mal. Bin ich Sookie oder Bill in dieser Analogie?«

»Bin ich Elio oder Oliver?«

Er zieht eine Augenbraue hoch. »Wer willst du sein?«

»Wie wär's, wenn wir beide auf drei sagen, wer wir glauben, dass wir sind?«, schlage ich vor. »Betrachte es als einen Kompatibilitätstest.«

Hudson schmollt auf süße, jungenhafte Weise, mit tatsächlich herabgezogenen Mundwinkeln. »Klingt verdächtig.«

»Tu mir den Gefallen«, dränge ich.

Ein Augenblick verstreicht, bevor er mit den Schultern zuckt. »Nur für dich. Eins ... zwei ... drei ...«

Ich öffne den Mund, um meine Antwort zu geben, doch es kommen keine Worte heraus. Na ja, sie kommen schon heraus, aber sie werden sofort von Hudsons Mund verschluckt, als er sich einen schnellen Kuss stiehlt, eine Hand an meine Wange gelegt. Ich schmiege mich an ihn, und welchen hörbaren Protest ich auch vorzubringen versuche, er verschwindet zusammen mit meinen Gedanken. Mein Verstand ist so still wie der See, nur auf den Südstaatenmann vor mir konzentriert.

Langsam zieht er sich zurück und legt seine Stirn an meine. »Lass uns zurückgehen«, flüstert er. »Mir wird kalt. Ist das okay für dich?«

Ich will sagen, *Ich folge dir überallhin, wohin du mich führst*, aber das fühlt sich ein bisschen zu ... *My-Heart-Will-Go-On*-mäßig an.

»Ja, es ist kühl«, sage ich stattdessen. »Aber diesmal fahre ich.«

25

Ich bin kein Fan davon, zuzugeben, dass ich mich geirrt habe. Noch weniger bin ich ein Fan davon, zuzugeben, dass ich in irgendetwas nicht gut bin. Aber ein Golfcart fahren? Das erfordert ganz besondere Fertigkeiten. Fertigkeiten, die Gott mir nicht gegeben hat, als er entschied, welche Talente ich haben sollte, bevor er mich von der Wolke schleuderte und auf die Erde warf, um allein klarzukommen.

Ehrlich, ich bin überrascht, dass wir es überhaupt lebend zurück geschafft haben. Nachdem wir fast einen Baum gerammt hätten, beinahe umgekippt wären, als ich in ein Loch fuhr, und buchstäblich zehn Minuten gefahren waren und trotzdem irgendwie wieder am See landeten, parkten wir endlich das Golfcart nach Hudsons Anweisungen im Carport.

»O lieber Herr Jesus«, sagt Hudson, als er aussteigt, sich auf den Boden kniet und ihn küsst. »Ich lebe noch. Ich habe tatsächlich überlebt.«

»*So* schlimm war es auch wieder nicht.«

Hudson sieht mich mit hochgezogener Augenbraue an. »Du weißt, dass es das Stereotyp gibt, dass Schwule nicht

Autofahren können, oder? Ich fange an zu glauben, du passt da rein.«

»Willst du wirklich unsere Beziehung neu starten, indem du mich beleidigst? Hältst du das für klug?«

»Noch mal, ich habe schon immer gesagt, dass du der Kluge von uns bist.«

»Und zu was macht das dich?«, frage ich.

»Dem Charmanten mit großem Schwanz, perfektem Lächeln, einer tiefen Stimme und lässiger Eleganz.«

Ich verdrehe die Augen, aber das ist nur ein Vorwand, damit er meine brennenden Wangen nicht sieht. Sicher, ich bin zu dunkel, als dass sich irgendeine Röte zeigen würde, aber das hindert mich nicht daran, zu versuchen, mein Gesicht zu wahren. Hudson könnte das Telefonbuch vorlesen, und mein Körper würde weich wie Butter werden. Kein Grund, es ihm noch einfacher zu machen.

»Mir gefällt, dass du deine Schwanzgröße als Erstes nennst«, sage ich schließlich.

Er zuckt mit den Schultern. »Das ist meine beste Eigenschaft.«

»Du hast viele bessere Eigenschaften.«

»Ach, wirklich? Hör nicht auf, schmeichle mir ruhig weiter. Mit Schmeichelei erreichst du alles.«

Manche Leute stehen drauf, gute Menschen zu sein. Manche stehen drauf, schlechte Menschen zu sein. Und andere, eine kleine Gruppe von uns, steht darauf, Menschen zu überraschen. Ich falle in diese dritte Kategorie.

Während ich seine guten Eigenschaften aufliste, ist, dabei zuzusehen, wie Hudsons Gesicht von einem selbstbewussten, schiefen Schmunzeln zu einem Ausdruck unverhohlener Überraschung wechselt, sein Gewicht in Gold wert – oder nein, ein Jobangebot von Spotlight, da das wertvoller ist.

»Notiz an mich selbst«, sagt Hudson, als er schließlich aus dem Reich der Überraschung zurückkehrt, in dem sein Verstand tanzte. »Dich nie mit süßen Worten davonkommen lassen. Das fällt dir zu leicht. Du wirst dich mehr anstrengen müssen, mich zu umwerben.«

»Natürlich«, stimme ich ernst nickend zu und salutiere dann, um ihm zu zeigen, wie »ernst« ich tatsächlich bin. »Würde mir nicht im Traum einfallen.«

Hudson verdreht die Augen und stupst mich mit der Schulter an. »Unerträglich, das bist du.«

»Zutreffend.«

»Und du wirst noch mein Tod sein.«

»Auch zutreffend.«

»Nun, wenn ich schon sterben muss, können wir dann wenigstens dafür sorgen, dass ich angenehm sterbe? Im Bett?«

»Dem Bett, aus dem du rausgefallen bist?«, erinnere ich ihn.

Hudson stöhnt. »Das wirst du mich nie vergessen lassen, oder?«

»Vielleicht in fünf Jahren. Mal sehen. Und jetzt sei still. Wir wollen nicht, dass ...«

»Meine Eltern aufwachen? Erstens bin ich kein Kind mehr, das sich reinschleicht. Ich gehe rein. Mit meinem Freund. Zu einer einigermaßen vernünftigen Uhrzeit. Zweitens ...«

Ich muss zugeben, wie Hudson mich eng an sich zieht, ist geschickt. Sein Arm liegt um meine Taille, bevor ich mich zurückziehen kann, und seine Lippen sind wieder auf meinen, innerhalb eines Sekundenbruchteils. Da ist etwas ... so Einfaches daran, Hudson zu küssen. Ich weiß nicht genau, was es ist – vielleicht nur die Vertrautheit seines Körpers, oder vielleicht ist es irgendeine höhere kosmische romantische Verbindung, wie wenn du deinen Seelenverwandten findest, nachdem du Dutzende Jahre nach ihm gesucht hast.

Oder vielleicht ist er einfach nur verdammt heiß, und das reicht einstweilen.

Ich muss nicht über alles zu viel nachdenken. Wenn ich auf dieser Reise etwas gelernt habe, dann, dass nicht alles Teil eines größeren kosmischen Plans ist. Sicher, jede Entscheidung mag zwar eine gleich starke und entgegengerichtete Reaktion haben, aber – und ich bin da vollkommen ehrlich – es ist ermüdend, ständig zu versuchen, dem Universum einen Schritt voraus zu sein. Vielleicht ist es Zeit, dass ich den Dingen einfach ihren Lauf lasse und aufhöre, alles kontrollieren zu wollen. Vielleicht ist es Zeit, dass ich von der Klippe springe und mir keine Sorgen mache, wie tief das Wasser ist. Vielleicht ist es Zeit, dass ich mich hineinfallen lasse, hinein*stürze*, und aufs Beste hoffe. Wenn ich schon in etwas falle, dann scheint in Hudsons Arme zu fallen ein perfekter Anfang zu sein.

Hudson zieht sich zurück, kaum zwei Zentimeter von meinen Lippen, und flüstert: »Meine Eltern haben mir verdammt noch mal nichts zu sagen.«

Der Abstand zwischen uns wird größer, als Hudson sich geschmeidig umdreht und hineingeht. Mein Herz rast so schnell, dass ich spüren kann, wie das Blut in meinen Ohren pulsiert, was die ganze Welt ineinander verlaufen lässt wie ein mit lauwarmer Flüssigkeit bespritztes Aquarell.

Ich bin stolz darauf, ein, wie jedes Magazin es beschreiben würde, starker Schwarzer Mann zu sein, der keinen

Mann braucht. Hashtag #Singleladys. Hashtag #YouMustNotKnowBoutMe. Hashtag #TheGiftfeaturingBeyoncé.

Ich bin nicht stolz darauf, wie begierig ich Hudson folge, so als würde ich, wenn der Abstand zwischen uns wächst, etwas Geheimes verpassen und darauf brennen, es zu erfahren.

Wir nehmen die Treppe, zwei Stufen auf einmal, auf den Fußballen wippend, als würde zu viel Gewicht einen Alarm auslösen. Schnell und leise huschen wir in sein Zimmer und verriegeln die Tür hinter uns.

»Weißt du«, sagt er, als er schließlich spricht, während er seine Schuhe abstreift und in die Ecke schleudert. »Ich konnte nie eine Pyjamaparty feiern, als ich jünger war. Meine Eltern wollten nicht, dass Kinder im Haus herumschleichen. Alles hier ist ›zu teuer‹«, sagt er mit Fingeranführungszeichen und einer schlechten Imitation der tiefen Stimme seines Vaters.

Ich kann nicht verhindern, dass ich die Stirn runzle, obwohl ich mich bemühe, meine Miene zu korrigieren. Aber bei meinem Glück bemerkt Hudson es.

»Ich weiß, es ist praktisch ein Verbrechen, ein Kind keine Pyjamaparty feiern zu lassen«, neckt er mich, während er den Schrank öffnet und eine Decke aus dem oberen Fach nimmt. Es ist für ihn leicht zu erreichen, und sein Shirt rutscht hoch und enthüllt seine starken unteren Muskeln und seinen Rücken mit seinem Sternenbild aus Sommersprossen.

»Pyjamapartys sind ein wichtiger Teil der Sozialisierung von Kindern.«

»Ich bin mit denselben Kindern auf eine Privatschule gegangen, bei denen ich übernachtet habe. Glaub mir, ich bin froh, dass meine Eltern mich nicht gelassen haben. Ich wollte sowieso nie mehr Zeit mit ihnen verbringen, als ich musste.«

Er schlurft rüber zum Klappsofa und wirft die Dekokissen auf den Boden. Ich brauche einen halben Augenblick, um zu begreifen, was Hudson da macht. Aber dann erinnere ich mich, dass das Bett mir gehört. Das Klappsofa gehört ihm. Etwas, das wir vereinbart haben, als dieser Vertrag geschlossen wurde und wir diese Siebzig-Prozent-auf-Rotten-Tomatoes-Romantikkomödie der Irrungen ins Leben gerufen haben.

Aber seitdem hat sich alles verändert, richtig? Wir sind nicht mehr nur zwei Murmeln, die einander umkreisen. Wir tun nicht mehr nur so. Wir stecken tief drin. Praktisch ohne-Gleitmittel-tief. Code-Name: Prostata-Stimulation-tief. Adele *Rolling in the Deep* … tief.

»Du kannst mit mir schlafen«, platze ich heraus. Hudson redet von irgendetwas … Reichem. Etwas über die Privatschule, auf die er ging, und dass er die Leute nicht ausstehen kann, die er dort getroffen hat, keine Ahnung, und mir sind die Leiden der Wohlhabenden auch wirklich egal – was total wie ein A24-Film klingt.

Habt ihr je gesehen, wie jemand die menschliche Verkörperung von etwas wird? Wie wenn man als Kind Donner, Wetter, Blitz gespielt hat und ein paar Kinder wirklich gut darin waren und ausgesehen haben wie Statuen? Falls es möglich ist, das jähe Kratzen einer Plattenspielernadel über die Rillen zu verkörpern, dann hat Hudson das gerade getan.

Sein ganzer Körper dreht sich blitzschnell zu mir um und erstarrt. »Entschuldige, sag das noch mal.«

»Du kannst …«

»Langsamer. Ich will es auskosten.«

»Du …«

»O ja.«

»Kannst …«

»Ja, genau so.«

»Mit …«

»Mach weiter …«

»Mir …«

»Gleich.«

»Schlafen …«

»O fuck, Kian!«, schreit er auf, als täusche er einen Orgasmus vor. Als dramatischen Effekt wirft er die Decken in die Luft und lässt sich erneut rückwärts aufs Bett fallen.

Nur dass diesmal sein Kopf gefährlich nah an der Ecke der Bank ist, die am Fußende steht.

»Du bist doof, weißt du das?«, murmle ich. Aber ich kämpfe nicht mehr gegen das Gefühl an. Ein heißer Typ wie Hudson in meinem Bett? Ich wäre dumm, wenn ich dem widerstehen würde. Und das hier ist mehr als nur irgendein heißer Typ. Mehr als nur *der* Hudson Rivers. Es ist *mein* Hudson Rivers. Mein fester Freund.

Richtig?

Moment mal.

Wir haben uns technisch gesehen nie auf diese genauen Worte geeinigt. Fester Freund ist ein spezifischer Titel. Ein Vertrag, der nicht leichtfertig gebrochen wird, nichts, das man einfach beiseitewischen kann. Na ja, ich meine, man kann, und Leute tun das dauernd. Aber das ist nicht die aktuelle Phobie des Tages. Die Phobie des Tages ist für sieben einfache Worte reserviert.

Wir. Haben. Nie. Gesagt. Es. Ist. Offiziell.

Rückblickend wirkt es irgendwie albern, sich Sorgen darüber zu machen, ob das mit Hudson und mir offiziell war. Offiziell ist so was aus den frühen 2000ern. Als das Kennzeichen einer soliden Beziehung war, sie auf Facebook und Instagram offiziell zu machen. Ich frage mich, wie viele davon tatsächlich am Ende glücklich waren. Wahrscheinlich nicht viele.

Aber mir zu wünschen, dass Hudson mir offen ins Gesicht sagt, dass wir tatsächlich zusammen sind, dass wir tatsächlich eine Beziehung auf Dauer haben, macht mich nicht schwach. Es macht mich nicht minderwertig oder langweilig oder irgendeines der anderen Wörter, die Leute benutzen, um jemanden zu beschreiben, der übermäßig emotional ist. Und für gewöhnlich sind die Leute, die diese Definitionen machen, die, die wir in der Community »Fuckboys« nennen.

Sich darum zu sorgen, wo man bei jemandem steht, macht einen nicht schwach.

Klarheit über die Beziehung haben zu wollen macht einen nicht klammernd.

Sich zu vergewissern, dass ein Mensch, an den man seine Zukunft bindet – langfristig oder kurzfristig –, der gleichen Meinung ist, bedeutet nicht, dass man ein Problem hat.

Und zur Hölle mit jedem, der das denkt.

»Hey.«

Hudsons Stimme bringt mich wieder zurück in die Realität. Er hat diesen Gesichtsausdruck, als habe er in den letzten zehn Sekunden etwas sehr Wichtiges gesagt und ich hätte es total überhört. Zwischen dem vorgetäuschten Orgasmus, von dem ich sicher bin, dass er das ganze Haus aufgeweckt hat – ich warte darauf, dass seine Eltern mit einer Bibel und Weihwasser hereinplatzen –, und meiner eigenen kleinen Reise ins Grübelland hat er seinen Weg ins Bett und unter die Bettdecke gefunden.

»Wo warst du gerade?«, fragt er, während er nach dem Saum meines Shirts greift und mich runter aufs Bett zieht. »Und nächstes Mal musst du mich mitnehmen. Das ist eines der Beziehungsgebote.«

Hudson hilft mir nicht, als meine Knie nachgeben. Er setzt sich schnell auf und packt mich, seinen Körper als Kissen benutzend, sodass ich auf ihn falle. Er hat dieses dumme, jungenhafte Grinsen auf seinem Gesicht, während meines alle Anzeichen einer vertrauten ernsten Miene trägt.

»Ach, komm schon«, stöhnt er und kneift mich in die Seite. »Das hat dir gefallen. Ich war verdammt geschickt.«

Hudson reibt weiter mit den Händen auf beruhigende Weise an meinen Seiten auf und ab. Mit jeder Welle fällt es mir schwerer, verärgert über ihn zu sein, und das scharfe Kribbeln meiner Kopfhaut wird von Moment zu Moment schwächer. Aber die Mauern in mir, die die Worte im Zaum halten, die über unser Schicksal entscheiden könnten, haben zu bröckeln begonnen.

Ich werde nicht mit einer Lüge in diese Beziehung gehen. Ich werde nicht in diese Beziehung gehen wie damals, indem ich alles anzweifle, glaube, nicht würdig genug zu sein, aber auch ständig befürchte, dass etwas, das ich tue oder sage, Hudson vertreiben wird. Das ist keine Beziehung, das ist ein goldener Käfig.

Das Schweigen zwischen uns fühlt sich schwer an, als würde es sich mit der Hitze ausdehnen und uns voneinander fortdrängen. Hudson scheint dasselbe zu spüren, denn das jungenhafte schiefe Grinsen, das mein Herz flattern lässt, wechselt langsam zu einem Ausdruck von Neugier, dann Sorge, dann drängenderer Sorge.

»Also gut«, sagt er, setzt sich auf und zieht mich mit sich

hoch. »Was ist los? Und versuch nicht, mich anzulügen. Darin bist du scheiße.«

Ich könnte wahrscheinlich weitere drei bis fünf Minuten damit verbringen, seiner Frage auszuweichen. Hudson mag zwar recht damit haben, dass ich ein schlechter Lügner bin, aber ich bin gut darin, Informationen zu bekommen und Fragen auszuweichen, wenn ich will. Aber wenn Hudson bereit ist, alles zu geben, um in dieser Beziehung offen und ehrlich zu sein, dann bin ich das auch.

Wie die Basic Bros unserer Generation, die uns Hits wie *Closer* und *#Selfie* geschenkt haben, sagten: »*If we go down, then we go down together.*«

»Willst du mein fester Freund sein?«, frage ich schließlich. »Ich weiß, das klingt wie eine dumme Frage. Aber ...«

Hudson seufzt und nimmt meine Hände in seine. Er hebt sie an seine Lippen, um jeden Fingerknöchel zu küssen, einen nach dem anderen, während er mir weiter fest in die Augen sieht. Die Handlung ist simpel; es ist nichts sexuell oder sexy daran. Dennoch fühlt sich jeder Kuss an, als würde ein Blitz mein Rückgrat entlangzucken und genau die richtigen Nerven in meinem Gehirn treffen, um mich an Ort und Stelle zu halten.

»Du hast recht. Das war eine dumme Frage. Aber ich bin es gewohnt, dass du dumme Fragen stellst. Die meisten klugen Jungs tun das.«

»Weißt du was, nicht so wichtig.« Ich versuche, meine Hand aus Hudsons Griff zu ziehen, aber seine Hände sind wie ein Schraubstock um meine und halten sie in seinem Schoß. Der Anflug eines Lächelns, das über seine vollen Lippen spielt, bringt mich dazu, ihn schlagen zu wollen. Oder küssen. Oder ihn schlagen und dann küssen. Ich bin mir nicht wirklich sicher, was, und ich bin mir nicht wirklich sicher, ob es wichtig ist.

»Hör mal«, flüstert er. »Du möchtest, dass ich es sage? Ist es das, was du brauchst? Denn das werde ich. Ich will dein fester Freund sein. Ich will es noch mal mit uns versuchen. Ich will aufhören, jeden wachen Moment an dich zu denken, und tatsächlich wissen, dass du in jedem wachen Moment mir gehörst. Ich will dein sein. Ich will dieses Pärchen sein, das die Feeds von allen mit Fotos flutet und sich Insiderwitze schreibt. Ich will alle unbehaglich damit machen, wie gern wir zusammen sind. Ich will dich in- und auswendig kennen, nicht nur, na ja, im Bett, sondern dich tatsächlich kennen.

Und das passiert nicht, indem ich nur dein Fuckbuddy bin oder dein Freund mit gewissen Vorzügen, oder welche andere Bezeichnung wir auch immer benutzen können, um darum herumzutanzen, was wir empfinden. Ich will bei dir mein verletzlichstes Ich sein, Kian. Ich will wissen, selbst wenn ich am düstersten, am kleinsten, am gebrochensten bin, dass du da sein wirst, um mir zu leuchten, meine Hand zu halten und mir den Weg zu zeigen. Ich will dasselbe für dich sein. Ich weiß, wenn du mir die Chance gibst, dann kann ich es. Nur … lass es mich dir beweisen. Noch einmal.«

Ich hatte mich auf viele Dinge vorbereitet, die Hudson sagen könnte. Ich war darauf vorbereitet, dass er um den heißen Brei herumredet, dass ich seine Worte sezieren und zwischen den Zeilen lesen müsste, um ein Körnchen Wahrheit zu finden, das ich hochrechnen könnte. Aber ich war nicht vorbereitet auf eine so ehrliche, emotionale und – offen gesagt – verdammt sexy Wahrheit von dem Mann, an den ich viele Nächte lang gedacht habe, während ich ihm textete, mir einen runterholte und natürlich um ihn weinte.

»Also, wirst du weiter dumme Fragen stellen, oder wirst du mich dich im Arm halten lassen, wenn wir schlafen?«

»Wahrscheinlich weiter dumme Fragen stellen«, scherze ich mit dem Anflug eines Lächelns. Hudson stöhnt, legt seine muskulösen Arme um mich und benutzt seine kräftigere Statur, um mich umzudrehen, sodass mein Rücken an seiner Brust liegt und sein Griff mich festhält.

»Sei still und schlaf«, flüstert er, das Gesicht an meinen Kopf geschmiegt. Die heiße Luft an meinem Nacken lässt mich bei jedem seiner Atemzüge erschauern. Ich habe den Reiz des Löffelchen-Liegens nie wirklich verstanden. Einer endet immer mit einem eingeschlafenen Arm, normalerweise derselbe, der am Ende in den Haaren des anderen erstickt. Und für den kleinen Löffel fühlt es sich so an, als wäre man in einer Zwangsjacke aus menschlichem Fleisch, was ehrlich gesagt ein beängstigender Gedanke ist.

Aber andererseits, wie bei allem im Leben, scheint es so zu sein, dass keiner dieser Gedanken mehr wirklich von Bedeutung ist, wenn man es mit der richtigen Person, der perfekten Person macht. Es fühlt sich einfach ... richtig an.

Also entspanne ich mich, lasse meine Gliedmaßen an ihren Platz gleiten und meinen Körper in Hudsons Arme schmelzen. Er verlagert sein Gewicht ein wenig, um es sich bequem zu machen, und seufzt zufrieden.

»Alexa, schalt das Licht aus.«

Gehorsam und still wird das Zimmer dunkel.

»Weißt du, smarte Technologie wird ...«

»Um Himmels willen, Kian, bitte, und das sage ich so nett

ich nur kann, halt verdammt noch mal einmal in Leben die Klappe und sei einfach nur ... bei mir.«

Zu jedem anderen Zeitpunkt, wenn irgendjemand anderes das zu mir gesagt hätte – außer vielleicht meine Mutter oder Divya –, würde ich ihm ins Gesicht schlagen. Aber Hudson hat sich in diese Elitegruppe von Leuten eingeschlichen, bei der ich mir nicht mal sicher bin, ob Jamal dazugehört, die so mit mir reden können und mich auch noch dazu bringen, dass ich *Ja, Sir* flüstern will.

Aber ich versuche, uns nicht die ganze Nacht wach zu halten.

Augenblicke verstreichen, während die leisen Geräusche des Hauses mich in den Schlaf wiegen. Aber unmittelbar bevor ich ins Traumland segle, will ich noch etwas loswerden.

»K«, flüstere ich.

»Hm?«, erwidert Hudson, die Stimme schläfrig.

»Du kannst mich K nennen.«

Sein Griff um mich wird fester, und das macht mir nichts aus. Nicht das verdammt Geringste.

26

Es gibt nur eine einzige Art zu beschreiben, wie ich mich fühle, als ich am nächsten Morgen aufwache, und ich bin nicht gerade stolz auf diese Beschreibung, aber hey, das ist das Jahr, unser bestes, wahrstes, authentischstes Leben zu leben: Heute, als ich aufgewacht bin, habe ich mich gefühlt wie eine gottverdammte Disney-Prinzessin.

Also, mit welcher Prinzessin du dich identifizierst, ist die wichtigste Frage aller Zeiten. Wichtiger als dein Sternzeichen, dein Harry-Potter-Haus oder sogar deine *Avatar*-Bändigungsart. Denn wir alle wissen, wenn der große, böse, copyright-manipulierende M-I-C-K-E-Y unser Nagetier-Herrscher wird, werden die Leute in Disney-Prinzessinnen-Häuser aufgeteilt, sich bekriegen und letztendlich einen Klassenaufstand lostreten. Also zu wissen, wo man steht, wem man vertrauen kann und gegen wen man auf den Straßen kämpfen müssen wird, ist sehr, sehr wichtig.

Als im Jahr 1999 geborener Schwuler habe ich viel Zeit damit verbracht, diese Filme zu schauen und dann darüber nachzudenken, welche Prinzessin ich wäre. Nach reiflicher Überlegung und Selbstanalyse bin ich zu einer Antwort gekommen, von der ich glaube, dass die meisten Leute sie nicht für mich wählen würden:

Arielle.

Ich weiß, nicht die gebräuchlichste Wahl. Als ich jünger war, wäre es hundertprozentig Belle gewesen, aber ich bin viel eher ein Rotschopf ohne Beine.

Erstens würde ich mit roten Haaren brandheiß aussehen – sollte kein Wortspiel sein. Zum zweiten kann ich genau wie Arielle (weil sie, ihr wisst schon, keine Beine hat) nicht rennen. Na ja, ich kann, aber ich mache es absolut nicht gern. Die einzige Situation, in der man rennen sollte, ist, wenn ein Bär hinter einem her ist. Und zum dritten und letzten, ich würde alles geben – und habe es gegeben – für das, was ich will.

Hudson. Spotlight. Für die Uni nach Boston zu ziehen, obwohl North Carolina finanziell eine bessere Entscheidung gewesen wäre. Ich verstehe unsere Lieblingsheldin auf dem atlantischen Thron.

Wie Arielle sich fühlte, als sie wusste, dass sie und Prinz Erik ihr Leben miteinander verbringen würden, ist genau wie ich mich fühle, als ich am nächsten Morgen aufwache und mich zu Hudson umdrehe. Zum ersten Mal, seit diese ganze seltsame Lüge anfing, fühle ich mich nicht, als würde ich versuchen, hinterherzuhinken, oder als wäre ich nur zwei Züge davon entfernt, als Betrüger entlarvt zu werden. Ich fühle mich, als würde ich wirklich irgendwo hingehören, zu jemandem, und das ist ein verdammt gutes Gefühl.

Wisst ihr, was kein gutes Gefühl ist? Zu denken, dass du dich umdrehst und jemanden neben dir schlafen sehen wirst, nur um festzustellen, dass das Bett leer ist.

Es dauert einen Moment, bis mein Gehirn verarbeitet hat, dass Hudson Rivers nicht neben mir liegt. Es dauert einen weiteren Moment, um eins und eins zusammenzuzählen, dass er auch nicht im Badezimmer ist. Dass sein Handy weg ist, und die Schuhe, die er neben der Tür ausgezogen hat? Auch weg.

Wie betäubt setze ich mich im Bett auf und tue das eine, worin Generation Z außerordentlich gut ist: aus einer Mücke einen Elefanten machen. Aber dann setzen die Lektionen meiner Therapeutin für sechzig Dollar die Stunde ein.

Tief durchatmen, Kian. Denken Sie das durch. Die logischste Antwort ist wahrscheinlich die richtige Antwort. Bearbeiten Sie das Problem, lassen Sie nicht das Problem Sie bearbeiten.

Notiz an mich selbst: »Work the Problem« wäre ein wirklich verdammt guter Rap-Song. Zukünftiger Kian, schreib Megan Thee Stallion eine E-Mail und tu dich mit ihr zusammen, um diese Idee profitabel zu machen.

Wo ist er?

Der Tatsache nach zu urteilen, dass seine Schuhe und so weg sind, ist er wahrscheinlich nicht weit.

Hat seine Mutter ihn nach unten gerufen?

Schließlich sind wir wegen einer Hochzeit hier, nicht, um einfach nur im Bett zu schlafen und uns an einem See unter den Sternen zu küssen wie in einer Art *Plötzlich Prinzessin 3: Gay Edition.*

Aber dieser Kuss war schön. Also … richtig, richtig schön.

Konzentrier dich.

Vielleicht … wäscht er das Auto?

Wirkt Hudson wie jemand, der auch nur ein einziges Mal

in seinem Leben ein Auto gewaschen hat oder auch nur weiß, wie das geht?

Okay, geschenkt.

Mein Verstand, das Es und das Ich (glaube ich?), überlegen hin und her, was erklären könnte, wo Hudson steckt. Aber während wir verschiedene Möglichkeiten ausschließen, kristallisiert sich die logischste – oder vielmehr unlogischste, aber für mich ist das dasselbe – immer mehr heraus.

Er hat mich verlassen. Er ist mitten in der Nacht aufgestanden, sobald ich eingeschlafen war, hat im Wohnzimmer geschlafen und ist dann gegangen, um sein Leben zu leben, bevor ich überhaupt aufgewacht bin, weil er meine hässliche Visage nicht mehr sehen will.

Mit jedem Wort, das sich in meinem Kopf aufbläht, wird mein Puls schneller, bis ich einen dünnen Schweißfilm auf meiner Stirn spüre, der nichts mit der Sommerhitze Georgias zu tun hat. Natürlich ist das passiert. Natürlich habe ich Hudson wieder in mein Leben gelassen, ihm noch eine Chance gegeben, und er tut mir das an. Und er hat es auch noch so geschickt angestellt. Legst du mich einmal rein, Schande über dich; legst du mich zweimal rein …

»Hey! Du bist wach.«

Hudsons tiefe und fröhliche Stimme bricht durch die dunklen Wolken, die in meinem Verstand herumwirbeln. Seine Stimme ist wie ein Hochgeschwindigkeitszug, der die Dunkelheit durchschneidet, die meine Ängste erschaffen haben. Sie strahlt pulsierende Wellen der Wärme aus. Er ist wie Gandalf der Graue im Kampf gegen den Balrog. Oder der Hirsch, den der Dunkle in *Shadow and Bone* tötet.

Aber Hudson ist heißer als Gandalf oder Mal oder sogar

der Dunkle. Eher ein Emmett Cullen, aber aus dem Süden. Und Schwarz. Eher eine Südstaaten-Sahneschnitte.

Schwungvoll lässt er sich aufs Bett fallen, dass es unter seinem Gewicht ächzt. Er trägt ein hellblaues Hemd, das seine Brustmuskeln sehr gut ausfüllen. Seine Haare sind gewaschen und zurückgekämmt, aber nicht zu gestylt, und die Jeans ist eine Designerjeans, schmiegt sich aber perfekt an seinen Hintern und Oberschenkel. Ein bisschen zu perfekt.

Er streckt die Hand aus und fährt mir mit den Fingern durch die ungebändigten Locken. »Wie hast du geschlafen?«

»Gut – nein, großartig, eigentlich.« Ein Augenblick verstreicht, während mein Herz sich beruhigt. »Dein Bett ist wirklich angenehm. Du bist wirklich angenehm.«

»Zunächst mal, für das Erste kannst du meiner Mutter danken. Verdammt, für das Zweite kannst du ihr und ihrer DNA auch danken. Ich werde es ihr auf jeden Fall ausrichten. Sie wird dich lieben; schließlich lebt sie von Lob. Merk dir das.«

»Ist notiert«, sage ich neckend. »Man muss immer dafür sorgen, dass die Mutter des Freundes einen liebt. Welches psychologische Prinzip ist das gleich?«

»Muttersöhnchensyndrom.« Er nickt ernst. »Dokumentiert 1953, als ein junger Dandy aus dem Krieg zurückkam und wieder bei seinen Eltern einzog.«

Stille und ein stoischer Ausdruck auf Hudsons Gesicht füllen den Raum zwischen uns. »Warte, das soll ein Witz sein, oder?«

Er zuckt mit den Schultern. »Vielleicht. Vielleicht auch nicht.«

»Ich weiß nicht, ob ich dir trauen kann.«

»Nun, falls du mit jemandem über irgendeine psychische Störung reden müsstest, würdest du mich als Experten zurate ziehen. Warum ist das hier anders?«

»Weil du darauf stehst, mich reinzulegen.«

Hudson zwinkert mir zu und imitiert mit dem Finger eine Pistole. »Du hast mich erwischt, Daddy-o.«

Ich erschauere so heftig, dass mein Körper sich erkennbar zusammenkrümmt. Wieder schmunzelt Hudson, als wäre das ein feststehender Ausdruck auf seinem attraktiven Gesicht mit den Millionen-Dollar-Wangenknochen.

»Gefällt dir das?«, fragt er. Bevor ich antworten kann, drückt Hudson mich zurück aufs Bett und nimmt seine Position auf mir von gestern Abend wieder ein. Nur dass ich mich diesmal nicht gegen ihn wehre, als er mich auf dem Bett festnagelt.

Diesmal kämpfe ich nicht, als er sich herunterbeugt und seine Lippen sanft auf meinen Hals presst.

Diesmal stemme ich mich hoch, um ihn stumm um mehr zu bitten.

»Wir haben mit diesem Kuss von gestern nicht weitergemacht«, flüstere ich, die Hitze spürend, die von unseren Körpern ausstrahlt.

»Ach?«, raunt er mit gedämpfter Stimme an meinem Hals, während er mit seinen weichen Lippen unseren Morsecode tippt. »Ich weiß nicht, wovon du redest, kannst du mir mehr Details nennen?«

»Du bist ein Arsch.«

»Mein Arsch ist sehr schön und knackig, stimmt.« Er grinst.

»So schön ist er auch wieder nicht, da hab ich schon bessere gesehen.«

»Ach, hau ab«, sagt er lachend und schubst mich mit der flachen Hand. »Und da stelle man sich vor, dass ich nett zu dir sein und dich wohin mitnehmen wollte. Aber nein, du musstest mich beleidigen.«

Also, das weckt mein Interesse. Ich lasse meinen Körper durch seinen Schubs nach hinten schwingen wie ein Stehaufmännchen, bevor ich mich wieder aufsetze.

»Keiner sagt, dass du mich nicht trotzdem irgendwohin mitnehmen kannst.«

»Warum sollte ich jemanden irgendwohin mitnehmen, der mich wie einen Arsch behandelt?«

»Ist das nicht offensichtlich?«, kontere ich schnell. Ich lehne mich vor und stehle mir einen Kuss. »Weil ich süß bin.«

Er öffnet und schließt zweimal den Mund, und seine Schultern fallen in sich zusammen wie ein Kartenhaus, aber das Grinsen, bei dem sich alles besser anfühlt, verschwindet nicht von seinem Gesicht.

»Also gut, also gut.« Er winkt ab. »Du hast mich rumgekriegt. Ich fahre mit dir, aber – du musst irgendwie bestraft werden.«

»Du hast eine schmutzige Fantasie, und der werde ich nicht nachgeben«, sage ich.

Aber Hudson spricht gleichzeitig und fügt hinzu: »Und ich habe entschieden, dass diese Strafe darin bestehen wird, dass du nicht weißt, wo wir hinfahren.«

Noch nie zuvor habe ich im echten Leben eine solche Pattsituation wie in einem Western gesehen. Zwei Cowboys, die einander um zwölf Uhr mittags mitten in einer Stadt gegenüberstehen und sich gegenseitig niederstarren. Aber genau so sieht es bei mir und Hudson gerade aus. Nur dass unser Wettstarren viel eher daraus besteht, dass wir einfach unglaublich überrascht voneinander sind und weniger vorherzusagen versuchen, wer als Erster seinen Revolver zieht.

»Weißt du was?«, sagt er und geht rückwärts. »Ich werde dich hier sitzen und darüber nachdenken lassen, was du gerade gesagt hast. Für zehn Minuten. Nutz diese Zeit, um dich fertig zu machen. Und nein, ich sage dir immer noch nicht, wo wir hinfahren. Ich warte im Auto«, fügt er bereits halb aus der Tür hinzu. »Und nur fürs Protokoll: Du hast gar keine Ahnung, wie schmutzig ich werden kann.«

*

»Okay, ich weiß, ich habe gesagt, dass ich bei dir zu Hause das Gefühl habe, dort nicht hinzugehören, aber hierher gehöre ich ganz sicher nicht.«

Ich glaube nicht, dass Hudson mich verlassen wird – schließlich hat er mich zu einem Abenteuer mitgenommen –, aber das heißt nicht, dass ich es riskieren will. Neun Minuten später bin ich im Auto. Dreißig Minuten später, ohne eine klarere Vorstellung davon, wohin wir fahren, sind wir endlich am Ziel angelangt.

Und wenn ich sage, dass ich keine Ahnung hatte, dass wir hierherfahren würden, dann meine ich, dass ich wirklich nicht den blassesten Schimmer hatte.

Die schmiedeeisernen Tore des Hauptsitzes der Rivers & Valleys Brewing Company ragen vor mir auf wie die Tore einer Burg, die von der Scooby-Doo-Gang infiltriert werden muss. Aber jenseits dieser schmiedeeisernen Tore kann man ein schönes, modernes Gebäude sehen, eher wie das, in dem die Cullens in Forks lebten.

Ich persönlich finde, die beiden Stile spielen gegeneinander, nicht miteinander. Hudson lehnt sich aus dem Auto, um auf einen Knopf zu drücken, und während sich die Tore öffnen, sagt er das, was mir durch den Kopf geht, bevor ich selbst eine markige Bemerkung machen kann.

»Es ist wie meine Familie, nicht wahr?«, fragt er, während er den Wagen langsam weiterrollen lässt. »Außen stachlig, innen schick und modern?«

»Die meisten Leute würden stachlig etwas Weichem gegenüberstellen, weißt du?«

»Findest du meine Familie weich?«

»Oh, absolut nicht.«

»Dann habe ich dem nichts mehr hinzuzufügen.«

Er fährt ein wenig schneller. Die lange Auffahrt, ungefähr vierhundert Meter lang, ist von Sträuchern gesäumt, die an uns vorbeiziehen. Über den Rasen führt, so weit ich sehen kann, ein gewundener Weg aus Kopfsteinpflaster, wahrscheinlich damit sich die Mitarbeitenden in den Pausen zwischen den Schichten die Beine vertreten können.

Ohne sich etwas dabei zu denken, hält Hudson auf einem der drei Parkplätze vor dem Haus, die mit weißer Schrift auf dem schwarzen Asphalt gekennzeichnet sind: RESERVIERT FÜR FAMILIE RIVERS.

Wir steigen aus dem Wagen – na ja, Hudson steigt aus, mit einer selbstbewussten Haltung, als würde er hierhergehören. Ich schlüpfe nur heraus, den Kopf so stark eingezogen, dass ich schwöre, ich werde einen Chiropraktiker brauchen, damit er meine Knochen wieder richtig zusammensetzt wie eine Art Zauberwürfel. Ich wette, Hudsons Eltern haben einen Chiropraktiker, der auf Abruf bereitsteht. Das scheint mir die Art übertriebener Ausgaben zu sein, die sie machen würden.

»Glaub mir, es ist nicht so schlimm, wie es aussieht«, sagt er verlegen. Ich werfe einen Seitenblick zu ihm hinüber und sehe, wie seine Schultern leicht herabsinken.

Einen Moment lang nehme ich mir die Zeit, ihn zu mustern. Er kann doch nicht verlegen sein, oder? Ich meine, schon kapiert, Geld zu haben – oder nicht zu haben oder dass deine Eltern es haben – kann ein peinliches Thema sein, aber komm schon, Hudson. Du solltest mich eigentlich besser kennen.

Die Worte fühlen sich wie Tadel an, wenn ich sie in meinem Kopf abspiele. Stattdessen greife ich nach seiner Hand und drücke sie fest, und dann ziehe ich fest an seinem Arm. Nicht fest genug, um ihm den Arm aus dem Gelenk zu reißen, als wäre er eine Stoffpuppe mit lockerer Füllung und ausgefransten Nähten, aber fest genug, um ihn einen Schritt vorwärts-, näher zu mir stolpern zu lassen.

»Was bringt dich zu der Annahme, dass ich nicht euer geheimes Familienrezept stehlen werde, hm? Du setzt viel Vertrauen in mich.«

»Glaub mir, da mache ich mir keine Sorgen.«

»Warum nicht? Denkst du, ich wäre nicht zum Dieb geschaffen?«

Er zuckt die Achseln und zieht mich näher zu sich, sodass sich unsere Schultern berühren. Seine Hand gleitet aus meiner, um sich um meine Schulter zu legen. »Oh, glaub mir. Ihr Journalisten seid Halsabschneider. Ich habe mehrere Dokus darüber gesehen, wie Journalisten das Blatt der Geschichte gewendet haben.«

»Hast du nicht …«

»Lass mir das einfach, ich mache dir ein Kompliment.«

Ich imitiere, mir den Mund mit einem Reißverschluss zu verschließen.

»Meine Güte. Danke.« Er schmunzelt. »Aber, wie ich vorhin schon sagte, als ich so unhöflich unterbrochen wurde, ich bin mehr als überzeugt davon, dass du unsere Familie durchaus bestehlen könntest, wenn du wolltest. Ich meine, du hast mich um den Finger gewickelt – wenn du mich nett genug bittest, würde ich es dir verdammt noch mal geben, da bin ich sicher. Aber was ich wirklich meinte, war, ich weiß, dass du mir nicht wehtun würdest. Ich weiß, dass du nichts tun würdest, um mir das Leben mit meinen Eltern schlimmer zu machen. Ich meine, verdammt, du warst bereit, ihnen ins Gesicht zu lügen, womöglich als Zielscheibe ihres Spotts gedemütigt zu werden, und für mich das Opferlamm zu spielen, alles, um mir zu helfen.«

»Ich habe es für einen Job getan«, erinnere ich ihn. »Und wenn du es so formulierst, hört es sich an, als hätte ich vielleicht eine schlechte Wahl getroffen.«

»Nö, ich finde, ich bin eine ziemlich gute Wahl«, sagt er und presst seine Lippen auf meine Wange, als brenne er einen Abdruck seines Munds in meine Haut, bevor er sich wieder zurückzieht.

»Und ich finde, ich habe auch mit dir eine gute Wahl getroffen«, sage ich ohne einen Hauch von Zögern oder Lüge.

»Natürlich hast du das. Ich meine, ich bin ich. Wer könnte besser sein?«

»John Stamos, Charlie Hunnam, Chris Evans, John David Washington, Justin Trudeau …«

»Okay, okay, okay, mach das Ego eines Mannes nur nieder. Na komm, lass uns reingehen«, sagt er und winkt in die

Überwachungskamera. Ein Augenblick verstreicht, bevor sich das Tor langsam öffnet.

»›Nur ein Tag in der grünen Smaragdstadt‹«, murmle ich kaum hörbar.

»Hm?«

»Nichts.«

Dafür ist Hudson nicht schwul genug.

27

Ich habe nicht allzu viel Erfahrung darin, in Brauereien umherzuwandern, aber ich kann von Anfang an sagen, dass Rivers & Valleys anders als andere ist.

Hudsons Eltern haben versucht, auch wenn ich mir nicht sicher bin, ob es ihnen gelungen ist, die Balance zwischen zwei unterschiedlichen Geschäftsprinzipien zu finden: dem familiengeführten Unternehmen und dem mächtigen Großkonzern. Wenn man das Erdgeschoss der Brauerei betritt, ähnelt die Gestaltung sehr einem Apple Store. Es hat einen sozialen Aspekt an sich, ein Fließen ähnlich wie im Walhalla des Shopping (IKEA), das einen wie von einer sanften Strömung getragen hindurchführt. Das Erdgeschoss ist zugleich auch das am stärksten der Öffentlichkeit zugewandte Stockwerk. Dort finden sich all die Beispiele für die Erfolge von Rivers & Valleys: eine Schautafel über die Firmengeschichte, Verkostungsstände, der Souvenirladen. Wenn du irgendein Interesse am Brauwesen hast, ist das das richtige Stockwerk für dich.

»Es ist an die Guinness-Brauerei in Dublin angelehnt«, sagt Hudson. »Jedes Rivers-Kind oder andere Familienmitglied, das für die Firma arbeiten möchte, hat die Guinness-Brauerei besucht. Eine Art widerlicher und perverser Superreichen-Initiationsritus. Manche Familien haben Boxen, andere haben Brettspiele, wieder andere spielen Karten – unsere lässt dich für ein Wochenende um die halbe Welt fliegen, um eine gottverdammte Brauerei zu besuchen. Wenn dir das nicht alles sagt, was du über meine Familie wissen musst, dann weiß ich es auch nicht.«

Das zweite und dritte Untergeschoss sind Büros gewidmet – langweiligen Dingen wie Verwaltung und Personalabteilung und so weiter und so fort. Die notwendigen Unternehmensabteilungen, an die niemand denkt und die es darum auch nicht verdienen, regelmäßig Vitamin D abzubekommen.

Der erste und zweite Stock über dem Erdgeschoss sind ebenfalls Büroräumen gewidmet, aber das sind die Elfenbeintürme der Büros. Öffentlichkeitsarbeit, Kommunikation, PR und die Rivers-Familiensuite.

Hudson lässt den Aufzug hier nicht halten.

»Da gibt es nichts für uns zu sehen«, sagt er knapp. »Nur einen Haufen langweiliger Büros. Wenn man eines gesehen hat, kennt man sie alle.«

Fast immer, wenn jemand sagt, dass es nichts zu sehen gibt, gibt es dort etwas zu sehen. Das ist, wie wenn die Polizei dir sagt, du sollst weitergehen – dann weißt du, dass sie wahrscheinlich gerade irgendeinen Angriff auf deine bürgerlichen Freiheiten begehen. Aber wir sind noch nicht bereit, darauf einzugehen.

Hudson führt uns durch einen gläsernen Gang, der zu einem frei stehenden, etwa drei Stockwerke hohen Gebäude führt. Kaum betreten wir den Raum, schlägt uns der Geruch von Hopfen, die Wärme der Braukessel und das Prickeln von Kohlensäure in der Luft entgegen. Diese Räume unterscheiden sich deutlich von den fünf publikumsorientierten Stockwerken, die wir gerade hinter uns gelassen haben. Sie haben etwas Messingfarbenes an sich statt eines monotonen Farbtons. Es gibt weniger Lebendigkeit, mehr ein mechanisches, beinahe steampunkartiges Gefühl. Da ist keine Persönlichkeit, es fehlt jede Art von Herz. Hier ist alles purer Kapitalismus. Irgendwie erinnert es mich daran, wie Willy Wonkas Fabrik wäre, wenn man ihm erlaubt hätte, sie zu behalten, nachdem die Kinder, die er terrorisierte, ihn vor Gericht gezerrt und gezwungen hatten, seine Fabrik zu einem ehrlichen, legitimen Unternehmen zu machen.

Okay, vielleicht ist diese Analyse ein bisschen gruseliger, als ich es wollte.

»Willkommen an einem der vielen Orte, wo die Magie entsteht«, sinniert Hudson mit einer ausschweifenden Geste.

»Und mit Magie meinst du …«

»Zwanzig Milliarden Dollar.«

»Genau genommen eher an die fünfundzwanzig Milliarden«, sagt eine vertraute, selbstbewusste Stimme. »Unser bestes Jahr bisher.«

Olivia Rivers ist einer dieser Menschen, die Aufmerksamkeit einfordern, wenn sie einen Raum betreten. Es ist nicht das Klicken ihrer Absätze auf dem Betonboden oder wie ihre weiße Zigarettenhose perfekt an ihren langen Beinen sitzt oder wie das Chiffontop perfekt um ihren Körper fällt. Ganz gewiss ist es nicht das perfekt platzierte Make-up, das ihre scharfen Wangenknochen betont, oder wie ihr braunes Haar schimmert, als hätte es eben erst eine Keratinbehandlung bekommen.

All diese Dinge sind gut und schön. Aber Olivia hat etwas, das Hudson nicht hat: eine Respekt einfordernde Aura von Autorität.

Es macht die Sache nicht besser, dass hinter ihr zwei vertraute Gesichter folgen: Nathaniel und Danni.

»Was macht ihr hier?«, fragt Hudson vorwurfsvoll.

Ihre Hermès-Tasche locker von den verschränkten Armen baumeln lassend zieht Olivia die Brauen hoch. »Kein ›Hallo, Schwester. Wie geht's dir, Schwester? Schön, dich zu sehen, Schwester‹?«

»Dazu komme ich als Nächstes.«

»Hudson hat mich in der Anlage herumgeführt«, sage ich und halte dabei schwörend drei Finger hoch wie zum Pfadfindergruß. »Ich verspreche, dass ich nicht das Familiengeheimrezept stehlen werde.«

Sie zieht erneut die Augenbrauen hoch. »Ist das etwas, worüber wir uns Sorgen machen sollten? Bist du ein Dieb, Kian? Ich meine, du hast meinem Bruder schließlich schon das Herz gestohlen, wie es scheint. Ist unser Familienvermögen als Nächstes dran?«

Das trifft mich wie ein Vorschlaghammer in die Brust, und ich weiß ganz sicher, dass es mir grauenhaft schlecht gelingt, meine Reaktion zu verbergen. Ja, ich verstehe das. Die Rivers sind verdammt reich. Und ich bin ein x-beliebiger Außenstehender, über den Olivia wahrscheinlich nichts weiß. Aber ein Goldgräber genannt zu werden, der nur aufs Geld aus ist, ist wie wenn in deiner Straße ein Mord geschieht. Oder wenn jemand, den du kennst, verhaftet wird. Es ist eins dieser Dinge, von denen man weiß, dass sie passieren können, aber immer denkt, dass sie jemand anderem passieren werden.

Dir wird es nie passieren.

Kurz gesagt, ein Goldgräber genannt zu werden tut verdammt weh.

Hudson macht einen halben Schritt vorwärts, und sein größerer Körper wirkt wie ein metaphorischer Schild gegen Olivia. »Hör mal, ich weiß, wir vertragen uns nicht – und das ist okay –, aber zuzulassen, dass du meinen Freund beleidigst? Nicht cool.«

»Nicht cool?«, wiederholt sie, Fingeranführungszeichen benutzend. »Wie alt sind wir denn, Hudson?«

Olivia und Hudson könnten eine Allegorie für irgendeinen großen Krieg sein, den wir in der Highschool durchgenommen haben. Ich glaube, der Zweite Weltkrieg oder vielleicht die Kubakrise wäre ein guter Vergleich – keiner von beiden ist bereit, nachzugeben, und sie nähern sich beide immer weiter der sicheren gegenseitigen Vernichtung. Ich fange über Hudsons Schulter hinweg Dannis Blick auf. Es ist, als verstünden wir einander und wüssten, was wir tun müssen. Wie zwei Mitglieder derselben Zirkustruppe, die ihre Routine so oft geprobt haben, dass sie ihnen zur zweiten Natur geworden ist.

Moment mal, habe ich mich gerade selbst einen Clown genannt? Das ist eine Diskussion für ein andermal.

»Hey«, sage ich, trete vor und fasse Hudson an der Schulter. »Ich bin zwar immer für eine gute kostenlose Rauferei zu haben, weil HBO verdammt noch mal zu teuer ist, um sich Boxkämpfe anzusehen, aber wir sind hier, um uns zu entspannen, nicht, um uns gegenseitig einen Herzinfarkt zu verpassen, ja?«

Danni stimmt mühelos in meine Worte ein. »Und ich will nicht, dass das Letzte, was ich sehe, bevor ich heirate, ein

Streit ist. Das muss doch Unglück bringen, oder? Blut vor der Hochzeit und so? Da gibt es sicher irgendeinen nordischen mahnenden Brauch.«

»Ich bin mir ziemlich sicher, dass ich das mal irgendwo gelesen habe.«

»Seht ihr«, sagt sie. »Kian scheint ein kluger Kerl zu sein; wir sollten auf ihn hören.«

Danni wirft über ihre Schulter einen Blick zu Nathaniel, ich schätze, weil sie erwartet, dass er sie mit seiner Stimme unterstützt. Stattdessen zuckt er die Achseln und zupft wieder am Revers seines ekrüfarbenen Mantels, der perfekt zu seinem taubenblauen Hemd passt. »Mir ist das so oder so egal.«

»Natürlich«, sagen Danni und ich gleichzeitig. Wir grinsen einander an, wie zwei schelmische eineiige Zwillinge. Sympathie hergestellt.

Olivia ist die erste der beiden kriegführenden Seiten in der Schlacht der Rivers, die einen Schritt zurückrudert. Sie nimmt die verschränkten Arme auseinander und stößt mit aufgeblasenen Wangen einen lauten Seufzer aus, um der dramatischen Wirkung willen, da bin ich mir sicher. »Ich wollte sowieso mit dir reden«, sagt sie zu ihrem Bruder. »Also, nennen wir es einfach Schicksal oder Kismet oder wie auch immer.«

»Hölle? Den schlimmsten Tag meines Lebens? Strafe für etwas, das ich in meiner letzten Reinkarnation getan habe? Eine Prüfung durch den Teufel?«, rattert Hudson herunter.

»Baby«, sage ich streng. Das Wort erwischt mich unvorbereitet. Nicht, weil Hudson technisch gesehen (oder wortwörtlich, eigentlich) nicht mein Baby ist. Sondern weil ich wirklich eigentlich seinen Namen sagen wollte. Sogar in meinem Kopf habe ich gedacht, es wäre das zweisilbige *Hudson*, das herauskommt. Aber nein. Es war *Baby*. So ein leichter und beiläufiger Kosename, der so viel bedeutet und so wenig kostet.

Hudsons Gesicht ist die körperliche Manifestation meiner Überraschung. Aber wie seine Züge sich auf eine jungenhafte, hoffnungsvolle Weise erwärmen, spiegelt auch wider, wie gut sich das Wort laut ausgesprochen anfühlt. Wie ein Geheimnis, das ich monatelang für mich behalten habe und das ich endlich mit der Welt teilen kann.

»Na schön«, sagt er. »Aber nur, weil mein Goldgräber von einem Freund darauf besteht. Im Büro?«, schlägt er vor.

Olivia nickt und wendet sich zu uns um. »Könnt ihr drei euch einstweilen beschäftigen und aus Ärger raushalten?«

Nathaniel hält sein Handy hoch. »Ich muss geschäftlich telefonieren.«

»Wir kommen schon zurecht«, verspricht Danni. »Außerdem gibt mir das Zeit, Kian kennenzulernen.«

»Was, offen gesagt, interessanter ist als eine Tour durch unsere Familienbrauerei«, murmelt Hudson mir zuzwinkernd. »Ich brauche nicht lange.«

»Lass dir Zeit«, antworte ich.

Hudson und Olivia nehmen zusammen die Treppe, während Nathaniel Danni einen schnellen Kuss auf die Wange gibt, bevor er durch die Reihe von Braukesseln davonwandert und seine Stimme mit jeder Sekunde ferner klingt, bis sie vom unablässigen Brummen vergärenden Kapitalismus verschluckt wird.

Danni dreht sich zu mir um und lächelt. »Schätze, jetzt sind es nur noch wir beide.«

»Ich mag Mädchen sowieso lieber als Jungs, also ist das ein Win-win für mich.«

»Und ich mag schwule Jungs lieber als Heterojungs. Also gewinnen wir beide, schätze ich. Wollen wir was trinken gehen?«

»In einer Brauerei? Ist das überhaupt erlaubt? Oder möglich?«

Sie lacht, eine Mischung aus Hudsons vollem und Olivias graziösem Lachen. »Du gefällst mir. Komm schon, ich bin sicher, wir finden hier irgendwo ein Bier oder zwei.«

*

Wie Danni versprochen hatte, ist Bier zu finden kein Problem. Wir gehen zurück zum Eingangsbereich und finden einen Kühlschrank voll mit Rivers & Valleys' verschiedenen Sorten und Alkoholgehalten. Danni strebt zügig auf eine der Flaschen mit einer violetten Schleife zu.

»Holunderbeere?«, frage ich, während ich zwei verschiedene Optionen für mich selbst abwäge: Blaubeere oder Original. Ich stelle das mit der blauen Schleife wieder zurück. Wahrscheinlich sollte ich mich ans Original halten.

»Hattest du das noch nie?«, fragt sie, während sie ihre Kreditkarte aus der Handtasche nimmt. Sie gibt mir nicht mal die Gelegenheit, ihr anzubieten, zu bezahlen, was mir ein komisches Gefühl gibt. Das hier ist Dannis Wochenende, nicht meines. Sie ist diejenige, die heiratet. Sollte man sich als Braut nicht von vorne bis hinten bedienen lassen? Ist das nicht einer der Vorzüge, eine Braut zu sein?

»Also gut, das musst du probieren. Ich verlange es«, sagt sie neckend. »Und du kannst mir nichts abschlagen.«

»Weil das dein Hochzeitswochenende ist?«

»Ja, und wer würde zu diesem Gesicht schon Nein sagen wollen?« Sie verschränkt die Finger, legt ihr Kinn wie in eine Wiege hinein und klimpert mit leicht schief geneigtem Kopf auf engelsgleiche Weise mit den Wimpern. Ein lautes Lachen platzt aus den Tiefen meines Zwerchfells heraus. Mir tun die Bauchmuskeln weh, so heftig lache ich.

»Und weil ich dich so zum Lachen gebracht habe! Ein solcher Humor ist nicht umsonst. Komm schon. Ich habe gehört, das Außengelände ist sogar noch schöner als das Gebäude.«

Danni führt uns durchs Erdgeschoss, als gehöre ihr der Laden. Und obwohl ich sehen kann, dass ihr der Laden nicht wirklich gehört (das wäre ein echter, einer Staffel zwei würdiger Plottwist, nicht wahr?), bin ich sicher, dass sie eine Verbindung zur Rivers-Familie hat. Was mich dazu bringt, mich zu fragen, ist Nathaniel ins Familiengeschäft involviert? Haben sie einander so kennengelernt?

Sie scheinen beide ziemlich vertraut mit Olivia und dem Rest der Familie zu sein. Ich meine, vertraut genug, dass Isaac und Diana Rivers ihnen ihr Haus für die Hochzeitsfeier zur Verfügung stellen. Oder vielleicht interpretiere ich einfach zu viel hinein. Ist das überhaupt wichtig? Ich bin wegen Hudson hier, nicht wegen Danni, nicht wegen Nathaniel, nicht, um ein Reporter zu sein. Ich bin hier wegen meinem Freund.

Meinem festen Freund. Ich habe mich immer noch nicht wieder daran gewöhnt, das zu sagen, nicht mal in meinem Kopf.

Wir stoßen die Glastür auf, die zu einer riesigen Terrasse mit runden Tischen mit Blick auf das Gelände führt. Wenn ich mir vorstellen müsste, wie der Campus von Google aussieht, würde er dem Hauptsitz von Rivers & Valleys ähneln. Ganz wie die aufwendige Gartenlandschaft des Rivers-Anwesens, nur hat der Firmensitz sogar noch mehr Fläche. Ich kann nicht mal sehen, wo er aufhört.

Danni wählt einen Tisch, der weit genug von allen anderen weg ist, aber dennoch nah genug am Geländer, um uns den bestmöglichen Ausblick zu bieten. Darüber hinaus gibt er mir Gelegenheit, sie mir wirklich anzusehen. Das zartrosa Sommerkleid, das sie trägt, unterstreicht auf schöne Weise ihren Teint mit dem rosigen Grundton. Sie ist dünn, beinahe wie ein Model, aber nicht so dünn, dass es kränklich aussieht – eher wie jemand, der den besten Stoffwechsel der Welt hat. Ihr Haar ist zu einem unordentlichen Knoten hochgesteckt, und sie trägt nur minimal Make-up auf ihrem runden Gesicht, aber ihre allgemeine Aura von Entspanntheit und Gelassenheit macht das mehr als wett.

»Sehe ich so schön aus?«, fragt sie nach einem Moment. »Ich meine, falls ja, dann sag es mir bitte. Ich bin ein Skorpion, wir lieben Lob, heißt es, aber du starrst mich jetzt schon eine Weile an.« Mit gespieltem Flüstern lehnt sie sich vor. »Ich werde es meinem Verlobten nicht verraten, wenn du es nicht tust.«

»Ich habe so ein Gefühl, falls ich versuchen würde, dich Nathan wegzunehmen, würde er mir die Nase einschlagen«, sage ich. Ich gebe ihr eine halbe Sekunde, um ihren Einwand dazwischenzuquetschen, falls sie vorhat, mich zu korrigieren. Sie schluckt den Köder nicht. »Aber nein, das war es nicht, was ich gedacht habe. Ich meine, du bist schön. Sehr schön, um genau zu sein. Modelmäßig.«

»Ach, hör auf.« Spielerisch winkt sie ab. »Aber nein, mach weiter. Bitte mach weiter.«

»Ich habe mich eher gefragt … und das klingt jetzt vielleicht falsch … also, ich will dich nicht beleidigen …«

»Du versuchst herauszufinden, warum ich jemanden wie Nathan heirate«, beendet sie den Satz für mich.

Ein Herzschlag. »Ja, das war's so ziemlich.«

Danni nimmt einen großen Schluck von ihrem Holunderbier, und ich tue es ihr mit meiner Flasche im Originalgeschmack gleich. Das ist nicht das erste Mal, dass ich ein Rivers & Valleys trinke, aber nachdem Hudson und ich Schluss gemacht hatten, hatte ich der Marke abgeschworen. Sie im *Patriot* oder im Laden oder auf der Party eines Freundes zu sehen war wie ein Messerstich in die Brust, der alte Wunden immer wieder öffnen konnte, gerade wenn ich glaubte, geheilt zu sein.

Aber jetzt, denke ich, kann ich es wieder trinken.

Ich war kein großer Biertrinker, bevor ich Hudson kennenlernte, nicht mehr als jeder andere Student. Bier ist billig, sogar eine Luxusmarke wie dieses, und es ist leicht, davon betrunken zu werden. Also ist kurz zusammengefasst praktisch jeder Student ein professioneller Biertrinker. Aber der hopfige Geschmack im Bier? Der sagt mir zu.

Danni grinst über den Rand ihres Biers hinweg. »Hier«, sagt sie und deutet auf ihre Flasche. »Probier mal. Ich glaube, du wirst es mögen.«

»Und wenn nicht? Was bekomme ich dann dafür?«

Danni runzelt ihre perfekt gepflegten Augenbrauen zu einer dünnen Linie. Ich kann sehen, wie die Zahnrädchen in ihrem Hinterkopf rotieren, wie drei kleine Punkte, die über ihr erscheinen, während sie nachdenkt.

»Ich habe eine Idee«, schlage ich vor. »Du verrätst mir einen Fakt.«

»Das ist alles? Was ist der Haken?«

»Kein Haken, Pfadfinderehrenwort«, sage ich und halte drei Finger hoch.

Danni schnappt sich über den Tisch hinweg mein Bier und trinkt es zur Hälfte aus. Keine Ahnung, wie sie diese Kohlensäurebläschen ertragen kann. Schließlich stellt sie die Flasche ab und streckt ihre Hand aus; ihre Entscheidung ist getroffen. »Deal.«

Wir schlagen ein, bevor ich das Holunderbier nehme und langsam daran nippe. Die Bläschen sind nicht so stark wie beim Original, und der Fruchtgeschmack ist leicht und frisch. Wenn es nach mir ginge, würde ich den Fruchtgeschmack noch prominenter machen und den hopfigen Nachgeschmack reduzieren. Die Bläschen vielleicht auch. Vielleicht werde ich Hudson das vorschlagen. Mich mit seinen Eltern gut stellen, indem ich ihrem Unternehmen helfe. Jeder liebt Geld, richtig? Hilfst du dem Unternehmen, hilfst du der Familie. Rette die Cheerleaderin, rette die Welt.

»Na?«, fragt Danni. »Was denkst du?«

Die logische und faire Antwort wäre, die Wahrheit zu sagen – ihr zu sagen, dass ich es toll finde, weil, na ja, weil ich es tue. Aber dann würde ich nicht die Information bekommen, die ich von ihr will. Das ist eine Chance, die Rivers' aus der Perspektive einer Außenstehenden zu verstehen, jemandem wie mir. Zu verstehen, wie sie tatsächlich in ihre Gunst gelangt ist. Will ich Hudson heiraten? Das weiß ich noch nicht, aber ich weiß, dass ich will, dass sie mich mögen. Und das kann ich nicht schaffen, wenn ich nicht verstehe, wie sie ticken.

»Es ist ganz okay.« Das ist ein perfekter Kompromiss. Nicht toll, aber auch nicht komplett gelogen. Aber genug Lüge, dass ich einen Sieg verkünden kann. Das ist es doch, was Politiker machen, oder? Bequem in dieser moralischen Grauzone leben.

Doch Danni ist nicht leicht zu täuschen; nicht so leicht, wie ich dachte. »Du lügst.«

Ich zucke mit den Schultern. »Es ist nur okay, nicht schlecht, aber auch nicht großartig«, sage ich, während ich ihr die Flasche zurückschiebe. »Das Original ist mir lieber.«

»Ach, du Mistkerl«, schimpft sie und schnappt sich die Flasche. »Du hast mich ausgetrickst, nicht wahr?«

»Das kann ich weder abstreiten noch bestätigen.«

»Ich hätte wissen sollen, dass du mir in den Rücken fallen würdest.«

»Noch mal, das kann ich weder abstreiten noch bestätigen. Aber du hast einen Deal gemacht.«

Danni nimmt einen langen Zug von ihrer Flasche, wahrscheinlich, um Zeit zu schinden, während sie sich auf ihrem Stuhl zurücklehnt. Ihre Augen werden schmal und mustern mich, suchen nach einem Ausweg aus der Vereinbarung. Das Schweigen zwischen uns ist wie eine Pattsituation in einem Kriegsdrama.

Schließlich knickt sie ein.

»Also gut, schön, du hast gewonnen«, gibt sie nach. Danni lehnt sich vor und macht eine wegwerfende Handbewegung. »Einen Fakt – das ist alles, was du bekommst. Einen. Fakt.«

Ein Teil von mir hätte nicht gedacht, dass das je passieren würde. Alles, was sie sagen müsste, wäre nein, und dann wär's das gewesen. Ich kann sie nicht zwingen, mir irgendetwas zu erzählen, und es ist nicht so, als stünden wir einander nahe genug, als dass ich irgendwelche Argumente wie *weißt du noch, als du mir versprochen hast ...* oder *das schuldest du mir, weil ...* anbringen könnte. Ich lasse mir die Überraschung nicht anmerken. Stattdessen sage ich das Einzige, was ich die ganze Zeit über im Hinterkopf hatte. Und nicht erst, seit ich Danni getroffen habe oder seit Hudson und ich ein »Paar« wurden – sondern schon, seit Mom sich von meinem Vater hat scheiden lassen und Jamals Vater geheiratet hat.

»Woher wusstest du, dass Nathaniel der Richtige ist?«

Zuerst sieht Danni mich nicht an; die Landschaft lenkt ihre Aufmerksamkeit von mir ab. Aber die Frage? Etwas daran hat Gewicht, und ihr Blick schnellt zu mir.

»Wie bitte?« Da ist eine Spur Gift in ihrer Stimme, die mich zwischen die Rippen trifft und zischend die Luft einsaugen lässt. Schnell rudere ich zurück.

»Ich meine, du heiratest ihn, ja?«, sage ich. »Also musst du seit einiger Zeit wissen, dass er der Richtige ist. Ich bin nur neugierig. Was hat dich dazu gebracht, zu denken, dass er ›der eine‹ ist?« Zur Betonung setze ich mit den Fingern Anführungszeichen. »Jeder hat eine Geschichte, richtig? Diesen ›Wann wusste ich es?‹-Moment. Was war deiner?«

»Ich wusste es nicht. Ich weiß es nicht.«

»Wie bitte?«

Danni zögert nicht mit ihrer Antwort, obwohl ein Teil von mir sich wünscht, sie hätte es getan. Das kann unmöglich die wahre Antwort sein. Sie heiratet jemanden. Sie bindet sich an eine andere Person. Natürlich weiß sie, dass er der Richtige ist! Warum würde sie ihn sonst heiraten, wenn es nicht so wäre?

Mein Pokerface muss schlechter sein als ich dachte, denn sie führt ihre Antwort näher aus, ohne dass ich etwas sagen muss.

Sie seufzt und trinkt den Rest der Flasche aus. »Was soll's, oder? Ich kann es ebenso gut jemandem erzählen – schließlich heirate ich in ein paar Tagen.«

»Du klingst nicht glücklich darüber«, sage ich. »Nicht so glücklich, wie du solltest, zumindest.«

Danni stellt ihre Flasche ab und greift nach meiner. »Darf ich?«

Mit einem Winken gebe ich ihr die Erlaubnis. Sie macht nicht diesen *Bist-du-sicher?*-Tanz mit seinem nervigen Hin und Her, wie es manche Leute tun. Sie nimmt einfach die Flasche und trinkt sie ebenfalls aus. Zwei Flaschen Bier in weniger als zehn Minuten.

Im Journalismus würden wir das eine tolle Story nennen.

»Ich habe Nathaniel auf dem College kennengelernt. Emory«, fängt sie an. »Selber Stock im Studentenwohnheim. Und wir hatten drei Kurse zusammen. Wirtschaft 201, Kunstgeschichte und Englisch 200.«

»Du hast Wirtschaft als Hauptfach studiert?«

»Ja«, sagt sie. »Aber jetzt leite ich eine Galerie im Stadtzentrum. Deshalb Kunstgeschichte. Eine Leidenschaft von mir.«

»Ein leichtes allgemeinbildendes Fach für ihn?«

Sie neigt mir die Flasche zu. »Du hast es erfasst.«

»Jungs sind doch alle gleich«, sage ich, als wäre ich nicht selbst einer.

Sie lächelt und fährt fort. »Es war ein sehr typisches Junge-trifft-Mädchen. Junge schläft mit Mädchen auf Party. Mädchen verliebt sich in Jungen. Junge will sich die Hörner abstoßen und sein Leben im College genießen. Junge und Mädchen haben vier Jahre lang eine leidenschaftliche On-off-Beziehung.«

»Die meisten dieser Geschichten enden nicht in einer Ehe«, erinnere ich sie.

»Die meisten dieser Geschichten beinhalten nicht Nathan Wilcox, den Erben einer der größten Telekommunikationsgesellschaften im Süden«, erinnert sie mich.

Diesmal ist es an mir, ihr zuzuprosten.

Danni fährt fort. »Es war ehrlich Zufall, wirklich. Während der Abschlussfeier vor zwei Jahren kamen meine Eltern auf den Campus. Am selben Tag gaben Nathaniel und ich uns gegenseitig unsere Sachen zurück. Ein neuer Anfang, weißt du? Einen Schlussstrich ziehen und ...« Sie driftet ab, und ihre Stimme verliert sich. Als Reaktion darauf ziehe ich eine Augenbraue hoch und lehne mich vor. Danni öffnet den Mund, schließt ihn wieder, dann öffnet sie ihn erneut, als steckten die Worte in ihrer Kehle fest.

Das kann nur eines bedeuten.

»Und dann hattet ihr noch mal Sex, nicht wahr?«

»Ich meine ...«, murmelt sie verschämt.

»Hey, greif zu, Girl. Nathaniel ist heiß«, sage ich. »Er hat einen ziemlichen ... Chuck-Bass-Vibe; wenn Chuck Bass fünfzehn Zentimeter größer wäre, mehr Muskeln hätte, nicht so viel Gel benutzen würde ...«

»Und kein frauenfeindliches Arschloch wäre?«

»Das auch.«

»Aber das wäre das Ende der Geschichte gewesen, weißt du. Das war mein Plan. Ein Abschiedsfick, und zwar ein guter, und dann mit meinem Leben weitermachen. Auf die Kunsthochschule gehen, eine Galerie eröffnen – zwei Dinge, die ich sogar gemacht habe – und einfach ... einen netten, kreativen Typen auf meiner Wellenlänge finden. Aber dann sind meine Eltern reingeplatzt.«

»O nein!«, rufe ich aus und lehne mich auf meinem Stuhl zurück, als würde ich mir eine Zusammenfassung der *Real Housewives of Atlanta* anhören. »Nicht wirklich!«

Sie nickt. »O doch. Und das kann ich dir sagen, das Einzige, was noch peinlicher ist, als dass deine Eltern dich halb nackt mit einen Typen erwischen, ist, wenn sie merken, wer der Typ ist, und eins und eins zusammenzählen, dass ihre kunstbegeisterte Tochter, die in ihren Augen eine Versagerin ist, fürs ganze Leben ausgesorgt haben könnte, wenn sie nur ihre Laufbahn ein klein wenig ändert.«

Zuerst klingen Dannis Worte wie eine Art Übertreibung; als sage sie das, weil ihre Eltern sie vor Nathaniel beschämt haben. Aber Dannis Haltung, wie sie die Schultern einzieht, als versuche sie, sich kleiner zu machen, ist »Grundlagen der Psychologie«-Einführungskurs.

Und dann macht alles Klick.

»Moment mal. Du willst damit nicht sagen, was ich denke, oder?«

Sie lächelt traurig.

»Nur, damit ich das richtig verstehe.« Ich lehne mich vor und stütze die Arme auf den Tisch, um den Abstand zwischen uns zu überbrücken. »Deine Eltern haben dich überredet, einen Kerl zu heiraten, den du nicht liebst, weil es besser für deine Karriere und für sie wäre? Ist es das, was du mir sagen willst?«

Danni antwortet nicht sofort, aber die Schärfe und Dunkelheit in ihrem Gesicht verraten mir alles, was ich wissen muss. Die Worte ergeben Sinn, wenn sie laut ausgesprochen werden, aber gleichzeitig passen sie nicht; wie Teile eines Puzzles, die mit Gewalt zusammengesteckt werden und sich nicht auf natürliche Weise ineinanderfügen.

»Warum?«, fragt der Journalist in mir. »Warum hätten sie das tun sollen?«

Danni lacht leise. »Meine Eltern sind nicht so aufgewachsen wie die von Nathan oder Olivia und Hudson. Ich kann mir vorstellen, deine auch nicht.«

»Meine Mom besitzt einen Antiquitätenladen in North Carolina«, bestätige ich.

»Meine Eltern sind Lehrer an einer Montessorischule«, fügt sie hinzu. »Also, du verstehst, dass dieses Leben so weit außerhalb unserer Reichweite ist ... und meine Eltern wollten nur, dass ich lebenslang versorgt bin.«

»Aber nicht glücklich?«

»Ich denke, Glück ist etwas, auf das sich Amerikaner zu sehr konzentrieren. Es ist wichtiger, abgesichert zu sein«, sagt sie.

»Denkst du das, oder denken das deine Eltern?«

Ein Augenblick verstreicht. »Spielt das eine Rolle?«

»Ich würde sagen, ja; es ist dein Leben, nicht ihres. Wenn sie tot und begraben sind – was hoffentlich nicht bald der Fall sein wird –, dann musst du mit deinen Entscheidungen leben. Also, ich frage dich jetzt, Danni, liebst du Nathan?«

Ich bereue es, ihr eine so gewichtige Frage zu stellen. Nicht, weil ich nicht glaube, dass sie in der Lage sein sollte, sie zu beantworten, sondern weil, jemanden so rundheraus zu fragen, am Vortag seiner Hochzeit, ob er die Person liebt, die er heiraten soll ... unfair erscheint. Wenn sie Ja sagt und das die Wahrheit ist, dann lässt mich das unsensibel klingen.

Wenn sie Nein sagt oder Ja sagt und lügt, dann wird es in ihr schwären und wachsen wie ein Krebsgeschwür.

»Das tue ich«, sagt sie nickend. »Nathan ist ein guter Mensch. Seine Familie ist gut, und wir passen gut zusammen. Er wird mich glücklich machen, und er wird mir guttun.«

Ich bin nicht überzeugt, und ich bin mir auch nicht ganz sicher, ob sie es ist. Hinter ihr kann ich sehen, dass sich die Bodendielen bewegen. Durch den warmen Griff auf meiner Schulter und die Weise, wie Danni an mir vorbeisieht, weiß ich, wer hinter mir steht.

»Worüber tratscht ihr zwei denn?«, fragt Hudson. Nathaniel tritt dicht zu Danni und küsst ihre Wange, dabei lässt er seine Lippen verweilen.

Instinktiv beobachte ich, wie sie automatisch ihren Kopf zu ihm dreht, mit einem sanften Lächeln, das nicht ihre Augen erreicht. Sie nimmt seine Hand, verschränkt die Finger mit seinen und drückt sie.

Wie oft hat sie solche Dinge schon gemacht? Wie oft hat sie diese kleinen, sanften Gesten gemacht, um ihren Zukünftigen davon zu überzeugen, dass sie ihn wirklich, tatsächlich liebt? Wie oft hat sie sich selbst und ihn belogen? Glaubt sie ihre Worte wirklich, oder kleben sie ihr zäh wie Melasse in der Kehle, um sie zu ersticken?

»Ich denke, wir sollten zurückfahren, wenn du so weit bist?«, sagt Danni.

»Sicher, Liebling.« Nathaniel lächelt. »Lass uns gehen – vielleicht in dieses Café?«

»Das klingt toll«, sagt sie, was ehrlich klingt. Danni steht auf, lässt Nathaniel seinen Arm um ihre Taille legen und dreht sich zu mir und Hudson um.

»Es war schön, euch beide zu sehen, und schön, mit dir zu plaudern, Kian. Wir sehen euch beide beim Probedinner?«

»Das würden wir um nichts in der Welt verpassen«, antwortet Hudson. »Ich bringe meine Dance-Moves mit.«

»Bitte«, stöhnt Nathaniel. »Lass die zu Hause.«

»Arsch.«

»Blödmann.«

Sie grinsen beide und klopfen einander auf die Schulter, wie es Bros machen, bevor sie sich trennen. Nathaniel und Danni verschmelzen mit der wachsenden Menge, als sie hinausgehen. Ich halte meine Augen auf Dannis Rücken geheftet und frage mich, ob sie, wie im Film, vielleicht einen Blick zu mir zurückwirft, mir irgendeinen flüchtigen Einblick in das gibt, was sie denkt – und ob unser Gespräch sie irgendwie zum Umdenken gebracht hat.

Aber das hier ist nicht wie im Film. Unsere Leben sind nicht cinematisch. Sie sind echt. Sie haben Konsequenzen und Wege, die wir – selbst wenn andere unsere Geschichten betreten und wieder verlassen – allein gehen müssen.

Hudson imitiert, was Nathaniel getan hat, indem er sich an mich schmiegt. Er drückt seine Lippen auf meinen Kopf.

»Bereit, zu gehen?«, fragt Hudson. »Ich weiß, du wolltest die Destillerie sehen, aber ich habe noch ein paar andere Überraschungen für heute geplant, wenn du dabei bist? Außerdem haben wir noch alle Zeit der Welt, uns diesen Laden anzusehen.«

Ich drehe mich um, um zu Hudson hochzusehen, und präge mir jeden seiner Züge ein. Die wachsenden Bartstoppeln, seinen kantigen Kiefer. Das Dunkle und Helle in seinen Augen. Alles, woran ich mich erinnern will, solange ich nur kann. Einen Moment lang verstehe ich nicht, was er meint.

Wir werden nur noch ein paar Tage hier sein. Aber dann erinnere ich mich, er denkt an die Zukunft. Eine Zukunft, in der wir zusammen sind; unsere Zukunft.

»Sind das gute oder böse Überraschungen?«

»Sehe ich aus wie jemand, der böse Überraschungen macht?«

»Soll ich dich an das eine Mal erinnern, als du vor meiner Kommunikationswissenschaftsvorlesung gewartet hast und mich überrascht hast mit …«

»Okay, okay.« Er hebt die Hände. »Schon kapiert. Aber das hier wird eine gute. Vertraust du mir?«

Ich zögere nicht mit meiner Antwort. »Immer.«

28

»Okay, was ist los?«

Hudson und ich haben unsere Aktivitäten vom Vortag, zu seiner Familie *Bis dann, ihr Luschen* zu sagen, fortgesetzt und den ganzen neuen Tag miteinander verbracht. Während gestern aus den unspektakulären Dingen bestand, die ein Tourist in Atlanta nie im Leben machen würde, haben Hudson und ich heute all die touristischen Dinge gemacht. Ihm zufolge war das unbedingt erforderlich.

»Du warst noch nie in Atlanta«, hatte er am Morgen gesagt, während er Löffelchen liegend Sternbilder auf meinen Armen nachzeichnete. »Und klar, ich bin sicher, wir kommen bald wieder her, aber warum nicht jetzt das Beste daraus machen und so tun, als wären wir Touristen, ja? Außerdem bin ich der beste Tourguide. Ich sehe gut aus, ich weiß, was dir gefällt, und ich hab Zeit.«

Hudson sorgte den ganzen Tag über dafür, dass wir so viel von Atlanta sahen, wie wir konnten, während der neun Stunden, die wir mit ausgeschalteten Handys unterwegs waren – Hudsons einzige Bedingung. Das *Georgia Aquarium*, das *World of Coca-Cola* und natürlich der Botanische Garten nahmen unseren Vormittag und frühen Nachmittag in Anspruch. Dann aßen wir ein spätes Mittagessen im *Bones und Dinner*. Außerdem war der Ausflug nicht vollständig ohne einen Besuch bei McLawrens, für einen weiteren Satz Klamotten, bei denen Hudson darauf bestand, dass sie mir irgendwann während der Hochzeit nützlich sein könnten.

»Meine Eltern sind sich nicht zu fein, zu verlangen, dass wir unsere Outfits wechseln«, warnte er mich, während ich einen kastanienbraunen Anzug anprobierte. »Ich weiß, es ist viel, aber besser auf Nummer sicher gehen, oder?«

Trotz der Tatsache, dass mir, noch mehr Klamotten anzuprobieren und noch mehr Geld auszugeben, absolut unerhört vorkam, besonders, nachdem wir zuvor schon so viel ausgegeben hatten, war es nicht das, was mich beunruhigte.

»Es ist die Verschwendung, nicht wahr?«, fragte er, als wir im Auto auf dem Parkplatz saßen, der jetzt mit mehr als zwei Dutzend Buicks, Teslas, Range Rovers und mehr vollstand. »Schau, ich weiß nicht, ob du es gemerkt hast, aber das war Teil meines Plans. Wir brauchen dafür nicht da zu sein. Ich hatte gehofft, dass wir es verpassen.«

»Es« ist das Probedinner. Als wir heute Vormittag abgehauen sind wie zwei Sechsjährige, die sich raus zum Fluss schleichen, hat Hudsons Mutter uns versprechen lassen, dass wir rechtzeitig für das große Abendessen zu Hause sein würden. Sie kennt ihren Sohn. Ich bin sicher, sie wusste, dass er bei seinem Versprechen buchstäblich zwei Finger hinter seinem Rücken gekreuzt hatte, in der jahrhundertealten Geste einer Lüge.

Ich meine, warum sonst sollte man sein Handy den ganzen Tag ausmachen, außer um den Zorn seiner Eltern nicht hören zu müssen?

»Das ist es nicht.«

»War es der Salat? Der Mozzarella soll im Bones frisch sein, das schwör ich. Ich weiß, wie gern du einen frischen Salat magst und …«

»Das ist es auch nicht.«

Um ehrlich zu sein, es gab keinen Teil des Ausflugs, den ich nicht genossen habe. Es hat Spaß gemacht, Hudsons alte Tummelplätze zu sehen. Zu sehen, wie seine Augen an jedem einzelnen Ort aufleuchteten, mit dem eine Erinnerung verbunden war. Manche davon gut, manche davon schlecht und manche anscheinend bittersüß. Aber jede einzelne gab mir ein wenig mehr Einblick in Hudson Rivers. Jede einzelne knackte seinen Panzer ein bisschen weiter auf und enthüllte weiches inneres Fleisch, das sein Gewicht in Gold wert war.

Dafür war ich froh, mitgekommen zu sein.

Für mich könnte ich allerdings nicht dasselbe sagen. Dieser Ausflug hätte für uns ein Anlass sein sollen, unsere Verbindung zu stärken. Hudson trug seinen Teil dazu bei, indem er versuchte, mir auf halbem Weg entgegenzukommen, aber das Gespräch mit Danni gestern hat meinen Verstand überwuchert wie Dickicht, wodurch ich den Wald vor lauter Bäumen nicht sehen kann, oder auch nur die Bäume, was das betrifft. Alles, woran ich denken konnte, war, dass es für Danni anscheinend okay war, sich mit Nathaniel zu begnügen. Das war doch falsch, oder nicht? Man sollte eine solche Entscheidung wie für eine Ehe nicht nur treffen, weil die Eltern es wollen, oder weil es ihr Leben »besser« macht. Wir haben nicht mehr das neunzehnte Jahrhundert; eine Ehe sollte auf Gefühlen basieren, nicht auf Finanzen.

Ich habe geglaubt, meine Sache gut gemacht zu haben,

diese Gedanken während des Tages vor Hudson verborgen zu haben, indem ich an all den richtigen Stellen ein *Ja* und *Mhm* und natürlich das gelegentliche *Das klingt toll* einwarf. Aber danach zu urteilen, wie Hudson die Tür verriegelt, seinen Sicherheitsgurt löst und sich zu mir umdreht, als wir wieder bei ihm zu Hause ankommen, während Streifen von Zwielicht nur noch schwach am pechschwarzen Himmel sichtbar sind, wird mir bewusst, dass dieses fehlende Nachbohren nicht bedeutete, dass ich ihm was vormachen konnte. Ganz im Gegenteil sogar. Es bedeutete, dass er mir Freiraum ließ, wie es ein Freund tun sollte, und darauf wartete, dass ich zu ihm komme.

Ich schätze, er ist es leid geworden, zu warten.

»Hallo?«, sagt er und wedelt mit der Hand vor meinem Gesicht herum. »Erde an Kian Andrews. Ich wiederhole: Erde an Kian Andrews.«

»Hm?«, frage ich, Ahnungslosigkeit vortäuschend.

Hudsons Gesicht bleibt todernst. »Wirklich? Du willst das bei mir versuchen?«

»War einen Versuch wert.« Ich zucke mit den Schultern. »Es ist nichts, wirklich.«

»Jedes Mal, wenn jemand sagt, ›es ist nichts‹, dann ist immer etwas, K. Du bist da keine Ausnahme. Genau genommen, wenn überhaupt, dann bist du wahrscheinlich die Regel persönlich.« Er lacht.

Ich ziehe meine Augenbraue zu einer stummen Frage hoch.

»Du hast immer eine Meinung. Das ist nichts Schlechtes! Das ist es, was dich zu einem verdammt guten Rechercheur macht. Aber ich weiß, wenn du eine Meinung und keine Möglichkeit hast, sie auszudrücken, dann gärt sie in dir. Das

Schweigen, das ich in den letzten vier Stunden von dir bekommen habe, ist nur ein Beispiel dafür. Und du musst mir nicht sagen, was dich beschäftigt. Wenn du das nicht willst, verstehe ich das. Jeder verdient seine Geheimnisse, und jeder verdient seine Zeit für sich. Aber wenn es etwas gibt, das ich tun kann, damit du dich besser fühlst, wenn es etwas ist, das ich getan habe, um dich in diese Stimmung zu bringen, dann würde ich es gern wissen. Verdammt, selbst wenn du es mir nicht erzählen willst, sag mir einfach, dass es meine Schuld ist, und dann werde ich mich entschuldigen. Ich werde tun, was immer ich kann, um es wiedergutzumachen.«

Ich mustere Hudsons Züge, um zu sehen, ob sich irgendeine Spur von Manipulation oder Verlogenheit hinter seinen ausgeprägten Wangenknochen verbirgt. Aber da ist nichts: Es ist eher so, als lege Hudson alles offen auf den Tisch. Als wolle er tatsächlich helfen und tatsächlich alles tun, was er mit Macht, Geschenken oder Geld erreichen kann, damit ich mich besser fühle. Als wären meine Stimmung und mein Schmerz auch sein Schmerz.

Ich bleibe stumm, lang genug, dass der abkühlende Motor des Wagens von einem leisen Brummen zu Stille wechselt. Schließlich lecke ich mir über die Lippen und dränge die Worte aus meinem Mund.

»Soll sich so eine richtige Beziehung anfühlen?« Ich lache, in einem Versuch, den Moment leicht bleiben zu lassen. »Füreinander zu sorgen, und …«

»Den anderen auch mal was abladen zu lassen?«, fragt er.

»Die Zweideutigkeit war keine Absicht, oder?«

»Oh, und ob das Absicht war.« Er zuckt mit den Augenbrauen. »Es wäre mir eine Ehre, dich was abladen …«

»Wag es ja nicht!« Schnell halte ich ihm den Mund zu. Seine Lippen mögen zwar verborgen sein, aber die Belustigung in seinen Augen funkelt wie Feuerwerkskörper.

»Wir sind auf deinem Grundstück«, flüstere ich. »Wer weiß, wer dich hören könnte. Olivia hat uns gestern rummachen gesehen; ich will keine Wiederholung davon, okay?«

Er nickt langsam, ohne zu blinzeln. Ich lasse meine Hand noch einen Moment länger auf seinem Mund, bevor ich sie langsam wieder wegnehme.

»Dann willst du also nicht hören, dass du sehr gern deine Ladung bei mir abladen kannst?«, sagt er schnell.

»O mein Gott, Hudson!«, schreie ich und schlage auf ihn ein. Jeder Schlag wird mit einem schallenden Lachen quittiert. Er reißt die Arme hoch, um zu versuchen, meine Hände abzuwehren. Wie die Tentakel eines Oktopus zappeln unsere vier Arme umeinander herum. Schließlich verschränken sich seine Finger mit meinen und halten unsere Hände fest. Er zieht mich zu sich; ich wehre mich nicht dagegen. Sanft pressen sich unsere Lippen aufeinander. Er ist direkt hier bei mir. Und ich merke, tief drin, dass er diesmal nicht weggehen wird.

Ohne jedes Zögern klappe ich die Mittelkonsole zurück. Hudson hilft mir, indem er mich zu sich zieht und entschlossen auf seinen Schoß setzt. Seine freie Hand legt sich an meine Hüfte, um mich festzuhalten. Die Bewegung ist nahtlos, unsere Lippen arbeiten harmonisch zusammen. Mein Herz pocht in meiner Brust, jedes Pulsieren wie eine Art Sonar. Jede Vibration ein kurzer, knapper Befehl.

Härter.

Schneller.

Mehr.

Es ist komisch, wie mühelos Hudson und ich zum selben Moment zurückkehren.

Keiner von uns braucht den anderen zu fragen, keiner von uns wartet auf die richtige Gelegenheit, den anderen in die Finger zu bekommen. Es passiert einfach. Und es ist mühelos. Vielleicht, weil Hudson und ich eine gemeinsame Geschichte haben? Oder vielleicht, weil wir auf einer Wellenlänge sind und einfach gut zusammen funktionieren? Der Journalist in mir will den Grund hinter unserem Erfolg wissen.

Der geile Mittzwanziger in mir will sich einfach nur die Klamotten vom Leib reißen und sich an jede Falte, Vertiefung, Wölbung und feste Stelle seines Körpers, den ich so liebe, erinnern.

Als Hudson seine Zunge in meinen Mund drängt und ihn erforscht, will ein Teil von mir einfach nur sagen, Scheiß drauf, wen juckt's, ob uns irgendwer sieht? Die Scheiben des Jeeps sind getönt. Wer wird einen Wagen ansehen, der im Carport parkt, und nachsehen, wer drin ist?

»Warte«, flüstere ich.

Hudson hört sofort auf. Er versucht nicht, noch eine Sekunde länger weiterzumachen oder mich zu überzeugen, dass warten nicht wirklich das ist, was ich will. Seine Hände zucken sofort fünfzehn Zentimeter zurück wie ein Magnet. Er löst seinen Mund von meinem und sieht mich mit seinem neugierigen, besorgten Hundeblick an, der sowohl *Alles okay?* als auch *Was hab ich falsch gemacht?* sagt.

»Du hast nichts falsch gemacht«, verspreche ich. »Es ist nur … Es ist schon lange her, weißt du?«

Die Logistik von Autosex fängt an, den Moment weniger romantisch zu machen. Hudson ist ein großer Typ, nicht nur was seine Körpergröße und Breite angeht, sondern auch … na ja, die Schwanzgröße.

»Seit wir Sex hatten?«, fragt er. »Ja, ich erinnere mich.«

»Nein. Seit …«

Es dauert einen Moment, aber schließlich zählt er eins und eins zusammen. »Oh.«

»Mhm. Außerdem, ich meine, wollen wir wirklich, dass unser neues erstes Mal in einem Auto stattfindet?«

»Wir haben schon in einem Auto rumgemacht, das scheint mir die logische Weiterentwicklung zu sein«, sagt er schmunzelnd.

»Ich mein's ernst.«

Hudsons Antwort ist ein Schulterzucken, während seine Hände auf nicht sexuelle Weise auf meinen Oberschenkeln liegen. »Es ist mir egal, wo wir es tun, wenn ich ehrlich bin. Ich bin einfach nur froh, es mit dir zu tun … aber …«

Er sieht über meine Schulter durch die getönte Scheibe zum Haus. Dutzende Leute sollen wegen des Probedinners ankommen, und die Sonne ist bereits vollständig untergegangen. Hinter der Villa ist der Fluss, der eine Art gelblichorangefarbenen Schimmer an sich hat, wahrscheinlich von dem Zelt und den Laternen, die draußen in dem großen, teuren Garten aufgestellt sind, wo das Probedinner stattfinden wird. Ein Stechen in meiner Magengrube beginnt hochzubrodeln wie giftige Galle.

»Wir sollten uns nicht verspäten – nicht schon wieder«, erinnere ich ihn und stehle mir einen Kuss, diesmal, indem ich meine Lippen auf seine Stirn drücke. »Vergiss nicht, wir sind immer noch hier, um deine Eltern zu beeindrucken. Und außerordentlich spät zu diesem Probedinner zu kommen besteht nicht den Vibe-Check.«

»Erstens sind wir schon so spät dran, dass meine Mutter mir sicher die Haut abziehen und sie als Decke benutzen wird.«

»Das war dein Plan, nicht wahr?«

»Zu spät zu kommen und alles zu verpassen? Hoffentlich, ja. Du hast gesehen, wie die Cocktailparty vor ein paar Tagen gelaufen ist. Absolut grauenhaft. Bei lebendigem Leib gehäutet zu werden? Ich stehe zwar nicht auf solche perversen Sachen, Babe, aber wenn du was ausprobieren willst, keine Ahnung, ein bisschen SM …«

»Und Nummer zwei?«, unterbreche ich ihn.

Hudson schmunzelt mit dieser tanzenden Belustigung in seinen Augen. »Nummer zwei ist, keiner in unserem Alter sagt ›Vibe-Check‹, und du klingst, als würdest du zu viel Zeit auf Facebook verbringen.«

»Aber liege ich falsch?«

Er schüttelt den Kopf, dabei drückt er sanft meine Hüften. »Ganz und gar nicht; andererseits liegst du selten falsch. Aber … Ich denke, die können noch eine Minute warten, du nicht auch?«

»Hudson«, warne ich.

»Pssst«, sagt er neckend, während er meine Seiten ein wenig fester drückt. »Du hast heute gesagt, dass du mir vertraust. Stimmt das noch?«

Ich nicke. »Natürlich.«

Er öffnet die Autotür und hievt mich hinaus, bevor er selbst aussteigt, die Tüten aber im Wagen lässt. »Dann folge mir.«

*

Wenn der Film *Der große Gatsby* im Süden spielen würde und sie denselben modernen Stil wie in der Version von 2013 benutzen, ihn aber im Jahr 2024 ansiedeln würden, dann wäre die Party der Rivers nach dem Probedinner eine gute Vorlage dafür.

Haben die Leute sich tatsächlich umgezogen, seit ich sie zuletzt gesehen habe? Scheint so! Ich zähle mindestens dreihunderttausend Dollar an Schmuck an einer einzigen Person, und das waren nur drei Teile. Und war das …

»Komm schon«, drängt Hudson und zieht mich weiter, als ich mitten in der Eingangshalle stehen bleibe. »Du verursachst noch einen Stau.«

»War das da gerade wirklich …«

»Rachel Maddow? Wahrscheinlich.«

»Wie …«

»Freundin der Familie«, sagt er, ohne sich umzudrehen, und schlängelt sich weiter mühelos durch die Menge.

»Warte, Moment mal, du kennst einfach so … Rachel Maddow?«

»Ich nicht, meine Eltern.«

»Erklärst du mir das?«

»Vielleicht. Aber nicht jetzt. Wir haben Wichtigeres zu tun.«

Ich habe keine Ahnung, wohin Hudson mich führt, aber innerhalb von Sekunden sind wir in der Nähe desselben Raums, in dem wir gestern die Kinder gehütet haben. Er sieht sich einmal um, öffnet dann die Tür, schiebt uns beide hinein und macht das Licht an.

»Ein Badezimmer?«, frage ich.

»Ein Badezimmer.« Er grinst wild.

»Okay, Hudson: Du bist wirklich traumhaft, und ich weiß

dich zu schätzen, aber verdammt, Rachel Maddow ist hier, und als Journalist … Warte … Was machst du da?«

Er geht auf die Knie, bevor ich ein weiteres Wort sagen kann. Die Gürtelschnalle an meiner Hose öffnet sich mit einem Klicken, das trotz der Geräusche der Party, die ins Badezimmer dringen, zu hören ist. Hudson schmunzelt zu mir hoch, während er meinen Reißverschluss aufzieht.

»Willst du, dass ich aufhöre?«, fragt er mit einem heiseren Flüstern.

Mein Herz pocht mir so laut in den Ohren, dass ich meine eigene Antwort nicht hören kann. Seiner Reaktion nach zu urteilen, nämlich, dass er meinen Reißverschluss weiter öffnet, bis er mir die Hose bis zur Mitte der Oberschenkel herunterziehen kann, einschließlich der Boxershorts, macht meine Antwort ihn nicht geneigt, aufzuhören.

Und wenn ich ehrlich bin, bin ich froh darüber.

Seine warme Hand legt sich um meinen Schwanz und massiert ihn mit ein paar Zügen, um ihn härter zu machen. Hudson gibt ein tiefes, kehliges Stöhnen von sich.

»Verdammt«, murmelt er, während er heiße Küsse auf die Innenseite meines Oberschenkels drückt. »Verdammt, habe ich das vermisst.«

Ein elektrisierender Blitz zuckt meine Beine hoch, als er sich meinen Eiern widmet und das rechte in den Mund nimmt und langsam, träge daran saugt, beinahe, als würde er ihm huldigen. Meine Zehen verkrampfen sich, und ich wölbe den Rücken. Seine freie Hand wandert hoch und drückt gegen meine Bauchmuskeln, um meine Hüften an der Wand festzuhalten.

»Nein«, sagt er mit gedämpfter Stimme durch seinen vollen Mund, ohne den Blick von mir zu nehmen. »Halt still.«

Seine Stimme ist sanft, und sie hat keine Macht in sich. Aber das macht es nur noch heißer. Es ist kein Befehl, nicht im traditionellen Sinne, trotzdem wage ich es nicht, mich zu bewegen. Genau genommen tue ich das Gegenteil, ich zwinge meinen Hüften zurück an die Wand und bemühe mich, so gut ich kann, sie dort zu halten.

»Braver Junge.« Hudsons Mund wandert zu meinem anderen Hoden, diesmal ein bisschen fester saugend und dabei stöhnend, um seinen Mund vibrieren zu lassen.

»Shit!«, zische ich und hebe eine Hand, um mich in den Daumen zu beißen. Ich schmecke Blut, aber das ist mir egal. Die andere Hand packt seinen Hinterkopf und krallt sich in sein Haar – nicht fest genug, um Schaden anzurichten, aber genug, um mich an etwas festzuhalten, etwas, das mich wieder erdet.

Leise lachend zieht Hudson sich zurück. »Da hat jemand wohl schon eine Weile keinen mehr geblasen bekommen.«

»T-technisch gesehen h-hast du nicht ... hast du n-nicht ...«

»Sei still«, sagt er neckend. »Das ist nicht der Moment, ein Besserwisser zu sein. Das ist der Moment, zu genießen.«

Hudson senkt erneut den Kopf, aber diesmal konzentriert er sich stattdessen auf meinen Schwanz. Seine Zunge – breit, feucht und warm – leckt über dessen Unterseite, vom Ansatz bis zur Spitze. Als er die Eichel erreicht, legt er die Hand erneut um den Schaft und spuckt drauf, während er mir mit gleichmäßigen, festen Zügen seiner Faust einen runterholt.

Und Hudson Rivers hat einen verdammt guten Griff.

»Shit, shit, shit«, murmle ich. Das Ziel war, die Hüften an der Wand zu lassen – ich bin schließlich gut darin, Befehle zu befolgen –, aber bei dem Gefühl, wie er mir einen runterholt? Kann ich nicht anders, als meine Hüften jedem Pumpen seiner Hand entgegenzustoßen.

Er hat recht. Es ist eine Weile her, dass ich Sex hatte – seit wir Schluss gemacht haben. Und Sex war nie so gut wie mit Hudson. Es ist so anders, mit jemandem zusammen zu sein, der dich kennt. Jemandem, der deinen Körper auswendig gelernt hat wie seine eigene Telefonnummer. Jemandem, der …

»O mein GOTT.«

Irgendwann während meiner wirren Gedanken und dem krampfhaften Versuch, bei Verstand zu bleiben, hat Hudsons Mund seinen Weg zu meinem Schwanz gefunden. Liebkosend, küssend, dessen ganze Länge, ohne zu zögern, in sich aufnehmend.

Sein Mund ist eng, warm und feucht, und er gibt ein lustvolles Stöhnen von sich, während sein Kopf auf und ab wippt. Sein schlüpfriger Mund überzieht meinen Schwanz und bewegt sich in einem Rhythmus, der mich die Augen verdrehen lässt. Ich erschaudere. Meine Beine drohen nachzugeben, und ich halte mich an seinem Kopf fest. Mein Keuchen und seine Geräusche feuchten Saugens erfüllen die Luft und übertönen den leisen Lärm der Party. Schneller und schneller. Tiefer und tiefer nimmt er meinen Schwanz in sich auf, dann spüre ich, wie die Spitze hinten an seinen Rachen stößt.

»Shit«, zische ich. Innerlich verfluche ich auch mich selbst und beiße mir in die Wange. Ich will schreien, aber das wäre das absolut Falsche – das absolut Schlimmste –, was ich tun könnte. Hudson weiß das. Ich weiß das. Also gebe ich mein Bestes, es zu genießen. Solange ich kann, so gut ich kann.

Was nicht lang ist.

Wenn das hier eine Art Animationsfilm oder ein Porno

auf Brazzers wäre, dann hätte ich Hudson wahrscheinlich ein Büschel Haare ausgerissen. Aber ich bin schlauer, besser. Denke ich. Kommt vielleicht darauf an, wen man fragt.

Stattdessen zwinge ich sein Gesicht auf meinen Schwanz hinunter, so tief er ihn aufnehmen kann. Ich stöhne in meinen Arm, in der Hoffnung, dass dieser das Geräusch genug dämpft, während meine Schenkel so stark zittern, dass ich schwöre, meine Muskeln reißen gleich wie ein Gummiband.

Aber hey, wenigstens bin ich gekommen, oder?

Hudson wehrt sich nicht dagegen. Er würgt ein bisschen, windet sich ein bisschen und bewegt seinen Kopf in eine etwas angenehmere Position. Aber wichtiger, er nimmt alles auf. Jedes Zucken, jedes Beben, jeden Tropfen – er schluckt mit meinem Schwanz im Mund, zieht sich zurück und wischt sich den Mund ab.

»Ich hatte vergessen, wie gut du …«

»Wenn du jetzt sagst, was ich glaube, dass du sagen wirst, dann trete ich dir hundertprozentig in den Hintern.«

Er lacht, steht auf und küsst mich. Ich kann mich selbst an ihm schmecken. Das hat etwas eigenartig Heißes an sich.

»Ich bin dafür, dass wir für immer hier drin bleiben«, raunt er.

»Wenn du willst, dass ich dich durchvögel, musst du mich nur bitten. Du brauchst nicht poetisch zu werden.«

»Ich meine«, er zuckt mit den Schultern, »ich bin nicht dagegen, aber ich wollte eher sagen … Ich mag das. Ich mag uns.«

Uns. Ich bin klug genug, den Augenblick nicht kaputt zu machen, indem ich ihn frage, was »uns« für ihn bedeutet, aber mein Zögern, anstatt sofort mit »Ich mag uns auch« zu antworten, verdeutlicht es.

»Du brauchst es nicht ebenfalls zu sagen«, flüstert er und küsst meine Nase. »Aber du sollst wissen, dass ich dich wirklich liebe. Ich habe dich immer geliebt, und ich werde dich immer lieben. Ich bin bereit, dafür zu arbeiten, dass du es irgendwann mit gutem Gefühl auch wieder sagen kannst. Und wenn du mich kennst, weißt du, dass ich hartnäckig bin.«

»Übertrieben hartnäckig.«

»Übertrieben hartnäckig«, wiederholt er. Hudson nimmt sich Zeit dabei, wie ein Uhrmacher, der sorgfältig etwas Kostbares zusammensetzt, meine Hose und Unterhose hochzuziehen, den Reißverschluss zu schließen und jede Falte glatt zu streichen, so gut er kann.

»Siehst du? So gut wie neu. Niemand wird merken, dass du gerade den besten Blowjob aller Zeiten bekommen hast.«

»Eh.« Ich zucke mit den Schultern und mache eine hin- und herkippende Handbewegung. »Ich würde sagen, das war eine Neun von Zehn.«

»Wie bitte?!«

Ich drehe ihm den Rücken zu – die beste Möglichkeit, jemanden zu provozieren, ist, ihn zu ignorieren – und öffne die Tür. Ich hatte einen kompletten Plan im Kopf. Ihn ignorieren, bis wir seine Eltern gefunden haben, wo auch immer sie sind. Mich umdrehen, mich von ihm küssen lassen, damit alle sehen, wie verliebt wir sind, und einen guten Eindruck bei seinen Eltern machen.

Dieser Plan löst sich in Luft auf, als das vertraute Gesicht eines blonden Mannes vor uns auftaucht, mit dem Millionen-Dollar-Lächeln und den *Vogue*-würdigen Wangenknochen.

All das gehört Randall Clements.

»Störe ich bei etwas?«

29

Randall Clements sieht anders aus als auf seinen Fotos, als ich ihn persönlich und aus der Nähe sehe. Er ist auf seinen Fotos viel schlanker als im wahren Leben. Ich dachte, die Kamera packt immer ungefähr zehn Kilo drauf? Wenn überhaupt, sieht er aus der Nähe betrachtet noch besser aus.

Am Körper trägt er die typische Garderobe reicher Leute mit selbstverständlicher Lässigkeit: ein teures, schwarz-golden gemustertes Hermès-Hemd, passende Hose, Loafer, einen Gürtel, der eindeutig mehr kostet als meine Monatsmiete, und ein paar schmückende Armketten und Ähnliches. Der kleine, kostbare Klunker in seinem rechten Ohr vervollständigt das Outfit.

Nein, das stimmt nicht. Das selbstsichere Schmunzeln vervollständigt das Outfit.

»Na, na, na«, sinniert er, als er zur Seite tritt, um Hudson und mich vorbeizulassen. »Da suche ich nach einer Toilette und finde den Anfang eines Pornos? Sieht so aus, als wär diese Hochzeit doch noch eine gute Investition meiner Zeit gewesen.«

Hudson zupft sein Hemd zurecht und wischt sich den

Mund, was ich natürlich für völlig unnötig halte, aber das hindert ihn nicht daran, es zu tun – und es hindert mich nicht daran, heftig zu erröten; heftig genug, dass meine Wangen glühen, als ich sie diskret berühre. Ich bin sicher, es ist sogar trotz meiner dunklen Haut zu sehen. Großartiger erster Eindruck, Kian.

Aber Hudson, dem Herrn sei Dank, lässt sich nicht aus der Ruhe bringen. Er streckt die Hand aus und zieht Randall mit einem herzlichen Händeschütteln und einem Schlag seiner anderen Hand auf Randalls Rücken in seinen Gravitationsbrunnen der Kumpelhaftigkeit.

»Hättest du wohl gern«, sagt er neckend. »Wenn du nicht so hässlich wärst, könnte ich dich vielleicht in einen reinbringen.«

»Hey, hey«, tadelt Randall, als er sich zurückzieht, und bohrt Hudson anklagend den Finger in die Brust. »Die Männer und Frauen in Amsterdam, Ibiza und Paris wären da anderer Meinung.«

Es hat etwas beunruhigend Ekelerregendes an sich, jemanden mit solchem Selbstvertrauen über seine sexuellen Eroberungen sprechen zu hören. Sicher, Randall ist auf konventionelle Weise attraktiv. Hohe Wangenknochen, perfekte Haut, gepflegtes Haar, übertrieben weiße Zähne. Er ist das Produkt von Reichtum – sei es nun altes Geld oder neues. Natürlich begehren ihn die Leute und wollen ihn. Das halte ich überhaupt nicht für unmöglich.

Aber so dreist und offen darüber zu reden? Das fühlt sich an wie Salz in einer Wunde, auf eine Weise, die ich nicht genau erklären kann. Aber Randall ist Hudsons Freund – und der verdammte CEO von Spotlight –, also ist er ein Mittel zum Zweck. Und niemand ist perfekt.

Ich meine, außer man berücksichtigt Michael B. Jordan. Andererseits ist der ein Gott, also ist er eine Ausnahme.

Hudson nimmt meine Anspannung wahr und drückt meinen Arm.

»Wir können deine Eroberungen später besprechen. Das hier ist der Typ, von dem ich erzählt habe.«

Randalls Gesicht lässt nicht erkennen, dass er versteht, worauf sich Hudson bezieht. Na toll, das nenn ich mal einen Selbstbewusstseins-Booster.

»Der, wegen dem ich dir gemailt habe? Und geschrieben? Und angerufen?«, versucht Hudson aufzuklären. »Der sich für die Stelle bei Spotlight bewirbt?«

Das scheint zu helfen. Randall schnippt mit den Fingern. »Ah, ja, der«, sagt er. »Der da?«

Der da. Was soll das bedeuten? Wirke ich nicht wie jemand, der sich eine gute Position sichern könnte? Oder ist es, weil er mich – buchstäblich – mit heruntergelassener Hose erwischt hat und ich bei ihm jetzt vollständig unten durch bin?

Ich meine, idealerweise interpretiere ich nur etwas in seine Worte hinein. Das klingt nach mir. Aber das panische Hämmern in meiner Brust lässt mich keinen Frieden finden. Alles, woran ich denken kann, ist, dass ich meine Chancen ruiniert habe, etwas aus mir zu machen. Ich werde enden wie Danni, indem ich Hudson in drei oder vier Jahren heirate, nur weil das die kluge Wahl ist, nicht weil es die Wahl ist, die ich will, und …

Beruhige dich, sage ich mir. Ich atme tief durch, dabei zwinge ich die Welt um mich herum, die anfängt, ineinander zu verlaufen wie ein ruiniertes Aquarell, klar zu sein und ihre Grenzen festzulegen.

Das wird gut werden.

Alles wird gut werden.

Hudson scheint meine Nervosität zu spüren und drückt diskret meine Schulter. Um fair zu sein, es ist nur deshalb diskret, weil Randall von der Welt um ihn herum überhaupt nichts mitzubekommen scheint. Seine Augen sind schmal und leicht glasig. Ich bin nicht sicher, ob er immer so aussieht oder ob das Glasige von Alkohol oder etwas Stärkerem kommt, das er konsumiert hat, um die Party zu überstehen. Um ehrlich zu sein, ich könnte ihm beides nicht verübeln.

Ein Teil von mir kann es nicht erwarten, wieder zurück nach Boston zu kommen. Vielleicht ist das nur, weil ich dann Hudson wieder für mich allein haben werde und ihn egoistisch mit niemandem teilen muss. Vielleicht ist es, weil ich mich darauf freue, nicht länger etwas vorgeben und mich so steif wie ein zu sehr gestärktes Hemd benehmen zu müssen. Vielleicht ist es eine Mischung aus beidem.

Wahrscheinlich eine Mischung aus beidem.

»Du wirst keinen besseren Mitarbeiter finden als Kian hier«, verspricht Hudson. »Er ist klug, mit schneller Auffassungsgabe, hat tolle kreative Ideen und ...«

»Ist gut aussehend«, unterbricht Randall ihn. »Darauf wolltest du doch hinaus, ja?«

Hudson zuckt mit den Schultern. »Ich bin ein bisschen voreingenommen, aber ja, da stimme ich dir zu. Das kann nur dabei nützlich sein, Quellen zum Reden zu bringen.«

»Da liegst du nicht falsch«, sagt Randall und nimmt einen langen Schluck von seinem Drink.

Ich zögere, mich in die Unterhaltung einzubringen. Es hat etwas Merkwürdiges an sich, heiß genannt zu werden; ich weiß nicht, wie ich es beschreiben soll. Ich weiß, dass Hudson es gut meint. Er versucht einfach nur, mich anzupreisen, wie ein guter Publicity-Typ/fester Freund es sollte. Aber bei der Art, wie seine Worte aus seinem Mund kommen und in der Luft hängen, wird mir unbehaglich, wenn nicht übel. Ich gebe nicht vor, zu verstehen, was Frauen empfinden, wenn sie als Objekt betrachtet werden, und obwohl ich ein schwuler Schwarzer bin, verkörpere ich immer noch einen gewissen Grad an Privilegiertheit, genug, um nie zu verstehen, wie es ist, eine Frau in einem Raum zu sein. Aber ich glaube, ich komme gerade ziemlich nah dran, es zu verstehen.

Es ist nicht die Art und Weise, wie Hudson redet, die sich unangenehm auf meiner Haut anfühlt, als wäre da ein Juckreiz direkt unter der Oberfläche, den ich nicht kratzen kann; es ist die Art und Weise, wie Randall mich über den Rand seines Glases hinweg ansieht. Seine Augen, von einem tiefen Braun, spähen in meine, als könne er etwas sehen, das ich nicht kann. Oder als versuche er, etwas zu finden, das er für sich beanspruchen und mir wie eine Karotte vor die Nase halten kann. Es bewirkt, dass ich mich in meinem Hemd schmutzig fühle, dass ich mich winden und seinem Blick entkommen will.

Seine Augen, sein Reichtum, sein Auftreten – sie werden in Kombination zu einer unterdrückenden Macht, von der ich nicht fortkomme. Sie drückt mich nieder, bricht mir die Knochen, reißt meine Mauern ein und entblößt einen Teil von mir, der es nicht wert ist, entblößt zu werden. Nichts ist es wert, sich so … ungeschützt und benutzt zu fühlen, nur dadurch, wie er starrt, als habe er das Recht, zu sehen, was unter meinen Kleidern ist, und versuche herauszufinden, wie er die Bezahlung für diese Transaktion einfordern kann.

Ich hasse jede Sekunde davon.

Einen Moment lang frage ich mich, ist es das wert? Der Job ist nur ein Job, und am Ende werde ich die Party mit Hudson an meinem Arm verlassen, auf dem Weg in eine gemeinsame Zukunft. Ich habe mich auf dieses Event nicht mit der Absicht eingelassen, Hudsons Freund zu werden, aber dieser Gewinn ist größer als jeder berufliche Gewinn. Ich kann einen anderen Job finden, ich kann ein anderes Unternehmen finden, für das ich arbeiten kann, und wenn ich ehrlich bin, würde Hudson mir wahrscheinlich helfen, überall, wo ich will, eine Stelle zu bekommen. Es muss nicht bei Spotlight sein.

Kurz gesagt, das hier muss ich mir nicht geben.

Aber ich will es schon so lange, und es ist in Reichweite. Nur ein einziges Gespräch, das ist alles. Ein einziges Mal meinen Charme bei ihm spielen lassen. Das ist eine gute Übung. Leute sind Arschlöcher, und ich werde mich in meinem Beruf mit ihnen auseinandersetzen müssen; mit Leuten, die schlimmer und unverschämter sind als Randall. Also beiß die Zähne zusammen, überleb die nächsten fünfzehn Minuten und ergreif das Leben, das du verdammt noch mal immer wolltest, Kian.

Hudson drückt meine Schulter diesmal ein bisschen fester und reißt mich so aus meinen Gedanken. Meine Sicht schärft sich, und ich sehe den besorgten Ausdruck auf Hudsons Gesicht, die verwirrte und halb gelangweilte Miene von Randall. Ich brauche eine halbe Sekunde, um eins und eins zusammenzuzählen und die trübe Erinnerung der nur halb wahrgenommenen Unterhaltung vor wenigen Augenblicken zu durchforsten.

»Ja, sicher, unterhalten wir uns«, sage ich schließlich und lächle Hudson an. »Ich komme dann bald nach?«

Hudson küsst mich rasch auf die Wange, zieht sich aber nicht zurück.

»Du machst das toll«, flüstert er. »Und vielleicht ist noch mehr für dich drin, nachdem du das gemeistert hast.«

Meine Wangen brennen erneut, aber das Gefühl ist eine willkommene Ablenkung von dem nervösen Hämmern in meiner Brust. Diskret drücke ich Hudsons rechte Pobacke. Das Quietschen, das er von sich gibt, als ich das tue? Nicht so diskret.

Bevor er mit mir streiten oder das letzte Wort haben kann, trabe ich hinter Randall her, während ich versuche, mich an jeden Gesprächspunkt, jedes Lob und jede Tatsache über Spotlight zu erinnern, die mir einfallen.

*

Randall führt mich durch einen Gang und die Treppe hoch. Wir biegen scharf links ab und gehen den halben Flur entlang, dabei kommen wir an einem Dutzend Partygästen vorbei. Die meisten davon habe ich schon flüchtig gesehen – eine davon, eine Frau asiatischer Abstammung, saß mir während des Empfangs schräg gegenüber. Ungefähr die Hälfte von ihnen nickt mir zu oder zeigt mir irgendeine Art des Wiedererkennens.

Besser als bei meiner Ankunft, denke ich. Zuvor war ich ihnen nicht mal einen Blick wert. Noch ein bisschen länger, und sie kennen meinen Namen.

Schweig still, mein klopfend Herz.

»Der hier scheint gut zu sein«, sagt Randall. Es ist keine Frage oder Äußerung, um mich zu fragen, ob ich den Raum mit ihm betreten möchte oder ob dieser Raum wirklich gut ist – es ist eher eine deklarative Feststellung. Dieses Zimmer oder keines. Friss oder stirb.

Normalerweise würde ein solches Selbstbewusstsein anziehend auf mich wirken. Das ist einer der Gründe, warum ich mich in Hudson verliebt habe; diese lässige Alpha-Haltung, die er hat, ohne ein übertriebener Alpha zu sein, sondern mühelos den Spagat zwischen Alpha und Beta zu schaffen. Aber bei Randall ist es ekelerregend. Beinahe wie Zucker, der viel zu süß ist, sodass einem davon schlecht wird. Oder das Geräusch von Nägeln an einer Tafel. Ich zwinge mich, zu lächeln, stumm zu nicken und das Zimmer mit ihm zu betreten.

Als sich die schwere Rotholztür hinter mir schließt, erfüllt sanfter Pfirsichduft die Luft, der, wie mir bewusst wird, von einem in der Ecke versteckten Lufterfrischer kommt. Aber die Schwere der alten hölzernen Wände blockt jedes Geräusch von draußen ab. Die Party ist gedämpft, als würden wir sie durch eine Dreifachverglasung hören, Hunderte Meter unter dem Meer.

»Sieht so aus, als wären hier nur du und ich«, sagt er, während er rüber zu der Bargarnitur auf dem Kaminsims geht.

»Sieht so aus.«

Ohne zu zögern oder sich zu fragen, ob er das sollte, beginnt Randall, sich einen Drink einzuschenken. Er hebt das Glas in einer stummen Frage in meine Richtung. Ich schüttle den Kopf.

»Also, Hudson hat mir erzählt, du willst im Journalismus arbeiten.«

»Bei Spotlight, im Speziellen«, sage ich. Endlich. »Dort will ich schon arbeiten, seit …«

»Du bist keiner dieser Fanboys, oder?«, unterbricht er

mich und nimmt einen langen Schluck von seinem bronzefarbenen Drink. »Ich hasse Fanboys.«

Was soll ich auf diese Frage antworten? Ist es schlimm, Leidenschaft zu empfinden? Soll man denn nicht für die Firma arbeiten wollen, für die man sich bewirbt? Das ist doch nicht seltsam, oder?

Ich nutze den Moment, während Randall einen weiteren Schluck trinkt, um mir meine Antwort einfallen zu lassen. »Ich finde die Arbeit toll, die Spotlight beim investigativen Storytelling macht«, sage ich vorsichtig. »Die Arbeit, die ihr vor fünf Jahren über die Lehrergewerkschaft gemacht habt? Solche Storys möchte ich schreiben. Gibt es Möglichkeiten, wie die Seite wachsen kann? Natürlich, aber ich glaube, das ist ein großartiges Sprungbrett.«

»Ah. Also bist du einer von denen.«

Scheiße.

»Einer von diesen Leuten, die einen Job dazu benutzen wollen, eine Stufe höher zu steigen.«

Scheiße, scheiße, scheiße.

»So meinte ich das nicht«, rudere ich schnell zurück. »Ich meine, nein, ich denke nicht, dass ich für immer bei Spotlight sein werde ...« Abbruch! »Aber ich sehe mich auch nicht sofort wieder gehen. Es ist kein schlechter Arbeitsplatz, aber auch kein großartiger.« ABBRUCH! »Was ich damit zu sagen versuche, ist ... Ich meine ... Du verstehst ... Ich denke ...«

Ich sehe meine Hoffnungen und Träume, für Spotlight zu arbeiten, vor meinen Augen in Flammen aufgehen. Wer will schon einen Journalisten einstellen, der nicht mal einen verdammten geraden Satz zustande bringt? Ich werde Glück haben, wenn ich einen Job an der Tankstelle bekomme, sobald ich hier fertig bin. Randall Clements wird meinen Namen an der ganzen Ostküste schlechtmachen. Ich sitze ganz schön in der Tinte. Und die Tinte wird über den Mittleren Westen laufen und sich an der Westküste sammeln. Die ganzen Vereinigten Staaten der Perspektiven im Journalismus vergiftet durch diese eine Interaktion.

Leb wohl, Pulitzerpreis.

Lebt wohl, Studienkreditrückzahlungen.

Lebt wohl, GLAAD Media Awards für schonungslosen Journalismus und Lunch mit Martha Stewart, nachdem ich sie zum zwanzigjährigen Jubiläum ihrer Entlassung aus dem Gefängnis interviewt habe.

Meine Gedanken fangen an zu zersplittern, während sich mein Leben vor meinen Augen selbst zerstört. Ich fühle mich, als hätte Thanos gerade mit den Fingern geschnippt, und ich sehe zu, wie jeder Teil von mir verwelkt. Aber plötzlich spüre ich Randalls Hand auf meiner Schulter.

»Schon okay«, gurrt er beruhigend. Ich muss zugeben, Randall hat etwas Beruhigendes an sich. Seine Großspurigkeit ist manchmal – und mit *manchmal* meine ich meistens – beeindruckender als die von Hudson. Aber attraktive Männer haben eine Art an sich, dir die Knie weich werden zu lassen. Dir das Gefühl zu geben, als wären deine Probleme keine richtigen Probleme, weil in diesem Moment jemand so Attraktives und Weltmännisches wie Randall dich beachtet. Und da ist ein Teil von mir, der das Gefühl hat … als wäre ich es wert …

»Wie bitte?«

Ich wollte nicht so viel Verwirrung und regelrechte Verachtung in der Stimme haben, aber die Worte, die Randall sagte und die zuerst nur in meinem Hinterkopf waren, dringen endlich zu mir durch.

»Ich bin sicher, wir finden eine Möglichkeit, einander besser kennenzulernen. Vielleicht zwischen den Laken oder im Schrank, wenn das mehr dein Ding ist.«

Randall kann nicht gesagt haben, was ich glaube, dass er gesagt hat. Mein Verstand spielt mir einen Streich. Er ist nicht so ... unverschämt? Ist das das Wort, nach dem ich suche? Vielleicht ist *dumm* ein besseres Wort.

»Entschuldigung«, sage ich. Warum bin ich derjenige, der sich entschuldigt? »Ich glaube nur ... ich habe dich nicht richtig verstanden?«

Diesen Satz mit einem Fragezeichen zu beenden gibt ihm einen Ausweg. Bietet ihm eine Möglichkeit, wiedergutzumachen, was er gerade gesagt hat. Er kann es stumm zugeben und hat zugleich die Gelegenheit, sich zu retten, damit ich so tun kann, als wäre es nicht passiert.

»Ich denke, ich war ziemlich deutlich«, sagt er und macht einen Schritt vorwärts. Als Reaktion trete ich einen Schritt zurück. »Ich meine, komm schon. Du könntest mich haben, oder du könntest Hudson haben. Verdammt, du kannst uns beide haben, und er braucht es nie zu erfahren. Ich kann den Mund halten.«

Als wäre das nicht schon schlimm genug, sagt Randall gleich darauf etwas, für das ich einen Moment brauche, um es vollständig zu begreifen:

»Außerdem habe ich noch nie mit einem Schwarzen geschlafen.«

In diesem Moment ist es, als würde alles langsamer, und nichts ist mehr von Bedeutung. Die Standuhr in der Ecke zählt fünf Sekunden. Eine Sekunde nach der anderen. Aber jedes Ticken braucht länger und länger, um widerzuhallen, bevor es nichts anderes mehr gibt als das Klingeln in meinen Ohren.

Das hat er wirklich gesagt.

Das hat er verdammt noch mal wirklich gesagt.

Ich bin mir nicht sicher, ob ich wütend bin, aufgewühlt, ängstlich oder eine Mischung aus all diesen Emotionen. Randall scheint es nicht zu merken. Ahnungslos wie ein Weißer, der noch nie in seinem Leben um irgendetwas kämpfen musste, schätze ich.

»Ich meine …« Seine Hände legen sich an meine Seite, um mich zu streicheln, als wäre ich eine Art zerbrechliches Wesen. »Komm schon, wann war das letzte Mal, dass du richtig gefickt wurdest?«, sagt er mit gedämpfter Stimme, von der ich annehme, dass er sie für sexy hält.

Spoiler-Alert: Ist sie nicht.

»Ich bin viel besser im Bett als Hudson. Glaub mir, ich hab gehört, was die Typen in Edmonton über ihn gesagt haben.«

In diesem Moment denke ich nicht an Randall. Ich weiß bereits, dass es passieren wird, ich werde ihm verdammt noch mal die Nase einschlagen, die Frage ist nur, *wann* es passiert. Jetzt denke ich daran, was Hudson gesagt hat, als wir hier angekommen sind. Er hat versucht, mir das Treffen mit Randall auszureden. Wusste er, dass das passieren würde? Nein. Ich weigere mich, das zu glauben. Wenn er es gewusst hätte, dann hätte er mich nicht in diese Situation hineinlaufen lassen. Schlimmstenfalls dachte er, dass Randall ein bisschen übergriffig werden würde, schätze ich. Vielleicht ein paar schlüpfrige Dinge sagen würde.

Aber zu versuchen, mich dazu zu bringen, für einen Job mit ihm zu vögeln?

»Also, was sagst du?«, flüstert er sich vorlehnend, sodass sein nach Minze riechender Atem über meinen Hals streicht. »Ich kann dich gleich hier über den Tisch beugen. Wir werden schnell sein.«

Ich mache mir nicht die Mühe, Worte an ihn zu verschwenden. Ich mache mir nicht die Mühe, Pros und Kontras darüber abzuwägen, wie das meine Chance ruinieren wird, zu Spotlight zu kommen, oder wie meine Zukunft aussehen könnte, wenn ich den Erben einer der größten der Menschheit bekannten digitalen Journalismus-Plattformen angreife. Stattdessen lege ich schnell beide Hände auf seine Brust, lege all meine Energie in meine Bewegung und stoße ihn so hart ich kann …

… hart genug, dass er mit den Armen rudernd rückwärtsstolpert und gegen das frei stehende Bücherregal kracht. Ein lauter Knall hallt durch das Arbeitszimmer, als Dutzende Bücher auf ihn herunterfallen und ihn unter sich begraben wie die Böse Hexe des Ostens.

Noch nie in meinem ganzen Leben habe ich mich mehr wie ein Freund von Dorothy gefühlt.

30

In Filmen soll es romantisch sein, wenn ein Mann für dich kämpft. In Heldenmut gehüllte Männlichkeit, mit einer Prise Großspurigkeit, alles in einem. Verknüpf das mit einem Mann, der bereit ist, für dich die Fäuste fliegen zu lassen, dann ist das eigentlich ziemlich heiß. Ich glaube nicht, dass das etwas ist, das jeder Mensch erleben darf, aber wenn ihr die Gelegenheit habt, einen Typen für euch kämpfen zu lassen, dann sage ich, lasst ihn nur.

Wenigstens war das meine Annahme, bevor es tatsächlich passierte.

Kämpfe aus nächster Nähe sind völlig anders, als sie in Filmen oder im Fernsehen dargestellt werden. Sie sind nicht so dramatisch oder von Flair erfüllt, wie die Medien einen glauben lassen wollen. Sie entstehen nicht durch stetige Eskalation. Nehmt ein westernartiges Ultimatum, bei dem der Gute und der Böse einander auf offener Straße gegenüberstehen. Ehrlich, wenn das passiert? Dann sind das nur zwei Leute, die sauer aufeinander sind und unfähig, ihr Problem mit irgendetwas außer Fäusten zu lösen.

Der Lärm von Randall, der gegen das Bücherregal prallt,

alarmiert nicht nur Hudson, sondern eine kleine Gruppe von Leuten, die draußen waren; Hudson ist nur der Erste, der ins Zimmer kommt. Hat er draußen gelauscht? Ich starre ihn mit einem Ausdruck auf dem Gesicht an, von dem ich weiß, dass er nicht gut sein kann. Oder war er nur zur richtigen – oder falschen – Zeit am richtigen – oder falschen – Ort?

So oder so, als Randall sich wild fluchend aufrappelt, bin ich dankbar, dass ich nicht allein bin und eine Menschenmenge als Zeugen habe.

Ich bin sogar noch dankbarer, dass Hudson nicht beschließt, lieber nach seinem Internatskumpel zu sehen als nach mir.

»Was ist passiert?« Seine Stimme ist schwer vor Sorge. Er zeichnet mit dem Daumen die Kontur meines Gesichts nach, als könne er nach irgendwelchen Unvollkommenheiten tasten, die vorher nicht da waren.

»Es geht mir gut.«

»Das beantwortet nicht die Frage. Was ist passiert, K?«

»Nichts«, sagt Randall. »Ich bin nur gestolpert. Stets zwei linke Füße, weißt du? Dein Junge …«

»Halt verdammt noch mal den Mund, Randall«, knurrt Hudson kalt, ohne je den Blick von mir zu wenden. »Oder, ich schwöre bei Gott, ich bringe dich zum Schweigen.« Wieder fragt er, diesmal mit leiserer Stimme, als wäre es nur für meine Ohren bestimmt: »Was ist passiert?«

Ich zögere, ihm die Wahrheit zu sagen, aber eine Lüge fühlt sich schlimmer an als einfach nur offen und ehrlich zu sein. Ein Teil von mir fragt sich, ob Hudson mir glauben wird. Ich weiß nicht, wie nah Randall und er sich stehen, aber ich weiß, dass das Band zwischen Freunden, die viel miteinander durchgemacht haben, schwer zu zerreißen ist. Was ist, wenn er sich für ihn statt mich entscheidet? Was ist, wenn Randall Hudson einredet, dass ich lüge oder dass ich ihn angemacht hätte?

Das ist ein Risiko, das ich einfach eingehen muss.

»Er hat mich angemacht.« Ohne jede Emotion. Definitiv. Direkt. Deklarativ. Das ist die beste Weise, eine solche Erklärung abzugeben. Verzettle dich nicht in Tränen. Versuch nicht, zu erklären, inwiefern es deine Schuld war oder nicht. Nenn einfach die Fakten und lass die Sache ihren Lauf nehmen. »Er hat mir gesagt, wenn ...«

»Er ist ein verdammter Lügner!«, blafft Randall.

»Hey!«, donnert Hudson lauter, bevor ich mich verteidigen kann. Sein Kopf fährt so schnell herum, dass ich glaube, er riskiert, sich den Hals zu brechen. »Wenn du noch ein einziges Mal dein verdammtes Maul aufmachst, dann reiße ich dir den Kiefer raus. Lass es drauf ankommen, Randall. Lass es drauf ankommen, verdammt.«

Randall verstummt, da er es eindeutig nicht darauf ankommen lassen will. Hudson dreht sich wieder zu mir um und drückt einmal kurz meine Schulter; eine stumme Aufforderung an mich, fortzufahren.

»Er hat mir gesagt, wenn ich mit ihm Sex habe, gibt er mir den Job bei Spotlight«, presse ich in einem einzigen schnellen Atemzug heraus. Mit jeder Sekunde, die verstreicht, fühlen sich die Wörter dicker in meiner Kehle an, und ich kann meinen Puls spüren.

Das hier ist nicht meine Schuld.

Was passiert ist, war nicht meine Schuld.

Ich habe nicht darum gebeten. Ich wollte nicht, dass das passiert. Ich habe ihm keine falschen Hoffnungen gemacht oder irgendetwas angeregt oder ...

Oder habe ich das?

Ich spiele den Moment in meinem Kopf noch einmal durch, Dutzende Male innerhalb eines Sekundenbruchteils, um irgendeinen Teil von mir zu finden, der so etwas auch nur angedeutet hat.

Hudson verstärkt seinen Griff um meine Schultern, als die Worte zu ihm durchdringen wie Wasser, das in einen porösen Stein sickert. Er ist größer geworden, wie ein Pfau, der seine Anwesenheit kundtut. Er dreht sich zu Randall um, der instinktiv einen Schritt zurückweicht.

»Du hast verdammt noch mal was getan?«

Hudson scheint zu wachsen, als wäre die Wut, die durch seinen Körper pulsiert, ein Tsunami, der alles an sich zieht, um immer größer anzuschwellen. Hudson mag zwar nur ein, zwei Zentimeter größer sein, aber im Moment lässt er Randall zwergenhaft wirken, der nichts weiter ist als ein deplatziertes Kind, das einen Bären gereizt hat und erwartet, dass das keine Folgen haben würde.

»Hey, beruhige dich«, wischt Randall Hudsons Worte tadelnd weg.

»Sag mir verdammt noch mal nicht, ich soll mich beruhigen«, schäumt Hudson. »Du ziehst so einen Mist hier ab, machst meinen Freund an, versuchst ihn zu überreden, mit dir Sex zu haben, und dann willst du, dass *ich* mich beruhige?«

Hudson baut sich so dicht vor Randall auf, dass seine Brust mit Randalls zusammenstößt wie Autoscooter.

Als Reaktion darauf schubst Randall ihn. »Hör mal, ich weiß nicht, was diese Bitch dir erzählt …«

Ich habe gute Lust, Randall anzuschreien. Ihn herauszufordern, wenn er mich eine Bitch nennt. Ich bin nicht gerade der Gewalttätigste, ebenso wenig kann ich Karate oder irgendeine dieser anderen Kampfsportarten, aber ich weiß, wie man sich prügelt. Ich weiß, dass, wenn jemand dich angreift und du dich nicht wehrst, der Konter doppelt so heftig ist. Aber Hudson springt ein, bevor ich meine Ehre selbst verteidigen kann.

Er verpasst ihm so schnell einen rechten Haken, dass ich nicht mal sehe, wie er ausholt und zuschlägt. Als seine Faust mit Randalls Wange kollidiert, hört es sich an wie ein Südstaatengewitter; die Luft im Raum knistert.

Randall stürzt zu Boden und kämpft erneut darum, sich aus dem Bücherhaufen hochzurappeln, der sich wie Sand unter seinen Füßen bewegt. Blut tropft von seinem Kinn, und seine aufgeplatzte Lippe schwillt an. Die rote Prellung an seinem Kiefer fängt dank seiner blassen Haut bereits an, sich auszubreiten. Sein Zehntausend-Dollar-Outfit, nun von Falten und ein paar Blutflecken übersät, sieht eher wie ein Fundstück vom Grabbeltisch aus, das er sich in letzter Minute für eine Aufführung von *Les Misérables* im Gemeindetheater zusammengewürfelt hat.

Hudson macht einen Schritt vorwärts, einen Fuß zwischen Randalls ausgestreckten Beinen. Er bückt sich runter, packt Randall, dem seine Position am Boden einen gewaltigen Nachteil verleiht, am Kragen und reißt ihn hoch.

»Nenn ihn noch einmal so, und ich schwöre bei Gott …«

Den Moment ausnutzend, um Hudson zu überrumpeln und aus dem Gleichgewicht zu bringen, rammt Randall grob seine Stirn vorwärts. Hudson stolpert zurück, hält sich kaum noch auf den Beinen und fasst sich an die Nase.

»Scheiße, du …« Blut befleckt den Boden, als es aus seiner Nase schießt, die gebrochen sein könnte. Randall nutzt den

Moment aus, stößt Hudson gegen die Wand und hält ihn an der Schulter fest.

»Du schwörst bei Gott was, Hudson?«, fragt Randall. »Was wirst du tun? Mir noch mal eine reinhauen? Das ist ein vertrauter Anblick, nicht wahr? Erinnert dich an dein Abschlussjahr in Edmonton? Sag mir, wann war das letzte Mal, dass du einen Drink hattest?«

Seid ihr je mitten in ein Gespräch eingestiegen und wusstet, dass da eine Vorgeschichte begraben ist? So tief, dass ihr nicht auf den Grund sehen könnt? So fühlt es sich für mich an, und ich nehme an, auch für das Dutzend anderer Leute, die den Kampf beobachten, der vor ihren Augen stattfindet. Ich sehe Hudson seinen Griff um Randalls Hemd verstärken, sehe ihn seinen Stand festigen, als mache er sich für einen mächtigeren Schlag bereit, und ich weiß, dass das, worauf Randall sich auch immer bezieht, einen Nerv getroffen hat.

Aber es hat noch mehr als das – es hat Randall den Vorteil verschafft, den er wollte.

Die ganze Szene ist ein verschwommenes Durcheinander. Hudson ignoriert den Schmerz und stößt gegen Randalls Brust. Die beiden rangeln, Hudson bekommt erneut den Vorteil, packt Randall am Kragen und schubst ihn gegen die Wand. Ein Schrei kommt aus der Menge. Randall packt Hudson am Hemd und wirft ihn, seinen eigenen Körper benutzend, gegen den Tisch. Ein Schlag, zwei Schläge ... der dritte Schlag hätte getroffen, wenn Hudson nicht das Knie hochgerissen und Randall zurückgestoßen hätte. Beide prallen hart zu Boden.

Die beiden wälzen sich hin und her wie Tiere und schlagen dabei wild aufeinander ein. Wäre da nicht eine Menschenmenge oder die Anspannung in der Luft, könnte ich denken, Randall und er würden nur spielerisch miteinander kämpfen. Wie Hunde oder Kinder. Aber das Ächzen und das Fluchen, das Knurren und die Geräusche, wenn Körperteile aufeinanderprallen?

Erinnert ihr euch an die Szene in *Twilight*, als die Cullens Baseball spielen, und »Supermassive Black Hole« im Hintergrund rockt? So ist das. Es fehlt nur noch der Donner …

»Das REICHT!«

Ah, da ist das Donnerwetter.

Eine Stimme zerreißt die Luft wie ein Überschallknall. Es ist diese megamännliche Art von Schrei, bei der du denkst, *o mein Gott*, aber gleichzeitig auch *das ist irgendwie heiß*. Die Art von Stimme, bei der du weißt, wenn du dich umdrehst, um zu sehen, wer geschrien hat, wirst du entweder megaangetörnt sein oder megaenttäuscht. Es könnte so oder so laufen. Diesmal ist es Enttäuschung.

Isaac Rivers steht dort, und die Menschenmenge, von denen keiner versucht hat, den Kampf zu beenden, teilt sich wie das Rote Meer. Er hat sein Jackett ausgezogen und seine Krawatte leicht gelockert, um sich für den Abend zu entspannen, wie es jeder normale Mensch tun würde, wenn eine Party ein Erfolg ist und man in ihrer Herrlichkeit schwelgen kann.

Und dann kam Hudson und hat es ruiniert. Das ist es, was der Ausdruck von Ärger und Enttäuschung auf seinem Gesicht sagt.

Hudson und Randall rappeln sich hastig auf und trennen sich. Die Knöpfe an Randalls teurem Hemd sind abgerissen, aber Hudson ist es, den es viel schlimmer erwischt hat, eine gebrochene Nase, aufgeplatzte Lippen und womöglich ein blaues Auge – das wird sich erst noch zeigen.

Und das alles hat er für mich getan.

Schaut, in der Theorie, ja, da ist es heiß, wenn jemand für deine Ehre kämpft. In der Praxis ist es barbarisch. Aber zu wissen, dass Hudson das alles durchgemacht hat, nur weil jemand versucht hat, mich ... wie sagt man ... anzupöbeln? Würde ich wollen, dass er es noch mal macht? Absolut nicht. Bin ich froh, dass er sich für mich eingesetzt hat? Absolut.

Liebe und Lust sind verwirrend.

»Mr Rivers, ich ...«, stammelt Randall.

»Ich schlage vor, wenn Sie nicht wollen, dass ich Sie verklage, dann verschwinden Sie verdammt noch mal auf der Stelle von meinem Grundstück«, sagt Mr Rivers kühl. »Und ich erwarte auch, Sie morgen bei der Hochzeit nicht zu sehen.«

»Wie bitte?«

»Sie haben mich schon verstanden«, warnt Mr Rivers ihn. »Sie wissen, welche Reichweite ich habe, Randall. Sie sollten sich geehrt fühlen, dass das die einzige Strafe ist, die ich dafür für angebracht halte, dass Sie meinen Sohn geschlagen haben. Wollen Sie meine Geduld auf die Probe stellen, Randall?«

Ich beobachte die Emotionen, die über Randalls Gesicht zucken, während er die Pros und Kontras, Mr Rivers die Stirn zu bieten, abzuwägen versucht. Ist er wirklich reich genug, um seinen Besitz zu kaufen? Wird er seine Drohung wahr machen?

Ich kenne ihn nicht gut genug, aber es gibt nichts am Patriarchen der Rivers, das mich glauben lässt, er würde scherzen – oder zumindest, dass er nicht tatsächlich versuchen würde, den Besitz zu kaufen.

Randall sagt nichts, als er an Hudson und mir vorbeigeht.

Beinahe rempelt er Mr Rivers' Schulter an. Beinahe. Mr Rivers dreht nicht den Kopf, um sich zu vergewissern, dass Randall geht. Er ist zu beschäftigt damit, seinen Sohn anzustarren, der nicht weit hinter Randall ist. Was bedeutet, ich bin nicht weit hinter Hudson.

»Hudson«, sagt Mr Rivers mit einer Stimme wie kalter Stahl. Ihr fehlt jede Sanftheit, die ich erwarten würde, nachdem er seinen Sohn mit blutiger Nase gesehen hat, aber ich schätze, Randall der Hochzeit zu verweisen ist seine Art zu zeigen, dass er sich kümmert.

»Nicht. Lass es einfach.« Hudson dreht sich zu mir um. »Kommst du?«

Erst da wird mir bewusst, dass ich mich nicht bewegt habe, seit Mr Rivers hereingekommen ist. Es ist, als weigerten sich meine Beine, irgendeinem Befehl zu folgen. Bis jetzt.

Ride-or-die, denke ich. Hudson und ich sind ride-or-die füreinander. Wenn er gehen und seinen Vater stehen lassen will, dann ist es das, was ich tun werde.

»Komme schon«, sage ich und trabe hinter ihm her.

Außerdem muss ich ihn zu einem Arzt schaffen. Ein blaues Auge mag zwar sexy sein, aber auszusehen, als wäre man von einem Laster überfahren worden? Nicht so sehr.

31

»Du musst still sitzen.«

Hudson und ich haben uns rasch den Weg aus dem Zimmer und den Flur entlang gebahnt und uns an den abgeschiedensten Ort zurückgezogen, der mir einfallen wollte – in den Wandschrank. Dieser enge Raum gleich neben der Küche ist größer als ein Wandschrank in einem durchschnittlichen Haus ... weil alles an der Familie Rivers überdurchschnittlich ist. Wenn ich einen imaginären Zollstock nehmen und die Kammer ausmessen würde, in der sie ihre Vorräte aufbewahren, dann wäre sie ungefähr so groß wie ein kleines New Yorker Apartment; eines, das ein Collegestudent für die nächsten zwei Jahre als sein Heim betrachten würde, während er als unbezahlter Praktikant arbeitet und versucht, sich in der großen Stadt einen Namen zu machen.

Mit anderen Worten, sie hat eine anständige Größe.

Hudson hört nicht auf, ständig auf seinem provisorischen Stuhl (einem umgedrehten Eimer) herumzuzappeln wie ein Kind, das eine Spritze kriegen soll oder sich zu entscheiden versucht, was es bei der Scheidungsverhandlung seiner Eltern vor Gericht sagen soll. Seine Nase hat so gut wie aufgehört zu bluten, Gott sei Dank. Die gute Nachricht: Er ist nicht schlimm verletzt; wie es aussieht, sind nur ein paar Blutgefäße geplatzt. Die schlechte Nachricht? Er hat ein paar Abschürfungen hier und da von den Schlägen, die Randall ihm verpasst hat, einen Bluterguss an der Wange, eine aufgeplatzte Lippe. Der Spruch »Ihr solltet den anderen Kerl mal sehen«? Nicht sicher, ob der hier zutrifft; sie sehen beide ziemlich übel zugerichtet aus.

»Wie schlimm ist es?«, fragt er, ohne mich direkt anzusehen. Ich fasse ihn fest an den Schultern, um ihn daran zu hindern, sich zu bewegen.

»Du könntest viel schlimmer dran sein.«

»Das ist keine Antwort.«

»Du siehst … bezaubernd aus.«

Er schaut hoch. »John-Wayne-bezaubernd oder Marlon-Brando-bezaubernd?«

»Definitiv Brando. Ich stehe nicht auf solche Typen. Außerdem bin ich mir ziemlich sicher, dass John Wayne Republikaner war.«

»Und du stehst nicht auf Republikaner?«

Ich werfe ihm einen Blick zu, der alles sagt.

»Schon kapiert.«

Ich gehe vor ihm in die Hocke, um die Verletzungen zu untersuchen. Sie werden Spuren hinterlassen, aber es wird nicht schlimm sein. Was schlimmer und nicht zu reparieren ist, ist der Schlamassel, den wir vor aller Augen angerichtet haben. Wenn das Ziel war, einen guten Eindruck zu machen, dann hat eine Prügelei zu starten das wahrscheinlich nicht getan. Langsam streiche ich mit dem Daumen über sein Gesicht, um seine kräftigen Züge nachzuzeichnen.

Hudson zuckt zusammen und nimmt meine rechte Hand mit seiner linken, um mich mit warmen Augen anzusehen.

»Tut mir leid.«

»Ist schon gut«, sagt er und küsst meinen Handballen. »Aber denkst du, du kannst mir etwas Eis holen? Aus der Küche.«

»Ja, sicher.« Ich nicke. »Bleibst du so lange hier?«

»Wo sollte ich denn sonst hingehen?«

»Ihm wieder eine verpassen?«

»Hm.« Er tippt sich ans Kinn. »Das ist eine gute Idee. Aber nein, ich denke, ich bleibe hier. Es gefällt mir, nah am Boden zu sein.«

Ich stöhne. »Bitte sag nicht, dass du eine Gehirnerschütterung hast.«

»Wenn doch, trägst du mich dann ins Krankenhaus?«

»Du bist groß, aber ich werd's versuchen.«

»Groß an allen richtigen ...«

Ich schließe die Tür, bevor er diesen Satz zu Ende bringen kann. Ich weiß genau, was er sagen wird, und dafür ist jetzt keine Zeit. Ich habe nur ein einziges Ziel, das Eis zu holen und es ihm zu bringen, ohne von seinen Eltern aufgehalten zu werden oder von einem Gast oder noch schlimmer: Randall.

Ein kalter Schauer läuft mir über den Rücken, wenn ich nur daran denke, was passieren würde, falls Randall mich fände. Ich weiß, ich bin melodramatisch, wenn man bedenkt, dass nicht wirklich etwas passiert ist, aber allein die Erinnerung an seine Worte fühlt sich an wie eine ekelhafte Wärme, die über meinen Körper strömt. Es ist wie dieses stickige Gefühl, das man bekommt, wenn es heiß draußen ist, aber nicht heiß genug. Wie lauwarmer Schweiß oder in eine Pfütze stehenden Wassers zu treten, nur dass es sich am ganzen Körper so anfühlt.

Ich kann mich glücklich schätzen, dass Hudson da war, um mir zu helfen. Ich kann mich glücklich schätzen, dass Hudson sich auf meine Seite gestellt hat. Ich kann mich einfach allgemein glücklich schätzen, Hudson zu haben.

Ich bin so in meine Gedanken versunken, dass ich den Mann nicht bemerke, der hinter mir ist, bis ich eine Kehrtwende mache, weil ich zu weit und an der Küche vorbeigelaufen bin.

»Tut mir leid«, sagt er, ein entschuldigendes Lächeln auf den Lippen. »Ich wollte Sie nicht erschrecken.«

»Das haben Sie nicht.« Das ist gelogen, aber das braucht er nicht zu wissen. »Entschuldigung, mitten im Flur einfach stehen zu bleiben ist wahrscheinlich keine gute Umgangsform.«

»Ganz und gar nicht«, sagt er lachend. »Aber ich verrate es niemandem, wenn Sie mir eine Frage beantworten.«

Das macht mich stutzig. Es ist, wie wenn jemand sagt, *sind Sie bereit, eine schlechte Nachricht zu erhalten* oder etwas Ähnliches. Aber ich zucke mit den Schultern. Was ist das Schlimmste, das passieren könnte?

»Sie sind Hudsons fester Freund, richtig?«

Ich nicke, ohne zu zögern. Der geheimnisvolle Mann hebt abwehrend die Hände und lässt ein entschuldigendes Lächeln aufblitzen.

»Ich bin Collin«, sagt er und reicht mir die Hand. »Collin Miller. Ich bin ein Freund der Familie. Na ja, ein Freund von Olivia, wenn ich genau sein will. Ich habe gehört, was passiert ist ... Sie wissen schon ...«

Ich krümme mich innerlich bei dem Gedanken, was für

ein Spektakel ich gerade veranstaltet habe. Ich wette, Collin ist nicht der Einzige, der gesehen hat, was passiert ist, und darüber tratscht. Diese Leute sind zu nett, um es einem direkt ins Gesicht zu sagen. Sie werden mich den Rest des Abends anstarren. Mich monate-, wenn nicht jahrelang stumm verurteilen.

»Hey«, sagt Collin sanft und drückt meine Schulter. »Keine Sorge. Verdammt, jetzt mal unter uns gesagt, ich bin sicher, diese reichen Fuzzis sind wahrscheinlich begeistert, dass hier mal was los war. Aber was wichtiger ist, ich bin Arzt. Assistenzarzt in der Allgemeinchirurgie, um genau zu sein.«

»Wie Meredith Grey?«

»Nur heißer.« Er zwinkert mir zu. »Darf ich mir Hudson mal ansehen? Wie es scheint, hat er ein paar ordentliche Schläge eingesteckt. Randall hat einen guten rechten Haken. Ich kann helfen. Dafür sorgen, dass er ... anständig aussieht.« Er zeigt seine Schultertasche. »Außerdem bin ich dieser komische Typ, der immer einen Erste-Hilfe-Koffer dabeihat.«

Es gibt keinen Grund, Collin nicht zu vertrauen. Er scheint ehrlich, aufrichtig und vor allem ein Bruder zu sein. Außerdem, was kann ich ohne seine Hilfe machen? Das ist ein typisches Beispiel für Pros und Kontras.

»Kommen Sie.«

Ich gehe den Flur entlang und zum Wandschrank. Hudson stöhnt als Antwort, eine Mischung aus »raus hier« und »was«.

»Ich habe hier jemanden, der helfen kann«, sage ich, als ich die Tür aufstoße. Drei Leute in dem begehbaren Wandschrank sind keine tolle Idee, aber das war, sich das Gesicht einschlagen zu lassen, auch nicht.

Hudson blickt mit gelangweilter Miene hoch, aber dann leuchten seine Augen auf, als er Collin sieht.

»Hast du dich vielleicht vermöbeln lassen? Schon wieder?«, sagt Collin neckend.

»Schon wieder?«, frage ich.

»Hör nicht auf ihn, der ist ein Lügner«, sagt Hudson, während er aufsteht und Collin kumpelhaft umarmt, mit zwei schnellen Schulterklopfern. Er setzt sich wieder, ohne dass man es ihm sagen muss.

Collin zögert nicht damit, sich gleich an die Arbeit zu machen. Er öffnet seine Tasche und holt das Erste-Hilfe-Set heraus, in dem mehr Werkzeuge sind, als ich in einem Erste-Hilfe-Set je gesehen habe.

»Nun«, sagt er nach einem Moment, während er die Verletzungen mit Alkohol abtupft. »Die gute Nachricht ist, dass du dein verflucht gutes Aussehen behalten und keine Narben davontragen wirst.«

»Und die schlechte Nachricht?«, knurrt Hudson, dabei sieht er zu mir herüber und zwinkert mir zu, als wäre ich eine Ablenkung oder jemand, den man umsorgen muss, während sein Freund zusammengeflickt wird. »Es gibt immer eine schlechte Nachricht.«

»Du hast Chaos angerichtet.«

»Oh, das ist keine schlechte Nachricht«, schnaubt Hudson spöttisch. »Ich liebe es, der Mittelpunkt der Party zu sein.«

»Die Leute glauben, du hättest angefangen«, fügt Collin hinzu.

»Spielt es eine Rolle, wer angefangen hat? Doch nur, wer es beendet hat.«

»Dein Vater hat es beendet«, erinnere ich ihn.

»Hey! Auf wessen Seite stehst du eigentlich?« Hudson verzieht das Gesicht. »Scheiße! Kannst du ein bisschen vorsichtiger sein?«

»Nur noch zwei kleine Pflasterchen«, verspricht Collin, während er zwei Klammerpflaster auf die verschiedenen Platzwunden klebt. »Morgen sind die schon besser. Aber leg Eis drauf, wenn du ins Bett gehst. Hilft gegen die Schwellung.«

»Danke, Mann. Wirklich. Wie läuft's bei der Arbeit?«

Collin schüttelt den Kopf. »Ich bin wegen der Party hier und als Olivias Begleitung. Bitte rede mit mir nicht übers Krankenhaus.«

Abwehrend hebt Hudson die Hände. »Schon gut, schon gut. Lass dich von meiner Schwester nicht aussaugen. Sie ist ein Spaßvampir, weißt du.«

»Du und Olivia müsst aufhören, so zueinander zu sein, und euch mehr schätzen lernen. Man weiß nie, wie viel Zeit einem bleibt.«

»Schon gut, Dr. Tod«, sagt Hudson und schiebt Collin sanft hinaus. »Ich werde den Rest des Abends mit meinem Freund genießen.«

»Und dich in keine weiteren Streitereien verwickeln lassen?«, fragt er.

Hudson hebt drei Finger, als leiste er einen Pfadfinderschwur.

»Das ist nicht beruhigend«, warnt Collin.

»Ich werde dafür sorgen, dass er es nicht tut«, verspreche ich. »Sie können mir vertrauen.«

»Und mir kannst du nicht vertrauen?«

»Nein«, sagen Collin und ich gleichzeitig. Wir grinsen einander an, und Collin nickt mir zu.

»Genießen Sie Ihre Zeit hier. Und lassen Sie den da nicht außer Kontrolle geraten. Er kann ganz schön anstrengend sein.«

»Du kannst mich mal!«

»Du bist nicht mein Typ«, sagt Collin und winkt uns zu, bevor er geht.

»Ich hasse ihn«, schmollt Hudson.

»Du hasst ihn nicht, hör auf, so zu sein.«

Er murmelt etwas Unverständliches, auch bekannt als noch mehr Schmollen, bevor er mich sanft mit der Hüfte anrempelt und sich auf dem Absatz umdreht, um sich vor mich zu stellen.

»Lass uns gehen.«

»Zurück zur Party?«, frage ich stirnrunzelnd. »Ich glaube nicht, dass das die richtige Idee ist. Außer, du bist bereit dafür.«

Hudson schüttelt den Kopf. Er lehnt sich vor, sodass er mich praktisch mit seinem ganzen Gewicht gegen die Wand hinter mir presst. Seine starke Brust an meiner dehnt sich aus wie ein Heißluftballon, als er schwer aus- und einatmet, was mich noch stärker gegen die harte Wand drängt, aber das macht mir nichts aus. Sein Gewicht fühlt sich gut auf mir an. Wirklich verdammt gut.

Aber nicht so gut wie, als er sich herunterbeugt und seine Lippen auf meine presst. Der Kuss ist langsam, und sogar sein Knabbern an meiner Unterlippe ärgert mich nicht. Ich hebe die Hände, um sie in seinen Nacken zu legen, und lasse zu, dass sich seine Hüfte langsam kreisend an meiner reibt.

Wir sollten aufhören, denke ich. Wir sind verdammt noch mal in einem Wandschrank. Ich kann alle *hören*, weniger als sechs Meter entfernt.

Aber ich höre nicht auf. Ich mache weiter, dränge weiter meine eigenen Hüften vorwärts, ziehe ihn weiter enger an mich, sauge weiter an seiner Zunge, die ihren Weg bedenkenlos in meinen Mund findet.

Bis er sich zurückzieht.

»Lass uns zurück in mein Zimmer gehen«, flüstert er verführerisch. »Ist das okay für dich?«

»Ja«, sage ich, ohne zu zögern. Um nicht zu begierig zu wirken, räuspere ich mich. »Ich meine, klar.«

Hudson grinst; dieses attraktive, jungenhafte Schmunzeln, in das ich mich verliebt habe, als ich es zum ersten Mal sah. Er nimmt meine Hand, verschränkt seine Finger mit meinen und zieht mich sanft zu sich.

»Ich mag deinen Enthusiasmus. Aber andererseits mag ich vieles an dir.«

»Ich …«

»Ich weiß«, sagt er und küsst meine Wange. »Ich weiß.«

32

Hudson verbringt fast geschlagene dreißig Minuten im Bad, als wir sein Zimmer erreichen. Ich höre das Wasser ins Waschbecken laufen, dann eine Dusche und eine Reihe von Flüchen während der ganzen Zeit. Schließlich kräuseln sich Dampfschwaden aus dem Badezimmer, und Hudson schlendert sich die Haare abtrocknend heraus, nur in einer tief sitzenden Jogginghose, die das V seiner Hüften zur Schau stellt.

»Okay, sei ehrlich zu mir, wie sieht mein Gesicht aus?« Er dreht sich nach links, dann nach rechts, um mir sein Profil zu zeigen. »Meine Nase ist okay, ja?«

»Du siehst großartig aus.«

»Bist du sicher?« Er geht zum Spiegel an der Wand und lehnt sich vor. »Du findest nicht, dass meine Nase schief ist? Wenigstens hat er sie nicht gebrochen.«

»Ich schwöre dir, du siehst gut aus.«

»Siehst du, beim ersten Mal hast du ›großartig‹ gesagt, jetzt sagst du ›gut‹, und ich mache mir Sorgen. Meinst du jetzt großartig oder meinst du …«

»O mein Gott, kannst du jetzt bitte einfach zu mir ins

Bett kommen? Du bist kurz davor, Narziss alt aussehen zu lassen.«

Hudson mustert sich weiter im Spiegel, bevor er schließlich seufzt und auf allen vieren aufs Bett kriecht, dann rollt er sich auf den Rücken, die Arme hinter dem Kopf, die Fußknöchel übereinandergeschlagen. Sein langer, sehniger Körper, die Wölbungen seiner Brust- und Bauchmuskeln sind perfekt zu sehen. Es sind die einfachen Dinge an Hudson, die mich immer noch erbeben lassen. Die Röte auf seiner hellbraunen Haut von der heißen Dusche. Wie jede Sommersprosse, jeder Muskel seine ganze Ausstrahlung betont.

»Geht es dir gut?«, frage ich nach einer Pause. »Also, nicht körperlich, sondern … das war ganz schön viel.«

»Es geht mir gut.«

»Diese Antwort kam ein bisschen zu schnell, findest du nicht? Möchtest du es noch mal versuchen?«

Hudson seufzt, dabei wackelt er wie bei einem nervösen Tick mit den Zehen. Er bleibt stumm, und seine gemeißelten Züge werden schärfer, als er die Lippen schürzt.

»Ich will nicht, dass du mich verurteilst«, sagt er schließlich mit leiser Stimme, beinahe einem Flüstern. »Und ich habe Angst, dass du das tun wirst. Dass du …«

»Dich vielleicht anders betrachte? Du hast einen Kerl für mich geschlagen, Hudson. Ich denke, das Mindeste, was ich tun kann, ist, offen für das zu sein, was auch immer du verbirgst.«

»Das sagen alle«, murmelt er. Seufzend kommt er in den Schneidersitz und trommelt mit den Fingern auf sein rechtes Knie. »Bist du sicher?«

Ich drücke seine rechte Hand und reibe mit den Fingern über seine Fingerknöchel. »Bereit.«

Hudson lächelt schwach. »Randall hat etwas erwähnt. Einen Vorfall«, sagt er und wirft einen Blick zu mir, ohne seinen Kopf zu bewegen. »Damals im Abschlussjahr der Highschool habe ich getrunken. Eine Menge. Ich könnte mir hundert Ausreden einfallen lassen: Die Schule war stressig, die Familie war stressig, in die Fußstapfen meiner Eltern zu treten und ihre Erwartungen zu erfüllen, die Tatsache, dass Alkohol nicht so schwer zu kriegen ist, wenn man die richtigen Leute kennt.«

Hudson gestikuliert auf eine Weise, die allgemein ausdrückt *Du weißt, was ich meine.*

»Es wurde zum Problem. Auf dem Heimweg vom Abschlussball habe ich es übertrieben und bin mit dem Auto in die Garage von jemandem gerauscht, dabei habe ich das Tor völlig demoliert. Ich erinnere mich nicht mal mehr daran, die Party verlassen zu haben, nur noch, wie ich im Krankenhaus aufgewacht bin.«

Hudson holt einen weiteren Atemzug, einen angestrengteren, der beinahe hörbar ist. Erneut drücke ich seine Hand, fester diesmal, und halte sie fest, um als Anker zu dienen. Hudson sieht mich nicht direkt an, sondern weicht meinem Blick aus, als er weitererzählt.

»Meine Eltern haben meinen Entzug bezahlt. Sie haben alle Kosten übernommen. Den Schaden am Haus, den Schaden am Auto, an der Gartengestaltung, dem Zaun, sogar jeden bestochen, der gesehen haben könnte, was passiert war. Im Endeffekt haben meine Eltern dafür gesorgt, dass mein Mist komplett ausradiert wurde.«

»Das sollte doch was Gutes sein, oder?«, frage ich. »Ich meine, du trinkst nicht mehr. Zumindest habe ich dich nie trinken gesehen.«

»Sechs Jahre trocken seit diesem November«, murmelt Hudson. »Aber darum geht es nicht. Worum es geht, ist, dass meine Eltern in der Lage waren, das zu tun. Wenn ich irgendjemand anderes gewesen wäre, dann hätte das völlig anders ausgehen können. Dann wäre ich wahrscheinlich im Gefängnis. Ganz sicher wäre ich nicht auf der Tufts. Der einzige Grund, warum ich bin, wo ich bin, ist, dass meine Eltern genug Geld und Macht hatten, alles ungeschehen zu machen. Weißt du, wie das ist? Das Gefühl zu haben, dass deine Geschichte allein deswegen anders ist als die von so vielen anderen Leuten, weil deine Familie reich ist?«

Ich habe keine Ahnung. Hudson hat recht. Wenn er irgendjemand anders wäre, dann wäre er wahrscheinlich im Gefängnis, nicht nur weil er als Minderjähriger Alkohol konsumiert hat, sondern wegen der Sachbeschädigung. Es ist eine uralte Geschichte, besonders für Schwarze. Wie ein einziger Vorfall unser ganzes Leben verändern kann. Das wäre es, wofür Hudson bekannt wäre. Weder für sein Lächeln noch seinen Geist, noch seine Witze. Für diesen einen Unfall.

Ich denke zurück an das, was Hudson im Flugzeug gesagt hat, dass Randall ein schlechter Mensch ist, und alles macht Klick. Das Quidproquo, das er vorgeschlagen hat, wie er es Hudson ins Gesicht geschleudert hat. Das ist kein Mann, für den ich arbeiten will. Das ist kein Mann, den ich in hundert Metern Umkreis von mir haben will.

»Du bist so still«, flüstert Hudson und stupst mich mit der Schulter an. »Schau, wenn du nicht mit einem trockenen Alkoholiker zusammen sein willst ...«

»Das habe ich nie gesagt«, erwidere ich schnell. »Also, lass uns dem gleich ein Ende machen. Du bist mehr als das, was dir passiert ist. Ich habe dich nie etwas trinken sehen, nie gesehen, dass du einen Rückfall hattest. Ich weiß nicht das Geringste darüber, sich mit diesen Dämonen auseinanderzusetzen, aber ich weiß, dass du einer der stärksten Menschen bist, die ich kenne, Hudson. Besonders wenn man bedenkt, dass deine Familie in der Alkoholbranche arbeitet. Das erfordert wirklich stählernes Selbstvertrauen. Also denke ich, die bessere Frage ist, warum sollte ich ein Idiot sein und mit jemandem, der so stark ist wie du, nicht zusammen sein wollen?«

Hudson lächelt mich wieder an. Diesmal erreicht das Lächeln vollständig seine Augen und lässt sie funkeln, beinahe wie kostbare Edelsteine, die das Licht einfangen. Langsam lehnt er sich vor, stützt sich auf die Ellbogen und biegt leicht den Hals, um mich zu erreichen. Seine Lippen streifen meine und bewegen sich an ihnen, als murmle er kaum hörbar eine Art Zauberspruch.

»Du weißt wirklich immer genau, was du sagen sollst, nicht wahr?« Seine Stimme ist kaum ein Flüstern.

Es fühlt sich an, als raube mir sein Körper die Fähigkeit, zu sprechen. Mit jeder subtilen Bewegung seiner Lippen wird mein Körper steifer. Ich bin nicht gelähmt vor Angst; es ist genau das Gegenteil. Es ist, als könne Hudson aufhören, wenn ich mich bewege. Seine Lippen könnten hochschrecken und meine verlassen. In diesem Moment ist nichts wichtig, nicht mal der Kampf oder meine ruinierte Karriere bei Spotlight, bevor sie überhaupt angefangen hat, oder irgendetwas sonst.

Das Einzige, was wichtig ist, das Einzige, was je wichtig sein wird, ist Hudson.

Ich hebe die Hand und lege sie an seine Wange. Hudson reagiert ebenso und setzt sich ganz auf. Sanft legt er seine

Hände auf meine Schultern und drückt mich erneut rückwärts aufs Bett. Nur hält er mich diesmal nicht fest. Er gleitet über mich, rittlings über meiner Brust kniend, und stützt die Hände links und rechts von mir ab.

»Ich sage das nicht oft genug«, flüstert er, »aber du bist schön, weißt du das?«

»Das hast du schon mal gesagt«, erinnere ich ihn.

»Mhm. Aber nicht in letzter Zeit.« Er beugt sich vor und haucht kleine Küsse auf meine Mundwinkel, meine Wangen, dann meinen Hals entlang. »Ich finde, das sollte ich öfter sagen. Du bist schön, du bist schön, du bist schön ...«

Jeder Satz wird von einem Kuss begleitet. Kuss um Kuss, brennende Berührung um brennende Berührung erfüllt meinen Körper mit sehnendem Schmerz; zuerst nur leicht. Seine Hände bewegen sich geschickt und gleiten beinahe ohne Hast unter mein aus der Hose gezogenes Hemd. Sie tanzen über meine Haut, als taste er sich durch Dunkelheit und wüsste genau, was er tut und wohin er will.

Seine Hände wandern unter meinem Hemd hervor nach vorne, um langsam jeden Knopf zu öffnen. Seine Lippen, nun an meinem Schlüsselbein, halten inne. Er blickt zu mir hoch, zu meinen leicht verhangenen Augen.

»Alles okay?«, fragt er, bei den mittleren Knöpfen anhaltend. »Ist es okay für dich, wenn ich weitermache?«

Ich nicke, da ich keine Wörter verarbeiten kann, denn mein Gehirn hat einen Kurzschluss.

»Ich möchte hören, wie du es sagst, Kian«, murmelt er, während er einen festeren Kuss auf die Stelle drückt, wo mein Hals in meine Schulter übergeht. »Ich muss wissen, dass du ...«

»Ich will es«, sage ich leise und nicke. Vielleicht war das

Nicken zu viel, aber ich hatte das Gefühl, mich rückversichern zu müssen. »Ich will, dass du mich fickst.«

Die Worte fühlen sich beinahe, *beinahe* grob an, aber es ist nicht so, als hätten Hudson und ich keine gemeinsame Geschichte. Er lächelt, ein Aufflackern von Belustigung in seinen Augen, nur für einen Sekundenbruchteil.

»Du brauchst nichts weiter zu sagen«, murmelt er. Seine Finger knöpfen den Rest meines Hemds auf und schieben es mir über die Schultern. Sobald mein Hemd beiseitegeworfen ist, widmet Hudson sich meiner Hose. Seine Finger öffnen langsam den Knopf, dann zieht er den Reißverschluss auf, als packe er ein Geschenk aus. Während er mir die Hose runterzieht, hilft er mir, den Rücken durchzubiegen, bevor er sie in einem zerknitterten Haufen zu den übrigen Klamotten wirft, und seine Jogginghose und die Boxershorts folgen bald darauf.

Hudsons Körper ist ganz so wie in meiner Erinnerung. Sogar mit den kleinen erhaschten Blicken hier und dort auf ihn, hemdlos und ohne Hose bei McLawrens oder wenn er aus dem Bad kam. Breite Schultern mit gerade genug Muskeln, um seinen Körper auszufüllen. Er ist nicht ganz so muskulös, wie ich ihn in Erinnerung habe, nicht wie damals, als wir so rumgevögelt haben, aber er hat einen perfekten Kompromiss zwischen fest und kräftig gefunden, während er an genau den richtigen Stellen schlank ist.

Und ich würde lügen, wenn ich behaupten würde, dass er nicht heiß aussieht, wie er da auf seinen Knien sitzt und sein steifer Schwanz auf mich zeigt.

»Ich höre mich an wie ein Anfänger, wenn ich das frage, aber hast du Kondome und Gleitgel?«

»Ob ich Kondome und Gleitgel habe?« Er schnaubt verächtlich. »Sehe ich aus wie ein Amateur?« Er lehnt sich über mich hinweg, wobei sich seine Brust beinahe flach auf meine legt, und öffnet die Schublade. Mit einer Hand nimmt er beides heraus und kehrt wieder in seine kniende Position zurück. Die Augen auf mich geheftet drückt er das Gleitgel langsam in seine rechte Hand und benetzt zwei Finger.

»Es ist eine Weile her, ja?«, flüstert er, während seine Hand zwischen meine Beine gleitet. Sanft reibt er die leicht klebrige Flüssigkeit auf mein Loch. Erschaudernd wölbe ich leicht den Rücken und kralle die Zehen ins Bett. Hudson hört nicht auf, aber er verstärkt auch nicht den Druck. Seine Finger umkreisen mich, den Blick auf mich gerichtet, vorsichtig und bedächtig bei jeder Bewegung.

»Falls du aufhören willst, dann sag Bescheid«, sagt er, während er seinen Mittelfinger in mich schiebt. Da ist ein kurzes Brennen, nur einen Sekundenbruchteil lang, bevor ich weiteratme und mein Körper sich entspannt. Ich bin mir nicht sicher, ob es motorisches Gedächtnis ist, wodurch ich mich erinnere, wie man der Bottom ist, oder die Erinnerung daran, wie es ist, mit Hudson zusammen zu sein, aber alles fühlt sich einfach ... richtig an.

Leicht wackelnd schiebt er seinen Finger rein und zieht ihn raus, dabei dringt er jedes Mal ein bisschen tiefer ein. Sobald er fast knöcheltief drin ist, zieht er ihn heraus. Mit verhangenen Augen sehe ich zu, wie er sich das Kondom über den Schwanz rollt und es mit Gleitgel überzieht. Dann gleitet er über mich und stützt sich mit einer Hand ab, während er seinen Schwanz an meinem Eingang in Position bringt.

»Bist du bereit?«, fragt er leise, neigt sich herab und drückt einen Kuss auf meine Lippen. »Du und ich, Kian«, sagt er. »Du und ich für immer.«

Bevor ich antworten kann, kehrt das Brennen zurück. Hudson bewegt sich langsam vorwärts und dringt in mich ein. Ich erschaudere einen Moment lang, nur einen Moment lang, und meine Hüften ziehen sich zurück, um etwas Abstand zwischen uns zu lassen. Er ist dicker, als ich in Erinnerung habe. Aber nach einer Sekunde fängt mein Verstand an, sich zu entspannen. Der Druck wird zu einer guten Art Druck. Ich dränge meine Hüften vorwärts, dabei lasse ich mich von seinen Bewegungen leiten. Wir verfallen in einen schönen, gleichmäßigen Rhythmus, unsere Körper tanzen eine Art sinnlichen Tango im Bett.

Unten ist immer noch eine Party im Gange, dessen bin ich mir sehr bewusst. Seine Mutter könnte hereinkommen oder ein verirrter Gast auf der Suche nach einer Toilette, seine Schwester, irgendwer. Aber mit jedem von Hudsons Stößen und jedem Wiegen meiner Hüften ertappe ich mich dabei, dass es mir egal ist. Ich ertappe mich dabei, stärker auf ihn konzentriert zu sein. Wie er leicht die Augen verdreht, als ich meine Hüften auf eine bestimmte Weise bewege, wie sein vor Lust gerötetes Gesicht mir verrät, dass er es ebenso sehr genießt wie ich.

Ich erinnere mich, dass ich mich früher, als ich jünger war, mit der Vorstellung schwertat, der Bottom zu sein. Nicht, weil es wehtut oder irgendwas, sondern deswegen, wie die Gesellschaft Männer oft betrachtet, die nehmen, anstatt zu geben. Weil die Leute denken könnten, dass ich dadurch »weniger Mann« bin. Aber warum sollten die mich kümmern? Ich habe lange gebraucht, um an diesen Punkt zu kommen. Manchmal bin ich gerne Top, manchmal bin ich gerne Bottom; Hudson war nie jemand, der sich dagegen aufgelehnt hat oder versucht hat, mich zu ändern.

Ich hielt das für das Romantischste der Welt, und doch auch für eins der einfachsten Dinge der Welt.

Erneut die Hüften wiegend packe ich Hudsons Schultern und benutze den Schwung, um uns herumzudrehen. Er gleitet einen Moment lang aus mir heraus, als ich mich rittlings auf seinen Schoß setze, mit meinem vor Lusttropfen feuchten Schwanz an seinen Bauchmuskeln. Er stellt nicht infrage, was ich tue, zwingt mich nicht, irgendetwas anderes zu tun. Stattdessen grinst er wie jemand, der gerade im Lotto gewonnen hat.

»Du bist so verdammt heiß«, flüstert er.

Das ist etwas, das ich an Hudson immer geliebt habe, wie er mich ansah, als würde er einen berühmten Star oder den schönsten Mann der Welt vögeln. Es war nie *du bist heiß, aber du hast da ein bisschen Akne* oder *du bist eine Sieben, aber du könntest eine Zehn sein, wenn du ein paar Kilo abnimmst.* Er lächelt mich einfach nur an, beinahe dümmlich, als wäre er der glücklichste Mensch auf dem Planeten.

Langsam wiege ich die Hüften in Form einer Acht und anderen Figuren. Hudson dreht beinahe sofort die Augen nach hinten und packt meine Hüften, als müsse er sich verzweifelt festhalten.

»Gott, fuck, K …«, knurrt er tief in seiner Kehle. Seine Hüften bewegen sich erneut im Einklang mit meinen. Seine Bewegungen sind langsam, beinahe sporadisch, als habe er Angst, wenn er sich zu sehr bewegt, könnte ich gehen.

Wenn doch eigentlich das genaue Gegenteil der Fall ist.

Ich lehne mich vor und verliere mich in der Lust, lasse die Wärme über mich hereinbrechen. Mit einer Hand umklammere ich das Kopfteil des Betts, mit der anderen seine Schulter, fest genug, um Spuren zu hinterlassen. Ich senke meine

Hüften ganz hinunter, bis mein Hintern auf seine Hüften trifft, und bewege mich schneller, härter, nehme ihn tiefer in mich auf.

»Fuck, fuck, fuck«, wiederhole ich immer wieder, während sich mein Körper anfühlt, als stünde er in Flammen, aber auf gute Weise. Die lustvolle Wonne, Hudson zu reiten, strahlt von meinen Hüften in meinen ganzen Körper aus. Je schneller ich werde, je länger ich ihn reite, desto mehr ist alles, was ich fühle, geformt zu werden. Sogar die Geräusche unten werden gedämpft, und unser vereinter keuchender Atem und das Klatschen von Haut auf Haut ist das Einzige, was ich höre. Hudson stockt einen Moment der Atem, und ein lauteres Stöhnen kommt ihm beinahe über die Lippen. Aber bevor das geschehen kann, nehme ich die Hand von seiner Schulter und lege sie fest auf seinen Mund, beinahe so fest, dass ich Angst habe, ihm vielleicht die Luft abzudrücken.

»Scheiße, sorry«, murmle ich, als ich die Hand wegnehme und langsamer werde.

Schnell packt seine Hand die meine, legt sie an seine Kehle und sieht mir ernst in die Augen.

»Drück hier«, sagt er. »Und hör verdammt noch mal bloß nicht auf, mich zu reiten, Kian. Ich mein's ernst.«

Ich brauche einen Moment, um zu begreifen, dass er mich bittet, ihn zu würgen. Nicht zu fest, da ich so was noch nie gemacht habe; trotz all meiner sarkastischen Witze halte ich mich für ziemlich vanilla.

Hudson muss mein Zögern gespürt haben.

»Ich will keine Spuren hinterlassen. Wir müssen …«

»Scheiß auf die Hochzeit. Vielleicht sollten wir die Hochzeit durchvögeln. Vielleicht sollten wir gar nicht hingehen.«

Basierend darauf, wie das Licht in seinen Augen tanzt, weiß ich, dass das nur Bettgeflüster ist.

»Du wirst mir nicht wehtun, das verspreche ich«, sagt er. »Außerdem bin ich größer als du; in jedem Sinne des Wortes. Selbst wenn du die Chance hättest, mir wehzutun, denke ich, mit mir wäre alles okay.«

Natürlich muss er jetzt einen Witz reißen. Die Augen verdrehend folge ich seiner Anweisung und lege meine Finger um seinen Hals. Ich drücke nur leicht zu, worauf Hudson ein zufriedenes Stöhnen tief in seiner Kehle von sich gibt.

Die Hüften in verschiedenen Formen wiegend lasse ich der hungrigen Lust freien Lauf. Es ist, als wäre da ein Juckreiz, den ich nicht kratzen kann, und wenn ich nur ein bisschen näher rankomme, wenn ich die Hüften genau richtig bewege, unsere Position genau richtig verändere, dann erreiche ich ihn.

Die Welt verschwindet, während ich mich darauf konzentriere, mir – und Hudson – so viel Lust wie möglich zu schenken. Ich spüre, wie sich seine Finger in meine Hüften graben. Die Lust, die Leidenschaft, das Verlangen, alles strömt durch mich hindurch und zurück durch ihn wie ein vollkommener Kreislauf.

Und diese Erregung führt dazu, dass seine Schenkel zittern und seine Hüften meinen beinahe verzweifelt entgegenstoßen, als er kommt.

Es ist wie eine Kettenreaktion: Ich bringe Hudson zum Höhepunkt, was seine Hüften zucken lässt, was seinen Schwanz über meine Prostata gleiten lässt, was *mich* Sterne sehen lässt, was dann *mich* mitten auf seine Brust kommen lässt, dass die weißen Strahlen bis zu seinem Hals hochspritzen. Ich reite die Welle ab, fühle die Schwerelosigkeit in mir ihren höchsten Punkt erreichen, Farben und Geräusche sind einen Sekundenbruchteil lang verstärkt, bevor mein Verstand wieder zur Erde zurückkehrt.

Der Schweiß auf meinem Körper vermischt mit seinem fühlt sich feucht und klebrig an. Zuerst bewegt Hudson sich nicht, als meine Hand von seinem Hals gleitet. Mich vorwärtslehnend küsse ich keusch seine Lippen und lasse den Moment so lange andauern wie nur möglich.

»Heilige Scheiße«, keucht er und rollt sich langsam unter mir hervor. Vorsichtig steht er auf und geht mit wackligen Beinen ins Bad, um uns zwei Handtücher zu holen, eines für sich selbst und eines, um mich abzuwischen. Er wirft das Kondom in den Mülleimer, bevor er sich immer noch schwer atmend wieder aufs Bett fallen lässt.

Einen Moment lang liegen wir beide reglos da, versunken in unsere eigenen Gedanken, und lassen das, was gerade passiert ist, Revue passieren. Ich werfe einen Blick zu ihm hinüber; keine Male an seinem Hals, die aussehen, als würden sie morgen noch da sein. Gut. Das Schweigen zwischen uns ist willkommen, während jeder von uns das Geschehene verarbeitet. Ich bin mir nicht sicher, ob einer von uns genau weiß, was er sagen soll. Was nichts Schlechtes ist. Ein bisschen Schweigen hat noch nie geschadet.

Dreißig Sekunden werden zu einer Minute. Eine Minute wird zu zwei, bevor ich mich endlich zu ihm umdrehe und spreche.

»Willst du noch mal?«

Ich glaube nicht, je gesehen zu haben, dass Hudson sich so schnell bewegt.

33

Hudson und ich verbrachten den Rest der Nacht damit, nun ja … nicht zu schlafen.

Eine weitere Runde vögeln, ein wenig Bettgeflüster, eine weitere Runde vögeln, sich nach unten schleichen, um was zu essen, noch mehr vögeln, noch mehr Bettgeflüster. Erst gegen vier Uhr früh schliefen wir beide ein, sein Arm über meine Brust gelegt, sein Körper wie eine Gewichtsdecke, aber nicht annähernd so verflucht teuer wie die, die man bei *Bed Bath & Beyond* bekommt.

Am nächsten Morgen wache ich mit dem Duft von gebuttertem Toast, Eiern und einem Obstsmoothie auf dem Nachttisch und dem zischenden Geräusch der Dusche auf. Ich starre das Essen an, halb, ohne zu wissen, wo es herkam, und halb weiß ich es, denke aber, dass es ein Traum sein muss.

Aber es ist kein Traum. Dass Hudson mich geküsst hat, war kein Traum. Dass Hudson in der Nacht meinen Namen gestöhnt hat, unser Sex, eine Mischung aus wilder Raserei, aber auch Lachen, war kein Traum. Und dass er aus der Dusche kommt, ein Handtuch tief um die Hüften gewickelt, was dieses V zur Schau stellt, für das er so hart trainiert hat, sein Körper überzogen von einem dünnen Schweißfilm und Wasser, das Haar an seiner Stirn klebend wie bei einem Hund … das ist auch kein Traum.

Hudson steht in der Tür und lehnt sich lässig dagegen, ein Bein über das andere geschlagen. Er hat ein kleines Lächeln auf dem Gesicht, während ihm Wasser von der Stirn tropft, auf seinen Bauchmuskeln landet und langsam tiefer rinnt.

»Du solltest nicht so sexy aussehen«, murmle ich. »Niemand sollte so sexy aussehen, wenn er aus der Dusche kommt.«

Er verdreht die Augen und kniet sich aufs Bett, um mich langsam zu küssen. Ich knabbere an seiner Unterlippe, dabei ziehe ich ganz leicht daran, bis er scharf die Luft einsaugt und sich zurückzieht.

»Nur fürs Protokoll, ich stehe nicht auf Schmerzen«, warnt er und reibt sich die Lippe.

»Nicht mal für mich?«

»Willst du mir damit sagen, dass du auf Schmerzen stehst? Weil, wenn das so ist, ich meine, dann probiere ich es vielleicht aus.«

»Für mich?«

Er nickt. »Für dich.«

Mein Bauch und meine Brust füllen sich mit einer Wärme, von der mir schwindlig wird. Das kann nicht wirklich passieren. Es ist zu schön, um wahr zu sein.

Ich weiß, dass das wahrscheinlich meine Ängste sind, die da aus mir sprechen, um eine Möglichkeit zu finden, alles Gute in meinem Leben zu sabotieren, aber was habe ich getan, um das zu verdienen? Scheint mir eine ziemlich einfach zu beantwortende Frage zu sein.

Also frage ich.

Hudson, der gerade seinen Schrank nach dem durchsucht, was auch immer er heute anziehen wird, schaut mich über seine Schulter hinweg an. »Was meinst du? Außerdem, blau oder schwarz?«

»Blau«, sage ich sofort. »Du kannst nicht schwarz zu einer Hochzeit tragen.«

»Wer sagt das?«

»Das bringt Unglück.«

»Noch mal, wer sagt das?«

»Die Leute?«, argumentiere ich.

»Die Leute?« Er benutzt Fingeranführungszeichen, nachdem er ein hellblaues Hemd herausgenommen hat, von dem ich bereits sagen kann, dass es seine Muskeln perfekt zur Schau stellen wird, und eine enge graue Hose, die dasselbe tun wird. Elegante Loafer vervollständigen das Outfit. »Wo kann ich diese Leute finden?«

»Wahrscheinlich am selben Ort, an dem du deinen Sinn für Stil findest«, antworte ich neckend. »Dazu kommt die Tatsache, dass Schwarz als die Farbe des Todes betrachtet wird …«

»Können wir uns einen Moment Zeit nehmen, darauf näher einzugehen?«, fragt er. »Schwarze Magie, der Schwarze Tod, warum wird schwarz immer als schlecht gesehen? Wer …«

»Du weißt, wer das entschieden hat«, sage ich schlicht. »Jedenfalls, wieder zurück zu der wichtigen Frage hier. Wer will im Sommer überhaupt schwarz tragen? Hier unten ist es höllisch heiß. Heißer als in Boston.«

»Stimmt, aber ich sehe toll in Schwarz aus, findest du nicht auch?«

Ich öffne den Mund, um etwas zu sagen, doch es kommt nichts heraus.

Hudson schmunzelt nur und tut so, als würde er sich die Worte aus dem Mund pflücken und sie in den Abfalleimer werfen, um zu symbolisieren, dass er sie nie wieder sagen wird. »Dreipunktewurf … und die Menge tobt«, sagt er.

Bevor ich eine Bemerkung darüber machen kann, dass er den Wurf gar nicht schaffen würde, dreht er sich zu mir um.

»Um deine erste Frage anzusprechen, und ich möchte zu Protokoll geben, dass das das letzte Mal ist, dass ich darauf antworten werde, ich mag dich. Ich liebe dich. Ich liebe dich schon, seit ich dir zum ersten Mal begegnet bin; ich habe dich während einer Trennung geliebt, ich habe dich während unserer Streits geliebt, und ich habe dich geliebt, als ich mit eingezogenem Schwanz zu dir gekommen bin und dich gebeten habe, mit mir zu dieser Hochzeit zu kommen.«

»Willst du damit sagen, dass du gehofft hast, das hier würde passieren?«

»Mit das hier meinst du … dass wir miteinander geschlafen haben? Dass wir dieses Gespräch führen? Wieder zusammenkommen?«

»Ja.«

Hudson macht eine Pause und zuckt dann mit den Schultern. »Ja, das habe ich. Ich meine, ich dachte nicht, dass es passieren würde, aber ich bin froh, dass es passiert ist. Und du?«

»Natürlich.« Darüber brauche ich nicht einmal nachzudenken.

»Dann lass uns nicht zu viel über alles andere nachdenken. Lass uns diese Hochzeit hinter uns bringen, und danach verbringen wir den Rest der Nacht damit, etwas zu tun, das Spaß macht. Alles, was du willst!«

»Egal, was?«, frage ich.

»Egal, was.«

»Schmerzen«, sage ich, ohne zu zögern.

»Oh, du kannst mich mal«, ruft er die Augen verdrehend und geht hinaus. »Ich gehe jetzt runter, bevor du noch so was sagst wie, keine Ahnung, dass du auf Ballonspielchen stehst.«

»Was ist das?«

»Besser, du weißt es nicht«, antwortet er und schließt die Tür halb hinter sich.

»Warte.«

Er bleibt stehen und steckt den Kopf wieder herein, die Augen groß und kindlich.

»Ich liebe dich.«

Hudsons Augen bleiben groß, und ein träges Lächeln wird zu einem breiten, das seine Grübchen und weißen Zähne zeigt.

»Ich liebe dich auch.«

*

Ich war bisher nur auf kleinen Hochzeiten. Ich meine, die meiner Eltern war keine große. Sie waren sich beide einig, dass sie kein Geld für einen großen Veranstaltungsort verschwenden wollten. Der Garten war gut genug für sie. Weil sie das Familien-Handicap bekommen, bewerte ich das mit einer Zwei plus.

Divyas Cousine hat vor etwa zwei Jahren in DC geheiratet. Ich hatte mich riesig gefreut, auf eine traditionelle indische Hochzeit zu gehen, aber sie heiratete in eine weiße Familie ein, also feierten sie in einem schicken Hotel und hatten langweiliges Essen, Tanzmusik und verwässerte Drinks, weil die Eltern des Bräutigams geizig waren. Die bewerte ich mit einer Drei minus.

Damals, ungefähr eine Woche, bevor ich Hudson kennenlernte, war ich gerade von der Hochzeit eines Highschool-Freundes zurückgekommen. Die war ... okay. Wenn deine Vorstellung von einer Hochzeit daraus besteht, auf einem Feld irgendwo in North Carolina zu heiraten, und all deine Cousins und Brüder Gewehre abfeuern, während du deine Braut küsst, dann sicher. Der gebe ich eine Vier minus.

Aber diese Hochzeit hier bringt den Schnitt völlig durcheinander.

Randalls Haus ist nicht so groß wie das von Hudson, aber ich schätze, nur wenige Häuser sind das. Aber es ist schön, mit Kopfsteinpflaster, einem Bogengang und einem hübschen Teich mit Springbrunnen in der Mitte. Man merkt, dass er Einflüsse aus anderen Städten aufgegriffen hat, um einen mondänen Vibe hinzuzufügen. Wahrscheinlich, um seinen schmierigen Charakter wettzumachen.

Ich schüttle diesen Gedanken ab und verdränge Randall aus meinem Kopf. Ich bin nicht wegen ihm hier. Ich bin hier wegen Danni und Hudson. Ich bin nur froh, dass die Hochzeit draußen stattfindet. Mehr Fluchtmöglichkeiten, falls es dazu kommt.

Hudson und ich kommen ziemlich früh an. Natürlich sind seine Eltern und Olivia bereits da und sitzen auf der linken Seite bei der Familie des Bräutigams, ungefähr vierhundert Meter von der Stelle entfernt, an der die Zeremonie vor dem Wasserspiel als Kulisse stattfinden wird. Viele der Plätze, vielleicht zwei Drittel, sind bereits belegt. Ich erkenne nur ungefähr die Hälfte der Gesichter wieder, aber ich kann sehen, dass mehr als fünfzig Prozent der Leute, die zu dieser Hochzeit kommen, von Nathaniels Seite der Familie stammen. Man bemerkt einen krassen Unterschied zwischen den Leuten, die zum Bräutigam gehören, und denen der Braut.

Erneut versetzt mir Schuldgefühl einen Stich. Ich kann nicht anders, als an das Gespräch zu denken, das ich mit Danni gestern in der Brauerei hatte. Aber langfristig gesehen, welche Entscheidung sie auch immer trifft, ist genau das – ihre Entscheidung, nicht meine.

»Hey«, flüstert Hudson und stupst mich an, als wir unsere Plätze einnehmen. »Ich habe mir überlegt, vielleicht machen wir danach eine Spritztour? Gehen ein bisschen früher? Fahren nach Mississippi oder so was. Meinen Eltern gehört …«

»Lass mich dich da gleich mal unterbrechen«, flüstere ich zurück. »Ich tue viel für dich, und ich weiß, in Mississippi wird eine Menge großartiger Arbeit geleistet von Schwarzen Anführenden und Aktivistinnen, aber dort wirst du mich nicht erwischen – besonders nicht für eine Hochzeit. Es ist mir egal, wie schön euer Haus am See ist. Es ist mir egal, wie viel Land ihr habt. Ich werde nicht das Opfer irgendeines *Lovecraft Country*-Spin-offs, okay?«

Hudson starrt mich mit großen Augen an, als habe ihn die Schärfe in meiner Stimme aus dem Konzept gebracht. Olivia, in dasselbe Hellblau gekleidet, das Hudson trägt (aber niemand wird das erwähnen), und die Haare zu einem eleganten Knoten hochgesteckt, gibt ihr Bestes, nicht zu lachen, während sie so tut, als hätte sie unsere Unterhaltung nicht belauscht.

»Na dann, wenn du so starke Gefühle bezüglich Mississippi hast.«

»Sehr starke«, sage ich.

»Wie wär's wenn wir uns einen Flug nehmen nach, keine Ahnung, San Francisco?«

San Francisco? Hat er diese Stadt gerade aus dem Hut gezaubert? Oder hat er sich tatsächlich daran erinnert?

Langsam nimmt er meine Hand, drückt sie und verschränkt seine Finger mit meinen. »Du hast doch immer gesagt, dass du da mal hinwillst, richtig? Wir sind nie dazu gekommen. Warum nicht jetzt? Früher ist besser als später, und wir haben Dinge nachzuholen.«

Bevor ich antworten kann, setzt ein Rascheln ein wie ein knisterndes Feuer, und die Hochzeit beginnt.

Alle Hochzeiten sind gleich, was die Basics betrifft. Das Paar schreitet den Mittelgang entlang, sie sprechen ihre Gelübde, sie machen einander Versprechen, die Person, die die Trauung vornimmt, redet lang und breit über die Verbindung, die das Paar miteinander hat. Beide küssen sich, und das war's. Nicht länger als dreißig Minuten, vielleicht vierzig. Wie jeder auch nur halbwegs vernünftige Mensch zugeben wird, ist die Zeremonie der langweiligste Teil der Hochzeit. Wir alle leben für die Party, fürs Tanzen, für die Musik und besonders für das Essen. Aber hier zu sitzen, eng zusammengepfercht, und zwei Leuten bei einer Zeremonie zuzusehen, die wir schon Hunderte Male gesehen haben, sei es persönlich oder im Fernsehen? Das wollen wir alle einfach nur hinter uns bringen. Aber niemand wird das zugeben. Weder jetzt noch jemals.

Dennoch ist diese Hochzeit ein bisschen persönlicher für mich. Als Nathaniel den Mittelgang entlanggeht, bemerke ich, wie stolz und aufgeregt er ist. Er sieht aus wie ein Junge, der sein erstes Auto bekommt oder zum ersten Mal mit einem Mädchen auf ein Date geht. Sein Rücken ist gerade, sein Kinn erhoben, und in diesem Moment bemerke ich, dass das hier wirklich der glücklichste Augenblick seines Lebens ist. Und Danni zu heiraten wird ihn zum glücklichsten Mann der Welt machen.

Weshalb ich Danni umso kritischer mustere, als sie und ihr Vater den Mittelgang entlangschreiten.

Das weiße Kleid, das sie trägt – mit dem aufwendigen Design an Ärmeln, Ausschnitt und Saum – passt ihr wie angegossen. Ihr Haar ist zu einem strengen Knoten ähnlich wie dem von Olivia hochgesteckt, was sicher wenig dazu beiträgt, Olivias Ego zu unterdrücken. Danni sieht aus wie eine Elbin aus *Herr der Ringe*, die Frodo vor den Gefahren warnt, denen er sich gegenübersehen wird, falls er seine Reise zum Schicksalsberg fortsetzt.

Aber das Wichtigste ist, dass ich beim Studieren ihrer Miene nicht anders kann, als zu raten, was sie denkt. Ich halte mich gern für jemanden mit guter Menschenkenntnis, jemanden, der mühelos subtile Hinweise wahrnehmen und verstehen kann, was jemand denkt, wirklich denkt. Das ist eine meiner stärksten Fähigkeiten. Aber seit ich hierhergekommen bin und Hudson getroffen habe, bin ich nicht mehr in meinem Element. Als wäre ich nicht so gut darin, andere zu lesen und zu durchschauen, wie ich dachte. Als wäre mein kleines Goldfischglas Boston *nicht* repräsentativ für die Welt im Ganzen.

Wer hätte das gedacht?

Ich versuche, Dannis Blick aufzufangen, in diesen letzten Sekunden, bevor sie sich dem Mann nähert, den sie heiraten wird, um mich zu vergewissern, dass es ihr gut geht. Ich kann nicht sagen, ob sie mir absichtlich ausweicht, oder ob sie einfach so auf den Moment konzentriert ist, dass sie weder mich noch irgendjemanden sonst sehen kann. Ich würde gern glauben, es ist Letzteres. Alle sagen, dein Hochzeitstag geht vorbei wie im Flug, dass eine Braut an eine Million Dinge denkt und ihr Glück für gewöhnlich das letzte dieser Million Dinge ist. Deine Hochzeit ist etwas, woran du dich im Nachhinein erinnerst, nicht während du es persönlich erlebst. Und wenn ich ehrlich bin, ist die Unterhaltung, die sie mit mir hatte, einem Mann, den sie wenige Stunden zuvor erst kennengelernt hatte, wahrscheinlich nicht der vorderste in ihren Gedanken.

»Nervosität vor der Hochzeit«, murmle ich.

Hudson lehnt sich zu mir und stupst mich leicht an. Es ist eine alte, stumme Weise zu fragen, was ich gesagt habe.

»Nichts«, sage ich leise, drücke seine Hand und wende mich gerade rechtzeitig zurück, um zu sehen, wie die Braut ihren Platz einnimmt.

Der Pfarrer ist ein älterer Mann, den ich bisher noch nicht gesehen habe, mit eingesunkenen Augen und schlaffer Haut, aber todschick angezogen. Er räuspert sich. Die Begrüßungsansprache tritt in den Hintergrund, während ich dasitze und mein Bestes gebe, mich zu konzentrieren. Ich kenne diese Leute nicht, was es noch schwieriger macht, mich für diese Hochzeit zu interessieren. Hudsons Daumen streicht kreisend über meine Fingerknöchel und hält mich dadurch am Boden, sodass ich konzentriert genug bleibe, um meinen Verstand nicht vollständig davonwandern zu lassen.

»Liebes Brautpaar, liebe Gäste. Wir sind heute hier versammelt, um diesen Mann und diese Frau im heiligen Bund der Ehe zu vereinen«, sagt er mit überraschend geschmeidiger, likörweicher Stimme. Der Pfarrer wendet sich halb Nathaniel zu. »Nathan, willst du Danni zu deiner Ehefrau nehmen, sie lieben, sie ehren, sie trösten und beschützen, in Gesundheit und Krankheit, und ihr treu sein, indem du allen anderen entsagst, bis dass der Tod euch scheidet?«

»Ja, ich will«, sagt Nathaniel, ohne zu zögern. Er hebt Dannis Hände, um ihre Fingerspitzen zu küssen. »Entschuldigung, Pater, ich konnte einfach nicht warten«, fügt er hinzu.

Die Mundwinkel des Pfarrers zucken verärgert, aber nur für den Bruchteil einer Sekunde.

»Pater John ist derjenige, den wir nehmen werden«, flüstert Hudson mir zu. »Für unsere Hochzeit.«

»Bist du da nicht ein bisschen voreilig?«

Er zuckt mit den Schultern und küsst rasch meine Wange. »Ich denke, ich habe mir das Recht verdient, zu träumen, du nicht auch?«

Pater John wendet sich an Danni. »Danni, willst du Nathan zu deinem Ehemann nehmen, ihn lieben, ihn ehren, ihn trösten und beschützen, in Gesundheit und Krankheit, und ihm treu sein, indem du allen anderen entsagst, bis dass der Tod euch scheidet?«

Sie antwortet nicht so schnell wie Nathaniel es getan hat. Genau genommen ist die Pause länger, als jede natürliche Pause sein sollte, und sie dauert an. Der Abstand zwischen der Frage und der erwarteten Antwort *Ich will* wird immer größer, wie ein klaffendes Loch zwischen den beiden, so groß, dass die Leute anfangen, unruhig auf ihren Sitzen herumzurutschen. Nathaniels Gesicht beginnt verwirrt zu zucken.

»Danni«, sagt Pater John. »Hast du …«

»Ich habe Sie gehört«, sagt sie leise, aber trotzdem klar. Langsam dreht sie den Kopf, um in die Menge zu sehen. Für das ungeübte Auge würde es wirken, als sehe sie uns alle an, wie Schauspieler über die Köpfe der Leute hinwegblicken, um den Eindruck zu erwecken, dass jedes Mitglied des Publikums die einzige Person im Saal ist. Aber für mich, für Hudson, und, ich bin sicher, für den Rest der Rivers' ist ziemlich offensichtlich, dass sie direkt mich ansieht. Und obwohl ihr Gesicht voller Wärme und Akzeptanz ist, schickt mir die Art und Weise, wie sich unsere Blicke treffen, einen eiskalten Schauer über den Rücken.

»Du hattest recht«, sagt sie deutlich genug, dass ich und jeder andere auf dieser Hochzeit es hören kann. Also wenn es je einen Zweifel gegeben hat, dass sie mit mir redet – dann ist der verdammt noch mal verschwunden.

Danni entzieht Nathaniel ihre Hand und gibt endlich ihre Antwort. »Nein. Das will ich nicht.«

Obwohl jeder Anwesende zu Recht auf die Zurückweisung konzentriert ist, die Danni Nathaniel gerade gegeben hat, ist das Einzige, was ich bemerke, wie Hudson seine Hand aus meinem Griff zieht.

Scheiße.

Verdammte Scheiße.

34

Wenn Blicke töten könnten, dann wäre ich verdammt tot.

Wie Hudsons Familie mich ansieht, als die Menge dank Dannis Verkündung unbehaglich zu murmeln und zu raunen beginnt? Das ist schmerzhaft. Ich meine, es ist fair, wenn man darüber nachdenkt. Die Leute haben Hunderte, wenn nicht Tausende Dollar bezahlt, um zu dieser Hochzeit zu kommen, und Danni geht einfach hin und … sagt sie ab? Beendet sie mit einem einzigen schlichten Satz?

Ich wäre auch wütend.

Und dass sie sich öffentlich bei mir bedankt hat? Das hat auch nicht geholfen. Man stelle sich nur vor, wie das ausgesehen haben muss! Die beiden »Außenseiter« der Gruppe tun sich zusammen, um die großen, reichen Familien des Südens zu Fall zu bringen? Was ist das hier, ein Reboot von *Revenge?*

Danni ist klug genug, um zu wissen, dass sie hier nicht mehr hergehört.

»Es tut mir leid«, sagt sie laut genug, dass Nathaniel und der Rest der Hochzeitsgäste es hören können. »Es tut mir wirklich leid.«

Mit diesen Worten verlässt sie die Plattform und verschwindet, ein verschwommener Streifen Weiß, der den Mittelgang entlangrennt.

Wo läuft sie hin? Wer weiß! Hoffentlich ist es weit weg von hier.

Wenigstens würde ich das an ihrer Stelle tun.

Niemand folgt ihr, nicht mal Nathaniel. Er steht immer noch wie erstarrt auf der Plattform, als wäre ihm gerade das Herz aus der Brust gerissen und den Wölfen vorgeworfen worden. Was in gewisser Weise auch passiert ist, schätze ich.

Von jemandem einen Korb zu bekommen? Schlimm.

Von einem Sexdate versetzt zu werden, nachdem du gerade geduscht hast? Furchtbar.

Vor dem Altar stehen gelassen zu werden? Sogar noch schlimmer.

Und das ist meine Schuld – zumindest ist das dank Dannis Aussage die logische Folgerung. Was auch bedeutet, dass es für mich an der Zeit ist, es wie Danni zu machen und verdammt noch mal von hier zu verschwinden.

Ich schlängle mich durch die nun stehenden Hochzeitsgäste und dränge mich seitlich zwischen den Reihen verwirrter reicher Leute hindurch. Mit jeder Sekunde, die verstreicht, spüre ich die nicht vorhandenen Wände des Zelts näher rücken. Habe ich wirklich diese Hochzeit ruiniert? Habe ich wirklich Danni auf die Idee gebracht, dass sie allein besser daran ist?

Das war nicht meine Absicht. Ich bin nicht schuld.

Ich bin nicht schuld.

Ich bin nicht schuld.

Ich schaffe es kaum aus dem Zelt heraus, schaffe es kaum hinaus an die frische Luft eines Raums ohne Wände, bevor ich eine vertraute Stimme höre, die mich auf den Boden zurückholt.

»Was glaubst du, wo du hinwillst?«

Meine Füße bleiben stehen, als steckten sie in Zement fest. Olivias geschmeidige, aber scharfe Stimme ist schwer, wie ein Pfeil, der meinen Schatten durchbohrt und mich an Ort und Stelle festnagelt.

Olivia gibt mir nicht mal die Zeit, mich umzudrehen, bevor sie sich vor mir aufbaut und die Arme vor der Brust verschränkt. Mein Körper spannt sich an, als ich ihre nonverbalen Hinweise aufnehme. Angespannter Kiefer, verschränkte Arme, geschürzte Lippen, schmale Augen.

Das ist keine gute Position für mich.

»Hör mal, ich weiß, was du glaubst, gesehen zu haben, aber …«

»Erzähl mir keinen Scheiß, Kian«, blafft sie. »Was. Hast. Du. Getan?«

Die subtile Wut – nein, sie ist verdammt noch mal nicht subtil. Wie Olivias Gesicht sich vor Wut verzerrt, sieht nicht natürlich aus, als wären ihre Züge nicht dafür gemacht, wütend zu sein. Die stinksaure Aura, die sie ausstrahlt, ist mehr als genug, um meine Haut kribbeln zu lassen.

Ich kaue auf meiner Unterlippe, während ich die Vor- und Nachteile abwäge, die Wahrheit zu sagen. Hinter ihr sehe ich Hudson ein paar Schritte entfernt stehen, als zögere er, ob er sich Olivia anschließen soll, während sie mich beschimpft, oder ob er seine Schwester daran hindern soll, die nukleare Stufe zu zünden, der sie sich stetig nähert.

»Hör zu, ich weiß nicht, was passiert ist«, sage ich ehrlich. »Ich habe mich in der Brauerei mit Danni unterhalten, und dann …« Ich mache eine hilflose Geste. »Ich weiß nicht, wie sie von unserem Gespräch auf das hier gekommen ist.«

»Natürlich nicht.« Olivia verdreht die Augen. »Bist du jetzt zufrieden? Hast du das Gefühl, dass du bekommen hast, weswegen du hergekommen bist?«

»Wie bitte?«

»Ach, hör auf mit dem Mist«, sagt sie mit lauterer Stimme. »Ich weiß, dass du und mein Bruder nicht wirklich zusammen seid. Ich bin nicht dumm.«

Die Worte sind wie ein Stich mitten ins Herz. Ich spanne mich so heftig an, dass ich glaube, meine Muskeln reißen. Wieder werfe ich über die Schulter einen Blick zu Hudson, der einfach nur ... dasteht. Jetzt ist die Menge größer, die Hälfte der Hochzeitsgäste hat sich an den Rändern des Zelts versammelt. Sogar Hudsons Mom und Dad sehen zu.

Olivia macht einen Schritt vorwärts. »Lass mich raten. Mein Bruder hat gesagt, er könne dir einen Job bei Spotlight verschaffen? Ich habe über dich recherchiert, bevor du hergekommen bist. Deine Onlineartikel auf Medium gelesen. Du bist ein guter Schreiber, aber ein dummer Stratege. Hast du wirklich gedacht, du könntest dich mit Lügen in unsere Familie einschleichen?«

Ich mache einen Schritt rückwärts, aber Olivia macht ebenso einen Schritt vorwärts. »Und dann, als du bekommen hast, was du wolltest, als du dich ins Herz meines Bruders geschlichen hattest, dachtest du, warum nicht Chaos anrichten als Vergeltung dafür, dass er dich zuvor abserviert hatte?«

»Das ist überhaupt nicht, was passiert ...«

»Ja, das ist mir wirklich egal. Du kannst sagen, was du willst, aber ich weiß tief in meinem Innern, dass du wütend darüber warst, wie mein Bruder dich behandelt hat. Was verständlich ist. Mein Bruder ist ein Chaot. Aber diese Wut mit irgendeiner Rachefantasie an meiner Familie auszuleben?«

Olivia steht dicht vor mir, so dicht, dass niemand außer mir die eisigen Worte hören kann, die ihr über die Lippen kommen. »Also, ich gebe dir zwanzig Minuten, um zurück zum Haus zu fahren, deine Sachen zu packen und zu verschwinden. Und vielleicht, nur vielleicht werde ich nicht alles tun, was in meiner Macht steht, um dich bei jedem Medienkanal des Landes auf die schwarze Liste setzen zu lassen. Du willst sehen, ob ich das kann? Dann pass bloß auf. Ich bin nicht mein Bruder, Kian.«

Olivia zieht sich zurück, nur einen Moment lang, um mir zu zeigen, wie ernst sie es meint. Ich habe keinerlei Zweifel, dass die panische Angst in meiner Brust keine Illusion ist. Olivia wird ihre Drohung absolut wahr machen.

»Ich will dein Gesicht nie wieder sehen«, sagt sie. »Nie wieder.«

Mit diesen Worten dreht sie sich um und stürmt an Hudson vorbei ins Zelt.

»Kümmer dich um das«, sagt sie laut genug, dass ich es höre. Nicht ihn.

Nicht *Kian. Das.*

Die Menge zerstreut sich langsam zusammen mit Olivia, dabei sind Hudsons Eltern die Letzten, die gehen, nun da die Show vorüber ist. Ich stehe immer noch da, wie angewurzelt, unfähig, meine Beine zu bewegen. Langsam kommt Hudson auf mich zu und verschränkt die Arme vor der Brust.

»Hör mal, ich habe nicht …«, setze ich an, doch Hudson hebt die Hand.

»Ist das wahr?«

»Was?«

»Antworte mir ehrlich, Kian. Ist das, was Olivia gesagt hat, wahr? Hast du mit Danni darüber gesprochen, Nathaniel zu verlassen?«

»Das brauche ich dir nicht zu sagen«, antworte ich langsam. »Aber ich tue es trotzdem. Menschen sind Individuen. Sie können ihre eigenen Entscheidungen treffen. Nur weil ich ...«

»Lass den verdammten Scheiß, Kian!«, donnert er. Seine Stimme ist laut genug, dass ich ohne hinzusehen weiß, dass die Leute uns beobachten. Ich meine, wenn ich schon berühmt werde, warum konnte ich dann nicht wegen etwas Positivem berühmt werden?

Und nicht dafür, der Hauptdarsteller in einer verdrehten queeren Soap-Opera zu sein.

Es gab eine Zeit, in der Hudson diese Dinge zu mir sagen konnte, und ich hätte es mir gefallen lassen. In der ich geglaubt hätte, es zu verdienen.

Jetzt ist nicht diese Zeit.

»Also wollen wir das jetzt wirklich machen?«, frage ich. »Hier?«

»Alles, worum ich dich bitte, ist, dass du mir die Wahrheit sagst. Was zum Teufel ist da gerade passiert?«

»Ich denke, das ist ziemlich offensichtlich«, knurre ich. »Danni wollte Nathan nicht heiraten.«

»Das sehe ich auch. Und welche Rolle hast du dabei gespielt?«

»Was willst du von mir hören, Hudson?«

»Die Wahrheit!«, schreit er erneut. »Das ist alles, was ich je von dir wollte. Warum ist es so schwer für dich, sie zu sagen?«

Ein Herzschlag. »Wie bitte, was?«

Hudson kneift sich in die Nasenwurzel. »Vergiss es. Beantworte einfach die Frage.«

»Nein, ich denke, das ist etwas, das wir …«

»Beantworte die verdammte Frage, Kian.«

Ich habe immer an Ehrlichkeit geglaubt. Schließlich bin ich Journalist. Es ist wichtig, sich auf die Fakten zu stützen. Also kann ich hier ebenso gut ehrlich zu Hudson sein. Wir lieben einander. Wir werden unser Leben zusammen verbringen. Wir stehen das hier durch.

»Ich habe mich mit Danni unterhalten«, sage ich. »Während du und Olivia gemacht habt, was auch immer ihr in der Destillerie gemacht habt, haben wir … miteinander geplaudert.«

»Geplaudert?«

Ich nicke. »Sie hat mir erzählt, dass sie sich nicht sicher dabei war, Nathan zu heiraten.«

»Himmel«, flüstert er, die Hände an den Hüften. »Und was hast du gesagt?«

Ein Augenblick verstreicht. Dann noch einer.

»Kian. Was hast du gesagt?«

»Von außen betrachtet könnte es so aussehen, als hätte ich ihr gesagt, dass sie ihn nicht heiraten soll«, sage ich langsam. »Aber …«

»Oh, verdammt noch mal!«, schreit er. »Du hast es getan, nicht wahr? Herzlichen Glückwunsch. Ich hoffe, du bist jetzt zufrieden. Du hast gewonnen.«

Okay, Moment mal. Das ist nicht, was ich von ihm erwartet habe. Praktisch eine Rechtskurve, wo ich damit gerechnet hätte, dass er nach links geht.

»Entschuldigung«, sage ich langsam. »Ich habe … was genau gewonnen? Gab es vielleicht irgendein Spiel, das wir gespielt haben, von dem ich nichts wusste?«

»Kannst du ausnahmsweise mal ernst sein, oder ist das etwas, wozu du nicht in der Lage bist?«

Ich mache eine Pause und lasse die Worte, die Hudson gerade gesagt hat, zu mir durchdringen. Es kostet mich all meine Energie, ihn nicht ebenfalls anzufahren; ein Unrecht hebt das andere nicht auf, also hole ich tief Atem, halte ihn an und antworte.

»Okay, lass uns auf Pause drücken, bevor wir etwas sagen, das wir bereuen würden.«

»Oh, glaub mir, so weit sind wir bereits.«

Also gut, denke ich. Sicher, los geht's.

»Warum sagst du nicht, was du wirklich auf dem Herzen hast?«, schieße ich zurück. »Vielleicht solltest du ausnahmsweise mal den Mund aufmachen. Deine Eltern sind nicht in der Nähe. Du brauchst nicht länger der minderwertigere Rivers zu sein. Komm schon, du schaffst das. Sei mehr wie deine Schwester. Mach mich fertig, wie sie es gerade getan hat. Ich weiß, du hast das Zeug dazu.«

Da ist er. Das ist der Knopf. Hudsons Gesicht verzerrt sich einen Sekundenbruchteil lang zur Personifikation von Wut, von der Dalí sich wünschen würde, sie malen zu können. Seine Hände ballen sich zu Fäusten und halten all seinen Ärger in ihnen fest, bevor er die Finger öffnet und sie rauslässt.

»Du musst immer recht haben«, sagt er langsam. »Lass mich raten, du wolltest das letzte Wort haben, was? Mich vor meiner Familie demütigen? Ist das wirklich die Rache dafür, dass ich mit dir Schluss gemacht habe? Olivia hatte recht.«

»Fick dich«, sage ich durch gebrochene Worte hindurch. »Fick dich, Hudson.«

»Ja, das machen wir nicht noch mal.«

»Hört sich gut an.«

Schnell dränge ich mich mit der vollen Wucht meiner Schulter an ihm vorbei.

Hudson sieht es voraus und macht einen Schritt zur Seite, sodass ich an ihm vorbeistolpere und beinahe nach vorne falle. Nicht der würdevollste Abgang, aber ich muss einfach hier raus. Spielt keine Rolle, dass meine Klamotten noch im Haus seiner Eltern sind. Egal, dass ich in diesem unbequemen Anzug stecke. Egal, dass ich kein Geld habe, um nach Hause zu kommen.

Ich muss nur aus Atlanta raus und weit weg von Hudson.

Mit zitternden Händen hole ich im Gehen mein Handy raus. Verschwommene Augen hindern mich daran, die Nummer zu sehen, die ich tippe, aber sie ist mir längst zur zweiten Natur geworden. Es klingelt zweimal, und Divya geht ran.

»Du musst mir einen Gefallen tun«, presse ich hervor. »Einen Vierhundert-Dollar-Gefallen. Ich zahl's dir zurück.«

Divya stellt keine Fragen. Sie zögert nicht mal. »Gib mir fünfzehn Minuten. Ist Economy okay für dich?«

35

»Wenn ich ehrlich bin, war ich überrascht, von dir zu hören.«

Zwei Monate später hat sich nicht viel geändert.

Okay, das ist eine verdammte Lüge. Eine Menge hat sich geändert, ich will das nur nicht zugeben, weil es sich nicht so verändert hat, wie ich wollte.

Gehen wir es auf die einzig wahre Weise eines Journalisten an – mit den sechs W-Fragen:

Wer: Mein Name ist Kian Andrews. Ich bin dreiundzwanzig Jahre alt.

Was: Ich bin ein Journalist, der seinen Doppelabschluss an der Northeastern University in den Hauptfächern Journalistik und Soziologie mit einem Schnitt von 1,3 gemacht hat, mehr als ein halbes Dutzend Artikel vorweisen kann, über neunzigtausend Dollar Studienkredit, einen Kreditscore von 595 und keine einzige Jobaussicht hat.

Wo: Ich bin aus einer Kleinstadt in North Carolina, etwa dreißig Minuten östlich von Raleigh, und lebe in Boston, Massachusetts, aber jetzt gerade sitze ich im *Watering Hole*.

Wann: Mein Leben befindet sich seit zwei Monaten in diesem merkwürdigen Stillstand, wie bei einem Verkehrsstau auf offener Straße, seit ich Atlanta verlassen und Hudson auf sämtlichen Plattformen geblockt habe.

Warum: Diese Frage würde ich lieber NICHT beantworten, vielen Dank.

Wie: Oh, das ist einfach. Ich bin hier, weil ich ein Arschloch bin.

Mit einem Lächeln bedanke ich mich bei Wallace, während er die Tür für mich öffnet. Wenn ich ehrlich bin, jetzt, wo ich nicht mehr dem Rivers-Zauber unterliege, kann ich bei Wallace leise Untertöne erkennen, die ihn anziehender wirken lassen. Einunddreißig ist wirklich gar nicht so alt, er ist schließlich nur acht Jahre älter als ich. Er verhält sich nicht, als wäre er einunddreißig – was bedeutet das überhaupt? –, und er war derjenige, der sich zuerst wieder gemeldet hat, ohne auch nur zu fragen, warum ich ihn zuvor im Restaurant zurückgelassen hatte. Er ließ mich mein eigenes Leben und meine Geheimnisse haben und hat mich nicht verurteilt. Also warum ihm keine zweite Chance geben?

»Was kann ich sagen, ich bin ein Mann der Überraschungen.«

»So viel ist sicher«, sagt Wallace lachend. »Ich war noch nie hier, was ist denn hier gut?«

»Es ist ein Café wie jedes andere, mit einem Croissant und Filterkaffee kannst du nichts falsch machen, oder …«

»Einem Latte«, sagen wir beide gleichzeitig. Er grinst mich an, mit den leichten Tränensäcken unter seinen Augen, von denen ich mir vorstellen kann, dass sie für jemanden in seinem Berufszweig normal sind. Ich lächle zurück – sein Lächeln hat etwas Ansteckendes an sich.

Wie das von Hudson … aber anders.

Ich schüttle den Kopf, sicher sehe ich völlig durcheinander aus, aber ich kehre schnell wieder zur Unterhaltung zurück. »Ich kann dir versprechen, der Kaffee hier ist besser als im Büro.«

»Und wenn er es nicht ist? Was gibst du mir dann?«

Ich lehne mich auf meinem Stuhl zurück, ohne auch nur meine Speisekarte aufzuklappen. Ich weiß, was ich bestellen werde. Es ist immer dasselbe: zwei Buttermilch-Pancakes mit Brombeergelee, etwas Truthahnspeck und Kaffee.

»Wie wär's mit einem Kuss? Wie hört sich das an?«

Wallace schaut hoch zur Decke und hält diese nachdenkliche Position eine, zwei, drei Sekunden lang. »Ich denke, das ist eine gültige Zahlungsmethode.«

Die Kellnerin – dieselbe wie beim letzten Mal, als Hudson und ich uns wiedergetroffen hatten – kommt an den Tisch, diesmal mit knallroten Strähnchen. Ich würde diese gewagte und leuchtende Haarfarbe überall wiedererkennen – *Good Dye Young* von Hayley Williams.

Hudson und ich wollten vor ein paar Jahren grüne Haare ausprobieren.

Erneut dränge ich das Gefühl zurück und lehne mich auf den Ellbogen vor, um Wallace meine volle Aufmerksamkeit zu widmen. Solange ich ihn im Zentrum meines Blickfelds behalte, solange ich mich nur auf ihn konzentriere, ihn zum Licht am Ende meines Tunnels mache, kann ich das durchstehen. Ich kann über Hudson hinwegkommen. Es ist erst zwei Monate her. Das ist nicht so lange. Es heißt, man braucht dreimal so lange, wie man mit jemandem zusammen war, das bedeutet, ich brauche ungefähr drei Monate, um über Hudson hinwegzukommen. Zwei Drittel hab ich schon geschafft. Ich kann das. Ich kann …

»Entschuldige, was dagegen, wenn ich mir Kian kurz mal ausborge?«

Es gibt viele merkwürdige Dinge, mit denen ich im Leben rechne, mit denen sonst keiner rechnet. Dass ein Asteroid zu unseren Lebzeiten ein weiteres Massensterben auslöst? Check. Dass sich herausstellt, dass es Vampire wirklich gibt? Check. Die erste queere Person als Präsident? Regenbogen-Check.

Aber Olivia Rivers vor mir stehen zu sehen, mit ihrem lavendelfarbenen Halstuch, im cremefarbenen Kleid und mit Sonnenbrille, in Boston, im *Watering Hole*, mit ihrer Hermès-Tasche über einen Arm drapiert? Das war *nicht* auf meiner Bingokarte.

Und auch nicht die Worte, die aus meinem Mund kommen, bevor ich sie zurückhalten kann.

»Es tut mir leid, aber was *verdammt noch mal* machst du hier?«

*

Ich weiß nicht, wo dieses Meme herkam, aber das von Diddy in einem Blickduell mit diesem Schwarzen Sänger von *The Four*? Wo keiner von beiden den Blickkontakt unterbricht? Genau so sehen Olivia und ich gerade aus.

Wer ist Diddy und wer ist dieser No-Name-Typ Elijah? Sagt ihr's mir.

»Das ist keine Art, eine Freundin zu begrüßen, oder, Kian?«

»Ich weiß nicht, ob wir einander Freunde nennen würden.«

»Wie würdest du uns dann nennen?«

»Leute? Das hört sich ziemlich richtig an.«

Olivia presst die Lippen zu einem schmalen Strich zusammen, ihre Art, gekränkt auszusehen, nehme ich an. Sie wendet sich Wallace zu und lässt ein einstudiertes Lächeln aufblitzen. »Würde es dir was ausmachen?«

»Ganz und gar nicht«, sagt er mit einem Lachen, steht auf und deutet auf seinen Platz. »Wie es scheint, habt ihr beide etwas zu besprechen.«

»Oh, Himmel. Wallace, du musst nicht …«

»Ich werde mal nach meinen Klienten sehen«, sagt er und winkt mit seinem Handy. »Bis in fünfzehn Minuten?«

»Das sollte mehr als ausreichen, danke«, sagt Olivia für mich, ohne auch nur hochzublicken. Sie nimmt ihre Sonnenbrille ab und legt sie behutsam an den Rand des Tischs.

Zehn Sekunden später, obwohl das *Watering Hole* voll ist, kommt es mir vor, als wären wir allein.

Mein Körper spannt sich an, und meine Haltung wird defensiv; die Arme vor mir verschränkt lehne ich mich auf meinem Stuhl zurück. Olivia spricht nicht; ihre Augen zucken überall auf der Speisekarte umher, als wolle sie wirklich etwas bestellen.

»Dieser Laden ist … goldig«, sagt sie schließlich. »Scheint mir ein netter Ort für ein ruhiges, friedliches Sonntagsessen zu sein.«

»Was willst du, Olivia?«, frage ich. »Bist du hier, um mich noch mal anzuschreien?«

Sie klappt die Speisekarte zu, schlägt ein Bein über das andere und legt ihre Hände auf ihr Knie. »Wir schließen morgen ein Geschäft für das Unternehmen ab. Wir werden der Haupt-Bierlieferant für Fenway Park.«

»Gratuliere.«

»Danke«, sagt sie, ohne meinen Sarkasmus wahrzunehmen oder, wahrscheinlicher, ohne sich darum zu scheren. »Es ist wirklich ein großer Erfolg für das Unternehmen. Aber das ist nicht der einzige Grund, warum ich hier bin.«

»Möchtest du alle Hotspots von Boston kennenlernen? Ich maile dir gern eine Linkliste.«

Sie schüttelt den Kopf und schiebt die Speisekarte und Wallace' Sachen umher, bis sie völlig gerade liegen. Ein nervöser Tick oder leichte Zwangsstörung?

»Ich bin hier, um dich ein bisschen zur Vernunft zu bringen, denn, wenn ich ehrlich bin, für jemanden, der so klug ist wie du, Kian – und du bist außerordentlich klug –, bist du sehr, sehr dumm.«

Meine Aufmerksamkeit wird zur Personifizierung der Stelle *wait, hold up* in dem City-High-Klassiker *What Would You Do?* Olivia scheint das nicht aus dem Konzept zu bringen, aber sie deutet mein Interesse als Einladung, fortzufahren.

»Seit du und Hudson diesen … was ist der Ausdruck, nach dem ich suche … ausgefeilten Schwindel bei der Hochzeit orchestriert habt, bringt Hudson sich mehr ins Unternehmen ein.«

Das ist nicht, was ich von ihr zu hören erwartet habe. Ich habe erwartet, dass sie sich entschuldigen würde. Aber klar, ich werde mitspielen. »Das klingt nicht nach Hudson.«

»Na ja, Menschen tun merkwürdige Dinge, wenn ihnen das Herz gebrochen wurde.«

»Jetzt bist du einfach nur dramatisch«, murmle ich an meinem Wasser nippend.

»Bin ich das? Komm schon, Kian, du kannst Leute einschätzen. Du hast Danni gut eingeschätzt. Und übrigens, ihr geht es fantastisch. Nathan weniger, aber unter uns gesagt, ich konnte ihn ohnehin nie richtig leiden. Aber was auch immer du zu ihr gesagt hast ... du hattest recht. Wenn sie jetzt hier wäre, in Amerika, dann würde sie dir das sicher sagen.«

Die Kellnerin kehrt zurück, verwirrt über den Geschlechterwechsel der Person, die mir gegenübersitzt. Olivia sieht sie nicht mal an, als sie die Hand hebt. »Geben Sie uns fünf Minuten.«

Ich schenke der Kellnerin ein entschuldigendes Lächeln. Sie verschwindet ohne ein einziges Wort.

»Lass mich dir eine Frage stellen«, sagt Olivia. »Denkst du, Hudson liegt wirklich etwas an dir? Ich möchte eine ehrliche Antwort, keine abgestumpfte wegen deiner verletzten Gefühle, sondern eine, die wirklich aus deinem Herzen kommt.«

Das ist eine Frage, die schwer zu beantworten ist. Ich sitze stumm da, rutsche gelegentlich ein wenig herum, als würde mir eine neue Position Einblick in die Antwort geben, den ich zuvor nicht hatte. Die Pro-und-Kontra-Liste über Hudson, die ich im Geiste aufstelle, ist auf beiden Seiten schon ein Dutzend Einträge lang, und ich würde lügen, wenn ich sagte, dass sie durch unsere jüngste und weiter zurückreichende Vergangenheit nicht beeinflusst würde.

»Das ist eine komplizierte Antwort.«

»Liebe ist kompliziert«, erwidert sie. »Wahre Liebe zumindest. Dann beantworte ich die Frage für dich, was hältst du davon?«

»Ich habe das Gefühl, das hättest du sowieso getan.«

»Ich glaube, Hudson liebt dich. Ist er perfekt? Absolut nicht. Aber bist du das? Nein. Du hast bei seiner Lüge mitgespielt. Du hast dich in fremde Angelegenheiten eingemischt. Er hat Dinge gesagt, die er nicht hätte sagen sollen. Aber kannst du behaupten, dass du in dieser Situation schuldlos warst?«

Sie verstummt kurz, um mir Zeit zum Antworten zu geben, obwohl sie weiß, dass ich es nicht tun werde. »Also lässt mich das mit zwei Fragen zurück. Erstens: Liebst du Hudson Rivers? Und zweitens: Kannst du dir ein Leben mit ihm vorstellen? Denn ich kann beide Fragen für meinen Bruder beantworten: ja, absolut. Und wenn du einverstanden bist, dann bitte ich dich, etwas zu tun, das nicht gerade fair ist, aber hoffentlich langfristig nur ein kleiner Fleck in deiner Zukunft sein wird: Sei der Vernünftigere und mach den ersten Schritt auf ihn zu. Hat er es verdient? Nein. Aber du kennst meinen Bruder. Er würde lieber schmollen, als sich tatsächlich zu entschuldigen. Das ist mit ein Grund, warum erst unsere Eltern bei ihm zu Besuch kommen mussten, damit er sich wieder bei dir meldete. Er brauchte einen Grund dafür. Dass es das Richtige wäre, reichte nicht aus. Du weißt, wie Männer sind.« Sie lächelt.

Olivia dominiert diese Unterhaltung; ich spüre, wie ich immer kleiner werde. Aber so ist das einfach, im Orbit eines Rivers zu sein. Sie beherrschen den Raum, und ihr Orbit ist beeindruckend. Dennoch liegt sie nicht falsch. Ich liebe Hudson tatsächlich, aber viele Leute lieben Leute, die nicht die Richtigen für sie sind. Darüber wurden viele großartige Liebesgeschichten geschrieben. Die hier ist nicht anders.

Stattdessen stelle ich ihr eine Frage.

»Warum ist das meine Aufgabe?«, frage ich. »Du hast es selbst gesagt, Hudson hat schreckliche Dinge gesagt. Er sollte kommen und sich bei mir entschuldigen.«

»Mein Bruder ist ein Mann«, sagt sie mit einem Seufzen.

»Und damit meine ich, er hat immer noch das Problem, das alle Männer haben – mit seinen Gefühlen in Verbindung zu treten –, und die Erziehung meines Vaters war dabei keine Hilfe. Er wird nicht zu dir kommen, wenn er ein geprügelter Hund ist, der das Gefühl hat, nichts gewinnen zu können. Vielleicht wenn ihr mehr Zeit hättet …«

»Liegt er im Sterben oder so was?«

»In mancher Hinsicht würde ich sagen, ja«, antwortet sie. »Er zieht wieder zu uns nach Hause.«

Sofort setze ich mich kerzengerade auf. »Wie bitte, was? Damit hättest du anfangen sollen.«

Olivia scheint meine Reaktion nicht aus der Ruhe zu bringen. »Das ist der andere Grund, warum ich hier bin. Seit du ihm das Herz gebrochen hast, redet er mit Vater. Nach Hause zurückzukommen scheint die richtige Lösung zu sein. Für Rivers & Valleys zu arbeiten ist die beste Entscheidung. Er ist einverstanden.«

»Das kann er unmöglich wollen.«

»Warum spielt das eine Rolle?«, fragt sie. »Er ist nur wegen dir hiergeblieben, das weißt du doch, oder? Das ist nicht das erste Mal, dass Vater ihm eine Position im Unternehmen angeboten hat. Aber irgendetwas hat ihn immer hier in Boston gehalten. Und das waren weder das Wetter, die Schule, noch die Leute, das kann ich dir versprechen. Er könnte im ganzen Land seinen Master in Psychologie machen, nein, auf der ganzen Welt. Er ist hier wegen dir.«

Aus den Augenwinkeln sehe ich Wallace draußen vor dem großen Erkerfenster telefonierend auf und ab marschieren. Unsere Blicke treffen sich, und er lächelt mich an und zeigt einen erhobenen Daumen. Ich gebe mein Bestes, die Geste zu erwidern, aber sein eine halbe Sekunde länger hängen bleibender Blick verrät mir, dass ich nicht allzu gut darin war, ihn zu überzeugen, dass alles in Ordnung ist.

Denn alles ist einhundertprozentig nicht in Ordnung.

»Wann geht sein Flug?«

»Überlegst du, mit ihm zu reden?«

»Das habe ich nicht gesagt«, füge ich hinzu. »War nur eine Frage.«

Olivia wirft einen Blick auf die Apple Watch an ihrem Handgelenk. »Die Limousine holt ihn in fünfundvierzig Minuten ab. Aber in Anbetracht dessen, dass es mein Flug und mein Ticket ist, bin ich sicher, dass ich dir noch eine Stunde geben kann, falls du sie brauchst. Also frage ich dich noch mal. Redest du mit meinem Bruder?«

»Ich habe eine Gegenfrage, bevor ich darauf antworte.«

»Typisch Journalist«, sagte sie mit einem erneuten Seufzer und bedeutet mir, fortzufahren.

»Warum?«, frage ich. »Du warst, wie soll ich das nett ausdrücken ...«

»Ein tobendes Miststück dir gegenüber bei der Hochzeit?«

»So würde ich eine Frau niemals nennen, aber wenn das das Wort ist, das du benutzen willst ...«

Olivia zupft ihr Halstuch zurecht, nimmt ihre Handtasche und steht langsam auf. »Meine Familie liegt mir am Herzen, Kian. Sie wird für mich immer oberste Priorität haben. Deshalb habe ich dich so scharf attackiert. Familie vor allem anderen, besonders, wenn ich sehe, dass jemand oder etwas sie bedroht. Egal, was es ist. Es kümmert mich nicht, was die Leute von mir halten, solange meine Familie erfolgreich ist. Familie ist das Wichtigste. Und Hudson ist meine Familie, egal, wie unser Verhältnis aussieht. Anders als beim Rest von uns hängt sein Erfolg von seinem Glück ab. Du machst ihn glücklich, also bist wiederum du mir wichtig.

Außerdem denke ich, dass du einen ziemlich guten Schwager abgeben würdest. Zumindest jemanden, der mit mir mithalten kann. Das wird erfrischend sein«, sagt sie grinsend, während sie um mich herumgeht und die Hand auf meine Schulter legt. »Er ist zu Hause. Ich sage dir nicht, welche Entscheidung du treffen sollst, der Ball ist in deinem Spielfeld. Triff die Entscheidung, die für dich richtig ist.«

Olivia geht zur Tür, doch auf halbem Weg bleibt sie stehen und dreht sich zu mir um. »Und Kian?« Etwas Verletzliches huscht über ihr Gesicht, etwas Sanftes und Zärtliches. »Es tut mir leid, wie ich dich behandelt habe. Wirklich. Wenn du ein so großer Teil der Familie wirst, wie ich hoffe, dann will ich nicht, dass diese Version von mir die einzige ist, die du kennst.«

Und einfach so, ebenso lautlos, wie sie gekommen ist, ist sie wieder verschwunden.

Die Welt zieht an mir vorbei wie in einem Michelle-Branch-Musikvideo, alles verschwommen, als wäre es überbelichtet. Ich sehe Wallace zurückkommen, sehe seine Lippen sich bewegen, als er sich setzt, lese ein paar der Wörter: *Gerichtsverhandlung*, *Mandat*, *Zeugenladung*, und etwas über einen Kerl bei ihm in der Kanzlei, der ihn in den Wahnsinn treibt. Aber nichts davon ist wichtig. Weil es nicht Hudson ist. Er ist nicht Hudson. Ich bin nicht mit Hudson im *Watering Hole*.

Und jetzt gerade ist dort, wo auch immer er ist, der Ort, wo ich sein will, denn um die weltberühmte Natalie Imbruglia zu zitieren: *Nothing's fine, I'm torn.*

»Ich muss gehen«, sage ich in einem einzigen Atemzug,

während ich mir bereits irgendeine Ausrede überlege, dass Divya krank ist oder Jamal mich braucht oder …

»Es ist dieser andere Typ, nicht wahr? Dallas oder so?«

Ich zögere kurz. »Hudson.«

»Ah, ja, ich wusste, es war eine Stadt in Texas«, sagt er mit einem Grinsen. »Divya hat mir von ihm erzählt. Sagte, ich hätte Konkurrenz vor mir. Sieht aus, als hätte ich verloren.«

»Es tut mir leid«, sage ich nach einem Moment. »Es liegt nicht an dir. Wirklich. Ich möchte, dass du das weißt.«

Er winkt ab. »Bitte, ich bin ein echt guter Fang. Ich komme schon klar.« Er lächelt. »Du solltest zu deinem Mann, bevor er weggeht. Hier.« Er fischt dreißig Dollar heraus. »Der Brunch geht auf mich, aber nimmt das. Nimm dir ein Taxi.«

»Ich kann selbst für mein …«

»Nimm dir ein Taxi«, drängt er. »Betrachte mich als einen Romantiker, der große Gesten liebt. Versprich mir nur, dass du mich zu deiner Hochzeit einlädst, falls es dazu kommt?«

Ich nehme das Geld, stehe auf und gehe zu ihm, um ihm einen Kuss auf die Wange zu geben. »Das verspreche ich«, sage ich, bevor ich hinausrenne und das erste Taxi herbeiwinke, das ich finden kann, wobei mein Herz so heftig rast, dass ich es kaum spüre, als meine Knöchel gegen die schwere Metallgurtschnalle schlagen.

Wie heißt es bei Schmerzspielen so schön, ohne Schmerz keine Freude.

36

$ 25.56
$ 26.14
$ 27.87
$ 29.01

Ich sitze vor Hudsons Haus und sehe einfach zu, wie das Taxameter tickt. Alle zehn Sekunden steigt der Preis höher und höher, aus keinem anderen gottverdammten Grund als meiner eigenen Panik und Angst.

Für jemanden, der keinen Job hat und einfach nur vom Wohlwollen seiner Freunde, seinen minimalen Ersparnissen, dem Geld, das seine Eltern ihm geben können, und kleinen Gelegenheitsjobs lebt, gehe ich ganz schön leichtfertig mit meinem Einkommen um. Aber egal, wie sehr ich mich bewegen will, ich kann mich nicht dazu überwinden.

Ist das hier eine schlechte Idee? Wahrscheinlich. Nein, ganz definitiv. Hudsons Leben geht mich nichts mehr an. Was er damit machen will – wo auch immer –, ist seine Sache, nicht meine. Daran muss ich mich erinnern. Mich um meine eigenen Angelegenheiten kümmern. Mich daran erinnern, wo mein Platz ist.

»Steigen Sie jetzt hier aus, oder was?«, sagt der Fahrer, ein braunhäutiger Mann entfernter arabischer Abstammung, der mit vollem Mund irgendetwas kaut. Er kurbelt sein Fenster runter und spuckt einen braunen Klumpen aus, und ich schüttle mich innerlich. Ein Teil von mir will aus dem Auto steigen, weil das bedeutet, von dieser Menge an chaotischer männlicher Energie wegzukommen. Aber ihr kennt ja diesen Spruch: Von zwei Übeln nimm besser das, das du kennst. Ja, der trifft hier gerade zu.

»Darf ich Sie was fragen?«

Er zuckt mit den Schultern. »Ist Ihr Geld, nicht meins.«

»Sind Sie verheiratet oder in einer Beziehung?«

Er hebt seine rechte Hand und zeigt einen schlichten Silberring. »Vierzehn Jahre.«

»Und wenn Sie die Zeit zurückdrehen und irgendetwas ändern könnten, zum Beispiel ein Leben ohne sie zu führen, würden Sie es tun?«

Der Fahrer sieht mich im Rückspiegel mit mürrisch blickenden Augen an. Er kaut langsam und spuckt erneut aus, bevor er spricht. »Ich liebe meine Frau. In guten und in schlechten Zeiten, mein Freund. Das ist es, was eine Beziehung ausmacht. Sie und dieses Mädchen ...«

»Junge«, werfe ich ein.

Unsere Augen treffen sich erneut, und ich frage mich, ob ich zu viel gesagt habe. Queere Kids müssen sich ständig outen – es ist ein endloser Kreislauf, und man weiß nie, wie jemand reagieren wird.

Diesen Kerl hier scheint es nicht zu stören.

»Sie und dieser Typ müssen es versuchen. Es gibt keine andere Möglichkeit, es herauszufinden, wenn Sie es nicht versuchen.«

»Eine vernünftige und stichhaltige Antwort«, murmle ich aus dem Fenster blickend.

Was ist das Schlimmste, das passieren könnte? Dass meine Gefühle und mein seelisches Wohl zerschmettert werden? Daran bin ich gewöhnt.

Mein Fahrer hat recht – ich muss es versuchen.

Erneut werfe ich einen Blick aufs Taxameter – $ 32,17 – und reiche ihm sechsunddreißig Dollar, alles, was ich an Bargeld habe, bevor ich aus dem Wagen springe.

»Mein Freund«, sagt er und lehnt sich aus dem Fenster, um mir ein Daumen-hoch zu zeigen. Ich erwidere die Geste, während mich eine Welle der Zuversicht durchströmt.

Der menschliche Körper ist nichts weiter als eine komplexe Maschine, und wie bei jeder Maschine muss man manchmal Befehle erzwingen. Zu Hudsons Tür zu gehen ist einer dieser Befehle.

Einen Fuß vor den anderen. Einen Fuß vor den anderen. Diesen Satz wiederholen, zwölf Mal. Die schwere Holztür des teuren Altbaus sieht sogar noch eindrucksvoller aus, wenn ich weiß, dass sie das Einzige ist, was mich davon trennt, mein ganzes Leben zu verändern. Was in den nächsten Sekunden passiert, könnte meine Laufbahn völlig umlenken.

Ich muss einfach nur mutig sein und Vertrauen haben. Worin ich nicht gut bin.

Aber diesmal muss ich es sein.

Ich hebe die Faust und klopfe zweimal an die Tür, jedes Mal im Takt mit dem schweren Klopfen in meiner Brust. Ich weiß nicht, warum, aber in meinen Ohren ist alles, was ich hören kann, Taylor Swifts *Mirrorball »You'll find me on my tallest tiptoes, spinning in my highest heels, love, shining just for you.«*

»Komme schon, komme schon!«, höre ich Hudsons Stimme durch das Holz. Das schwere Schloss klickt, als sich die Tür ächzend öffnet, und meine Stimme verschwindet mit dem Vakuum.

»Ich weiß, ich weiß, ich habe noch nicht gepackt. Ich sollte eigentlich fertig sein. Verklag mich doch. Und nein, ich werde nicht so angezogen in den Flieger steigen«, sagt er, ohne hinzusehen, und bedeutet mir, reinzukommen. Einen Moment lang fühlt es sich an, als wäre mein Leben während der letzten zwei Monate eine von mir selbst geschaffene komplexe Illusion, und ich komme heim zu Hudson, und wir sind glücklich, und die letzten zwei Monate sind nie passiert.

Was für ein wunderschöner Traum.

»Hi«, sage ich, das einzige Wort, das ich herausbringe.

Hudson, in einem lässigen, verwaschenen Northeastern-T-Shirt und einer gut sitzenden Jeans, dreht sich schnell um und reißt überrascht die Augen auf – was auch meinem Gesichtsausdruck entspricht, da bin ich sicher.

»Selber Hi«, flüstert er.

Wir stehen einander gegenüber, in völliger Stille abgesehen vom Straßenlärm und der leisen Musik von seinem iPhone, das im Hintergrund in dem vollkommen ausgeräumten Sandsteingebäude vor sich hin spielt.

Ich komme mit Stille nicht gut klar. Bin ich nie und werde ich nie. Das ist für gewöhnlich der Grund, warum ich in Fettnäpfchen trete. Diesmal ist es nicht anders.

»Was muss man hier eigentlich machen, um was zu trinken zu bekommen?«

*

»Ich habe nicht viel zu trinken, ist Wasser okay?«, fragt Hudson, während er mich in die Küche führt. »Ich habe mit oder ohne Kohlensäure.«

»Mit. Aromatisiert?«

»Kirsche oder Zitrone-Limette«, sagt er, als er in den Kühlschrank sieht.

»Ich nehme Zitrone-Limette.«

»Kommt sofort«, sagt er und schenkt zwei Gläser ein. Das Geräusch der Flüssigkeit erfüllt wenigstens die Luft mit irgendetwas. Ich lasse meine Sinne auf Wanderschaft gehen: Meine Augen bemerken, dass Hudsons Haare jetzt lang genug sind, um sich hinter seinen Ohren zu ringeln; meine Ohren bemerken, dass die Musik, die läuft, von The 1975 ist, eines ihrer älteren Alben; meine Nase bemerkt, dass das Haus nach Desinfektionsmittel riecht, nach einem Großputz, bei dem ich mich frage, ob er ihn selbst erledigt hat oder ob es eine Reinigungsfirma war. Und mein Herz bemerkt unweigerlich den Kloß in meiner Brust.

»Danke«, sage ich, als er mir das Getränk reicht. »Also tust du es letztendlich, was?«

Er zieht eine Augenbraue hoch, während er trinkt.

»Zurück nach Georgia gehen. Du tust es wirklich.«

Hudsons Miene macht eine schnelle Reise durch, bevor er sich auf eine Antwort festlegt. »Olivia.«

Ich zucke mit den Schultern. »Eventuell ist sie mir über den Weg gelaufen.«

»Das tut mir leid.«

»Warum tut dir das leid?«

Jetzt ist er an der Reihe, mit den Schultern zu zucken. »Sie hat dich gezwungen, herzukommen. Irgendwie. Sie hat so eine Art. Ich weiß, du wolltest es nicht.«

»Warum sagst du das?«

»Vielleicht, weil du mich auf jeder nur vorstellbaren Plattform sowie meine Nummer geblockt hast?«

Ich öffne und schließe dreimal den Mund, während ich versuche, mir eine Antwort zu überlegen, doch es kommt nur die Wahrheit heraus. »Ich war verletzt.«

»Ich weiß.«

»Wirklich verletzt.«

»Ich weiß.« Er trinkt einen weiteren Schluck. »Ich … hab's verkackt, gewaltig.«

Erneut zucke ich mit den Schultern. »Schon okay.«

Hudson schüttelt den Kopf. »Tu das nicht.«

»Tu was nicht?«

»Herunterspielen, was ich getan habe. Die Dinge, die ich zu dir gesagt habe, und wie ich verbal um mich geschlagen habe? Du hattest jedes Recht, mich zu blockieren, und, offen gesagt, bin ich überrascht, dich hier zu sehen. Wenn die Situation umgekehrt wäre, würde ich immer noch vor Wut kochen. Du hast mehr Größe als ich.«

Ein Teil von mir will einen schlüpfrigen Witz einwerfen, so was wie *in mehr als einer Hinsicht*, aber stattdessen halte ich diesen offenen Dialog am Laufen. »Hast du mit Nathan oder Danni gesprochen? Wie geht es ihnen?«

Hudson nimmt einen weiteren Schluck. »Danni geht es gut – sie ist gerade in London, um sich selbst zu finden. Das wollte sie schon immer mal machen und fand, das wäre der perfekte Zeitpunkt, schätze ich.«

»Welcher Zeitpunkt wäre besser dafür geeignet, in ein anderes Land zu reisen, als wenn man einen Kerl vor dem Altar hat stehen lassen?«

Hudson hebt zustimmend sein Glas. »Nathan geht es …

ganz okay. Er hat sich gerade heute Bumble runtergeladen. Ich hab ihm heute Vormittag dabei geholfen, ein Profil einzurichten.«

Ich ziehe meine Augenbrauen hoch. »Du hast doch immer gesagt, du hasst Dating-Apps.«

»Tue ich immer noch. Ich finde, sie sind unpersönlich. Aber für manche Leute funktionieren sie.« Er verstummt kurz und sieht über den Rand seines Glases. »Funktionieren sie für dich?«

»Was soll das ...«

Oh. Ich verstehe. Das war subtil.

Mein Herz schlägt schneller und droht mir aus der Brust zu brechen. Der Augenblick der Wahrheit. Wie soll ich darauf antworten?

Noch mal: mit der Wahrheit. Lügen haben uns erst in diese Situation gebracht. Warum also nicht ehrlich sein?

»Nein, tun sie nicht.« Ich zögere kurz, dann füge ich in einem einzigen gleichmäßigen und schnellen Atemzug hinzu: »Der Typ, den ich will, findet Dating-Apps zu unpersönlich.«

»Ach? Wer könnte ...« Hudson unterbricht sich selbst, und seine rechte Wange hebt sich zu einem schiefen Lächeln. Langsam stellt er sein Glas ab und kommt auf meine Seite des Küchentresens. Als Reaktion drehe ich mich auf meinem Hocker zu ihm um, sodass sein großer Körper sich zwischen meine Beine schiebt. »Wer könnte das sein?«

Ich blicke zu Hudson hoch, dabei bemerke ich jede zusätzliche Veränderung, die er in den letzten zwei Monaten durchgemacht hat. Seine Bartstoppeln sind länger, sein Kinn ein bisschen definierter. Er hat ein bisschen zugenommen, aber es steht ihm gut. Gleichzeitig sehen seine Augen dunkler aus; da sind tiefere Ringe, und dieser ständige verschmitzte Ausdruck, dieses kecke *ich weiß etwas, das du nicht weißt* ist gedämpft.

Ich hätte nie gedacht, dass ich mich so danach sehnen könnte, etwas so Simples wiederzusehen.

Meine Finger wandern an seinen Seiten empor, um jede einzelne Wölbung seiner Muskeln und jede Vertiefung in seinem Fleisch nachzuzeichnen und mich wieder mit ihnen vertraut zu machen. Mit jeder Sekunde, die verstreicht, wird die Sehnsucht intensiver.

Aber in die Sehnsucht mischt sich ein anderes Gefühl, das mein Verlangen mit einem einzigen Bissen schluckt: Angst. Und dass meine Finger abrupt an seiner Hüfte anhalten, ist die Manifestation davon, eine Manifestation, die Hudson nicht entgeht.

Er nimmt meine Hand und führt meine Finger an seine Lippen. Wieder, wie in Georgia, küsst er jeden einzelnen von ihnen. Aber diesmal dauert die Berührung länger, als wolle er sich den Geschmack einprägen, während er auch stumm eine Art Eingeständnis von Schuld und Gefühlen meinen Arm emporschickt.

»Ich weiß«, flüstert er, gefolgt von einem weiteren Kuss. »Glaub mir, ich weiß. Ich weiß, dass du dir Sorgen machst, ich tue dir wieder weh, ein drittes Mal. Ich weiß, dass du denkst, dass du ein Idiot bist, wenn du nicht auf diese Stimme in deinem Hinterkopf hörst. Ich bin sicher, Divya hat dir gesagt, dass du mir nicht trauen sollst, und sie könnte recht haben. Ich glaube, ich würde mir auch nicht trauen.«

»Du verkaufst dich gerade nicht allzu gut hier.«

»Ich bin ehrlich, was wichtiger ist.« Er lächelt. »Ich kann dir nicht versprechen, dass du für immer glücklich sein wirst. Ich kann dir nicht versprechen, dass wir nicht unsere Höhen und Tiefen haben werden, aber was ich dir versprechen kann, sind diese drei Dinge. Erstens: Ich kann dir versprechen, dass ich jeden Tag mein Allerbestes geben werde, um dir zu zeigen, dass mein Leben mit dir an meiner Seite besser ist. Zweitens: Ich kann dir versprechen, dass ich weiter wachsen, neue Dinge probieren und zugeben werde, dass es mir nicht immer gelingen wird, aber das bedeutet nicht, dass ich aufhören werde, es zu versuchen.

Und vor allem«, flüstert er und kommt näher, um sanft meinen Kopf zu umfassen und ihn zu sich hochzuneigen, damit ich ihn ansehe. »Vor allem kann ich dir versprechen, dass ich dich und unsere Beziehung an erste Stelle setze. Dass ich unser Bestreben, uns gegenseitig besser zu machen und gemeinsam zu wachsen, über alles andere stellen werde. Dass ich dieser *Ride-or-die*-Mensch bin, der zu sein du mich gebeten hast. Dass ich deinen Erwartungen gerecht werde, jeden Tag, wenn du mir erlaubst, mich dir noch ein Mal zu beweisen.«

Hudsons Atem riecht schwach nach Minze. Während seiner Rede ist das alles, woran ich denken kann, denn wenn ich mich auf seine Worte konzentriere oder seine Augen oder darauf, wie ihm diese Haarsträhne ins Gesicht fällt, breche ich zusammen. Ich muss hier objektiv sein. Ich muss mit meinem Kopf denken, nicht mit meinem Herzen. Ich muss Logik vor …

Was zum Teufel sage ich da? Nein, muss ich nicht. Das ist nicht der richtige Zeitpunkt, logisch zu sein. Denn Logik hat uns diesen Schlamassel eingebrockt – dass ich an meine Karriere gedacht habe, an meine Zukunft, an die Pros und Kons, vom Schmerz meines Ex zu profitieren, hat zu diesem ... diesem Wirbelsturm des Chaos beigetragen, in dem wir uns zurechtfinden müssen wie Dorothy, als sie in Oz landete.

Aber gleichzeitig war völlig unlogisch zu sein das, was uns überhaupt erst hat Schluss machen lassen. Die Erwartung, dass Hudson perfekt sein muss, immer erfolgreich, meine Gedanken lesen können, mein Ritter ohne Furcht und Tadel sein soll – das ist der Grund, warum wir hier sind.

Ich brauche keinen Ritter. Ich bin mein eigener Ritter. Aber jemanden haben zu wollen, der an meiner Seite reitet? Daran ist nichts Falsches.

»Ich bin dran«, flüstere ich und schiebe ihn sanft von mir, damit ich aufstehen kann. »Ich werde dir diese drei Dinge versprechen.«

»Kian«, unterbricht er mich. »Das weiß ich zu schätzen, wirklich, aber du musst nicht ...«

Ich lege den Finger auf seine Lippen. »Pssst«, sage ich. »Jetzt rede ich.«

Er blinzelt eulenhaft, als er sich auf meine Fingerspitze konzentriert, dann schließt er bezaubernd die Augen und verstummt.

»Erstens: Ich verspreche, dass ich dir immer Raum geben werde, du selbst zu sein, mit den guten, den schlechten und den hässlichen Seiten. Zweitens: Ich verspreche, immer auf deiner Seite zu sein. Falls das bedeutet, dir einen Rat zu geben oder es dir zu sagen, wenn du falschliegst, oder dein Cheerleader zu sein, dann werde ich das weiterhin tun – und selbst wenn du fällst, werde ich da sein, um dir aufzuhelfen und dich noch hundert Mal hinfallen zu lassen, falls es sein muss. Und drittens«, flüstere ich, nehme meinen Finger fort und ziehe Hudson enger an mich. »Ich verspreche, dass du mich immer K nennen darfst, denn so nennen mich meine Freunde.«

Unsere Hüften prallen aufeinander, als ich ihn enger zu mir ziehe, und Hudsons Lippen sind kaum zwei Zentimeter von meinen entfernt. Wie selbstverständlich wandern seine Hände hoch zu meinen Hüften, legen sich um mich und halten mich fest – ein Gefühl von Sicherheit, von dem ich nicht wusste, dass ich es brauche, bis jetzt.

»Dann tun wir das also, hm?«, flüstert er, seine Stirn an meine gelehnt.

»Schätze, das tun wir«, flüstere ich zurück.

Hudson lächelt, beugt sich langsam vor und presst seinen Mund auf meinen, um mich träge zu küssen und unsere Lippen miteinander verschmelzen zu lassen. Ich umschlinge seine Schultern und ziehe uns so eng aneinander, dass sich unsere Körper anfühlen, als würden sie einen einzigen ergeben.

Googelt *Liebesgeschichte*, und unsere hilfreiche Suchmaschine wird ausspucken: *Meintest du Kian Andrews und Hudson Rivers?*

Und genau in diesem Moment ist nichts anderes, weder mein berufliches noch mein finanzielles Leben, mehr wichtig. Nur Hudsons Lippen auf meinen und die Zukunft, die wir uns aufbauen werden – gemeinsam –, einen Schritt nach dem anderen. Nicht schlecht für einen Schwarzen Jungen aus North Carolina, dessen Leben komplett aus dem Gleichgewicht ist, was?

Ganz und gar nicht schlecht.

EPILOG

»Nein, ich bin mir nicht sicher, ob wir das tun können.«

Mein letztes Date mit Wallace ist fast auf den Tag genau acht Monate her. Und außer, dass ich einen weiteren höllischen Winter in Boston überleben musste, wofür ich wirklich eine Gefahrenzulage bekommen sollte, war die Zeit gut. Also, richtig gut.

»Ich meine, es ist nicht die schlechteste Idee der Welt«, sagt Amy mit von gekränktem Schmerz durchzogener Stimme.

Ich seufze und sehe nach links und rechts, bevor ich die Straße überquere. Mein Handy vibriert erneut.

HUDSON:???

Ich bin nicht weit weg vom *Patriot* – nur vier Blocks –, also kann Hudson warten.

»Nein, du hast recht, das war keine schlechte Idee. Aber ich glaube, wir können diesen Sommer etwas Besseres machen. Ich meine, es ist Pride Month. Wir sollten wirklich alles geben.«

Es fühlt sich merkwürdig an, mich zu behaupten, besonders übers Telefon. Vor acht Monaten erst habe ich um einen Job bei Spotlight gebettelt, so getan, als hätte ich einen Freund, und mich gefragt, ob ich meine Miete bezahlen kann.

Jetzt bin ich Kulturreporter für das neue, rein digitale Onlinemagazin von Condé Nast für Generation X und Millennials namens – ihr habt es erraten – *Generation Millennial.*

Oh, wie schnell sich unser Leben ändern kann.

Und weil es ein so neues und freshes Magazin ist, bedeuten Jobtitel eigentlich gar nichts. Bei einem anderen Medienkanal wäre ein Reporter einfach nur das: jemand, der Storys schreibt. Aber hier bin ich auch der Mentor für drei Nachwuchsreporter und helfe, die Kultursparte von *Generation Millennial* in eine Richtung zu lenken, die wir für das Magazin am geeignetsten halten. Ich schätze, manche Leute würden sagen, ich bin ein Redakteur, aber wir bei *GM* glauben nicht an strenge Titel wie diesen.

Die Nachwuchsreporter am anderen Ende der Leitung rascheln und murmeln unverständliche Worte, die sich mit dem Bostoner Verkehrslärm vermischen. Eine jähe Welle von Schuldgefühl flutet meine Adern, wie das Gegenteil von einem Bierschwipps.

Ich sollte eigentlich bei ihnen sein, denke ich. Sie sind mein Team. Ich sollte nicht mit Hudson was trinken gehen. Aber, wie Hudson mich während einem unserer täglichen Bettgeflüster letzten Monat erinnerte, habe ich es verdient, mal eine Pause zu machen.

»Nichts bei *Generation Millennial* wird ohne dich gleich

auseinanderbrechen. Du bist jetzt ein Manager, Babe. Du darfst dir Pausen nehmen und mittagessen gehen und früher Feierabend machen. Also vertrau deinem Team und schalt dein verdammtes Handy aus.«

Und er hat recht. Das Einzige in meinem Kalender heute, das ich nicht geschafft habe? Mit der Planung für unser Pride-Month-Video anfangen.

Pride Month, der in zwei Monaten ist. Ich habe noch Zeit.

»Hört mal«, sage ich, während ich die Straße überquere. »Wie wär's, wenn wir es so machen? Jeder von uns nimmt sich heute Abend Zeit und denkt darüber nach. Morgen setzen wir uns dann mit drei Ideen wieder zusammen. Cool?«

»Klingt gut«, sagt Amy.

»Bin cool damit«, fügt Blake hinzu.

»Klasse«, jubelt Dave. Dave geht immer gern früher. Andererseits kommt Dave auch gern später rein, also ...

Ich sehe das *Patriot* in der Ferne und weiß, dass Divya einen Tisch am Fenster hat. Ich weiß auch, wenn sie, mein Bruder oder Hudson mich am Handy sehen, wird es meine Aufgabe sein, alle Drinks zu bezahlen – ein Trick, den sie sich haben einfallen lassen, um mir dabei zu helfen, meine Work-Life-Balance zu etablieren. Und auch, um Freigetränke aus mir rauszuleiern, jetzt, wo ich es mir leisten kann.

Das lasse ich verdammt noch mal nicht zu.

»Also gut, dann sind wir uns einig, und ihr geht alle nach Hause. Schönen Abend, Leute, und tolle Arbeit heute.«

Ich lege kurz vor der Tür auf und habe mein Handy in die Tasche gesteckt, als ich hinein- und zu dem Tisch gehe, wo Divya, Jamal und Hudson sitzen sollten. Es ist immer derselbe Tisch, dem Fenster am nächsten, für das beste Licht, um Selfies zu machen, sagt Divya.

Und natürlich tut sie gerade genau das.

Jamal ist an sie gelehnt, den Kopf im Fünfundvierzig-Grad-Winkel, während er hoch in die Kamera blickt. Divya küsst ihn auf eine sehr fakeromantische, aber auch flirtende, aber auch freundschaftliche Weise auf die Wange. Sie sehen glücklich zusammen aus, und ich kann mir schon vorstellen, dass sie für dieses Foto jede Menge Likes kriegen werden.

In einem anderen Leben wären sie beste Freunde und ich das dritte Rad am Wagen. Vor acht Monaten hätte mich das in einem Selina-Kyle-mäßigen Amoklauf durch die Straßen ziehen lassen (die Michelle-Pfeiffer-Version, nicht Halle Berry).

In acht Monaten kann sich viel ändern.

Das *Patriot* ist immer megavoll. Das ist eine Tatsache, auf die wir uns verlassen können, genauso wie wir uns darauf verlassen können, dass Weiße immer den Erhalt des Status quo wählen werden, dass Spinat nie ein gutes Gemüse werden wird und dass Pepsi die bessere Cola ist.

Aber warum muss es eine Tatsache sein, dass ein so überfüllter Raum immer mit einem Gefühl von Klaustrophobie verbunden ist? Es ist eine spezielle Art von Klaustrophobie, die erzeugt wird, wenn ein anderer Körper bewusst in deinen Bereich eindringt. Das ist es, was ich gerade empfinde, und wer auch immer es ist, versucht nicht einmal, persönliche Grenzen zu respektieren. Ich kann spüren, wie seine Brust meinen Rücken streift. Wie sein Atem über meinen Nacken streicht.

Und am abstoßendsten, das Gefühl von seinem Schritt an meinem unteren Rücken.

Mit meinem ersten Gehaltsscheck von Condé Nast habe

ich, außer ein tatsächlich seinen Beitrag leistendes Mitglied der Gesellschaft zu sein und meinen Studienkredit zurückzuzahlen, eine Mitgliedschaft in einem Fitnessstudio abgeschlossen. Und nicht in irgendeinem Fitnessstudio, sondern dem Top-Gym für Gays: Equinox. Erst letzte Woche wurden uns vier Punkte der Selbstverteidigung beigebracht.

Wann werde ich das je brauchen?, erinnere ich mich, gedacht zu haben.

Und das Universum wahrscheinlich jetzt gerade so, Hast du dir so gedacht, Bitch.

Ich gehe die Bewegungen in meinem Kopf durch: Schritt zurück, Ellbogen, packen und werfen. Ich bereite mich auf die Auswirkungen vor, einen Mann zu Boden zu werfen, und weiß, dass Divya und Jamal mir zu Hilfe kommen und mich verteidigen werden. Wenigstens weiß ich, falls ich wegen irgendwas angeklagt werde, dann habe ich eine gute Anwältin. Und das auch noch pro bono! Glaube ich … Hoffe ich. Ich verdiene nicht genug Geld, um mir Divyas Anwaltsvorschuss leisten zu können.

»Was denkst du, wird die Caption sein?«, sagt eine vertraute Stimme über das Gemurmel der Bar hinweg.

Sofort entspannt sich mein Körper. Mit einer fließenden Bewegung drehe ich mich auf dem Absatz um und stehe von Angesicht zu Angesicht dem etwas größeren Mann gegenüber, mit dem ich während der letzten acht Monate fast jeden Abend verbracht habe. Hudsons Haare sind ein bisschen länger geworden; sie sind zottliger, und seine Bartstoppeln fangen an, sich mit dem Oberlippenbart zu verbinden. Er ist immer noch perfekt angezogen, jedes Kleidungsstück unterstreicht das andere, aber er besinnt sich mehr seiner Südstaatenwurzeln.

Ein Flanellhemd, nur drei Knöpfe geschlossen und die Ärmel hochgekrempelt, eine Jeans und immer noch teure Sneaker. An seinem rechten Handgelenk ist ein kobaltschwarzes Perlenarmband, das ich ihm vor etwa vier Monaten zum Geburtstag geschenkt habe. An seinem linken Unterarm lugt unter dem Ärmel der Ansatz eines Tattoos hervor, das er sich vor ungefähr einer Woche hat stechen lassen. Das erste von vielen, hat er mir stolz erzählt.

Wir haben uns beide verändert. Die Hochzeit, das darauffolgende Date, das letzte Dreivierteljahr haben die Leute auf unterschiedliche Weise auf die Probe gestellt. Hudson hat viel mehr Selbstvertrauen, losgelöst von der Identität seiner Eltern.

Und ich bin viel frecher geworden. Na ja, frech war ich schon immer, aber absichtlich frecher. Das ist das Wichtige.

»Oh, wir werden heute so was von vögeln«, sage ich.

Er zieht seine Augenbrauen hoch und lacht, während er die Arme um meine Taille legt und mich an sich zieht. »Das war es nicht, was ich dachte, wie sie das Foto untertiteln werden, aber hey, ich habe nichts dagegen, wenn du und ich ein Video mit diesem Titel machen, wenn du willst.«

Er küsst mich schnell auf die Lippen, dann küsst er sie noch mal ein bisschen langsamer. Diesmal lässt er seine Lippen länger auf meinen verweilen. Lang genug, dass sich unser Atem synchronisiert. Als er sich wieder zurückzieht, fangen seine Zähne nicht nur meine Unterlippe ein, sondern er zieht auch meinen Atem mit sich heraus, als wäre er eine Angelschnur und meine Vernunft der Fisch.

Als er mich schließlich zurückruft und ich wieder einen Anflug von Bewusstsein erlange, ist alles, was ich dümmlich sagen kann: »Hi.«

»Selber Hi«, flüstert er, die Hände immer noch um meine Taille. »Komm, ich hab gerade bestellt; willst du mir helfen, die Getränke rüberzubringen? Ich hab dir deinen Lieblingsdrink bestellt.«

»Ach, kannst du die paar Drinks nicht allein tragen?«, necke ich ihn. »Wofür nutzt du eigentlich diese Mitgliedschaft im Fitnessstudio?«

»Um meine Ausdauer zu trainieren, damit ich mit dir mithalten kann«, sagt er, ohne zu zögern. »Außerdem, vielleicht mag ich es, mit dir rumzuhängen, und ich will so viel Zeit mit dir verbringen, wie ich kann. Hast du daran schon mal gedacht?«

»Klingt verdächtig.«

»Mhm.«

Ich folge Hudson rüber zur Bar, um die vier Drinks zu holen und ihm dabei zu helfen, sie zum Tisch zu tragen. Als wir wieder dort ankommen, haben sich Divya und Jamal in eine hitzige Diskussion über irgendeine Rechtslehre vertieft. Hudson bedeutet mir mit einer Nach-dir-Geste, mich neben Divya zu setzen, während er die Drinks verteilt. Eine Rum-Cola für Jamal. Einen Wodka-Cranberry für Divya. Mineralwasser für Hudson. Und für mich einen Rivers & Valleys Hard Cider, den zu kreieren ich Olivia den Sommer über geholfen hatte.

Gibt es irgendein psychologisches Phänomen, nach dem deine Lieblingssache etwas von dir selbst Geschaffenes ist? Wahrscheinlich, aber darüber werde ich mir einstweilen nicht den Kopf zerbrechen.

»Ich sag's dir«, erklärt Jamal. *»Hamilton v. Carrows* ist eine gute Wahl.«

»Whoa, whoa, whoa«, unterbricht ihn Divya und trinkt

einen Schluck von ihrem Drink. »Nummer eins: Seit wann bist du ein Rechtsgelehrter? Nummer zwei: Du hast nicht Jura studiert. Nummer drei: Hi, K, du bist spät dran.«

»Ich wurde bei der Arbeit aufgehalten«, erkläre ich. »Wir starten da dieses neue …«

Divya sieht mich mit blanker Verwirrung an. »Tut mir leid, war an dem, was ich gesagt habe, irgendetwas, das dich auf die Idee gebracht hat, ich würde eine Ausrede hören wollen? Nein. Hier. Gib mir deinen Drink, den hast du nicht verdient.«

»Was? Nein!«

Bevor ich mir das Stout-Glas schnappen kann, hat Divya es schon in der Hand und mit drei großen Schlucken ein Drittel davon ausgetrunken. Sie wischt sich den Mund ab, küsst mich rasch auf die Wange …

… und rülpst mir direkt ins Ohr.

»O mein Gott, verdammt!«, stöhne ich. »Du bist widerlich.«

»Ach, beruhige dich«, sagt Hudson neckend. »Es war ja nicht so, als hätte sie dich abgeleckt oder so was.«

»Das hat sie getan«, murmle ich, während ich mir das Gesicht abwische.

»Korrekt«, sagt Divya stolz. »Aber wie ich gerade sagte …«

»Oh, ich dachte, du hättest diese lächerliche Liste vergessen und würdest uns damit verschonen. Mist«, murmelt Jamal am Rand seines Getränks vorbei und wirft einen Blick hinüber zu Hudson. »Danke für den Drink.«

»Jederzeit.«

Divya kehrt zurück zu ihrer Tirade und listet drei weitere Gründe auf, warum Jamal sich bei dem irrt, worüber sie auch immer gerade diskutieren. Während sie redet, ertappe ich mich dabei, dass ich geistig abschweife. Gedanken über *Generation Millennial* schwirren mir im Hinterkopf herum, Fragen darüber, ob ich auch wirklich die Tür abgeschlossen habe, bevor ich heute Morgen zur Arbeit bin (wobei ich mich immer noch nicht auf eine Antwort festgelegt habe), aber wichtiger, und wahrscheinlich am wichtigsten, ertappe ich mich dabei, mich auf den attraktiven Mann vor mir zu konzentrieren. Wie mühelos er sich in mein Leben eingefügt hat, wie schnell Jamal und Divya ihm eine zweite Chance gegeben haben, weil ich sie darum gebeten hatte, und wie ernsthaft er Teil unseres inneren Kreises geworden ist. Wie glücklich ich bin, so viel Zeit mit ihm zu verbringen, neben ihm aufzuwachen, seinen Namen zu sagen und, offen gesagt, manchmal mehrmals in der Nacht zu schreien ...

Ich glaube nicht, dass ich das in den dreiundzwanzig Jahren meiner Existenz oft gesagt habe, aber ich glaube, ich bin ziemlich glücklich. Nein, ich weiß, dass ich wirklich verdammt glücklich bin.

Das Gefühl von Hudsons Hand, die sich um meine legt, holt mich wieder zurück in die Unterhaltung. Als meine Augen sich scharf stellen, sieht er mich an, aber nicht auf eine unterdrückende Weise; auf eine sanfte, liebevolle Weise, die mich dazu bringt, seine Hand zu drücken.

»Guter Tag?«, fragt er. Das ist der Satz, den er mich üblicherweise fragt, wann immer wir einander sehen.

»Guter Tag«, antworte ich. »Du?«

Hudson nickt. Vor acht Monaten hat er beschlossen, dass es die beste Entscheidung wäre, in Boston zu bleiben. Sich gegen seine Eltern zu behaupten war eine wochenlange Angelegenheit, die erforderte, dass er nach Hause fuhr, und es gab uns die Zeit, zu entscheiden, ob das wirklich etwas war, das wir weiterverfolgen wollten nach dem so großartigen Date an jenem Abend. Aber als er zurückkam, war Hudson ein anderer Mensch. Er hatte Selbstvertrauen, und er stürzte sich kopfüber in sein Masterstudium. Und jetzt, da nur noch ein Semester übrig ist, entscheidet er, welche Art von Praxis er genau führen will.

Und wo er sie führen will.

Das ist ein Thema, das ich bisher noch nicht mal mit Divya oder Jamal besprochen habe. Boston zu verlassen scheint so eine große Lebensveränderung zu sein. Ich habe Hudson hier kennengelernt. Ich bin hier auf die Northeastern gegangen. Ich habe mir hier ein Leben aufgebaut und wurde, wer ich heute bin, in dieser Katy-Perry-*hot-and-cold*-mäßigen (und ein klein bisschen rassistischen) Stadt. Sie zu verlassen fühlt sich ... falsch an.

Vielleicht ist es Zeit, ein neues Kapitel aufzuschlagen. Für jede gute Erinnerung hier gibt es zwei schlechte, obwohl dieses Muster einen bedeutenden Teil meines Lebens ausmacht und ich nicht der wäre, der ich heute bin, ohne das Zusammenkommen all dieser Teile. Mit Hudson irgendwo anders neu anzufangen ist keine schlechte Sache; es ist nur ... eine große Sache.

Und das ist okay.

Hudson schiebt seine Hand über den Tisch und drückt meine mit festem Griff. Es ist wie Anfang, Mitte und Ende einer ausgefeilten Botschaft in Morsecode. Der Sekundenbruchteil, als sich unsere Haut berührt und unser Pulsschlag eins ist, sagt alles, was ich über diesen Moment wissen muss. Und über alles, was darauf folgen wird.

Egal, was passiert, mit uns wird alles okay sein.

Der Ton in der Bar ändert sich. Vor ungefähr drei oder vier

Monaten hat das *Patriot* eine provisorische Tanzfläche im hinteren Teil der Bar hinzugefügt. Das Ziel war, mehr Gäste anzulocken und der Bar eine freundlichere, studentischere Atmosphäre zu verleihen. Mein stets so geschäftsorientierter Bruder hatte ein paar Gedanken bezüglich dieser Entscheidung. Andererseits war er immer einer der Ersten auf der Tanzfläche.

Wie es scheint, hat das Schicksal diesmal jedoch eine andere Idee.

»Oh, scheiße, ja«, sagt Divya und drückt sich gegen mich, um mich dazu zu bringen, aus der Sitznische zu rutschen. »Das. Ist. Mein. Verdammter. Song.«

Ich kann nicht genau erkennen, was für ein Song das ist, aber er wird von einem Frauenchor gesungen. Angestrengt lausche ich und kneife sogar die Augen zusammen, als würde das meinen Ohren helfen, mehr von der Bassline zu hören. »Ist das …«

»Ein Club-Remix von *Work from Home?* Ja, ist es. Das ist der beste Song, den es gibt.«

»Ja, das ist er«, stimmt Hudson mit ein. Also das ist eine Überraschung. Er rutscht ebenfalls aus der Sitzbank, während er einen letzten Schluck aus seinem Glas nimmt. »Divya. Du. Ich. Tanzfläche. Sofort.«

Ich trete Divya aus dem Weg, bevor sie von mir verlangen muss, ihr Platz zu machen. Sie streicht ihren Rock glatt und zieht ihr trägerloses Top zurecht. »Denkst du, du kannst mit mir mithalten?«

»Dasselbe sollte ich dich fragen. Ich hab …«, er macht mit seinen Armen die Welle, »Moves drauf.«

Divya zieht ihre Augenbraue hoch und wirft einen Blick zu mir herüber. Ich zucke unschuldig mit den Schultern.

»Er sagt, er hat Moves drauf. Glaub mir, du wirst überrascht sein.«

»Wenn das die Art von Moves sind, die er im Schlafzimmer draufhat ...«

»Hey! Kein Beleidigen meiner verdammten Fähigkeiten in der Öffentlichkeit. Kommt schon!«

»Du bist sehr gut im Vögeln, Babe«, verspreche ich.

»O mein Gott«, stöhnt Jamal und schlägt seine Stirn auf den Tisch. »Tötet mich.«

»Später«, verspricht Divya, während sie sich Hudsons Hand schnappt. »Komm schon. Zeig mir diese Moves, von denen du so stolz erzählst.« Sie zieht ihn zu sich und sieht mich über ihre Schulter hinweg an, eine stumme Frage, ob ich komme.

»Gleich«, verspreche ich und hebe mein Glas. »Ich möchte damit noch ein paar Fortschritte machen.«

»Warte nicht zu lange«, sagt Hudson. »Du kannst mich nicht mit ihr allein lassen.«

»Oh, du solltest dich glücklich schätzen, mit mir allein zu sein!«, bellt Divya, bevor sie noch einmal kräftig an ihm zieht und die beiden in der Menge verschwinden.

»Macht keine Dummheiten!«, rufe ich ihnen wie eine überfürsorgliche Mutter hinterher. Divya dreht sich um und streckt mir die Zunge raus. Hudson zeigt mir den Mittelfinger, obwohl sein Lächeln nie sein Gesicht verlässt.

Ich sehe zwei der drei mir am nächsten stehenden Menschen zu, wie sie Zeit miteinander verbringen. Hudson zu lieben und von ihm geliebt zu werden ist so wichtig, wie es in jeder Beziehung sein sollte. Genau genommen, wie du und dein Lebensgefährte einander seht und wertschätzt ist wahrscheinlich der wichtigste Teil jeder Beziehung und das Geheimnis für langfristigen Erfolg. Aber dicht dahinter kommt, wie deine Freunde und Vertrauten über die Person in deinem Leben denken. Und ich bin mir nicht sicher, ob ich damit leben könnte, wenn Divya oder Jamal Hudson nicht ausstehen könnten.

Zum Glück brauche ich mir darüber keine Sorgen zu machen. Streng beurteilt zu werden und bei jeder Gelegenheit die Hölle heißgemacht zu bekommen? Das ist einfach etwas, womit er klarkommen muss. Besonders bei Divya; so zeigt sie ihre Zuneigung.

»Ich habe eine Frage an dich«, bricht Jamal plötzlich das angenehme Schweigen zwischen uns. Ich habe während der letzten paar Monate gelernt, dass, ihn zu einem Gespräch zu zwingen, nicht die Art und Weise ist, ihm nahezukommen. Wir sind unterschiedlich, und daran ist nichts Falsches. Ich habe nur Jahre gebraucht, um zu erkennen, dass die Art von brüderlicher Beziehung, die ich in Filmen und Fernsehserien sah, nicht die Art war, die ich mit Jamal haben würde. Unsere Beziehung sieht anders aus, und das macht sie nicht schlechter oder besser als jede andere. Sobald ich das erkannt hatte, wurde unsere Beziehung viel stärker.

Noch etwas, was ich Hudson zu verdanken habe. Die letzten acht Monate in einer Beziehung zu sein, einer richtigen liebevollen Beziehung mit ihren Höhen und Tiefen und Komplexitäten und Lernprozessen, hat sich auf jede einzelne meiner Beziehungen ausgewirkt. Meine Beziehung mit Divya ist stärker; meine Beziehung mit meinen Eltern und Jamal ist besser denn je.

»Schieß los.« Ich lehne mich vor, stütze die Ellbogen auf den Tisch und blase Blubberbläschen in meinem Drink.

»Bist du glücklich?«

Die Frage würde die meisten Leute unvorbereitet treffen, aber ich bin diese tiefgründigen, existenziellen Fragen von Jamal gewohnt. Ein weiterer Grund, warum er und ich so verschieden sind und ich so lange gebraucht habe, ihn zu verstehen. Jamal ist mehr als nur ein machthungriger Unternehmenskapitalist, der auf dem Weg ist, Jahrgangsbester an einem Ivy-League-College zu werden. Er ist hungrig, er ist neugierig, und vor allem versucht er, die Welt um sich herum zu verstehen. Vielleicht kann ich ihm als älterer Bruder diesbezüglich helfen.

Also ist eine Frage wie *bist du glücklich* nicht wirklich das, was er fragt. Der Subtext ist tiefer als der Marianengraben. Was er wirklich fragt, ist *Wie werde ich so glücklich wie du?*

Und das ist eine Frage, auf die ich keine Antwort habe.

»Ja«, sage ich schließlich, während ich Hudson und Divya dabei zusehe, wie sie vergeblich versuchen, ihre unterschiedlichen Tanz-Vibes auf eine Wellenlänge zu bringen. Divya ist geschmeidig und fließend, während Hudson Glück hat, wenn er überhaupt den Takt trifft. Aber das macht es nicht weniger bezaubernd. »Das bin ich. Das bin ich wirklich.«

Ich trinke drei weitere Schlucke von meinem Drink, wobei ich das Brennen des Alkohols und die Kohlensäurebläschen ignoriere, bevor ich aufstehe. »Komm, lass uns tanzen. Das haben wir uns verdient.«

Jamal widerspricht mir nicht, wie ich es erwartet hatte – immer für eine Überraschung gut, wie ich sehe. Er nimmt einen Schluck und wischt sich mit dem Handrücken den Mund, dann folgt er mir in die Menge, und wir gesellen uns zu Divya und Hudson, um die Nacht durchzutanzen und alle Sorgen über Uni, Glück, wohin unsere Leben uns tragen werden und so viele andere Gedanken bis morgen zu verdrängen.

Und genau jetzt geben wir uns alle das Versprechen, hier in diesem Moment glücklich zu sein.

DANK

Dieses Buch ist wahrhaftig ein Produkt des Sprichworts »Es braucht ein Dorf, um ein Kind großzuziehen«. Es gibt so viele Menschen, die auf große und kleine Weise diesen Traum Realität haben werden lassen. Es gibt so viele Menschen, die ich sicher vergessen werde, also werde ich mein Bestes geben.

Zuallererst Leah Johnson. Ich habe inzwischen das Gefühl, dass ich dich bei jeder Buch-Danksagung miteinschließe. Du warst der erste Mensch, der den Pitch für dieses Buch gelesen hat, und deine Textnachricht mit »gib es mir intravenös« hat dieses Buch möglich gemacht.

Meinem Freund Brendon Zatirka, leidenschaftlicher Mit-Athena-Fan und Ikone, der die ersten fünfzig Seiten gelesen und fantastische Anmerkungen gemacht hat: Ich danke dir so sehr dafür, dass du mir Mut gemacht, mich unterstützt und angefeuert hast, eine queere Male-Romcom zu schreiben.

Meinem Agenten Jim McCarthy, der, als ich ihm mailte, »Ich glaube, ich möchte eine Adult Romcom schreiben«, ohne Erfahrung mit Adult Romcoms oder Adult Romanen zu haben, darauf mit »klar, lass es uns versuchen« antwortete: Danke. Deine unablässige Unterstützung und unerschütterliche Hingabe und dein Vertrauen in meine Fähigkeiten sind einige der Dinge, die ich an dir liebe. Jeder Autor verdient einen Agenten, der so an ihn glaubt, wie du an mich glaubst. Ich werde dir nie genug danken können.

An Mary Averling, deren Erfahrung darin, wie man ein Buch lektoriert und zu einer sauberen Sache macht, immer, immer ihresgleichen suchen wird: Ich kann es nicht erwarten, dich strahlen zu sehen.

An Jen DeLuca, Casey McQuiston, Sasha Smith, Julia Whelan, Nisha Sharma, Denise Williams und Christina Lauren: Ich hätte keine besseren Unterstützer und liebenswerteren Menschen finden können, um mir dabei zu helfen, mich in die Welt der Romcoms einzuführen. Jede von euch hat mir auf unterschiedliche Weise geholfen, dieses Buch zu verwirklichen. Ich liebe diese Community so sehr, und ich möchte euch dafür danken, dass ihr mich mit offenen Armen willkommen geheißen habt.

An mein Berkley-Team, Kristine Swartz, Mary Baker, Brittanie Black und Jessica Mangicaro: Danke, dass ihr einem Jungen mit einem Traum, einer süßen Story und ganz ordentlichen Schreibfähigkeiten eine Chance gegeben habt. Dieses Buch und sein Erfolg sind ebenso eurer wie meiner.

Ich bin sehr stolz auf dieses Buch. Ich bin stolz auf mein Team und stolz auf das, wofür es steht – wie weit die Branche darin gekommen ist, Bücher von queeren Autoren mit queeren Storys zu unterstützen. Tief in meinem Innern hoffe ich, diese Geschichte macht euch ein klein bisschen froh. Falls ja, dann habe ich, unabhängig vom Erfolg, meine Aufgabe gut gemacht.

Eine Nacht, die alles verändert …

Coveränderungen vorbehalten

Andreas Suchanek
Stolen Kisses
Roman

everlove, 320 Seiten
ISBN 978-3-492-06425-5

Noch während ihrer gemeinsamen Nacht bemerken Jannis und Kai, dass sie füreinander bestimmt sind. Trotzdem verschwindet Kai am nächsten Morgen. Sein Leben ist Verpflichtung, ein Coming-out unmöglich. Jannis bleibt traurig zurück, droht in der absoluten Freiheit zu ertrinken. Doch dann konkurrieren die beiden Firmen ihrer jeweiligen Familien miteinander, und sie stehen sich erneut gegenüber. Kann die Liebe zwischen ihnen gewinnen? Oder verlieren sie sich in einem Netz aus Intrigen?

everlove by PIPER

Leseproben, E-Books und mehr unter www.everlove-verlag.de